마하바라따
महाभारत

마하바라따

8

5장 분투

의리를 택한 자와 삶을 택한 자, 그리고 편가르기

새물결

महाभारत

옮긴이 **박경숙**

이 책을 싼스끄리뜨에서 옮기고 주해를 두어 길을 안내한 박경숙은 동아대학교를 졸업하고
1991년에 인도의 뿌네 대학에 유학해 빠알리어 전공으로 석사 학위를 받았다.
빠알리어와 싼스끄리뜨어를 통해 인류 문화의 뿌리에 자리 잡고 있는 인도 문화와 문학을
공부하는 것을 업으로 삼은 옮긴이는 이후 같은 대학의 대학원에서 싼스끄리뜨어 석사 학위를
받은 뒤『인도의 신들 ─ 베다, 이띠하사, 빠알리어 비교 연구』로 박사학위를 받았다.
옮긴 책으로는『샤꾼딸라』와『메가두따』가 있으며, 현재 싼스끄리뜨·빠알리 연구소 소장으로
있다.

마하바라따 8권 의리를 택한 자와 삶을 택한 자, 그리고 편가르기(5장 분투)

옮긴이 | 박경숙
펴낸이 | 조형준
펴낸곳 | 새물결 출판사
1판 1쇄 2017년 2월 26일
등록 서울 제15-52호(1989.11.9)
주소 서울특별시 마포구 포은로 5길 46 2층
전화 (편집부) 3141-8696 (영업부) 3141-8697
e-mail: saemulgyul@gmail.com
ISBN 978-89-5559-404-1(04890)
ISBN 978-89-5559-319-8(세트)

마하바라따

1장 | 태동

2장 | 회당會堂

3장 | 숲

4장 | 위라타

5장 | 분투

6장 | 비슈마

7장 | 드로나

8장 | 까르나

9장 | 샬리야

10장 | 잠

11장 | 여인들

12장 | 평화

13장 | 교훈

14장 | 말 희생제

15장 | 숲 속 생활자들

16장 | 장대

17장 | 위대한 출발

18장 | 승천

5장 | 분투 ● 차례

7권 말로는 평화를, 마음으로는 전쟁을

　참으로 놀라운 이야기
　　　인드라의 승리
　　　이어지는 분투의 장
　　사절로 오는 산자야
　　드르따라슈트라의 불면
　　사나뜨수자따의 가르침
　　화평을 간청함

8권 의리를 택한 자와 삶을 택한 자, 그리고 편가르기

　끄르슈나, 신의 강림 · · · 353
　　　담보드바와 · · · 436
　　　마딸리 · · · 441
　　　갈라와 · · · 463
　　　이어지는 신의 강림 · · · 504
　　위두라아가 아들에게 주는 교훈 · · · 533
　　신의 강림, 이어짐 · · · 550

까르나 유혹하기 · · · 559
출정 · · · 597
비슈마의 총대장 임명 · · · 615
사절 울루까 · · · 631
전사들과 일당 백의 전사들을 헤아림 · · · 645
암바 · · · 671

일러두기

1. 이 책은 뿌네의 반다르까 동양학 연구소에서 편찬한 보리(BORI)본을 원전으로 삼아 옮겼으며, 이야기의 흐름상 필요한 경우에는 다른 이본의 이야기들을 삽입하고 주에 따로 표시해 두었다.

2. 이 책은 전부 18장으로 구성되어 있지만 각 장의 분량이 동일하지 않아 몇몇 장은 2~3권으로 분권된다. 이와 관련해 각 장의 권수 표시와 부제는 편집부에서 따로 작성한 것이다.

3. 국립국어원의 표기법과 다른 싼스끄리뜨어 표기법에 대해서는 1권 부록 3의 〈번역과 표기 원칙〉에 정리해 두었다.

4. 원어 병기는 본문이 너무 복잡해지지 않도록 가급적 피했으며, 필요한 경우에는 주에 따로 (싼스끄리뜨어가 아니라) 알파벳 표기법에 따라 병기해 두었다.

5. 책을 표시하는 『 』 등의 현대적 약물들의 경우 본문에는 사용하지 않고 옮긴이의 주해에서만 사용했다.

6. 본문 중의 고딕체는 '유가'와 '시간' 등 이 책에서 독특하게 사용되고 있는 추상화된 개념들을 가리키기 위해, 그리고 굵은 글씨는 본문에 삽입되어 있는 노래를 표시하기 위해 사용되었다.

끄르슈나, 신의 강림

70

와이샴빠야나가 말했다.

"산자야가 돌아가자 다르마의 왕 유디슈티라는 모든 사뜨와따들의 황소 같은 끄르슈나에게 말했지요.

'끄르슈나여, 지금은 벗들을 위한 시간입니다. 당신 말고는 누구도 이 곤경을 건네줄 사람을 나는 보지 못했습니다. 끄르슈나여, 당신께 기대어야만 우리는 두려움 없이, 저 오만함으로 어두워진 다르따라슈트라[*]들과 저들의 대신들에게 우리 몫을 요구할 수 있기 때문입니다. 적을 다스리는 이여, 온갖 역경에서 우르슈니들을 지켜왔던 것처럼 빤다와들도 지켜주십시오. 이 크나큰 두려움에서 우리를 건져주십시오.'

그러자 성스러운 이가 말했지요.

'뚝심 넘치는 이여, 나는 이 자리에 있습니다. 당신이 하시고 싶

다르따라슈트라_ 드르따라슈트라의 아들들.

은 말씀을 하십시오. 바라따의 후손이여, 당신이 말씀하시는 모든 것을 해드리겠습니다.'

유디슈티라는 그래서 이렇게 말했답니다.

"끄르슈나여, 드르따라슈트라와 그 아들들이 어떤 마음을 품고 있는지는 당신도 들었습니다. 산자야가 내게 말한 대로입니다. 드르따라슈트라의 혼은 산자야 안에 다 들어있습니다. 사절이 자기가 들은 대로 말하지 않는다면 죽음을 면치 못하기 때문입니다. 탐심 가득한 저들은 왕국은 돌려주지 않은 채 우리가 가만히 있기만을 바랍니다. 사악한 자들과 어울려 다니며 자기들과 우리가 동등하다고 여기지 않습니다. 드르따라슈트라의 명에 따라 우리는 열두 해를 숲에서 유배 생활로 보냈습니다. 한 번의 가을은 또 숨어서 지냈지요. 위용 넘치는 이여, 우리는 드르따라슈트라가 약속을 지킬 것이라 여겼습니다. 끄르슈나여, 우리는 약속을 저버리지 않았습니다. 그것은 브라만들이 잘 압니다. 나이 든 드르따라슈트라 왕은 스와다르마[*]를 보지 않습니다. 본다고 해도 눈먼 집착 때문에 아들이 하자는 대로 하고 말지요. 자나르다나여, 욕심 많은 왕은 두료다나의 마음에 기대고 서서 자신에게 무엇이 이득이 될지를 살펴보고 우리를 잘못 대하고 있습니다. 끄르슈나여, 어머니와 동지들을 보살필 수 없으니 이보다 서러운 일이 어디 있으리까? 마두를 처단한 이여, 당신을 위시한 까쉬, 쩨디, 빤짤라, 맛쓰야들과 함께 나는 저들에게 고작 다섯 개의 마을만 달라고 했습니다. 고윈다[†]여, 나는 꾸샤스탈라, 우르까스탈라, 아산

스와다르마_ 각 계급이 지켜야할 도리 혹은 율법.
고윈다_ 끄르슈나의 다른 이름. 소몰이꾼이라는 뜻으로 끄르슈나가 어린시절 소몰이꾼

다, 와라나와따 넷, 그리고 다섯 번째의 다른 어떤 마을 하나면 족했습니다. 마을이건 작은 읍이건 우리가 함께 살 수 있는 다섯 개의 마을만 주십사고, 바라따들이 우리를 가만 놔두십사고 왕께 말씀드렸었습니다. 그러나 저 고약한 다르따라슈트라들은 그것이 자기들만의 것이라는 생각에 사로잡혀 받아들이지 않았지요. 이보다 참담한 일이 어디 있으리까? 훌륭한 가문에 태어나 거기서 자랐으면서도 남의 재물을 탐한다면 그 탐욕은 지혜를 죽이고, 죽은 지혜는 염치를 망가뜨립니다. 망가진 염치는 다르마를 해치고 상처 입은 다르마는 부를 떠나게 하지요. 궁핍은 인간의 자존을 무너뜨리고 그것은 곧 인간의 죽음을 뜻하는 것입니다.

친애하는 이여, 꽃도 열매도 없는 나무에서 새들이 떠나듯 친지들, 동지들, 사제들은 모두 궁핍한 이에게서 떠나버립니다. 친애하는 이여, 나락으로 떨어져버린다면 이는 죽음과 다르지 않습니다. 숨과 생명력이 죽은 자를 떠나듯 친지들은 모두 그에게서 얼굴을 돌리고 말 것입니다. 샴바라는 오늘 혹은 내일 아침의 음식이 없음을 보는 것보다 더 심한 일은 없다고 했습니다. 사람들은 재물이 최고의 다르마이며 모든 것이 재물에 의존하고 있다고 말합니다. 이 세상에서는 재물을 가진 자가 살아있으며 재물을 가지지 못한 자는 죽은 자라고 할 수 있습니다. 자기가 가진 힘에 기대어 어떤 사람에게서 재물을 빼앗는다면 이는 그 사람 자신과 더불어 그의 다르마와 아르타와 까마를 모두 빼앗는 것입니다. 이런 상황에 처하면 혹자는 죽음을 택하기도 합니다. 혹자는 마을로 가기도 하고 혹자는 파멸에 이르기도 하지요.

들 사이에서 자랐기 때문에 자주 이 이름으로 불린다.

정신을 놓고 미치는 사람이 있는가 하면 적의 손아귀에 자신을 맡겨 버리거나 단지 재물을 얻기 위해 타인의 종이 되기를 택하는 사람도 있습니다. 인간의 다르마와 까마의 근본이 되는 재물을 잃는다는 것은 죽음보다 더한 고난을 당한다는 것입니다. 바른 죽음은 인간 세상의 영원한 바람입니다. 이것은 만물에 두루 적용되는 것으로 누구도 예외가 없습니다.

끄르슈나여, 넉넉한 풍요를 누리다가 거기서 오는 안락함을 잃어버린 사람에 비하면 본디 곤궁했던 사람은 그리 고통스럽지 않습니다. 자기 잘못으로 큰 고난에 처한 사람은 인드라를 비롯한 신들은 탓하지만 절대로 자신을 탓하지는 않습니다. 모든 학문도 그가 품고 있는 비난을 피해가지 못합니다. 그는 종복에게 화를 내고 동지를 질시합니다. 분노에 휩쓸리면 다시 분별을 잃게 되지요. 분별을 잃고 혼란에 빠지면 잔혹한 짓을 저지르기 마련입니다. 악한 짓을 저지르다 보면 계급이 섞이기에 이르고, 섞인 계급은 사람을 지옥으로 이끌어갑니다. 그리고 그것은 악을 저지르는 자가 겪는 마지막 단계이지요. 끄르슈나여, 이를 제때 깨닫지 못한다면 지옥에 이를 수밖에 없습니다. 지혜만이 그를 깨닫게 하고, 지혜의 눈을 빌어서만 파멸을 피해갈 수 있습니다. 사람은 지혜를 얻을 때 경전을 잘 살피게 되고 경전에 굳건해야만 다르마를 봅니다. 그러면 겸양이 최고의 팔과 다리가 되는 것이지요. 겸양을 갖춘 이는 악을 혐오하고, 그리하여 그의 영예로움은 커져갑니다. 영예로움을 지키는 한 인간성을 지키게 되지요. 영속한 다르마, 고요한 혼, 자신의 일을 언제나 짊어지는 것, 이런 것들이 사람의 마음을 아다르마에 젖게 하지 않고 악에 물들지 않게 합니다.

겸양을 모르는 사람 혹은 혼돈 속에서 헤매는 사람은 여인이라고도, 또한 사내라고도 할 수 없습니다. 그런 사람은 다르마를 갖출 수 없기에 슈드라와 다르지 않습니다. 겸양한 사람은 신과 조상과 자기 자신을 지킵니다. 이로 인해 그는 공덕 있는 이들이 궁극적으로 얻게 되는 영원한 삶에 이르지요.

끄르슈나여, 이 모든 것을 내게서 뚜렷이 보았을 것입니다. 내가 왕국을 잃고 여기 이 숲에서 어떻게 지냈는지 당신은 보았습니다. 우리가 영예를 놓아버린다는 것은 어떤 식으로든 옳지 않습니다. 여기서 애를 쓰다가 죽는다고 해도 그것이 옳습니다. 끄르슈나여, 우리가 우선적으로 품고 있는 생각은 우리와 저들이 서로 평화적으로 공평하게 부를 누리는 것이겠지요. 우리가 까우라와들을 죽이고 우리 땅을 되찾게 되는 일, 무서운 재앙과 파멸을 부르는 그런 일은 가장 나중에 생각해야 할 일일 것입니다. 끄르슈나여, 아무리 관계없고 시시한 사람이라도, 심지어 적이라도 죽어 마땅한 이는 없습니다. 하물며 대부분이 친지거나 동지거나 스승이라면 더 말해 무엇하리까? 그들을 죽이는 것은 참혹한 죄악입니다. 전쟁의 좋은 점이 무엇이더이까?

이는 잔혹한 크샤뜨리야의 율법이고 우리는 크샤뜨리야 일족입니다. 이것이 아무리 아다르마라고 해도 우리의 스와다르마입니다. 달리 행동한다면 비난 받지요. 슈드라는 섬기는 일을 하고, 와이샤는 장사로 삶을 이어갑니다. 우리는 죽임으로써 삶을 유지하고, 브라만들의 일은 탁발하는 것이지요. 크샤뜨리야는 크샤뜨리야를 죽이고, 물고기는 물고기를 먹고 삽니다. 개는 개를 죽이지요. 끄르슈나여, 스와다르마가 이렇게 전해져왔음을 보십시오. 끄르슈나여, 전쟁에는 언제나 어둠이 있습니다. 전장에서는 생명력이 떠나버립니다. 힘은 단지 정책의 연장일 뿐이고 승리와 패배는 어쩌다 생긴 부산물일 뿐입니다. 삶과 죽음은 피조물들의 의지로 되는 것이 아닙니다. 위없는 야두의 후손이여, 행도 불행도 때 아닌 때 찾아오지는 않습니다. 한 사람이 다수를 죽일 수도 있고, 다수가 한 사람을 죽일 수도 있습니다. 못난 사람이 영웅을 죽일 수도 있고, 이름 없는 이가 명성 높은 이를 죽일 수도 있지요. 양측이 승리하는 경우도 볼 수 있고, 패배가 양측 모두에 돌아가는 경우도 볼 수 있습니다. 쇠락 또한 이와 같습니다. 거기서 도망친다면 끝내는 죽음과 쇠망뿐이지요.

전쟁은 어떤 경우에도 악입니다. 죽이는 자가 어찌 죽임을 당하지 않으리까? 끄르슈나여, 죽은 자에게 승리와 패배는 같은 것입니다. 패배와 죽음은 크게 다르다고 생각되지 않습니다. 그리고 승리한 자의 패망도 기어이 찾아오겠지요. 끝에 이르면 어떤 사람들은 자기가 사랑하는 사람을 죽이기도 할 것입니다. 끄르슈나여, 힘이 약해지면 아들도 형제도 그를 보려 하지 않습니다. 참담한 삶이 사방에서 그를 삼키려 들 것입니다. 영웅도, 겸양지덕을 갖춘 이도, 고결한 사람도, 자비심 넘치는 사람도 모두 전장에서 죽임을 당하고 그들보다 못한 자들만이 살아남습니다. 끄르슈나여, 적일지라도 죽이고 나면 늘 후회가 남습니다. 남은 자들은 살아야 하기에 결과는 악일 뿐이지요. 그러다 남은 자들이 다시 힘을 얻으면 남은 자들을 또 해칩니다. 그들은 적개심의 끝을 향해 치달으며 모든 것을 끝장내려 들지요. 승리는 적개심을 낳습니다. 패한 자들은 고통 속에 살아야 하기 때문입니다. 그러나 승리와 패배를 버린 자는 안락하고 고요하게 잠을 이룰 수 있습니다. 적대감의 싹을 틔운 사람은 마음이 들끓기에 마치 뱀이 우글거리는 집에서 자는 것처럼 편안한 잠을 잘 수가 없습니다. 모든 것을 파괴한 사람은 명예를 앗기고 만물 가운데서 영원한 오명을 쓰게 됩니다. 적개심은 아무리 오랜 세월이 지나도 잦아들거나 없어지지 않습니다. 가문에 새 생명이 태어나면 그에게 이야기를 전해 주는 이가 있기 때문이지요. 께샤와 끄르슈나여, 적개심은 다른 적개심으로 잦아들지 않습니다. 땔감을 넣은 불처럼 마냥 타오를 뿐이지요. 적개심을 없애지 않는 한 결국 내면은 언제나 고요할 수 없습니다. 또한 내면에 뭔가를 바라고 있는 한 이런 잘못은 끝없이 이어질 것입니다. 인간에게 속해 있는 이 적개심은 매우 강렬한 질병이기에 심장마저 다 집어삼켜 버립니다. 평화는 이것을 버림으로써, 혹은 마음을 거두어 들임으로써만 얻을 수 있습니다. 마두를 처단한 이여, 적을 뿌리째 꺾어 버림으로써 평화의 결실을 얻을 수 있는 것이라면 그것은 더욱 잔인한 일이겠지요. 또한 사실에 대한 자각 없이 단지 버림으로써 얻는 평화는 곧 죽음과 같습니다. 적에게도 또한 자기 자신에게도 의심과 위험이 도사리고 있기 때문입니다.

우리는 왕국을 버리는 것도 또 가문이 패망하는 것도 원치 않습니다. 그러니 저들에게 굴복해서 평화를 얻는 것이 더 낫겠습니다. 무슨 일이 닥쳐도 전쟁은 하지 않으려고 애쓰는 사람이라도 화평의 손짓이 거부되면 전쟁할 수밖에 없고, 그때 용기를 보이지 않는 것은 옳지 않습니다. 협상이 깨지면 그 결과는 무서워지겠지요. 현자들은 이것을 개떼가 싸우는 것과 같다고 보았습니다. 꼬리를 흔드는 것으로 시작해 짖는 것에 짖는 것으로 응수하다가, 뒤로 물러서서 이빨을 드러내고, 크게 짖다가 결국엔 싸움을 하는 것입니다. 끄르슈나여, 그래서 힘센 놈이 이겨 고기를 먹지요. 인간도 이와 같아서 다른 점이라고는 조금도 없습니다. 강자가 약자에게 하는 짓은 언제나 같습니다. 미천한 약자는 적개심에 차 굴복하게 되지요. 아버지와 왕, 그리고 어른은 무조건 존중해야 합니다. 자나르다나여, 그러기에 드르따라슈트라는 우리의 존중과 우러름을 받아야 하는 것입니다. 끄르슈나여, 그러나 드르따라슈트라는 아들에 대한 애착이 너무나 크지요. 그가 아들의 손아귀에 잡혀 있는 한 우리의 항복은 받아들이지 않을 것입니다.

끄르슈나여, 이럴 경우에 당신이 생각하는 것은 무엇입니까? 이제 때가 된 것입니까? 끄르슈나여, 어찌하면 우리가 다르마와 아르타에서 멀어지지 않겠습니까? 위없는 이여, 마두를 처단한 이여, 우리가 이런 곤경에 처해있을 때 당신 말고 또 누구에게 다가가 물을 수 있으리까? 끄르슈나여, 우리가 잘 되기를 바라는 동지요, 모든 일의 과정을 아는 이, 모든 답을 아는 동지가 당신 말고 또 누가 있으리까?'"

이어지는 와이샴빠야나의 이야기는 이러하다.

이 같은 말을 들은 자나르다나 끄르슈나가 유디슈티라에게 답했다.

'양측을 위해 내가 꾸루들의 모임에 가겠습니다. 왕이시여, 내가 만약 당신의 뜻을 어기지 않고 평화를 가져온다면 나는 큰 공덕을 얻을 것이요, 그 행적은 대단한 결과를 가져올 것입니다. 꾸루들과 스른자야들을 죽음의 사슬에서 풀어주고, 빤다와들과 드르따라슈트라들,

그리고 온 세상을 자유롭게 해줄 수 있겠지요.'

유디슈티라가 말했다.

'끄르슈나여, 내 의중은 당신을 꾸루들에게 보내는 것이 아닙니다. 아무리 좋은 말을 해도 수요다나*는 당신의 말을 듣지 않을 것입니다. 거기 모인 모든 왕들이 수요다나 손아귀에 있습니다. 끄르슈나여, 저들 한가운데로 당신을 보내고 싶지 않습니다. 부도, 신성神性도, 안락함도, 신들의 권위를 모두 쥐는 것도 당신이 좋아하지 않는다면 어떤 것도 우리를 기쁘게 하지 못합니다.'

성스런 이가 말했다.

'대왕이시여, 나는 드르따라슈트라 아들들의 사악함을 익히 압니다. 그러나 이렇게 해야만 세상의 모든 왕들 앞에 당당할 수 있습니다. 사자 앞에 서 있는 다른 짐승들이 사자에게 대항하지 못하듯 세상 모든 군주가 함께해도 성난 나를 전장에서 마주하지 못합니다. 저들이 나를 조금이라도 잘못 대하면 모든 꾸루들을 태워버릴 것입니다. 내 마음은 정해졌습니다. 쁘르타의 아들이여, 내 걸음은 헛되지 않을 것입니다. 우리의 목적은 언젠가 이루어질 것이고, 적어도 당신이 비난 받는 일은 없겠지요.'

유디슈티라가 말했다.

'끄르슈나여, 그리하는 것이 좋겠다면 꾸루들에게 조심해서 다녀오십시오. 안전하게 일을 마치고 돌아온 당신을 보고 싶습니다. 위용 넘치는 위슈누여, 꾸루들에게 가서 우리들 모두가 좋은 마음, 좋은 생각으로 함께 지낼 수 있도록 바라따들을 달래주십시오. 당신은 형제

수요다나_ 두료다나.

이고 벗이며 아르주나에게도 내게도 각별한 이입니다. 당신의 우정을 의심치 않습니다. 가서 우리의 번성을 얻어다 주십시오. 당신은 우리를 알고 적을 알며 아르타를 알고, 말을 어떻게 해야 하는지를 압니다. 끄르슈나여, 우리에게 이로운 말을 수요다나에게도 해주십시오. 께샤와여, 다르마에 관계되는 이로운 말은 무엇이건, 화평에 관한 것이건 혹은 다른 것에 관한 것이건 그것을 그들에게 말해 주십시오.'

71

성스런 이[*]가 말했다.

'산자야가 했던 말도, 그리고 당신이 했던 말도 들었습니다. 저들이 뜻하는 바도, 또한 당신이 뜻하는 바도 모두 알겠습니다. 당신의 마음은 다르마에 매여 있고, 저들의 마음은 적대감에 기대어 있습니다. 친애하는 이여, 당신은 싸움 없이 얻을 수 있는 것을 더 높이 칩니다. 백성들의 주인이여, 그러나 그것은 크샤뜨리야에게 정해진 일이 아닙니다. 인생의 단계[*]를 지키는 사람들은 모두 크샤뜨리야가 무엇

성스런 이_ 끄르슈나. 바가완 혹은 바가와뜨라는 호칭으로, 여기서부터는 끄르슈나가 거의 본격적으로 위슈누의 화신 역할을 하며 신의 모습을 띤다. 다음 장의 '바가와드 기따'도 이 호칭에 준한 것이다.

인생의 단계_ 인간이 기본적으로 거치는 또는 지켜야 하는 네 단계. 스승의 집에서 학문을 닦고, 혼인을 통해 사회생활을 하며, 그런 뒤에는 모든 것을 후손에게 물려주고, 완벽하게 무소유가 되어 탁발로 살아 가는 네 단계를 말한다.

을 구걸해야 하는지 말합니다. 승리 아니면 전장에서의 죽음, 이것이 조물주가 정해 두신 영구한 크샤뜨리야의 스와다르마입니다. 여린 마음이 칭송되는 법은 없습니다. 유디슈티라여, 여린 마음을 토대로 할 수 있는 일은 없습니다. 완력 넘치는 이여, 용맹을 보이십시오. 적을 다스리는 이여, 당신의 적을 처단하십시오. 적을 태우는 이여, 욕심 많은 드르따라슈트라의 아들들은 오랜 세월을 함께 지내며 정을 쌓고 동지를 만들어 힘을 키워왔습니다. 백성들의 주인이여, 저들이 당신을 공평하게 대할 일은 없을 것입니다. 저들은 비슈마와 드로나와 끄르빠가 함께하기에 자신들이 강성하다고 여기고 있습니다. 왕이시여, 당신이 부드럽게 대하는 한 저들은 당신을 왕국에서 끌어내리려 할 것입니다. 적을 다스리는 이여, 연민으로도, 여린 마음으로도, 다르마나 아르타의 이유로도 드르따라슈트라의 아들들은 당신이 바라는 일을 하지는 않을 것입니다. 빤두의 아들이여, 이는 저들이 당신에게 천 조각 하나 달랑 걸치게 하고서도 자기들의 악행을 결코 후회하지 않는 것만 봐도 알 수 있습니다. 그리고 사실 저들은 할아버지와 드로나, 그리고 사려 깊은 꾸루의 수장들 모두가 보는 앞에서 그런 짓을 했었습니다. 왕이시여, 잘 베풀고, 점잖으며, 절제력 있고, 다르마를 사랑하며, 지계를 잘 지키는 당신 같은 이를 교묘한 손놀림으로 주사위노름에서 속이고도 저 악독한 자는 자기가 저지른 잔혹한 일에 가책을 느끼지 않습니다. 왕이시여, 그런 성정과 거동을 가진 자에게 쓸데없는 연민을 느끼지 마십시오.

바라따의 후예여, 그는 온 세상 사람들에게 죽임을 당해 마땅하거늘 당신에게야 일러 무엇하리까? 그는 당신과 당신의 아우들을 거친 말로 해쳤습니다. 그는 기쁜 듯 뻐기며 아우들과 함께 이렇게 말했었지요. "빤다와들은 이제 자기들 것이라고 할 만한 것이 아무것도 없다. 이름도 가문도 저들에게 남은 것은 없지. 오랜 시간이 지나면 저들은 망할 것이고 벌거숭이로 살아가다가 돌아올 본성도 사라지고 말 것이다." 당신이 숲으로 떠나자 그는 친지들 가운데서 이러쿵저러쿵 이런 식의 거친 말들을 쏟아내며 의기양양해 하고 있었습니다. 그곳에 모여 있던 왕들은 회당에 앉아 무고한 당신을 보고 목이 잠겨 울었지요. 왕들과 브라만들 모두가 그의 말을 받아들이지 않았습니다. 거기 회당에 모여 있던 모든 이들이 두료다나를 힐난했지요. 적을 괴롭히는 왕이시여, 비난과 죽음이 있다면 비난 받아 치욕스러워지느니 차라리 죽음을 택하는 편이 가문 좋은 사람에게는 더 낫습니다. 대왕이시여, 세상의 모든 왕 앞에서 수치심 없다고 비난 받는 순간 그는 곧 죽은 사람이라고 할 수 있습니다. 뿌리가 잘려나가 몸통만으로 위태롭게 서 있는 나무처럼 그런 행위를 하는 사람에게 죽음은 이내 찾아옵니다. 그처럼 마음 어두운 이는 뱀과 같은 죽임을 당해 마땅할 것이며 온 세상 사람들의 무시를 당해도 싸지요. 적을 길들이는 이여, 그를 처단하십시오. 왕이시여, 주저하지 마십시오. 무고한 왕이시여, 그러나 만약 당신이 스스로 드르따라슈트라 아버지와 비슈마 앞에 엎드려 절을 올린다면 그것은 어쨌든 당신다운 일이고 나 또한 기쁠 것입니다.

왕이시여, 아직도 두료다나에게 두 마음이 있는 온 세상 사람들의 의혹을 내가 가서 잘라버리려고 합니다. 왕들이 모인 가운데서 나는 당신의 사내다운 덕과 그의 도 넘은 처사에 대해 말하려고 합니다.

세상 여러 왕국에서 온 모든 왕은 내가 다르마와 아르타를 갖춘 이로운 말을 하는 것을 듣고 당신이 얼마나 올곧고 진실한 말을 하는 사람인지, 그가 얼마나 탐욕에서 비롯된 짓을 해왔는지 알게 될 것입니다. 도읍과 작은 마을, 네 계급 사람들이 모두 모인 곳에서, 어른들에게도 또 젊은이들에게도 나는 그의 잘못을 탓할 것입니다. 당신이 화평을 구한다면 당신이 다르마를 거스르는 일은 없습니다. 왕들은 드르따라슈트라와 꾸루들을 비난하겠지요. 세상에서 비난 받으면 그가 해야 할 일이 어디 있으리까? 왕이시여, 두료다나가 가고 나면 또 무슨 일이 남아있으리까?

나는 당신의 뜻을 소홀히 하지 않고 모든 꾸루들에게 가서 화평을 위해 애쓴 뒤 저들의 반향을 지켜보겠습니다. 가서 까우라와들의 전쟁에 관한 생각을 알아보고 그곳을 떠나 당신의 승리를 위해 돌아오겠습니다. 바라따여, 내가 어떤 수를 써도 전쟁을 피할 수는 없으리라고 생각합니다. 내게는 모든 징조가 그렇게 흘러가고 있는 것처럼 보이기 때문입니다.

짐승과 새들 울음소리 사납고
저녁이면 코끼리와 말들은
무서운 형상을 띱니다. 또한 불은
여러 가지 색을 띠며 무서운 형상을 취하고
인간 세계를 파멸시키려 합니다.
불이 아니었다면 야마가 이곳에 왔을 것입니다.

꾸루여, 인간들의 군주여, 당신의 모든 병사들을
충분히 쉬게 한 뒤 화살과 갑옷과 코끼리,
깃발과 전차를 갖추고 무장하게 하십시오.
그들을 모두 말과 전차와 코끼리에 앉게 하십시오.
또한 전투를 위해 필요한 모든 것을 채비하게 하십시오.
이 모든 것을 확실히 준비하게 하십시오.

이제 두료다나는 자기가 살아 있는 한
당신께 어떤 것도 주지 않을 것입니다.
빤두의 수장이시여, 한때 번성했던 당신의 왕국을
그가 주사위노름으로 뺏어갔습니다.

72

비마세나가 말했다.

'마두를 처단한 이여, 무슨 수를 쓰던 꾸루들과 화친할 수 있게 말
씀해 주십시오. 전쟁으로 그들을 겁먹게 하지 마십시오. 두료다나는
분심 많고 혼돈에 싸여 있는 자입니다. 좋은 것을 싫어하고 기가 충
천해 있지요. 그러니 거친 말을 하지 말고 그를 온화하게 다루십시오.
그는 본성이 악한데다 마음은 다스유들과 다를 바 없습니다. 권력에
취해있으며 빤다와들에 대한 적개심으로 꽉 차 있습니다. 멀리 보지

못하고, 잔인하게 말하며, 쉽게 내치고, 잔혹한 용맹을 갖고 있지요. 분노는 오래도록 지니고, 복수심이 강한 마음 나쁜 자입니다. 죽을지언정 나누지 않으며, 제것이라 여기는 것은 주지 않을 것입니다. 끄르슈나여, 그런 자와 화친을 맺기는 정말로 어려울 것이라고 나는 생각합니다. 끄르슈나여, 그자는 동지들마저 업신여기고 다르마를 저버렸으며 거짓을 끼고 삽니다. 그리하여 동지들의 말과 마음을 다치게 합니다. 분심에 휘둘리는 그는 거친 본성에 기대어 삽니다. 풀줄기로 뱀을 몰아가듯 본능으로 악을 따라갑니다.

두료다나가 어느 정도의 병력을 지니고 있는지 당신은 모두 알고 있습니다. 그의 성향과 본성과 힘과 용기를 압니다. 한때는 꾸루들과 꾸루들의 아이들이 더불어 행복한 적도 있었지요. 그때는 인드라를 맏형으로 둔 듯 친지들이 모두 함께 즐거웠었습니다. 마두를 처단한 이여, 겨울의 끝자락에 숲이 불타듯 바라따들은 두료다나의 분노로 인해 모두 불타고 말 것입니다.

마두를 처단한 이여, 제 친지와 동지와 혈육을 절멸시켰던 열여덟 명의 왕은 잘 알려져 있습니다. 다르마의 시대가 바뀌자 위력 넘치는 발리는 타오르는 불길처럼 번성하는 아수라들의 왕이 되었지요. 우다와르따는 하이하야들의 왕이 되었고, 자나메자야는 니빠들의, 바훌라는 딸라장가들의, 도도한 와수는 끄르미들의 왕이 되었습니다. 아자빈두는 수위라들의, 꾸샤르디까는 수라슈트라들의, 그리고 아까자는 발리하들의 군주가 되었습니다. 다우따물라까는 찌나들의, 하야그리와는 위데하들의 왕이 되었으며, 와라쁘라는 마하우자스들의, 바후는 순다르와웨가들의, 그리고 뿌루라와스는 딥딱샤들의 왕이 되었습니

다. 사하자는 쩨디 맛쓰야들의, 브르하드발라는 쁘라쩨따스들의 군주
가 되었고, 다라나는 인드라 와뜨사들의, 그리고 위가하나는 무꾸타
들의 군주가 되었으며, 샤마는 난디웨가들의 왕이 되었습니다. 끄르
슈나여, 유가의 끝에 태어난 저들은 왕가를 망가뜨렸지요.

　이제 꾸루들의 마지막 시간에 저 두료다나가 태어났습니다. 잔혹
하고 사악한 그가 시간의 부름을 받고 멸문의 벌건 숯이 되어 나타난
것입니다. 그러니 부드럽고 찬찬히, 다르마와 아르타를 갖춘 말을 해
야 합니다. 대부분의 말은 그가 하고자 하는 일을 막는 것에 할애해
야 할 것이나 우리의 거센 용맹을 과하게 표현하지는 마십시오. 끄르
슈나여, 우리 모두는 바라따 가문을 패망케 하느니 차라리 두료다나
앞에서 다소곳이 절을 올릴 것입니다. 와아수데와여, 꾸루들에게 재
앙이 덮치지 않도록, 그가 다른 꾸루들과 더불어 우리를 무심히 대할
수 있도록 해주십시오. 끄르슈나여, 연로하신 할아버지와 회당에 있
던 사람들에게 형제들 간에 우애가 있어야 함을, 그리고 다르따라슈
트라들은 평온해져야 함을 말씀해 주셔야 합니다.

　내가 이렇게 말했고 유디슈티라 왕도 이를 칭찬하셨습니다. 아르
주나에게는 크나큰 자비심이 있기에 그 또한 전쟁을 원치 않습니다.'

73

와이샴빠야나가 말했다.

"뚝심 좋은 께샤와 끄르슈나는 비마의 전에 없던 이 같은 유약한 말을 듣고 크게 웃어젖혔습니다. 산이 가벼워지고 불이 차가워졌다고 생각한 발라라마의 아우, 사르앙가 활을 쥔 끄르슈나는 자비심 가득한 모습으로 앉아 있던 비마세나에게 말했습니다. 바람이 불을 일으키듯 말로써 늑대 배를 독려한 것이지요.

'비마세나여, 여느 때 당신은 전쟁만을 지지했습니다. 남을 해치기 좋아하고 잔혹하기 그지없는 다르따라슈트라들을 짓뭉개기를 바라서였지요. 적을 괴롭히는 이여, 당신은 잠들지 못하고 늘 깨어서 얼굴을 묻고 누워 있었습니다. 늘 화평이 아닌 무섭고 거친 말들을 해왔었지요. 불길 같은 긴 한숨을 내쉬며 스스로의 분심으로 활활 타올랐었습니다. 비마여, 당신은 평온해지지 않는 마음 때문에 연기를 내뿜는 불처럼 보였었습니다. 버거운 짐에 눌린 허약한 사람처럼 한쪽 모퉁이에 누워 신음했었습니다. 이유를 잘 알지 못한 사람들은 당신이 미쳤다고 생각할 정도였지요. 비마여, 당신은 먹이 뜯는 코끼리처럼 송두리째 나무를 넘어뜨리다가 발로 땅을 걷어차고는 한숨을 내쉬며 내달리곤 했습니다. 빤두의 아들 비마여, 당신은 사람들에게는 아무 흥미도 없이 홀로 지내며 밤이건 낮이건 어느 누구도 반기지 않았지요. 느닷없이 웃어젖히는가 하면 남몰래 우는 것 같기도 했습니다. 얼굴을 양 무릎에 묻고 오랜 시간 눈을 감고 있기도 했지요. 눈썹을 찡그리거나 늘 입 꼬리를 핥고 있는 듯 보였습니다. 비마여, 모든 것이 분노 때문이었겠지요.

"동쪽에서 뜬 해는 흰빛으로 치솟았다가도 서쪽에서 질 때는 반드시 빛깔을 바꾸듯 나는 진실로 맹세하거니와 이 말을 어기지도 않으리니, 저 분심 많은 두료다나를 내 철퇴로 처단하리라."

당신은 형제들 가운데서 이 같이 말하며 철퇴를 치켜들고 맹세하곤 했습니다. 적을 괴롭히는 이여, 그러던 마음이 이제 스러진 것입니까? 아아, 싸울 때가 왔음에도 싸움을 피하면서 당신은 이것이 피하는 것이 아니라고 보는 것 같습니다. 두려움이 당신을 덮친 것입니까? 아아 쁘르타의 아들이여, 꿈에서 혹은 잠 깨인 끝자락에서 잘못된 징조를 보기라도 한 것입니까? 그래서 화평을 바라는 것입니까? 아아 당신은 스스로에게서 사내다움을 바랄 수 없는 내시가 된 것입니까? 지금 당신의 마음은 비겁함에 뒤덮여 엉망진창이 되었습니다. 당신의 심장은 벌렁거리고, 마음은 가라앉았으며, 허벅지는 마비되었습니다. 그래서 화평을 바라는 것입니까? 쁘르타의 아들이여, 인간의 마음은 바람에 흔들리는 동그란 샬말리 나무처럼 불안정해서 이리저리 흔들립니다. 당신의 지금 마음은 소에게 말을 거는 사람만큼이나 부자연스럽습니다. 당신은 빤두 아들들의 마음을 난파당한 선원들처럼 가라앉게 합니다. 비마세나여, 당신에게 걸맞지 않은 이 같은 말은 산이 걸어 다니는 것을 보는 것만큼이나 나를 놀라게 합니다. 바라따의 후예여, 당신의 행적과 고귀한 혈통을 보십시오. 그리고 일어나십시오. 영웅이여, 가라앉지 말고 당당하십시오. 적을 길들이는 이여, 풀죽은 당신의 모습은 당신 같아 보이지 않습니다. 힘을 갖지 못한 크샤뜨리야는 아무것도 누릴 수 없습니다.'"

74

이어지는 와이샴빠야나의 이야기는 이러하다.

와아수데와의 이 같은 말을 듣고 늘 성마른 분심에 꿈틀거리던 비마는 준마처럼 뛰어가서 지체 없이 말했다.

'끄르슈나여, 당신은 내가 하고자 하는 말을 완전히 잘못 아셨습니다. 자나르다나여, 오랜 세월을 함께 지냈기에 당신은 진정 내가 어떤 사람인지 잘 압니다. 내가 지금은 극도로 몸을 낮추고 있으나 전장에서는 진정 용맹스럽다는 것을 알 것입니다. 들어맞지도 않는 그런 말로 나를 아프게 하는 것을 보니 혹 당신은 그저 수면에 둥둥 떠 있는 배처럼 나를 잘 알지 못하는지도 모르겠습니다. 끄르슈나여, 비마세나인 나를 잘 아는 어느 누가 당신이 지금 하는 것과 같은 그런 맞지도 않은 말을 하리까? 우르슈니의 후손이여, 그러니 나는 내 사내다움에 대해서, 또 누구와도 같지 않은 힘에 대해서 직접 말하려고 합니다. 물론 자화자찬은 귀한 사람이 할 만한 것이 아님은 분명하지만 그래도 당신의 지나친 말이 거슬려 내가 가진 힘에 대해 말해야겠습니다.

끄르슈나여, 여기 땅이 있고 저기 하늘이 있습니다. 움직임 없이 무한히 뻗어있는 저 두 어머니를 토대로 만생명이 살아가지요. 저 둘이 성나서 바위처럼 서로 느닷없이 부딪친다 해도 나는 내 두 팔로 이 둘을 떨어뜨려놓을 수 있습니다. 저들 안에서 움직이고 아니 움직이는 모든 생물도 한꺼번에 말이지요. 두 개의 거대한 문설주 같은 내 두 팔의 공간을 보십시오. 나는 이 안에 갇혔다 빠져나가는 이는 어

느 누구도 보지 못했습니다. 히말라야도, 바다도, 발라를 죽인 벼락
쥔 이도, 혹은 셋이 함께 힘을 합해도 내게 한 번 잡힌 사람을 구해내
지는 못합니다.

빤다와에게 대드는 크샤뜨리야들이 있다면 나는 그들 누구와도
싸워 모조리 내 발바닥으로 짓밟아서 땅에 심어버릴 것입니다. 끄르
슈나여, 당신은 내 힘이 얼마 만큼인지, 혹은 내가 어떻게 왕들을 물
리치고 어떻게 제압했는지 알지 못합니다. 혹시 떠오르는 태양빛 같
은 나를 지금까지 잘 알지 못했다면 내가 전장의 회오리 속으로 뛰어
들 때 알게 되겠지요. 무구한 이여, 어찌하여 상처에 바늘을 꽂는 듯
한 거친 말로 나를 욕보이는 것입니까? 나에 대해 있는 그대로 말했
으나 사실 나는 이보다 더 하답니다. 혼잡한 전쟁이 시작되는 살육의
날에 당신은 코끼리 몰이꾼들과 전차병들이 내게 쫓겨나가는 것을 보
게 될 것입니다. 격노한 내가 황소 같은 크샤뜨리야들을 처단하고 최
고들 중의 최고의 전사들을 끌어내리는 것을 당신도 세상 사람들도
모두 볼 수 있겠지요. 내 신경은 끄덕도 않고 내 마음은 떨지 않습니
다. 세상 사람들의 어떤 분노도 나를 두렵게 하지 못합니다. 마두를
처단한 이여, 선한 마음만이 내가 자비심으로 이 곤경을 이겨내게 합
니다. 우리 바라따가 사멸하지 않게 해주십시오.'

성스런 이가 말했다.

'당신의 속내를 알고 싶고, 당신에게 정이 깊어 그렇게 말한 것일 뿐 당신을 힐난하거나 내 지혜를 내세우려고 그런 것이 아닙니다. 화나서도, 또 의심을 품어서도 아닙니다. 당신의 꼿꼿한 마음을 알고, 당신이 가진 힘을 알고, 당신이 한 일을 압니다. 당신을 모욕하려고 그런 것이 아닙니다. 빤두의 아들이여, 나는 당신이 자신에 대해 생각하는 것보다 당신을 천 배는 더 좋게 생각합니다. 비마여, 당신은 모든 왕이 우러르는 가문, 친지들과 동료들에게 에워싸여 있는 그런 가문에서 태어난 사람입니다.

늑대 배여, 무엇이 운명이고 무엇이 인간의 의지인지 모호한 다르마가 어떻게 구분하는지를 알고자 하는 사람은 확실한 결론을 내릴수가 없습니다. 인간의 행위는 항상 의혹으로 가득해서 일을 성공하게도 하고 실패하게도 하는 것이 결국은 같은 요인인 까닭이지요. 결점을 볼 수 있는 현자들이 바로 이 길이라고 판단했던 길도 어쩔 때는 바람이 창공을 휘돌아 다른 길을 가듯, 다른 길로 드러나기도 합니다. 사람의 일은 아무리 잘 상의하고 잘 짜서 아무리 잘 이행해도 운명이 거스를 수 있기 때문이지요. 바라따여, 또한 운명이 정했거나 내버려둔 일들, 예를 들어 추위나 더위나 비, 혹은 배고픔이나 목마름 같은 일들은 인력으로 물리치기도 합니다. 또, 혜안을 가진 사람이 스스로 한 일에는 운명이 장애를 일으킨 흔적이 없기도 하지요. 이런 것들이 운명과 인간 의지의 세 가지 성격이라고 할 수 있습니다. 빤다와여,

세상은 행위 아닌 어떤 수단으로도 살아갈 수 없습니다. 그리고 이를 아는 사람은 운명이나 인간 의지의 결과에 상관없이 자신의 일을 해 나갑니다. 이를 알게 된 사람은 자신의 일을 해 나갈 때 실패에 아파하거나 성공에 환호하지 않습니다.

비마세나여, 나는 단지 이것을 말하고자 한 것뿐입니다. 꾸루와의 전쟁에서 완전한 승리를 생각해서는 안 됩니다. 운이 바뀌어도 너무 쉽사리 고삐를 놔버려서는 안 됩니다. 체념하거나 녹초가 되지 말라는 뜻입니다.

빤다와여, 내일 아침이면 나는 드르따라슈트라에게 가서 당신들의 뜻을 거스르지 않고 화평을 청할 것입니다. 저들이 화친하겠다면 끝없는 명예는 내 것이 될 터이고, 당신들의 소망은 이루어질 것이며, 저들에게도 더없는 영예가 찾아올 것입니다. 만약 꾸루들이 제자리에서 꿈쩍도 않고 내 말을 받아들이지 않는다면 전쟁이 있을 뿐이요, 그것은 끔찍한 일이 될 것입니다. 비마세나여, 그 전쟁에서 당신은 짐을 지고 아르주나는 멍에를 맬 것이나 다른 사람들은 그저 끌려올 따름이겠지요. 나는 아르주나의 마부로 그 전쟁에 설 것입니다. 이는 아르주나의 뜻입니다. 내가 전쟁을 바라지 않아서 그런 것이 아닙니다. 늑대 배여, 당신의 마음을 확실히 알 수 없는데다 당신의 불꽃을 피워 올리고 싶었기에 내시처럼 굴지 말라고 말했던 것입니다.'

아르주나가 말했다.

'자나르다나여, 말해야 할 것들은 유디슈티라가 직접 말씀 하셨습
니다. 적을 태우는 분이시여, 당신의 말씀을 듣고 있자니 당신은 드르
따라슈트라가 탐욕스러워서, 혹은 우리가 너무 궁지에 몰려있어서 화
평을 맺기가 어렵다고 생각하시는 듯합니다. 당신은 인간의 용기만으
로는 제대로 결실을 맺지 못한다고, 또한 사내다운 행동이 아니면 결
실을 얻을 수 없다고 생각하십니다. 당신이 말씀하신 것은 그럴 수도
있고 그러지 않을 수도 있습니다. 그러나 어떤 것도 가능하지 않은 것
으로 보셔서는 안 됩니다. 이런 곤궁함이 어찌 우리의 나약함에서 비
롯되었다고 여기시는 겁니까? 사람들은 일을 하지만 결실을 내지 못
하기도 합니다. 위용 넘치는 분이시여, 일을 제대로만 한다면 결실은
따라올 것입니다. 끄르슈나여, 우리가 다른 이들과 평화로이 지낼 수
있는 그런 일을 해주십시오.

영웅이시여, 쁘라자빠띠가 신들과 아수라들에게 그러하듯 당신은
꾸루와 빤다와들 모두에게 최고의 벗입니다. 우리에게 이로움을 가져
다주는 일이 당신께는 그다지 어려운 것이 아니라고 여겨집니다. 꾸
루와 빤다와가 병들지 않게 당신이 힘을 다해 주십시오. 자나르다나
여, 그리하신다면 당신이 하셔야 할 일은 다 하신 것입니다. 단지 그
곳에 가시는 것만으로도 그 일을 다 하신 것임은 의심의 여지가 없지
요. 영웅이시여, 저 마음 고약한 자에게 이런저런 일을 해주고 싶으
시다면 당신이 원하시는 대로 다 하십시오. 끄르슈나여, 그들과 함께

평화를 찾아도 좋고, 당신이 뜻하시는 무언가를 하셔도 좋습니다. 당신이 마음속에 품은 소망, 그것이 우리에게는 스승이 될 것입니다.

다르마의 아들 유디슈티라의 영예로운 모습을 보고 견딜 수 없어 했던 저 마음 고약한 자는 아들 친지들과 함께 죽임을 당해도 쌉니다. 마두를 처단한 분이시여, 정당한 방법을 찾지 못했던 그는 속임수 노름이라는 잔혹한 수단으로 영예를 빼앗았습니다. 크샤뜨리야 가문에서 태어난 활잡이라면 차라리 목숨을 내놓을지언정, 청하는데 어찌 응하지 않으리까? 우르슈니의 후손이시여, 나는 다르마의 왕이 부당하게 패해서 숲으로 유배 떠나는 것을 보고, 수요다나는 내게 죽임을 당해 마땅하다고 생각했습니다.

끄르슈나여, 당신이 벗들을 위해 뭔가 하려는 것은 놀라운 일이 아닙니다. 헌데 주로 어떤 방식을 택하시렵니까? 온화한 방식입니까, 아니면 적대적 방식입니까? 혹여 당신께서 저들이 곧장 죽임을 당하는 편이 더 낫다고 여기신다면 지체 없이 실행하십시오. 망설이지 마십시오. 드라우빠디가 회당 한가운데서 저 마음 나쁜 자에게 어떤 고초를 당했는지는 당신도 아십니다. 우리는 그것도 참았었습니다. 끄르슈나여, 그런 자가 빤다와들을 정당하게 대하는 것은 생각지도 못할 일입니다. 그것은 마치 황무지에 씨를 뿌리는 것과 같지요. 그러니 우르슈니의 후손이시여, 빤다와들을 위해 당신이 알맞고 바르다고 여기는 일은 뭐든 어서 해주십시오. 그 뒤는 우리가 알아서 하겠습니다.'

성스런 이가 말했다.

'뚝심 좋은 빤두의 아들 아르주나여, 자네가 말한 대로일세. 그럼에도 모든 것이 두 행위에 의존하고 있다네. 농부가 기름진 땅을 아무리 깔끔하게 갈아놓아도 비가 내려주지 않으면 작물은 결실을 맺을 수가 없지. 꾼띠의 아들이여, 어떤 이들은 이렇게 말하기도 한다네. 물 뿌리기 같은 일을 공들여서 하는 것은 인간의 일이요, 그럼에도 땅이 다 말라버리는 것을 볼 수가 있는데, 이는 하늘의 일이라고 말일세. 고결한 우리의 선조들은 지혜로 이를 알았지. 하늘의 일과 인간의 일이 결합하여 세상 일이 돌아간다고 말일세. 나는 인간이 할 수 있는 최선의 일을 하겠으나 하늘의 뜻이야 어찌할 수 없을 것이네.

저 마음 나쁜 두료다나는 다르마와 진실을 버리고 그런 고약한 일을 저지르고도 후회할 줄을 모르지. 샤꾸니와 마부의 아들 까르나, 그리고 아우인 두샤사나 같은 책사들도 그의 악독한 생각을 키워주고 있다네. 쁘르타의 아들이여, 수요다나와 그의 친지들은 죽기 전에는 왕국을 포기하고 화평을 맺지 않을 것이네. 쁘르타의 아들이여, 다르마의 왕은 굴복으로 왕국을 포기하지는 않겠다고 했네. 하지만 저 마음 나쁜 자가 그의 요구대로 왕국을 돌려주지는 않을 것일세. 나는 유디슈티라의 요구를 굳이 그에게 들려줄 필요는 없으리라고 생각하네. 바라따의 후예여, 다르마의 왕 스스로가 이미 그리하지 말아야 할 이유를 말했지. 바라따의 후손이여, 저 악독한 까우라와는 그런 일들을 하나도 하지 않을 테지만, 그리하지 않으면 나나 세상 사람들에게 죽임을 당해도 쌀 것이네. 그대들이 모두 어렸을 적에도 그는 비뚤어져 있었다네. 악독하고 고약한 그는 유디슈티라에게 드리워져 있는 영광을 본 뒤로는 평온을 찾을 수 없었기에 잔혹한 방법으로 왕국을 빼앗았지. 쁘르타의 아들이여, 그는 몇 번이고 그대에게서 날 떼어놓으려고 했었지만 나는 그의 사악한 의도를 받아들이지 않았다네.

뚝심 좋은 이여, 그가 무엇을 가장 높이 여기는지는 그대도 알고 있네. 또한 내가 다르마의 왕에게 얼마나 잘하고 싶어 하는지도 알 것이네. 아르주나여, 그와 내가 무엇을 가장 귀하게 여기는지 알면서도 어찌하여 아무것도 모르는 사람처럼 느닷없이 의심을 품는단 말인가? 쁘르타의 아들이여, 그대는 또 조물주가 정해 주신 가장 신성한 것이 무엇인지도 알고 있지. 어찌하여 적과 평화로이 지내려 하는가? 빤다와여, 내가 할 수 있는 말과 행위는 다 해보겠지만 적과의 평화는 기대하지 않으려네. 그는 지난 해 소를 약탈해 갈 때 이와 같은 화친에 대해 말하던가? 비슈마가 그렇게 청했음에도 말일세. 그대가 저들을 패퇴시키겠다고 마음먹은 바로 그 순간 저들은 패하고 말았지. 수요다나는 아무리 작은 것이라도 잠시도 떼어놓으려 하지 않을 걸세.

어떤 경우에도 나는 다르마 왕의 명을 수행하려고 할 것이네. 저 마음 나쁜 자의 악행을 다시 한 번 생각해줘야겠지.'

나꿀라가 말했다.

'끄르슈나여, 다르마를 아는 자애로운 유디슈티라께서 여러 번 말씀하셨고, 그것은 다르마에 바탕을 둔 것이 사실입니다. 끄르슈나여, 비마세나도 왕의 마음을 알고, 자신의 팔심을 알기에 화친을 말했던 것입니다. 영웅이시여, 당신께선 아르주나가 말해야만 했던 것도 들으셨습니다. 당신께서도 무엇이 당신의 생각인지 말씀하셨지요.

이제 당신은 다른 사람들의 생각이 무엇인지 들으셨습니다. 허나 그것들 모두 잊어버리시고 당신이 시기에 적절하다고 생각하시는 일을 하십시오. 적을 길들이는 께샤와여, 사람들은 때마다 각자의 생각이 있지만 스스로 시기에 적절하다고 생각되는 일을 해야 하겠지요. 어떤 일에 있어 생각은 이러하나 실제는 저러할 수도 있습니다. 위없는 분이시여, 세상 사람들의 마음은 항상 같은 것이 아니랍니다. 끄르슈나여, 우리가 숲에서 지낼 때의 생각은 그러했고, 숨어서 지낼 때는 또 저러했으나 신분이 드러나도 되는 지금은 또 이러합니다. 우르슈니의 후손이시여, 우리가 숲을 이리저리 떠돌 때는 왕국에 대한 생각이 지금과 같지 않았습니다. 자나르다나 영웅이시여, 우리가 숲 속 생활을 청산했다는 말을 듣고 당신의 후의로 일곱 사단이 와서 우리와 연합했지요. 상상 못할 힘과 용맹을 지닌데다 전쟁을 위한 무기까지 들고 있는 이 범 같은 사내들을 보고 떨지 않을 사람이 어디 있으리까?

그러니 당신은 꾸루들 가운데서 우선 좀 우둔한 사람처럼, 소심한 듯 유순하게 말씀하셔야 합니다. 그리하면 두료다나는 상처받지 않을 것입니다. 께샤와여, 여기에는 유디슈티라가 있고 비마세나, 무적의 아르주나, 사하데와, 나, 그리고 당신과 발라라마, 대영웅 사띠야끼, 위라타와 그의 아들들, 드루빠다와 그의 책사들, 그리고 드르슈타듐나 빠르샤따, 용맹한 까쉬들의 왕, 쩨디의 왕 드르슈타께뚜가 있습니다. 인간의 살과 피를 가진 어느 누가 전장에서 이들을 상대로 싸우려 하리까? 당신이 그곳에 가는 것만으로도 다르마의 왕의 소망은 이루어지리라고 믿어 의심치 않습니다. 무고한 이여, 위두라, 비슈마, 드로나, 그리고 바흘리까는 명민한 이들이니 당신이 말씀하실 때 자기들에게 무엇이 좋을지 알겠지요. 그들이 드르따라슈트라를 부르고 저 악행을 저지르는 수요다나와 그의 책사들을 부를 것입니다. 자나르다나여, 길에서 나뒹굴고 있는 문제를 위두라는 듣는 것으로, 당신은 말씀하시는 것으로, 둘이서 멈추지 못할 일이 어디 있으리까?'

79

사하데와가 말했다.

'왕이 하신 말씀은 항상 다르마가 영구하다는 것이었습니다. 적을 태우는 분이시여, 그러나 싸워야만 한다면 그리되게 해야겠지요. 끄르슈나여, 까우라와들이 빤다와들과 화평을 맺고자 해도 차라리 저들이 전쟁을 하도록 도발하십시오. 빤짤라의 공주가 저들의 회당에서 그런 치욕을 당한 것을 보고, 죽이지 않고서야 어찌 수요다나를 향한 내 분노가 가라앉았으리까? 끄르슈나여, 만약 비마와 아르주나와 올곧은 다르마의 왕이 다르마에 매달려 있겠다면 전장에서 나 혼자라도 싸워야겠습니다.'

사띠야끼가 말했다.

'마음 크신 이여, 뚝심 좋은 사하데와가 한 말이 옳습니다. 두료다나를 처단해야만 내 분노가 가라앉을 것입니다. 나무껍질 옷 입고, 사슴가죽 두른 채 괴로워하며 숲으로 떠나는 빤다와들을 보고 당신의 분노도 치솟았음을 아십니까? 위없는 이여, 그러니 이 황소 같은 사내, 마드리의 용사 아들 사하데와의 말은 모든 전사들의 마음입니다.'

와이샴빠야나가 말했다.

"마음 큰 유유다나 사띠야끼가 이렇게 말하는 동안 그곳에 있던 모든 병사들 사이에서 사자의 포효 같은 무시무시한 함성이 일었습니다. 사방천지에서 '옳소, 옳소'를 외치며 싸우고 싶어 안달이던 영웅들이 쉬니의 후손 사띠야끼의 말을 반겼답니다."

80

이어지는 와이샴빠야나의 이야기는 이러하다.

다르마와 아르타를 담은 왕의 유익한 말을 듣고 이제 끄르슈나아가 슬픔에 여윈 모습으로 앉아 있는 끄르슈나에게 말했다. 칠흑같이 검고 긴 머리채를 늘어뜨린 드루빠다 왕의 딸은 사하데와와 대전사 사띠야끼에게 경의를 표했다. 비마세나마저 화친에 뜻을 두고 있음을 본 그녀는 몹시 마음이 상했다. 눈물이 가득 담긴 눈으로 마음 꼿꼿한 그녀가 말했다.

'팔심 좋고 다르마를 알며 마두를 처단하신 자나르다나여, 드르따라슈트라의 아들과 책사로 인해 빤다와들이 어떻게 행복에서 멀어졌는지, 그리고 왕이 산자야에게 무슨 생각을 담아 은밀히 전했는지 당신은 알고 계십니다. 큰 빛을 지닌 이여, 또한 당신은 유디슈티라가 산자야게에 무슨 말을 했는지도 전부 들어서 알고 계십니다. 그는 "완력 넘치는 분이시여, 꾸샤스탈라, 우르까스탈라, 마산디, 와라나와따, 그리고 어디든 당신이 주시고 싶은 것을 다섯 번째로 해서 저희들에게 다섯 개의 마을만 주십시오"라고 했지요. 께샤와 끄르슈나여, 두료다나와 그의 동지들은 이 말을 전해 들어야 했습니다. 그리고 염치 있고 화친을 바라는 유디슈티라의 이 같은 청을 듣고서도 수요다나는 응하지 않고 있습니다. 끄르슈나여, 수요다나가 만약 왕국은 돌려주지 않고 화친하기만을 바란다면 그곳에 가서 절대로 화평을 맺으셔서는 안 됩니다.

완력 넘치는 이여, 빤다와들과 스른자야들은 섬뜩하고 광분한 저들의 병사들과 충분히 맞서 싸울 수 있습니다. 마두를 처단한 이여, 회유로도 베풂으로도 저들에게 어떤 의미도 찾을 수 없다면 자비심을 보일 필요가 없습니다. 끄르슈나여, 회유와 베풂으로 달래지지 않는 적은 채찍을 풀어야 합니다. 그래야 우리가 안심하고 살 수 있습니다. 그러니 끄르슈나여, 빤다와, 스른자야들과 힘을 합해 완력 넘치는 당신께서 지체 말고 저들에게 큰 채찍을 휘두르십시오. 끄르슈나여, 빤다와들에게는 이로움이, 당신께는 명예가 그리고 크샤뜨리야들에게는 넘치는 행복이 올 수 있도록 해주십시오. 다샤르하 끄르슈나여, 스와다르마를 따르는 크샤뜨리야라면 탐욕에 찌든 크샤뜨리야와 크샤뜨리야가 아닌 자들을 처단하는 것이 옳습니다. 친애하는 이여, 그러나 아무리 온갖 죄에 찌들었어도 어떤 계급보다 중하고 무엇이든 우선적으로 취해야 하는 브라만은 여기서 제외되어야겠지요. 자나르다나여, 다르마를 아는 지혜로운 이들은 죽이지 말아야 할 사람을 죽이는 것과 죽어 마땅한 사람을 죽이지 않는 것이 같은 죄라고 말합니다. 끄르슈나여, 빤다와들과 스른자야들과 그들의 병사들 모두 함께 그리고 당신도 그런 잘못에 젖어들지 않도록 하십시오.

자나르다나여, 하고 또 했던 말을 또 한 번 확실히 말씀드리렵니다. 께샤와 끄르슈나여, 혹여 이 세상에 저와 같은 여인이 있던가요? 저는 제단 가운데서 솟아나온 드루빠다 왕의 딸이며 드르슈타듐나의 누이요, 당신의 좋은 벗입니다. 아자미다 가문에 들어와서 고결한 빤두의 며느리가 되었고 인드라 같은 빛을 지닌 다섯 빤다와들의 정비가 되었지요. 끄르슈나여, 다섯 영웅들에게서 낳은 다섯의 대전사 아들들은 당신에게 아비만유와 똑같습니다.[*] 께샤와여, 그런 제가 빤두

~똑같습니다_ 아비만유는 아르주나와 끄르슈나의 누이인 수바드라 사이에서 태어났으므로 끄르슈나의 조카이다. 따라서 아르주나를 포함한 다섯 빤다와와 드라우빠디 사이에서 태어난 아들들도 끄르슈나의 조카가 된다.

의 아들들이 보고 있고 당신이 뻔히 살아 있는데도 머리채를 잡혀 회당에서 그런 고초를 겪었습니다. 꾸루의 후손들과 빤짤라들과 우르슈니들이 살아있을 때 저 악독한 놈들의 회당 가운데로 끌려가 하녀가되었습니다. 고원다여, 저 빤두들이 분심도 없이 넋 놓고 바라보고 있을 때 저는 마음으로 당신이 저를 구해 주시기를 빌었습니다. 께샤와여, 존경하옵는 제 시아버지인 왕께서 빤짤라 공주인 제가 마땅히 그릇이 되므로 소원을 말하라 하셨지요. 그때 저는 빤다와들이 전차와무기들을 갖게 하고 종이 되지 않게 해달라고 했었습니다. 그리하여빤다와들은 자유의 몸이 되긴 했으나 숲에서 살아야 했지요.

자나르다나여, 당신은 이 같은 제 고통을 알고 계십니다. 연꽃 눈의 끄르슈나여, 다시 한 번 형제들, 친지들, 친척들과 함께 저를 구해주소서. 끄르슈나여, 저는 비슈마와 드르따라슈트라 두 분 모두에게정당한 며느리가 아니더이까? 그런 제가 종이 되었습니다. 끄르슈나여, 두료다나가 지금 이 순간에도 살아 있는데 비마세나의 힘은 어디갔고 아르주나의 활은 무엇에 쓴답니까? 끄르슈나여, 혹시 제가 당신의 마음에 들어 제게 자비를 베푸시려거든 당신의 모든 분노를 다르따라슈트라들에게 쏟아주소서.'

이렇게 말한 드라우빠디, 풍만한 둔부에 검은 눈을 가진 여인은칠흑처럼 검은 머리채, 온갖 상서로운 표식을 갖추고 성스러우리만치 좋은 향기를 내며 반짝이는 큰 뱀처럼 부드럽게 굽이치는 한쪽 머리채를 왼손으로 살짝 걷어 올렸다. 코끼리 걸음걸이에 연꽃 눈을 지닌 여인 끄르슈나아는 눈물을 가득 담은 눈으로 끄르슈나에게 다가가서 말했다.

'연꽃 눈의 끄르슈나여, 이 머리채가 두샤사나의 손에 끌려온 것입니다. 당신이 적과 화평을 맺고 싶어지는 모든 순간에 이 사실을 기억하십시오. 끄르슈나여, 비마와 아르주나가 자비심에 넘쳐 화평을 맺고자 한다면 연로하신 내 아버지와 대전사 아들들이 싸울 것입니다. 마두를 처단하신 이여, 아비만유를 선두로 삼은 나의 다섯 대용사 아들들도 꾸루들과 싸울 것입니다. 두샤사나의 검은 팔이 먼지에 뒤덮여 잘려나간 것을 보지 않는다면 내 마음에서 고요함이라고는 볼 수 없겠지요. 타오르는 불과 같은 분노를 가슴 속에 새기며 열세 해가 지날 때까지 기다렸습니다. 저 완력 넘치는 비마가 오늘은 그저 다르마만 보고 있으니 그의 말의 화살에 내 가슴이 찢깁니다.'

눈이 긴 여인 끄르슈나아는 이렇게 말하며 눈물에 목이 잠겨 덜덜 떨더니 눈물이 가슴을 적시도록 소리 내어 울다 훌쩍거렸다. 풍만한 둔부를 지닌 여인의 눈에서 흐른 눈물은 흐르는 불처럼 뜨거웠다. 완력 넘치는 께샤와 끄르슈나가 달래듯 그녀에게 말했다.

'끄르슈나아여, 당신은 곧 바라따의 여인들이 우는 것을 보게 될 것이오. 가여운 여인이여, 그들은 친척들과 친지들의 죽음에 눈물을 흘릴 것이오. 빛나는 여인이여, 당신의 분노가 향해 있는 자들은 이미 동지와 병사들을 잃은 것과 같다오. 유디슈타라의 명을 받은 비마, 아르주나, 쌍둥이와 함께 내가 운명이 정한 바에 따라 그리 되게 할 것이오. 때가 익은 다르따라슈트라들이 내 말을 듣지 않는다면 개와 자칼의 먹이가 되어 땅바닥에 죽어넘어질 것이오. 내 말이 공허한 것이라면 히말라야 산이 걷고, 땅이 백 조각으로 나뉘며, 하늘이 별들과 함께 내려앉으리니. 끄르슈나아여, 내 맹세하노니 눈물을 거두시오. 이

제 곧 당신의 남편들이 영광을 얻고 적들이 모두 죽는 꼴을 보리다!'

81

아르주나가 말했다.

'당신은 지금 모든 꾸루들의 가장 좋은 벗입니다. 언제나 양쪽 모두에게 다정한 친지셨습니다. 께샤와여, 빤다와들은 다르따라슈트라들과 별 탈 없이 지냈으면 하고, 당신은 이들에게 평화를 가져올 능력이 있습니다. 적을 처단하는 연꽃 눈의 끄르슈나여, 이들의 화평을 위해 분심 많은 바라따의 후손 수요다나에게 가시어 해야 할 말씀을 하십시오. 당신이 하신 말씀은 다르마이자 아르타이며 복되고 건강합니다. 저 아둔한 자가 그런 당신의 말씀을 받아들이지 않는다면 운명의 손아귀에 떨어지고 말 것입니다.'

성스런 이가 말했다.

'우리에게 이롭고 정당하며 꾸루들에게 탈이 없게 하기 위해 드르따라슈트라 왕에게 가리다.'

와이샴빠야나가 말했다.

"자나메자야 왕이시여, 그리하여 가을이 지고 겨울이 시작될 무렵, 곡식이 풍성하고 행복이 넘치는 때*, 레와띠 별이 뜨는 까우문다

~넘치는 때_ 인도의 계절은 우기가 끝나고 가을에서 겨울로 넘어가는 때, 그리고 겨울

388

달, 태양이 부드러운 빛을 비추는 상서로운 마이뜨라 시간에 어둠이 걷히고 티 없는 해가 솟아오르자 진실한 이들 중에서도 가장 빼어난 이는 갈 준비를 마쳤습니다. 인드라가 선인들의 축원을 듣는 듯 끄르슈나는 진실을 아는 브라만들이 성스러운 음색으로 읊조리는 상서로운 진언을 들었답니다. 아침 의례와 목욕을 마치고 몸을 맑힌 끄르슈나는 잘 단장한 뒤 태양과 불을 숭배했습니다. 소의 등을 쓰다듬고 브라만들에게 절을 올린 그는 불을 한 바퀴 돈 뒤 자기 앞에 있는 상서로운 것들을 바라봤습니다. 유디슈티라의 말을 떠올린 자나르다나는 그곳에 앉아 있던 쉬니의 손자 사띠야끼에게 말했지요."

이어지는 와이샴빠야나의 이야기는 이러하다.

끄르슈나가 말했다.
'소라고둥과 원반과 철퇴를 전차에 실어두게. 화살집과 투창 그리고 던지는 모든 무기도 싣게. 두료다나와 까르나와 샤꾸니는 사악한 자들일세. 그리고 강한 자라면 적이 아무리 약해빠졌어도 경시해서는 안 되는 법이니 말일세.'
원반과 철퇴를 들고 있는 께샤와의 마음을 읽은 시종들이 마차를 매려고 부산하게 움직였다. 해와 달을 닮은 두 개의 바퀴가 장식된 마차는 세기를 끝내며 타오르는 불처럼 빛나며 나는 듯 창공을 가를 것이었다. 마차는 온통 반달, 달, 물고기, 사슴, 새, 갖은 꽃과 빛나는 보물과 보석들로 온통 장식되었고, 아침 햇살처럼 눈부시게 아름다운

에 곡식과 채소가 가장 풍성하다.

기와 깃발들이 금은보화로 꾸민 깃대에 걸려있었다. 호랑이 가죽을 씌운 마차에는 필요한 것들이 완벽하게 준비되었다. 적의 명예를 스러지게 하고 야두의 기쁨을 키울, 감히 근접할 수 없는 마차였다. 시종들은 끄르슈나의 준마인 사인야, 수그리와, 메가뿌슈빠, 발라하까를 깨끗이 씻기고 마구馬具를 모두 갖추어 마차에 맸다. 가루다 깃발을 펄럭이며 힘찬 소리로 내달리는 마차는 끄르슈나의 위대함을 더욱 키워줄 것이었다.

끄르슈나는 공덕 많은 이가 천상에 오르듯 구름과 북소리를 울리는 마차, 메루 산봉우리처럼 높은 마차에 올랐다. 위없는 이는 사띠야끼도 함께 오르게 한 뒤 하늘과 땅을 마차 소리로 메우며 길을 떠났다. 상서로운 바람이 불고 한순간에 구름이 걷히더니 먼지가 가라앉았다. 짐승과 새들이 상서롭게 오른쪽으로 한 바퀴 돌더니 떠나는 와아수데와 뒤를 따랐다. 두루미와 딱따구리, 백조들이 사방에서 날개를 퍼덕이고 상서로운 소리를 내며 끄르슈나 뒤를 따랐다. 제 지내는 데 쓰이는 엄청난 제물과 진언이 불에 바쳐졌고 불길은 오른쪽으로 돌아 치솟으며 연기를 거두어들였다. 와시슈타, 와마데와, 부리듐나, 가야, 끄라타, 슈끄라, 나라다, 왈미까, 마루따, 꾸쉬까, 브르구 등의 브라만 선인들과 천상 선인들이 모두 인드라의 아우이자 야두들의 기쁨인 끄르슈나를 오른쪽으로 돌았다. 제사에서 큰 몫을 받는 르쉬[†]들과 선자들에게서 이 같은 우러름을 받은 끄르슈나는 꾸루들이 있는 곳을 향해 걸음을 재촉했다.

르쉬_ 무니(수행자 혹은 성자)와 대등한 개념으로, 결합된 말에서는 선인으로 옮겼다. 예를 들어 데와르쉬는 천상선인, 라자르쉬는 선인왕 등이다.

꾼띠의 아들 유디슈티라는 떠나는 그의 뒤를 따랐다. 비마세나와 아르주나, 빤두와 마드리의 쌍둥이 아들, 용맹스런 쩨끼따나, 쩨디의 왕 드르슈타께뚜, 드루빠다, 까쉬의 왕, 용사 쉬칸딘, 드르슈타듐나, 위라타와 그의 아들들, 께까야들 ……, 이 모든 크샤뜨리야들이 크샤뜨리야들의 황소 같은 그가 뜻하는 바를 이루었으면 하는 마음으로 함께 걸었다. 얼마간 끄르슈나를 따라 걷던 다르마의 왕, 영예로운 유디슈티라가 왕들이 있는 가운데 말했다. 욕심이나 두려움 혹은 탐욕이나 물욕 때문에 잘못을 저지르지 않는 이, 다르마를 알고 당당하며 만생명 중에 가장 지혜로운 이, 만생명의 주인이자 위용 넘치는 신들의 신 께샤와, 만덕을 구비하고 쉬리와뜨사의 흔적이 있는 그를 꾼띠의 아들이 끌어안으며 말을 전했다.

'적을 괴롭히는 자나르다나여, 어릴 적부터 우리를 키워주시고 단식과 고행으로 상서로운 의례를 지내곤 했던 여인, 정성을 다해 신과 손님과 어른을 섬기고 자식들에게 사랑받고 자식들을 사랑했던 여인, 수요다나의 두려움에서 우리를 구해 주고, 바다에서 난파된 배를 구하듯 죽음의 위협에서 항상 우리를 지켰던 여인, 고통 받아서는 안 될 그 여인이 우리로 인해 늘 고통 속에 허덕이고 있습니다. 끄르슈나여, 그녀의 안부를 먼저 물어주십시오. 아들 때문에 서러움에 헤매이는 그녀를 많이 위로해 주십시오. 빤다와들을 칭찬하고 그녀에게 절을 올려주십시오. 적을 다스리는 이여, 그러지 말아야 했음에도 그녀는 혼인한 날부터 시댁 사람들로부터 고통과 천대를 받고 숱한 고생을 해왔습니다.

적을 다스리는 끄르슈나여, 그토록 마음 다친 어머니를 위해 내가 이 고난을 끝내고 행복을 가져오는 날이 있을까요? 우리가 숲을 떠날 때 아들 때문에 애태우던 가련한 어머니가 뒤쫓아 왔지만 우리는 그녀를 두고 숲으로 떠났었습니다. 께샤와여, 아나르따들이 아무리 잘 보살피고 있다고 해도 아들에 대한 걱정으로 애닳는 어머니가 여전히 살아계신다면 이 세상에 고통 때문에 죽는 사람은 없을 것입니다. 끄르슈나여, 주인이시여, 당신이 그녀에게 내 이름으로 절을 올리고 드르따라슈트라와 까우라와들, 그리고 우리보다 나이 많은 왕들께도 절을 올려주십시오. 마두를 처단한 이여, 비슈마, 드로나, 끄르빠, 바흘리까 대왕, 드로나의 아들, 소마닷따, 모든 바라따들 한 명 한 명, 그리고 젤 수 없는 지혜로 다르마를 모두 아는 사려 깊은 위두라, 저 꾸루들의 수장 책사, 그들 모두를 껴안아주십시오.'

왕들 가운데서 끄르슈나에게 이렇게 말한 유디슈티라는 오른쪽으로 그를 한 바퀴 돈 뒤 떠나보냈다. 그러나 아르주나는 적을 물리치는 황소 같은 다샤르하의 사내, 무적의 영웅인 벗에게 다가가 말했다.

'고원다여, 우리가 전에 논의해서 정했던 절반의 왕국에 대한 문제를 모든 왕이 압니다. 완력 넘치는 이여, 그가 당신을 존중하여 모욕하지 않고 불평 없이 왕국 절반을 준다면 좋은 일입니다. 그러면 저들은 큰 위험에서 벗어날 수 있습니다. 그러나 자나르다나여, 만약 드르따라슈트라들이 바른 책략을 알지 못하고 다른 짓을 꾸민다면 나는 기필코 크샤뜨리야들의 끝을 보여줄 것입니다.'

빤두의 아들 늑대 배는 빤두의 아들 아르주나가 이 같이 말하는 것을 듣고 몹시 기뻐했다. 그리고 다시 또 다시 분노가 치솟아 덜덜 떨었다. 꾼띠의 아들 비마는 전율하며 포효했다. 다난자야의 말은 그를 기쁨으로 흠뻑 젖게 했다. 그의 포효에 모든 활잡이들이 전율하고 말들이 놀라 똥오줌을 쌌다. 이렇게 말하며 자기 결심을 께샤와에게 전한 아르주나는 그를 껴안은 뒤 떠나보냈다. 모든 왕이 돌아가자 자나르다나는 흡족한 얼굴로 사인야와 수그리와가 끄는 마차에 서둘러 올라탔다. 다루까가 모는 와아수데와의 말들은 하늘을 삼키듯, 길을 마시듯 내달렸다.

가는 길에 완력 넘치는 께샤와는 수많은 르쉬들이 브라만의 빛을 내뿜으며 길의 양쪽 가에 서 있는 것을 보았다. 자나르다나는 황망히 마차에서 내려 모든 르쉬들에게 적절히 예를 갖춘 뒤 말했다.

'온 세상이 편안한가요, 다르마는 잘 지켜지고 있는가요, 세 계급 이 모두 브라만들의 명에 잘 따르는가요?'

마두를 처단한 이는 예로써 그들을 대한 뒤 다시 말했다.

'성스런 분들이시여, 어디에서 진리를 얻으셨나요? 어떤 길이 당신들을 이리로 이끌었나요? 하실 일이 있으시던가요? 제가 할 일이 있는 것인가요? 무엇 때문에 성스런 분들께선 이 땅으로 내려오셨나요?'

자마다그니의 아들 빠라슈라마가 거동 바른 옛 동료를 찾듯 끄르슈나에게 다가와 껴안으며 말했다.

'큰 빛을 지닌 끄르슈나여, 공덕 많은 천상 선인들, 들은 것 많은 브라만들, 자긍심 높은 선인 왕들, 고행자들은 신들과 아수라들의 옛 싸움을 지켜봤지요. 이들은 이제 이 땅의 모든 크샤뜨리야 왕들이 함께 모여 있는 가운데 당신이 진리를 설파하는 것을 보고 싶어 한다오. 께샤와여, 우리는 이 큰 볼거리를 보러온 것이오. 적을 태우는 끄르슈나여, 그래서 당신이 왕들의 한가운데서 다르마와 아르타에 관해 꾸루들에게 말하는 것을 들으려 하오. 야두의 후손 고윈다여, 비슈마, 드로나 그리고 여타의 사람들, 사려 깊은 위두라와 당신 자신도 그곳에 있겠지요. 우리는 진리 가득하고 빛나는 당신의 말을 들으려 하오. 완력 넘치는 이여, 당신을 여기서 보내리다. 우리는 다시 만날 것이오. 영웅이여, 탈 없이 가시오. 그곳 회당에서 다시 봅시다.'

82

와이샴빠야나가 말했다.

"적을 처단하는 자나메자야 왕이시여, 적의 영웅을 처단하는 열 명의 무장한 용사들이 그보다 많은 수천 명의 보병과 기병, 엄청난 보급품을 짊어진 종자들을 이끌고 데와끼의 아들 끄르슈나를 수행했답니다."

자나메자야 왕이 말했다.

"마두를 처단한 고결한 끄르슈나의 가는 길은 어떠했습니까? 그리고 저 기력 넘치는 이가 떠났을 때의 징조는 어떠했습니까?"

와이샴빠야나가 말했다.

"고결한 이가 떠날 때 놀라운 일들이 벌어졌었지요. 징조를 나타내는 엄청난 일들이 있었으니 천상의 일도 운명에 관한 일도 들어보십시오. 맑던 하늘에 천둥과 번개가 일더니 마른하늘에 폭우가 내리첬었답니다. 동쪽으로 흐르던 크고 넓은 강들이 서쪽으로 방향을 틀었고 방향들이 뒤죽박죽되어 아무것도 분간할 수 없었지요. 왕이시여, 불길이 치솟고 땅이 흔들렸으며 수백 개의 우물과 항아리들이 차올라 사방으로 물을 뿌렸답니다. 온 세상이 캄캄한 어둠에 덮이고 사방은 먼지로 흐려졌지요. 하늘에선 고성이 터져 나왔으나 어디에도 몸뚱이는 보이지 않았답니다. 왕이시여, 온 세상이 놀라운 일들로 가득 찼지요. 바라따의 후손이시여, 사나운 남쪽 바람이 흉흉한 소리를 내며 하스띠나뿌라를 향해 불어대서 수없이 많은 나무들을 송두리째 뽑아버렸답니다.

그러나 우르슈니의 후손이 간 곳이면 어디든 상쾌한 바람이 불었고 모든 것이 바른 쪽으로 향해갔답니다. 하늘에선 꽃비가 내리고 무수한 연꽃들이 생겨났으며 길은 장애 없이 순탄하고 가시나무와 가시풀들이 없어졌습니다. 팔심 넘치는 끄르슈나가 이르는 곳마다 브라만들이 꿀과 꽃과 엄청난 재물로 환대했지요. 여인들도 길가에 늘어서 모두를 구원하는 고결한 끄르슈나에게 향기로운 들꽃을 뿌렸답니다.

황소 같은 바라따의 후손이시여, 끄르슈나는 모든 곡식이 풍요롭게 자라고 있는 곳, 모든 법다운 이들이 모여 안락하게 살고 있는 아름다운 샬리바와나를 지나갔답니다. 바라따들이 지켜주기에 적들의 침범에서 자유로워 별다른 어려움이 없고, 탈 없이, 항상 즐겁고 좋은 마음으로 살아가는 도성 사람들이 우빨라위야에서 온 왕국의 귀빈을, 타는 불처럼 영예롭고 위용 넘치는 위슈와끄세나[†]를 맞으러 길가에 모여 그에 걸맞는 환대로 우러렀지요.

위슈와끄세나_ 위슈누, 즉 끄르슈나.

적의 영웅을 처단하는 께샤와는 구름 한 점 없는 태양이 빛을 뿌리고 있을 때 마침내 우륵샤스탈라에 이르렀습니다. 마차에서 내린 그는 서둘러 의례에 따라 몸을 깨끗이 한 뒤 마차를 풀게 하고는 황혼의 의례를 위해 자리를 잡았답니다. 다루까는 말들을 풀어주고 정해진 규율에 따라 잘 보살핀 뒤 모든 마구와 안장을 내리고는 놓아주었지요. 이런 일들을 모두 마치자 끄르슈나는 "유디슈티라의 일로 여기 왔으니 하루 밤 묵어야겠군"이라며 마부 다루까에게 운을 뗐습니다. 시종들이 그의 뜻을 알아듣고 이내 그가 묵을 자리를 만들고는 넉넉한 음식과 마실 것들을 마련했지요. 왕이시여, 그때 마을에 사는 빼어난 브라만들, 귀한 혈통에 겸양지덕을 갖추고 성스런 일을 하는 이들이 적을 길들이는 고결한 끄르슈나에게 와서 의례에 따라 예를 갖춘 뒤 축원과 축복을 내려주었답니다. 온 세상에서 가장 우러름 받아 마땅한 끄르슈나를 우러른 뒤 그들은 저 고결한 이에게 보석 가득한 자기들의 집을 바쳤습니다. 괜찮다고 그들을 만류한 위용 넘치는 끄르슈나는 각자에 맞게 예를 갖춘 뒤 그들의 거처에 갔다가 그들과 함께 돌아왔지요. 그곳에서 끄르슈나는 브라만들에게 맛좋은 음식을 바치고 그들 모두와 함께 저녁을 먹은 뒤 편안하게 밤을 보냈답니다."

83

이어지는 와이샴빠야나의 이야기는 이러하다.

드르따라슈트라는 사절들을 통해 마두를 처단한 이가 오고 있음을 듣고 몹시 기뻐하며 완력 넘치는 비슈마에게 예를 갖춘 뒤 드로나, 산자야, 지혜 큰 위두라, 두료다나와 책사들을 향해 말했다.

'꾸루의 기쁨이여, 나는 참으로 놀라운 기적 같은 일을 들었구나! 여인이건 아이건 어른이건 할 것 없이 집집마다 이 말을 한다. 모두 함께 모여 서로가 서로를 격려하고, 사거리와 회당들에서는 온갖 이야기들이 돌아다닌다. 용맹스런 끄르슈나가 빤다와들 때문에 이곳으로 오고 있다고, 모든 면에서 우리의 우러름을 받아 마땅한 이, 마두를 처단한 이가 오고 있다는구나! 그는 만생명의 주인이니 그 안에서 온 세상이 움직인다. 끄르슈나, 그 안에 당당함과 용기와 지혜와 올곧음이 머물지니! 그는 지고한 이로 우러름을 받으니, 그가 곧 영원한 다르마이기 때문이리라. 그를 잘 섬기면 행복이 올 것이요, 잘 섬기지 않으면 불행이 올지니! 적을 다스리는 저 끄르슈나가 우리의 시중을 흡족해 하면 우리는 모든 왕 가운데서 모든 소망을 이루리라. 적을 태우는 두료다나여, 지금 당장 예를 갖추어 그를 맞을 준비를 하여라. 간다리의 아들이여, 그가 소망하는 모든 것을 잘 갖추어 의례에 따라 그가 오는 길에 머물 곳을 마련하라. 완력 넘치는 왕자여, 그가 너를 흡족히 여기도록 해야 한다.

비슈마시여, 당신은 이를 혹 어찌 생각하시나요?'

비슈마를 비롯한 다른 모든 이들이 드르따라슈트라 왕의 말을 반기며 외쳤다.

'참으로 잘하신 일이오!' 그들이 모두 왕의 뜻에 따른다는 것을 알고 두료다나는 머물만한 좋은 곳을 마련하라고 일렀다. 그리하여 그들은 아름다운 곳마다 무수히 많은 머물 곳을 마련했다. 모든 곳이 정연했고 보석들로 채워져 있었다. 다양한 모양의 화사한 앉을자리들, 고운 옷들과 장신구와 향이 마련되었고 여인들을 채비시켰다. 질 좋은 먹거리와 마실 것들, 다양하게 즐길만한 것들, 향기로운 화환 등을 준비케 하고, 왕이 모든 것을 하사했다. 특히 우륵샤스탈라 마을에서 까우라와 왕 두료다나는 많은 보석이 갖추어진 아름다운 회당을 마련케 했다. 신들과 초인적인 이들에게 어울릴만한 이 모든 것을 준비시킨 뒤 두료다나는 드르따라슈트라에게 알렸다. 그러나 끄르슈나 께샤와는 모든 잠자리와 온갖 보석은 쳐다보지도 않고 곧장 꾸루들이 있는 자리를 향해 갔다.

84

드르따라슈트라가 말했다.

'집사여, 우빨라위야에서 자나르다나가 이곳으로 오는 중이어서 오늘은 우륵샤스탈라에 머물다 내일 아침 이곳으로 온다는구나. 아후까들의 주인이요 모든 사뜨와따들의 수장이며 고결하고 기력 넘치는 이, 저 위용적인 자나르다나 마다와는 부유한 우르슈니 왕가의 주인이요 보호자가 아니더냐? 저 성스런 이는 실로 삼계의 할아버지라고 할 수 있지. 아디띠야들과 와수들과 루드라들이 브르하스빠띠의 지혜에 기대고 있는 것처럼 우르슈니 안다까들은 마음 좋은 그의 지혜에 기대어 살지 않더냐? 다르마를 아는 이여, 그대가 지켜볼 수 있도록 내가 저 고결한 끄르슈나를 우러러 맞을 채비를 해야겠다.

나는 열여섯 대 각각의 황금 마차에 오로지 새까만 색으로만 된, 길 잘든 발히까 태생의 네 마리 준마를 매어 그에게 바치려 한다. 이마 터진 사나운 여덟 마리 코끼리와 함께 여덟 명의 코끼리 몰이꾼을 께샤와에게 바치련다. 출산한 적 없는 수백 명의 아름다운 황금 빛깔 피부 가진 시녀들과 그만큼의 시종들을 바칠 것이다. 산악 지대 사람들이 내게 바쳤던 만 팔천 장의 부드러운 양가죽과, 중국에서 온 수천 개의 야크 가죽을 께샤와가 필요한 만큼 바치리라. 흠결 없는 이 보물은 밤낮으로 밝게 빛나지. 나는 이것을 께샤와에게 바치리라. 그는 그럴 가치가 있고도 남음이니. 마흔 요자나†를 하루에 달릴 수 있는 암말 매인 수레를 바치고, 그의 시종들과 수레 매는 짐승들에게 자기들이 먹는 것보다 여덟 배의 먹거리를 주리니. 두료다나를 뺀 내 아들들과 손자들 모두 빛나는 마차로 단장하고 끄르슈나를 맞으러 가리라. 잘 꾸민 수천 명의 어여쁜 기녀들, 가치 대단한 최고의 기녀들이 위용 넘치는 께샤와를 맨발로 맞게 하리. 나이 찬 어여쁜 처녀들도 얼굴을 드러내고 도성에서 나가 자나르다나를 만나리. 온 도성 사람들이 남녀노소 가림 없이 태양이 뜨기를 기다리는 것처럼 마두를 처단한 고결한 끄르슈나를 기다리느니!

그가 오는 길, 사방에 커다란 기와 깃발들을 내걸게 하고 물을 뿌려 먼지를 없앤 뒤 그를 환영케 하라. 그를 위해 두료다나 집보다 나

마흔 요자나_ 8~9 마일 혹은 13~14킬로미터 정도의 길이.

은 두샤사나의 집을 지체 없이 아름답게 꾸미라. 그 집은 아름다운 별관으로 단장되어 있고, 보기에도 좋고 쾌적한데다 일 년 내내 상서로운 보석들이 넘쳐나지. 내 모든 보석과 두료다나의 것들이 그 집에 있느니. 우르슈니의 후손이 좋아하는 것은 뭐든 주저 없이, 의심 없이 바치리.'

85

위두라가 말했다.

'바라따의 왕이시여, 당신은 삼계에 높이 추앙받는 훌륭하신 분입니다. 세상 사람들이 우러르고 흠모하지요. 삶이 저무는 때 이와 같은 모습으로 서 있는 당신은 학문을 바탕으로 해서든 차가운 이성을 바탕으로 해서든 무엇을 말해도 괜찮을 만큼 연로하신 분입니다. 대왕이시여, 백성들은 바위에 새겨진 줄처럼, 태양 속의 빛처럼, 바다 속에 들어 있는 파도처럼 다르마가 당신 안에 새겨져 있음을 압니다. 이 땅을 지키는 이여, 세상은 당신이 지닌 덕으로 인해 빛납니다. 그러니 친지들과 더불어 언제나 그 덕을 지키기 위해 애쓰셔야 합니다. 당신의 왕국과 당신의 아들들과 손자들, 그리고 당신께 소중한 동지들을 파멸시키지 않으려면 올곧게 거동하셔야 합니다. 어리석은 일을 하셔서는 안 됩니다.

자나르다나 끄르슈나는 당신이 귀빈으로 맞이해 아무리 많은 선물을 바쳐도, 이 모든 것, 혹은 더한 것이나 온 세상을 다 바쳐도 아깝지 않은 이입니다. 그러나 당신은 다르마를 따르거나 당신의 애정을 보여주기 위해 끄르슈나에게 진심으로 이런 것들을 바치는 것이 아님을 소인은 소인을 걸고 맹세할 수 있습니다. 수없이 많은 선물을 바치는 왕이시여, 이것은 속임수요, 거짓이요, 많은 것을 덮으려는 술수입니다. 왕이시여, 이것이 바깥으로 드러난 당신의 행동 뒤에 숨겨진 당신의 꾀라는 것을 소인은 압니다. 백성들의 주인이시여, 빤다와들은 단지 다섯 개의 작은 마을만 원합니다. 딱 다섯 개입니다. 그리고 당신은 그들에게 그것을 주고 싶지 않은 것입니다. 그러는데 어느 누가 화평을 맺으려 하리까? 그러면서 당신은 이따위 재물로 완력 넘치는 끄르슈나를 끌어들이려 합니다. 이런 술책으로 그를 빤다와들에게서 떼어놓으려 합니다.

진실을 말씀드리지요. 재물로도 노력으로도 비난으로도 그를 다난자야에게서 떼어놓을 수는 없습니다. 끄르슈나의 위대함을 아소서. 그의 단단한 헌신을 아소서. 그는 어떤 경우에도 자기 생명처럼 소중한 다난자야를 버리지 않을 것임을 소인은 압니다. 자나르다나는 당신에게서 물 가득 담긴 항아리와 발 씻을 물과 안부를 묻는 말 외에는 아무것도 바라지 않습니다. 그러니 왕이시여, 저 고절한 이에게 진심 담긴 환대를 하소서. 자나르다나는 그런 우러름을 받을 만한 그릇이 아니더이까? 께샤와는 좋은 결과를 바라고 꾸루들에게 오고 있습니다. 훌륭한 왕이시여, 그가 바라는 것을 바치십시오. 끄르슈나는 당신과 두료다나와 빤다와들의 화평을 바랍니다. 그가 말하는 바로 그것을 하십시오. 왕이시여, 당신은 저들의 아버지이며 저들은 당신의 아들들입니다. 당신은 나이 들고 저들은 어립니다. 저들에게 아버지처럼 행동하십시오. 저들은 당신의 아들들인 듯 굴지 않습니까?'

86

두료다나가 말했다.

'위두라가 끄르슈나에 대해 한 말은 모두 사실입니다. 자나르다나는 빤다와들에게 도저히 갈라 놓을 수 없을 만큼의 애착을 갖고 있지요. 그런데도 당신은 이 모든 재물을 환대라는 명목으로 자나르다나에게 바치려 합니다. 인드라 같은 왕이시여, 절대로 그것들을 줄 필요가 없습니다. 때와 장소가 맞지 않습니다. 끄르슈나는 그것들을 받을 가치가 없지요. 그러나 위슈누인 그는 왕이 자기를 두려워하기에 주는 것이라고 생각할 것입니다. 백성들의 주인이시여, 사려 깊은 크샤뜨리야라면 자기에게 불명예를 주는 그런 일은 하지 않는다고 저는 굳게 믿고 있습니다. 연꽃 눈의 성스러운 끄르슈나는 삼계를 통틀어 가장 우러를 만한 이임을 저는 매우 잘 압니다. 그러나 어떻든 그에게 재물을 바쳐서는 안 됩니다. 주인이시여, 우리에겐 행위의 명확한 지침이 있어야 합니다. 갈등은 이미 시작되었고, 갈등이 없었던 것처럼 행동한다고 해서 화평이 오지는 않기 때문입니다.'

이어지는 와이샴빠야나의 이야기는 이러하다.

그의 말을 들은 꾸루들의 할아버지 비슈마는 위찌뜨라위르야의 아들 드르따라슈트라 왕에게 이런 말을 했다.

'자나르다나는 환대를 받거나 받지 않는 걸로 화내지 않소. 께샤와는 자기가 모욕 당했다고 하여 타인을 모욕하지는 않지. 저 완력 넘치는 이가 해야겠다고 마음먹은 일은 누가 무슨 수를 써도 막지 못하오. 우리는 다만 의심치 말고 저 완력 넘치는 이가 우리에게 하라고 말한 일을 해야 할 뿐이오. 그리하여 와아수데와 끄르슈나라는 성지에 기대어 지체 없이 빤다와들과 화평을 맺어야 하오. 고결한 자나르다나는 반드시 다르마와 아르타에 따르는 말을 할 것이오. 왕과 친지들은 반드시 그에게 다정한 벗인 듯 말해야 하오.'

두료다나가 말했다.

'할아버지, 저는 세세생생 온전히 제 것인 이 왕국의 영예를 빤다와들과 나누어 누릴 생각이 없습니다. 제가 내린 결단은 매우 중대한 것이니 잘 들어주십시오. 저는 빤다와들 궁극의 의지처인 자나르다나를 붙들 생각입니다. 그를 붙들어두면 우르슈니들도, 이 땅도, 그리고 빤다와들도 모두 다 제 손아귀에 있을 것입니다. 아침이면 그가 옵니다. 무슨 수를 써야 저희들에게 아무 해가 없이 자나르다나가 모르는 사이에 그를 여기 붙들어둘 수 있을지 알려주십시오.'

이어지는 와이샴빠야나의 이야기는 이러하다.

끄르슈나를 붙잡아두겠다는 그의 끔찍한 말을 듣고 드르따라슈트라와 책사들은 마음이 편치 않고 괴로웠다. 드르따라슈트라가 두료다나에게 말했다.

'백성을 지키는 이여, 그리 말하는 법이 아니다. 이는 전해져 내려오는 법도가 아니거늘! 사절로 찾아온 우리의 다정한 친지인 끄르슈나를, 꾸루들에게 해를 끼친 적도 없는 그를 어찌 잡아 가두리?'

비슈마가 말했다.

'드르따라슈트라여, 머리가 거꾸로 박힌 그대의 이 아들이란 녀석이 아무래도 정신이 나간 모양이오. 동지들이 간원하는데도 이로움보다 재앙을 택하느니! 이 고약한 녀석은 고약한 추종자들과 함께 길에서 벗어나고 말았소. 왕 또한 동지들의 충언을 저버리고 아들의 뜻만 따르고 있소. 만에 하나 마음 나쁜 그대의 이 아들이 자기 책사들과 함께 흠결 없는 끄르슈나를 건드린다면 그들은 그 즉시 이 세상 사람이 아닐 것이오. 이 잔혹하고 잔인한 녀석, 다르마를 저버린 저 멍청한 녀석의 말도 안 되는 소리는 더 이상 듣고 싶지 않소.'

와이샴빠야나가 말했다.

"이렇게 말하고는 저 나이 든 바라따의 수장, 진정한 용기를 지닌 비슈마는 몹시 성을 내며 일어서더니 그곳에서 나가버렸답니다."

와이샴빠야나가 말했다.

"다음 날 아침, 끄르슈나는 일어나서 아침 의례를 마친 뒤 브라만들을 뒤로 하고 도성을 향해 떠났습니다. 자나메자야 왕이시여, 저 완력 넘치는 이가 떠날 때 우륵샤스탈라의 마을 사람들 모두가 나와 인사를 했답니다. 두료다나를 뺀 드르따라슈트라의 나머지 아들들과 비슈마, 드로나, 끄르빠 등 모두가 옷을 잘 차려 입고 그를 마중나왔지요. 왕이시여, 끄르슈나를 만나려고 도성민들도 무수히 나왔답니다. 여러 가지 수레를 타고 온 사람들도 있었고, 걸어서 나온 사람들도 있었지요. 그는 그들을 길에서 만났답니다. 그리고 흠결 없는 거동의 비슈마와 드로나, 그리고 다르따라슈트라들에게 에워싸여 도성으로 들어갔습니다. 끄르슈나를 영접하기 위해 도성은 말끔하게 단장되었고, 왕실 길은 화려하게 치장되었답니다. 황소 같은 바라따의 왕이시여, 여인이건, 노인이건, 어린아이건 모두 와아수데와를 보려고 했기에 집에 남아 있는 사람은 아무도 없었습니다. 왕이시여, 끄르슈나의 등장이 너무나 경이로웠기에 모두들 길가에 엎드려 있었답니다. 엄청나게 큰 집들조차도 아름다운 여인들이 모여들어 그 무게에 눌린 집의 기반이 무너질 지경이었지요. 왕실로 이어지는 길이 사람들로 가득차서 끄르슈나는 걸음을 늦출 수밖에 없었습니다.

적을 괴롭히는 연꽃 눈의 끄르슈나는 별관들로 잘 꾸며져 있는 드르따라슈트라의 새하얀 집에 들어섰습니다. 적을 길들이는 끄르슈나는 세 개의 궁전을 지나 위찌뜨라위르야의 아들 드르따라슈트라 왕이 머무는 곳에 이르렀지요. 지혜의 눈으로만 볼 수 있는 백성들의 군주는 끄르슈나가 다가오자 드로나, 비슈마와 함께 몸을 일으켰답니다. 끄르빠, 소마닷따, 바흘리까 대왕 등 모두가 자리에서 일어나 자나르다나를 우러렀지요. 우르슈니의 후손 끄르슈나는 명예로운 왕 드르따라슈트라와 비슈마 가까이 가서 얼른 예를 갖췄답니다. 마두를 처단한 이는 법도에 따라 그들의 나이순으로 예를 갖추고 왕들을 만났습니다. 그 뒤 자나르다나는 드로나와 그의 아들, 명예로운 왕 바흘리까, 끄르빠, 그리고 소마닷따를 만났지요. 그곳에는 금으로 빚어진 커다랗고 위용적인 어좌가 있었고, 끄르슈나는 드르따라슈트라의 명에 따라 그 어좌에 앉았답니다. 드르따라슈트라의 왕사들이 의례에 따라 소와 마두빠르까와 물을 자나르다나에게 바쳤습니다. 따뜻한 대접을 받은 끄르슈나는 웃으며 꾸루들과 함께 앉아 자기를 둘러싸고 있는 모든 꾸루들과 다정하게 친척의 정을 나누었답니다.

드르따라슈트라에게 이런 환대를 받은 뒤, 명예롭고 명예로운 적의 처단자는 왕의 허락을 구하고 자리를 떴습니다. 꾸루들과 적당히 꾸루의 회당에서 회합을 가진 뒤 끄르슈나는 쾌적한 위두라의 거처로 갔답니다. 온갖 축원으로 자나르다나를 맞은 위두라는 예를 갖추고 마음을 다해 그를 섬겼지요. 끄르슈나를 손님으로 영접한 뒤 모든 다르마를 아는 위두라는 그에게 빤다와들의 안부를 물었습니다. 더할 나위 없이 지혜로운 자나르다나는 언제나 다르마를 벗으로 삼은 지혜롭고 다정한 벗, 사려 깊고 흠결 없으며 모든 것을 먼저 보는 위두라에게 빤다와들이 사는 모습을 상세히 알려주었답니다."

88

이어지는 와이샴빠야나의 이야기는 이러하다.

적을 길들이는 자나르다나는 위두라를 만난 뒤 오후가 되자 고모에게 갔다. 말간 태양빛으로 가득한 끄르슈나가 오는 것을 본 꾼띠는 그를 껴안고 빠르타들을 생각하며 서러워했다. 아들들의 동지이자 선자들 사이에 우뚝 서 있는 우르슈니의 후손 끄르슈나를 오랜만에 본 꾼띠는 눈물을 흘렸다. 전쟁의 주인 끄르슈나가 적절히 접대를 받은 후 자리에 앉자 눈물에 입이 마르고, 눈물에 목이 잠긴 꾼띠가 말했다.

'께샤와여, 어렸을 적부터 어른을 잘 섬기고, 벗들과도, 마음 맞는 이들과도 서로 잘 지내왔던 아이들이 속임수로 왕국에서 밀려나 그러지 말아야 함에도 인적 없는 곳으로 떠났지요.[†] 분노와 기쁨을 조절할 줄 알며 진실을 말하는 선한 빠르타들이 기쁨과 행복을 버리고, 우는 나마저 버린 채 숲으로 떠날 때 내 가슴은 뿌리째 뽑히는 것 같았답니다. 께샤와여, 그런 대접을 받아서는 안 될 내 귀한 빤다와들이 사자와 호랑이들이 들끓는 숲에서 어찌 지냈던가요? 어려서 아버지를 여읜 저 아이들을 나는 참으로 애지중지 키웠답니다. 부모도 없이

~떠났지요_ 꾼띠는 끄르슈나의 고모이지만 신적 존재인 끄르슈나의 속성상 모두가 존대를 하는 것이 맞는 상황이다.

저 황막한 숲에서 어찌 지냈을지! 어릴 적부터 소라고둥과 북과 피리
와 소고 소리에 잠이 깨곤 했던 아이들이 아니던가요? 아침이면 코끼
리 울음, 말 울음, 수레바퀴의 덜컹거림, 브라만들이 제 올리는 성스
런 소리에 맞춰진 위나와 피리 소리, 그리고 그에 곁들여진 소라고둥
과 북소리를 들으며 잠이 깼었지요. 아이들은 옷과 보석과 장신구로
브라만들에게 공양 올렸고, 고결한 브라만들의 상서로운 찬가를 듣곤
했었습니다. 더없이 훌륭한 궁궐에서 랑꾸 사슴가죽을 깔고 자다가,
우러름 받고 우러를 만한 이들이 찬가로 보내는 인사를 받으며 일어
났던 아이들입니다. 자나르다나여, 저 아이들은 필경 저 깊은 숲, 들
짐승들의 울부짖음을 듣고는 잠을 이루지 못했을 것입니다. 그런 일
들을 당해서는 안 되었기 때문이지요. 마두를 처단한 이여, 북과 소라
고둥과 피리와 여인들의 달콤한 노래, 왕실의 시인들과 음유시인들의
찬가를 듣고 잠이 깨었던 이들이 어떻게 숲속 들짐승들의 울음소리를
듣고 일어날 수 있었답니까?

염치를 알고 진실하며 당당하고 절제를 아는데다 백성을 어여삐
여기는 유디슈티라는 애증을 다스리고 성현들의 길을 걷습니다. 그는
암바리샤, 만다뜨르, 야야띠, 나후샤, 바라따, 딜리빠, 쉬비 아우쉬나
라 등 옛 선인왕들의 무거운 짐을 나르고 있지요. 덕과 선행을 타고난
그는 다르마를 알고 진실에 단단하여 만덕을 갖춘 삼계의 왕이 되었
을 이입니다. 법다운 유디슈티라는 순금 같은 피부를 지녔고 다르마
와 학문과 거동에 있어 모든 꾸루들 가운데서 가장 빼어났지요. 끄르
슈나여, 팔 길고 용모 준수한 유디슈티라는 어떻던가요?

마두를 처단한 우르슈니의 후손 자나르다나여, 코끼리 만 마리의

힘을 지니고 폭풍처럼 내달리며 분심 많고 언제나 형제들을 사랑하고
사랑 받는 늑대 배 빤다와, 끼짜까와 그 친지들을 처단하고 끄로다와
샤와 히딤바와 바까를 죽인 적을 괴롭히는 영웅, 인드라와 같은 용맹
을 지니고, 달릴 때면 와유처럼 빠르며, 화나면 쉬와와 같은 최고의
싸움꾼 비마, 그럼에도 분노와 힘과 조바심을 다스릴 줄 아는 이, 형
의 명에 따라 자신을 다스리는 분심 많은 빤다와, 저 빛의 뭉치이며
세찬 힘의 흐름이자 보는 것만으로도 두려움에 떨게 하는 잴 수 없는
위력을 지닌 고결한 늑대 배 비마세나는 어떻던가요?

　추락 없는 끄르슈나여, 천 개의 팔을 지닌 사하스라 아르주나에 버
금가는 빤두의 셋째 아들 아르주나, 문설주 같은 저 두 팔로 언제라도
싸움을 승리로 이끌 수 있는 이, 한 번에 화살 오백 발을 쏘아 날리는
빤두의 아들은 활 쏘는 솜씨로는 까르따위르야 왕과 같지요. 마두를
처단한 이여, 태양과 같은 빛에 대선인과 같은 절제력, 대지와 같은
인내심에 대인드라 같은 용맹, 저 광활한 땅과, 명예롭고 영예로운 꾸
루들의 제왕 자리는 그의 힘으로 얻어온 것입니다. 까우라와들도 존
중하는 무서운 팔심을 지닌 빤두의 아들, 전차 모는 이들 중에 가장
빼어나며 진실의 용맹을 지닌 그대의 형제이자 벗이며, 신들에게 인
드라처럼 빤다와들이 의지하는 다난자야는 어떻던가요?

　만물에 자비롭고 염치를 알아 자제하는 이, 무기를 능히 알고 부드
러우며, 섬세하고 올곧은 내 사랑스런 아들 사하데와는 전장에서 빛
나는 대궁수요 맹장이지요. 끄르슈나여, 형제들의 말을 잘 듣고 다르
마와 아르타를 능히 아는 젊은이랍니다. 마두를 처단한 이여, 형제들
은 항상 고결한 사하데와의 바른 거동을 칭송하지요. 우르슈니의 후

손이여, 맏형에게 순종적이고 내 말을 잘 따르는 전쟁의 주인이자 영웅인 마드리의 아들이 어떻게 지내는지 말해 주세요.

끄르슈나여, 팔심 좋은 빼어난 전사요 대궁수인 나꿀라, 정성을 다해 키운 내 사랑스런 아들은 잘 있던가요? 완력 넘치는 이여, 안락함에 익숙하고 고생 모르던 섬세한 아이, 대전사인 나꿀라를 내가 다시 볼 수 있을까요? 영웅이여, 눈을 깜박이고 있는 한 나는 나꿀라 없이 행복을 찾을 수가 없었답니다. 지금 내가 살아 있는 꼴을 보세요.

자나르다나여, 내 아들들 모두에게 사랑받는 드라우빠디, 가문 좋고 갖춰야 할 덕을 모두 갖춘 드라우빠디, 진실을 말하는 그녀는 아들들의 세상을 뛰어넘어 남편들의 삶을 택했기에 아들들을 뒤로 하고 남편들의 뒤를 따랐었지요. 끄르슈나여, 혈통 좋은 가문에 태어나 온갖 영화 누리며 운 좋은 모든 여인들의 주인이었던 드라우빠디는 어떻던가요? 빛나는 드라우빠디는 불과 같은 전사들인 다섯 영웅 남편들, 대궁수인 저들과 함께 고통에 허덕이겠지요. 진실을 말하는 드라우빠디를 보지 못한지 열네 해가 되어갑니다. 그녀 또한 자기 아들들 걱정으로 쇠약해졌을 테지요. 저리도 고고한 드라우빠디가 저리도 끝없는 고난에 시달리는 것을 보면 사람이 선행을 한다고 해서 행복을 누리지는 않는가 봅니다. 유디슈티라도 아르주나도 비마세나도 쌍둥이도 내게 끄르슈나아만큼 사랑스럽지는 못하답니다.

회당에 있는 그 아이를 보았을 때 나는 이전에 겪었던 어떤 것도 그보다 더 고통스럽지 않았었지요. 분노와 탐욕에 젖어있던 저 나쁜 녀석은 드라우빠디를 시아버지들이 모두 계신 회당으로 끌고 오게 했었습니다. 고고한 그 아이는 모든 꾸루들이 지켜보는 가운데 홑옷 하나 달랑 걸치고 서 있어야 했지요. 그곳에는 드르따라슈트라도, 바흘리까 대왕도, 끄르빠도, 소마닷따도, 얼굴빛 잃은 꾸루들도 모두 있었습니다. 거기 모인 사람들 중에 나는 오직 집사만을 존경할 수 있답니다. 자기가 하는 행위로 인해 아르얀이 되는 것이지 지식이나 재산으로 되는 것이 아니기 때문입니다. 그리고 끄르슈나여, 고절하고 지혜 깊은 집사는 스스로의 덕으로 자신을 단장하고 세상을 지탱하고 있답니다.'

그녀는 서러움과 끄르슈나가 왔다는 기쁨이 교차되어 지금껏 품고 있었던 온갖 고통을 이처럼 다 쏟아냈다.

'적을 다스리는 이여, 노름이나 사슴을 죽이는 것과 같은 흠 있는 일들이 옛 왕들에게 행복을 가져다준 적 있던가요? 꾸루들이 모인 회당에서 끄르슈나아가 마치 부덕한 여인인 듯 다르따라슈트라들에게 모욕당한 일이, 아들들이 도성을 떠나 인적 없는 곳으로 갔던 일이 나를 태웁니다. 자나르다나여, 나는 이처럼 숱하게 많은 고통들을 안고 사는 집이 되어버렸습니다. 께샤와여, 숨어 지내야 했던 그들의 세월은, 자기 아이들에게서 떨어져 지내야 했던 것은 또 어떻던가요? 적을 태우는 이여, 열네 해 동안이나 나와 아들들이 모두 두료다나에게 모욕을 당해왔던 일보다 더 고통스러운 일은 없답니다. 이 모진 고생을 했음에도 행복이 찾아오지 않는다면 공덕의 결실이 다한 것입니다. 나는 빤다와들과 다르따라슈트라들을 차별 없이 대했었습니다. 끄르슈나여, 나는 진실로 적들이 패망하여 우리에게는 전쟁이 사라지고 그대가 빤다와들과 함께 영예로움에 휘감겨 있는 모습을 보고 싶답니다. 저들에게 패할 수 있어서가 아니라 내 기분이 그러하다는 것입니다.

나는 내 자신도 수요다나도 아닌, 마치 협잡꾼들이 재물을 나누듯 나를 꾼떠보자에게 줘버린 내 아버지를 탓합니다. 내가 겨우 공을 갖고 노는 어린아이였을 때 그대의 할아버지는 고결한 벗이었던 꾼떠보자에게 벗의 우정으로 나를 보냈었지요. 적을 다스리는 이여, 나는 이렇게 내 아버지와 시아버지에게 버림받고 말로 다할 수 없는 고통을 받아왔답니다. 끄르슈나여, 내 삶의 보람은 대체 뭘까요? 내가 왼손잡이 아르주나를 낳던 날 밤 하늘에서 "그대의 아들은 이 땅을 정복하고 그의 명예는 하늘에 이를 것이로다. 꾼떠의 아들 다난자야는 사람들 간의 전쟁에서 꾸루들을 죽인 뒤 왕국을 얻고 형제들과 함께 세 개의 희생제를 지내게 되리라"라는 목소리가 들려왔었지요.

나는 그 말을 탓한 적은 없습니다. 정해진 율법에 경배하지요. 끄르슈나여, 정해진 법은 언제나 크고 커서 백성을 지탱해줍니다. 우르슈니의 후손 끄르슈나여, 그처럼 정해진 율법이 있다면 그 말이 사실이 되겠지요. 그대가 그 모든 것이 이루어질 수 있게 하기를! 끄르슈나여, 과부인 것도, 재산을 모두 잃은 것도, 내게 적들만 남아 있는 것도 아들을 모두 잃는 것보다는 서럽지 않을 것입니다. 무기 다루는 이들 중에서도 가장 빼어난 저 간디와 활잡이 다난자야를 볼 수 없다면 내 가슴에 어찌 고요함이 있으리까? 유디슈티라와 다난자야, 쌍둥이와 늑대 배를 보지 못한지 열네 해가 지났습니다. 사람들은 떠난 자를 위해 마치 죽은 이처럼 제사를 지내줍니다. 자나르다나여, 사실 그들은 내게 죽었고, 나 또한 그들에게 죽은 것과 같습니다. 끄르슈나여, 마음 큰 유디슈티라 왕에게 '아들아, 너의 다르마가 줄어들고 있구나.

다르마가 헛되이 가게 두지 말거라'라고 말해 주세요. 와아수데와여, 나는 여기에 타인의 짐이 되어 살고 있답니다. 그것이 내 마음을 후벼 팝니다. 이렇게 애달프게 구걸하며 사느니 그냥 아무것도 기댈 곳 없이 사는 것이 더 편하겠습니다.

다난자야에게도 또 항상 싸울 준비가 되어 있는 늑대 배에게도 "크샤뜨리야 여인이 아들을 낳은 목적을 이제 실현해야 할 때가 되었구나. 때가 왔음에도 그때를 놓친다면 세상이 아무리 높게 치는 사람이라도 스스로 잔인한 일을 하는 것과 같다. 너희들이 만약 잔인함과 타협한다면 나는 너희들 곁을 영원히 떠나리라. 제때가 온다면 사람은 목숨이라도 버려야 하기 때문이다"라고 전해 주세요.

항상 크샤뜨리야의 율법에 따르는 마드리의 쌍둥이 아들에게는 "목숨을 버려서라도 용맹함으로 기쁨을 얻어야 한다. 훌륭한 내 아들들아, 크샤뜨리야의 율법에 따라 사는 사람들이 용맹으로 얻은 재물이야말로 항상 사람의 마음을 가장 기쁘게 하기 때문이란다"라고 말해 주세요.

무기 가진 자들 중에 가장 빼어난 이, 완력 넘치는 끄르슈나여, 가서 드라우빠디가 가는 길을 따라 걸어야 한다고 영웅 아르주나 빤다와에게 전해 주세요. 비마와 아르주나가 정말로 화나면 죽음의 신과 같아서 신들마저 딴 세상으로 보낼 수 있음을 그대도 알고 있겠지요. 끄르슈나아가 저들의 회당에서 두샤나나와 까르나에게 거친 말로 능욕을 당했던 것은 그 아이들에게 치욕이지요. 꾸루의 수장들이 지켜보는 가운데 두료다나가 마음 꼿꼿한 비마세나를 공격했으니 그 결과가 어떠한지는 이제 곧 보게 될 것입니다. 늑대 배는 한번 적개심이 일면 그냥 가만 있지 않을 것이기 때문이지요. 아무리 시간이 흘러도 적을 괴롭히는 비마라면 적을 끝장내지 않고는 적개심이 풀리지 않기 때문입니다.

왕국을 빼앗긴 것도, 주사위노름에서 패한 것도, 아들들이 숲으로 유배를 떠났던 것도 나를 그리 아프게 하지는 않았었지요. 저 키 크고 검은 여인이 홑옷 입고 회당에 서서 거친 말로 능욕당했던 것보다 더 아팠던 일이 어디 있으리까? 언제나 크샤뜨리야의 율법만을 따르던 여인, 달거리 중이던 저 엉덩이 풍만한 여인은 지켜줄 지아비들이 있었음에도 아무도 지켜주지 못했답니다.

마두를 처단한 이여, 나와 내 아들들은 힘 있는 이들 중에서도 가장 빼어난 당신과 발라라마, 대전사 쁘라듐나를 보호자로 두고 있지요. 위없는 이여, 그러기에 나는 지금의 이 모든 고통을 견뎌낼 수 있었던 것입니다. 적수 없는 비마가 살아있고, 후퇴를 모르는 아르주나도 살아있으니까요!'

아르주나의 벗인 끄르슈나는 아들들 때문에 서러워하는 고모 쁘르타를 달랬다.

'고모님이시여, 이 세상에 당신 같은 여인이 어디 있으리까? 당신은 슈라 왕의 딸로 태어나 한 못에서 다른 못으로 옮긴 연꽃처럼 아자미다 가문으로 들어선 혈통 좋은 여인이요, 다복하고 지체 높은 안주인이자, 지아비의 더없는 존중을 받았던 분이지요. 영웅들의 어머니요, 영웅의 아내였고, 만덕을 갖춘 여인입니다. 큰 지혜를 지닌 당신 같은 이는 행과 불행을 모두 감내할 수 있습니다. 영웅 빠르타들은 잠과 나태함, 분노와 환희, 배고픔과 목마름, 추위와 더위, 이 모든 것을 다 이겨내고 잘 지내고 있습니다. 용기가 주는 안락함에서 기쁨을 얻는 완력 넘치는 빠르타들은 육체적 안락함을 버렸습니다. 기력 넘치는 빤다와들은 작은 것에 그저 만족하지는 않습니다. 세상의 안락함에 기뻐하는 이들은 평범한 것에 안주하지만 꼿꼿한 이들은 궁극의 것을 찾기에 최악의 고통이나 최상의 기쁨을 즐깁니다. 꼿꼿한 이들은 극한 것을 즐기지 평범한 것을 즐기지 않는 법입니다. 그들은 극한 것을 얻는 것이 행복이며 극한 것 사이에 있는 것은 고통이라고 말합니다.

빤다와들과 끄르슈나아가 함께 당신께 절을 올리더이다. 자기네들은 잘 있다고 전하며 당신의 안부를 물었습니다. 이제 곧 무탈하게 일을 모두 이루고 적을 모두 처단한 뒤 영예로 에워싸인 세상의 주인 빤다와들을 보게 될 것입니다.'

이렇듯 위안을 받은 꾼띠는 여전히 아들들 일로 고통스럽기는 했으나 밑도 끝도 알 수 없는 어둔 마음을 추스르며 자나르다나에게 말했다.

'마두를 처단한 완력 넘치는 끄르슈나여, 그대가 옳다고 생각하는 것이 뭐든 내 아들들을 위해 무엇이라도 해주세요. 적을 괴롭히는 이여, 다르마에 어긋나지 않고 속임수를 쓰는 일이 아니라면 말이지요. 끄르슈나여, 나는 그대의 진실의 힘을 알고, 그대의 귀한 혈통을 알고, 벗들 사이에서의 확고한 기반을 알고, 그대의 지혜와 용맹을 압니다. 그대는 우리 가문에서 다르마요 진리이며, 위대한 고행의 힘입니다. 그대는 또한 구원자이자 대브라흐마이며 그대 안에 모든 것이 깃들어 있지요. 그대가 말한 것은 그대로 실현되며 그것은 그대로 진

리가 됩니다.'

끄르슈나는 꾼띠를 떠나며 그녀를 오른쪽으로 돌아 예를 표했다. 그 뒤 완력 넘치는 이는 두료다나의 거처를 향해 출발했다.

89

이어지는 와이샴빠야나의 이야기는 이러하다.

적을 다스리는 끄르슈나는 쁘르타를 떠나며 오른쪽으로 돌아 예를 표한 뒤, 두료다나의 거처로 향했다. 그의 집은 적의 도시를 뒤흔드는 인드라의 휘황찬란한 궁궐 같았다. 문지기들에게 제지당하지 않고 세 개의 문지방을 지난 명예롭고 명예로운 이는 하늘의 구름 같고 드높은 산봉우리 같은 집, 타는 듯 아름다운 궁궐로 올라갔다. 거기에서 그는 수천 명의 왕들과 꾸루들에게 에워싸여 어좌에 앉아 있는 완력 넘치는 왕 드르따라슈라의 아들을 보았다. 두샤사나, 까르나, 수발라의 왕 샤꾸니도 두료다나 가까이에 앉아 있는 것이 보였다. 끄르슈나가 가까이 가자 대단한 명예를 지닌 드르따라슈트라의 아들이 책사들과 함께 일어나 마두를 처단한 이를 경배했다. 우르슈니의 후손 께샤와는 다르따라슈트라와 그의 책사들, 그리고 그곳에 자리하고 있던 왕들을 나이순으로 만났다.

그 뒤 끄르슈나는 온갖 덮개들이 씌워져 있는 잘 꾸민 황금 걸상에 자리 잡고 앉았다. 까우라와는 자나르다나에게 소와 마두빠르까를 바친 뒤 머물 집과 왕국을 바쳤다. 모든 꾸루들과 왕들은 고요한 태양 같은 빛을 뿜으며 앉아 있는 끄르슈나를 우러러 섬겼다. 그런 뒤 두료다나 왕은 승리자 중의 승리자인 우르슈니의 후손이 자기와 함께 식사하기를 청했다. 끄르슈나는 이를 거절했다. 꾸루의 후손 두료다나는 왕들이 모여 있는 가운데 부드러우나 꿍꿍이가 있는 어조로 끄르슈나에게 말했다.

'자나르다나여, 어찌하여 우리가 드린 음식과 마실 것과 옷과 침상을 마다하십니까? 모두 당신을 위해 가져온 것들 아니더이까? 당신은 양측 모두에게 도움을 주셨고, 양측이 모두 잘 되기를 바라십니다. 끄르슈나여, 당신은 드르따라슈트라의 더없이 좋은 친지입니다. 고원다여, 당신은 다르마와 아르타를 진실로, 그리고 통째로 알고 계십니다. 원반과 철퇴를 지닌 이여, 그 연유를 듣고 싶습니다.'

이 말에 연꽃 눈의 고결한 끄르슈나는 떡 벌어진 팔의 팔짱을 끼고 거센 물살 같고 구름 같은 목소리로 말했다. 말은 불분명하거나 삼키거나 새나가지 않고 유려했다.

'사절은 일을 성사시킨 뒤에 음식을 먹고 접대를 받아들이는 것이지요. 바라따여, 그대와 그대의 책사들은 내가 일을 성사시키면 그때 나를 접대해 주시오.'

이에 드르따라슈트라의 아들이 자나르다나에게 답했다.

'우리를 그렇게 부당하게 대하는 것은 옳지 않습니다. 마두를 처단한 고원다시여, 당신이 일을 성사시키건 아니건, 어쨌건 우리는 당신을 접대하려고 하는데 그럴 수가 없습니다. 마두를 처단한 위없는 이여, 좋은 마음으로 바친 우리의 접대를 당신이 거부하는 연유를 모르겠습니다. 고원다여, 우리는 당신께 적대감이 없습니다. 다툼 또한 없지요. 이런 것들을 생각하시어 당신은 우리에게 지금처럼 말씀하셔서는 안 됩니다.'

이렇게 말하는 두료다나에게 자나르다나가 답했다. 그와 그의 책사들을 바라보는 끄르슈나의 얼굴은 웃고 있는 듯했다.

'나는 욕심이나 혼동, 미움이나 재물, 혹은 논쟁이나 탐욕 때문에 다르마를 거스르는 일은 없지요. 음식은 애정이 있기에, 혹은 필요하기에 받아들이는 것입니다. 그러나 왕이여, 나는 지금 당신에게 각별히 애정이 있지도 않고, 또 음식이 필요하지도 않습니다. 왕이여, 당신은 태어나면서부터 당신에게 다정하고 덕으로 충만한 형제들인 빤다와들을 이유 없이 미워했지요. 빤다와들을 향한 근거 없는 미움은 옳지 않습니다. 빤다와들은 다르마에 굳건합니다. 누가 무슨 말을 할 자격이 있나요? 그들을 미워하는 자는 나를 미워하는 자입니다. 그들을 따르는 자는 나를 따르는 자입니다. 나는 다르마를 행동으로 보여주는 빤다와들과 한마음이 되었음을 알아야 합니다. 욕망과 분노에 휘둘리고, 어리석음 때문에 덕 있는 사람들을 미워하고 거스르는 자를 사람들은 가장 천박한 자라고 합니다. 어리석음과 탐욕 때문에 복덕 갖춘 친지를 제대로 보지 못한 자, 자기 자신에게 지고 분노에 져버린 자에게 행운은 오래 머물지 않지요. 비록 가슴으로는 그리 좋아하지 않더라도 덕 갖춘 이를 애정으로 대하면 궁극에는 그를 끌어들이고 명예는 오래도록 그의 곁에 머무는 것입니다. 나는 이 음식이 모두 상한 것이며 먹지 못할 것이라고 생각합니다. 나는 위두라 집사하

고만 먹으려고 마음을 정했습니다.'

　분심 많은 두료다나에게 이렇게 말한 완력 넘치는 끄르슈나는 두
료다나의 밝게 빛나는 집을 떠나버렸다. 그곳을 떠난 완력 넘치는 고
결한 와아수데와는 고결한 위두라의 집에서 머물기 위해 길을 잡았
다. 드로나, 끄르빠, 비슈마, 바흘리까, 까우라와들이 위두라의 집에
머무는 그를 보기 위해 왔다. 까우라와들이 와서 마두를 처단한 이에
게 말했다.

　'우르슈니의 후손이여, 당신께 우리의 집과 보물을 드립니다.'

　빛이 충만한 끄르슈나가 까우라와들에게 말했다.

　'당신들 모두 이제 돌아가십시오. 당신들은 충분히 나를 접대했
습니다.'

　꾸루들이 떠나자 집사 위두라는 바라는 모든 것들로 불패의 끄르
슈나를 마음껏 대접했다. 집사는 고결한 끄르슈나를 위해 순수하고
맛있는 음식과 마실 것을 푸짐하게 내왔다. 마두를 처단한 이는 그것
들로 우선 브라만들을 기쁘게 하고, 베다를 공부하는 이들에게도 훌
륭한 선물을 바쳤다. 그 뒤 그는 인드라가 마루뜨들과 함께하듯 순수
하고 맛좋은 위두라의 음식을 즐겼다.

90

　이어지는 와이샴빠야나의 이야기는 이러하다.

끄르슈나가 음식을 먹고 휴식을 취한 뒤 밤이 되자 위두라가 말했다.

'께샤와여, 당신이 여기 오신 것은 그리 잘한 일이 아닌 듯합니다. 자나르다나여, 혼돈에 싸인 아둔한 드르따라슈트라의 아들은 다르마와 아르타를 저버렸습니다. 그는 타인의 말은 존중하지 않으면서 존중받으려 하고 어른들의 말씀은 새겨듣지 않습니다. 자나르다나여, 경전을 경시하는 어리석고 마음 나쁜 드르따라슈트라의 아들은 스스로의 사악함에 사로잡혀 자기보다 뛰어난 이들의 말을 듣지 않습니다. 욕망에 휘둘리는 그는 스스로를 지혜롭다 여기며 동지를 배반하고 모두를 의심하며 해야 할 일을 하지 않습니다. 고마움을 모르고 다르마를 버렸으며 거짓을 사랑합니다. 이토록이나 많은 결점들과 다른 많은 흠을 안고 있는 그는 어리석어서 제 잘되기만 바라며 당신이 해주는 충언을 받아들이지 않을 것입니다. 마두를 처단한 이여, 저 아둔한 자는 왕들의 병사들이 모두 모여 있는 것을 보고 스스로를 돌아보지 못하고 일이 다 성사된 거나 다름없다고 생각합니다. 지혜 어둔 드르따라슈트라의 아들은 까르나 혼자서도 모두를 다 상대해 이길 수 있다고 여기기 때문에 화평을 맺으려 하지 않을 것입니다. 비슈마, 드로나, 끄르빠, 까르나, 드로나의 아들 아쉬와타만, 자야드라타에게 많은 것을 의지한 나머지 마음이 고요할 때가 없습니다. 자나르다나여, 드르따라슈트라들과 까르나는 빠르타들이 비슈마와 드로나와 끄르빠를 직접 대면하지 못하게 하려고 작심했답니다.

께샤와여, 당신이 화평을 청하고 형제애를 구할 때도 드르따라슈트라의 아들들은 모두 빤다와들에게 주어진 것들을 돌려주지 않겠다는 한 가지 생각뿐이었습니다. 아무 말도 저들에게는 소용없습니다. 마두를 처단한 이여, 좋은 말이나 나쁜 말이 모두 같은 사람에게 지혜로운 이는 말을 가리는 법입니다. 노래꾼이 귀머거리 앞에서 노래하지 않는 것과 같은 이치이지요. 끄르슈나여, 이들은 한계를 모르는 아둔한 자들입니다. 브라만이 짠달라*에게 말하지 않듯 당신도 저들에게 더 이상 말해서는 안 됩니다. 제 힘만 믿는 저 아둔한 자는 당신의 말을 따르지 않을 것입니다. 그러면 당신의 말은 무의미해져버리겠지요. 끄르슈나여, 한 덩어리로 모인 저 마음 나쁜 자들 사이에 당신이 가는 것이 나는 마뜩치 않습니다. 끄르슈나여, 나는 당신이 저 지혜 더디고 배움 적은 수많은 마음 나쁜 자들에게 경고하는 것이 마뜩치 않습니다. 어른들의 말을 듣지 않고 재물에 눈이 어두워 교만해져 있으며, 젊음에 취하고 분심이 많은 그는 자기에게 가장 좋은 것을 받아들이지 않을 것입니다. 끄르슈나여, 강한 병사들을 이끌고 있는 그는 당신이 말하더라도 당신의 의도를 의심할 것이며 결코 당신의 말에 따르지 않을 것입니다. 자나르다나여, 다르따라슈트라들은 모두 인드라와 죽음 없는 신들이 와도 지금의 자기 병사들을 물리치지 못할 것이라고 굳게 믿고 있습니다. 그들이 이런 식으로 욕망과 분노에 따라 움직인다면 당신의 말이 아무리 확신에 차 있어도 아무 소용 없을 것입니다.

저 더디고 아둔한 두료다나!

짠달라_ 개고기를 먹는 불가촉 천민 중의 천민.

코끼리, 전차, 기병 가운데 서서
아무 생각 없이 이 세상 모두가
제 차지라고 여깁니다.

드르따라슈트라의 아들은 이 세상에
적 없는 제왕이 되겠노라 갈망합니다.
자신이 찾은 부는 혼자서 모두 차지하겠노라,
그렇게 마음먹은 이에게서 화평은 얻어 올 수 없답니다.

세상의 모든 전사들이 모여들었고
왕들은 두료다나를 위해 빤다와들과 싸우려
소왕국의 군주들과 힘을 합했습니다.
세상이 망할 시기가 무르익었습니다.

모두들 당신에게 오래 묵은 적대감이 있습니다.
끄르슈나여, 당신은 저 왕들의 재물을 빼앗았었습니다.
저 영웅들은 당신에 대한 두려움으로
다르따라슈트라들에게 기대고 까르나에게 매달립니다.

모든 전사들이 빠르타들과의 전쟁을 갈망하고
두료다나를 위해 목숨 걸 각오가 되어있습니다.
끄르슈나여, 당신이 저들 가운데 들어가 자리한다면,
영웅이여, 당신은 내 마음과 같지 않은 것입니다.

적을 괴롭히는 이여, 마음 나쁜 이들이 무수히 앉아 있는 그곳에 무슨 마음으로 들어가려 하십니까? 완력 넘치는 이여, 신들도 당신을 능히 이길 수는 없습니다. 적을 처단하는 이여, 나는 당신의 위력과 사내다움과 지혜를 압니다. 끄르슈나여, 빤다와들에게 느끼는 애정만큼이나 나는 당신에게 정을 느낍니다. 그래서 사랑과 존경과 동지애로 이런 말을 하는 것입니다.'

91

성스런 이가 말했다.

'당신은 큰 지혜를 지닌 이가 할 만한 말을, 앞을 내다보는 이가 하는 말을 합니다. 당신은 벗이 할 만한 말을 하고, 나 같은 벗에게 해야 하는 말을 합니다. 당신은 다르마와 아르타를 진실로 알고 꾸준히 행합니다. 당신이 내게 한 말은 마치 부모와도 같습니다. 진실하고 적절하고 바른 말입니다. 위두라여, 이제 내가 왜 여기에 왔는지 귀 기울여 잘 들어보십시오.

집사여, 드르따라슈트라의 아들이 얼마나 나쁜지, 그리고 크샤뜨리야들의 적대감이 어떠한지 모두 다 알고, 오늘 나는 여기 까우라와들에게 왔습니다. 다르마에 빼어난 사람이라면 말과 전차와 코끼리들로 온통 뒤죽박죽이 된 세상을 죽음의 사슬에서 자유롭게 풀어줘야 하기 때문입니다. 애를 썼으나 다르마의 일을 다 수행할 수 없다고 해도 그로 인한 공덕은 얻게 되리라는 것을 나는 믿어 의심치 않습니다. 어떤 사람이 나쁜 짓을 마음으로 생각했으나 실제 행동에 옮기지 않는다면 그 잘못에서 오는 과보는 받지 않음을 다르마를 아는 지혜로운 이들은 알기 때문입니다.

집사여, 그러기에 나는 속임 없이 화평의 노력을 해볼 참입니다. 패망의 위기에 처한 꾸루들과 스른자야들의 전쟁을 막기 위해 말입니다. 까르나와 두료다나가 벌인 일로 인해 꾸루들에게 닥친 재앙에 대한 이 크나큰 공포는 이제 모두의 것이 되었습니다. 괴로움에 처한 벗을 구하러 달려가지 않는 사람, 고난에 처한 동지를 자기 힘닿는 만큼 도와주지 않는 사람을 현자들은 잔인한 사람이라고 알고 있습니다. 벗이 죄를 짓지 않도록 머리채라도 잡는다면 누구도 그를 탓하지 않을 것입니다. 자기가 할 수 있는 만큼 다 했기 때문이지요.

위두라여, 드르따라슈트라의 아들은 책사들과 함께 적절하고 상서로우며 다르마와 아르타를 함께 갖추고 있는 유익한 내 말을 들어야 합니다. 나는 어떤 속임수도 쓰지 않고 드르따라슈트라들과 빤다와들에게 모두 이롭고, 지상의 크샤뜨리야들에게도 이로울 수 있도록 있는 힘을 다할 것이기 때문입니다. 옳은 일을 함에도 두료다나가 나를 의심한다면 내 마음 속에 있는 정은 빚에서 자유로워지는 것입니다. 친족들 간의 분쟁에 동지가 온 힘을 다해 끼어들지 않고 모른 척홀로 떨어져 있다면, 현자들은 그런 사람을 동지라 부르지 않습니다. 다르마에 무지하거나 어리석은 이, 혹은 적개심 가득한 사람들은 끄르슈나가 노력하지 않았다고 말할 수 없고, 끄르슈나가 할 수 있었음에도 꾸루들과 빤다와들이 혼란에 처한 것을 말리지 않았다고도 말할 수 없을 것입니다.

나는 이곳에 양쪽 모두를 이롭게 하기 위해 왔습니다. 나는 최선을 다해 모든 사람들 앞에서 비난을 피할 것입니다. 저 어리석은 자는 다르마와 아르타를 아우르는 내 말을 들어야 합니다. 그렇지 않으면 그는 운명의 손아귀에 붙잡히고 말 것입니다.

만약 내가 빤다와들의 이익을 버리지 않고
꾸루들과의 화평을 가져올 수 있다면
나는 죽음의 사슬에서 꾸루들을 놓여나게 하는
크나큰 공덕을 쌓을 것입니다.

다르따라슈트라들이 현자의 말을 따르고
저들의 다르마와 아르타를 위한
의미심장한 내 말을 듣는다면
꾸루들은 내가 왔음을 칭송할 것입니다.

내가 성나면 지상의 모든 왕과 함께 와도 사슴이 사자 앞에 서지 못하듯 전장에서 나를 마주할 수 없습니다.'

와이샴빠야나가 말했다.
"황소 같은 우르슈니의 후손, 저 야두들의 기쁨인 끄르슈나는 이렇게 말한 뒤 안락한 감촉이 느껴지는 침상에 누웠답니다."

와이샴빠야나가 말했다.

"사려 깊은 두 사내가 이렇게 이야기하는 사이 상서로운 밤이 지나갔습니다. 고결한 위두라가 빛을 가늠할 수 없는 끄르슈나의 사심 없는 온갖 이야기, 다르마와 아르타와 까마가 어우러지고, 다양한 문장과 음절로 이루어진 이야기를 듣는 동안 그 밤이 지나갔답니다. 그리고 많은 왕실의 시인과 음유시인들의 맑은 목소리와 소라고둥과 북소리가 께샤와를 깨웠지요. 황소 같은 사뜨와따 끄르슈나는 일어나 아침에 필요한 의례를 마쳤습니다. 목욕재계하고 진언을 외운 뒤 불에 제물을 올린 끄르슈나는 잘 단장하고 떠오르는 해를 숭배했지요. 이런 일들을 마친 뒤 두료다나와 수발라의 아들 샤꾸니가 새벽의 예를 올리고 있던 불패의 끄르슈나에게 와서 드르따라슈트라가 비슈마, 꾸루들, 그리고 이 땅의 모든 왕과 함께 회당에서 기다리고 있노라고 말을 전했습니다."

이어지는 와이샴빠야나의 이야기는 이러하다.

두료다나가 말했다.

'고원다여, 천인들이 인드라를 기다리듯 모두들 당신을 기다리고

있습니다.'

끄르슈나는 더없이 다정한 말로 그들을 반겨 맞았다. 적을 태우는 자나르다나는 태양이 완전히 떠오른 뒤 브라만들에게 금과 옷과 소와 말들을 바쳤다. 불패의 끄르슈나가 보물을 바치고 서서 기다리는 사이 그의 마부가 와서 절을 올렸다. 온갖 보물로 치장하고, 비담은 구름처럼 큰 소리를 내는 천상의 마차가 채비되었음을 알고, 자나르다나는 불과 브라만들을 오른쪽으로 한 바퀴 돈 뒤, 더없는 영예로 불타는 듯한 까우스뚜바 보석*을 걸었다. 모든 야두들의 기쁨 끄르슈나는 우르슈니들의 비호를 받으며 꾸루들에게 에워싸여 마차에 올랐다. 다르마를 능히 아는 위두라가 생명 있는 모든 것들의 주인이자 다르마를 지탱하는 이들 중에 최고인 끄르슈나를 따라 마차에 올랐다. 그 뒤 두료다나와 수발라의 아들 샤꾸니가 적을 태우는 끄르슈나를 따라 두 번째 마차에 올랐다. 사띠야끼, 끄르따와르만, 우르슈니의 대전사들이 마차와 말과 코끼리들을 타고 끄르슈나의 뒤를 따랐다. 최고의 준마들이 매진 그들의 황금 단장된 마차는 달릴 때면 덜컹거리는 소리가 요란했고 눈부시게 빛났다. 명예로 빛나는 지혜 많은 끄르슈나는 먼지 없이 촉촉한 큰 길, 선인왕들이 걷는 길로 단숨에 들어섰다.

끄르슈나가 길을 나서자 큰 나팔이 울리고 소라고둥과 다른 악기들도 소리를 내기 시작했다. 사자의 용맹을 지닌 젊은이들과 적을 태우는 온 세상의 영웅들이 끄르슈나의 마차를 에워싸며 따라왔다. 놀랍도록 화사하게 차려 입은 수천 명의 사내들이 칼과 창과 여러 다른

까우스뚜바 보석_ 신과 아수라들이 아므르따를 찾아 우유 바다를 휘저을 때 다른 열세 개의 보물과 함께 나온 것으로 위슈누가 차지해 가슴에 장식으로 달고 다니는 보물.

무기들을 들고 행진하는 끄르슈나를 앞서 갔다. 백 마리가 넘는 코끼리와 수천이 넘는 말들이 행진하는 불패의 영웅 끄르슈나를 따랐다. 남녀노소 가릴 것 없이 꾸루들의 온 도읍이 거리로 나와서 적을 길들이는 자나르다나 보기를 애태웠다. 너무나 많은 여인들이 창문 밖으로 나와서 무게를 지탱하지 못한 집들이 무너질 지경이었다.

그는 천천히 행진하며 회당에 이를 때까지 꾸루들의 찬가와 여러 가지 이야기들을 듣고, 주변을 죽 둘러보며 필요한 곳에는 화답을 했다. 끄르슈나의 수행원들이 부는 소라고둥과 피리 소리에 온 천지사방이 진동했다. 끄르슈나의 등장에 대한 기대는 무량한 빛을 지닌 모든 왕의 회합을 기쁨에 떨게 했다. 끄르슈나가 가까이 갔을 때 왕들은 비담은 구름 같은 마차 소리를 듣고 전율했다. 모든 사뜨와따들의 황소 같은 끄르슈나는 회당의 문에 이르자 까일라사 산봉우리 같은 마차에서 내렸다. 그런 뒤 대인드라의 회당을 닮은, 산 위의 구름 같고 빛으로 타는 것 같은 회당 안으로 들어섰다.

대명예인은 위두라와 사띠야끼의 손을 잡았다. 그리고는 태양이 별들을 제압하듯 온 꾸루를 자신의 빛으로 채웠다. 와아수데와 끄르슈나의 앞에는 두료다나와 까르나가, 그의 뒤에는 우르슈니들과 끄르따와르만이 자리했다. 드르따라슈트라를 필두로 비슈마, 드로나, 그리고 여타의 모두가 자리에서 일어나 자나르다나를 영접했다. 끄르슈나가 등장하자 지혜의 눈으로 보는 대명예인 드르따라슈트라 왕과 비슈마와 드로나가 일어섰고, 대왕이 일어서자 주변에 있던 수천 명의 왕이 모두 일어섰다. 드르따라슈트라의 하명으로 온통 금으로 장식된, 몹시 빛나는 자리가 끄르슈나를 위해 마련되었다.

고결한 끄르슈나는 웃으며 왕과 비슈마와 드로나에게 절을 올리고 왕들과도 나이 순으로 인사를 나누었다. 지상의 왕들과 모든 꾸루들이 회당에 들어서는 끄르슈나 자나르다나에게 적절한 인사를 건넸다. 적의 도시를 정복하고, 적을 태우는 끄르슈나는 왕들 가운데 서서 허공에 있는 르쉬들을 보았다. 나라다를 위시한 르쉬들이 허공에 있는 것을 본 끄르슈나는 샨따누의 아들 비슈마를 향해 조용히 말했다.

'왕이시여, 르쉬들이 이곳 왕들의 모임을 보려고 왔습니다. 저들을 청하여 공손히 예를 다하는 것이 좋을 듯합니다. 저들이 앉지 않으면 어떤 이도 앉을 수가 없습니다. 고요한 마음의 저 수행자들께 어서 예를 올리십시오.'

샨따누의 아들은 르쉬들이 회당의 문 앞에 와 있는 걸 보고 황망히 시종들을 채근했다.

'자리를 마련하라!'

그리하여 그들은 빛나고 크고 넓고 금은보화 장식된 아름다운 자리를 가져왔다. 르쉬들이 앉아 아르갸를 받아들인 뒤 끄르슈나도, 왕들도 모두 자리에 앉았다. 두샤사나는 사띠야끼에게 매우 훌륭한 자리를 바쳤고, 위윙샤띠는 끄르따와르만에게 황금의자를 바쳤다. 끄르슈나와 그리 멀지 않은 곳에 분심 많고 고결한 까르나와 두료다나가 한 자리에 앉아 있었다. 간다라의 왕 샤꾸니는 간다라들의 비호를 받으며 아들과 함께 자리했다. 마음 큰 위두라는 끄르슈나의 발과 맞닿을 만큼 가까운 곳, 흰 서슴가죽이 덮인 보석의자에 앉았다.

지상의 모든 왕은 오래도록 자나르다나를 바라보았으나 아므르따를 마시는 듯 아무리 바라봐도 만족할 수가 없었다. 검은 꽃 같은 자나르다나는 노란 옷을 입고 있었고, 황금에 박힌 보석처럼 왕들 가운데서 빛을 뿜었다. 그리고 정적이 감돌았다. 끄르슈나를 의식하고 있음이었다. 그곳 어디에서도, 누구도 말 하는 이가 없었다.

93

이어지는 와이샴빠야나의 이야기는 이러하다.

모든 왕이 침묵을 지키자 치아가 가지런한 끄르슈나가 북이 울리는 듯한 소리로 말했다. 끄르슈나는 회당의 모두가 들을 수 있도록 드르따라슈트라를 마주보며 늦여름의 구름처럼 말했다.

'바라따시여, 꾸루들과 빤다와들이 크게 애쓰지 않아도 서로 화평하게 지낼 수 있도록 저 영웅들을 위해 여기 이렇게 왔습니다. 왕이시여, 나는 더 이상 당신께 좋은 말을 할 수는 없습니다. 적을 다스리는 이여, 당신은 이미 알아야 할 모든 것을 알고 있기 때문입니다. 왕이시여, 지금 당신의 왕가는 모든 왕가 가운데 가장 빼어납니다. 덕과 행을 모두 갖추었지요. 바라따의 왕이시여, 꾸루들은 자비와 연민과 자애로움을 갖추었고 잔혹하지 않습니다. 올곧고 용서할 줄 알며 진실합니다. 이것이 꾸루들의 빼어난 점입니다. 왕이시여, 이렇게 빼어난 왕가가 존재하는 한, 특히 당신이 계시는 한 나쁜 일은 일어나지 않을 것입니다. 친애하는 꾸루의 수장이시여, 당신은 꾸루들이 안과 밖에서 잘못된 짓을 저지를 때 저들을 잡아줄 최고의 꾸루이기 때문입니다.

꾸루의 후예시여, 두료다나를 위시한 당신의 아들들은 다르마와 아르타에 등을 돌리고 악한 짓을 일삼고 있습니다. 황소 같은 바라따시여, 저들은 배운데 없고 선을 벗어났으며 가장 가까운 제 친척을 향한 가슴은 탐욕에 빼앗기고 말았습니다. 당신도 그것을 압니다. 무서운 재앙이 꾸루들을 향해 몰아치고 있습니다. 꾸루의 후예시여, 이를 무시하면 세상은 망하게 될 것입니다. 바라따시여, 그러나 당신이 원하기만 하면 이를 가라앉힐 수도 있습니다. 황소 같은 바라따시여, 화평을 이루는 것이 그리 어렵지만은 않다는 것이 내 생각입니다. 백성들의 주인인 왕이시여, 화평은 당신과 내 손에 달려 있습니다. 꾸루의 후예시여, 당신은 아들들을 잡고, 나는 다른 쪽을 잡겠습니다. 대왕이시여, 당신의 아들들과 그의 책사들은 당신의 말을 들어야 합니다. 당신의 명을 받드는 것이 저들에게도 크나큰 이로움을 줄 것입니다. 왕이시여, 당신에게 이로운 것은 빤다와들에게도 이롭습니다. 저들은 내가 화평을 청하는 동안 당신의 말을 애타게 기다리고 있습니다. 백성들의 군주시여, 이 모든 것을 잘 따져 생각해보시고 그에 맞게 적절히 행하십시오. 백성들의 군주시여, 바라따들이 하나 되게 하십시오. 왕이시여, 빤다와들이 지키는 왕국에서 다르마와 아르타 위에 당당히 서십시오. 왕이시여, 당신이 아무리 애써도 저들은 그대로 무너지지 않습니다. 고결한 빤다와들이 지키면 인드라와 신들이 함께 와도 당신을 무너뜨리지 못합니다. 인간의 왕들이야 말해 무엇하리까?

비슈마, 드로나, 끄르빠, 까르나, 위윙사띠, 아쉬와타만, 위까르

나, 소마닷따, 바흘리까, 사인다와, 깔링가, 깜보자 수닥쉬나, 유디슈
티라, 비마세나, 왼손잡이 아르주나와 쌍둥이, 빛이 넘치는 사띠야끼,
대전사 유유뜨수 ······. 황소 같은 바라따시여, 이 모두가 함께 있다면
어떤 정신 나간 자가 당신과 싸우려 하리까? 적을 처단한 이여, 꾸루,
빤다와들과 함께 적이 도저히 넘볼 수 없는 온 세상의 군주가 되십시
오. 적을 괴롭히는 이 땅의 주인이시여, 그러면 당신과 같거나 더 나
은 세상의 군주들이 모두 당신과 힘을 합할 것이고, 당신은 아들, 손
자, 형제, 아버지, 동지들을 사방에 대동하고 편안한 삶을 살아갈 것
입니다. 이 땅의 주인이시여, 그들을 앞세우고 예전처럼 존중한다면
당신은 예전처럼 천하를 즐길 수 있습니다. 바라따의 후손이시여, 모
든 빤다와들과 함께, 그리고 당신 자식들과 함께 당신은 다른 모든 적
을 물리칠 수 있습니다. 이는 당신을 위해 더없이 좋은 일입니다. 적
을 괴롭히는 왕이시여, 당신이 아들들, 책사들과 하나가 된다면 그들
이 당신을 위해 얻어온 온 세상을 누릴 수 있습니다.

대왕이시여, 그러나 만약 전쟁이 일어난다면 엄청난 패망이 올 것
입니다. 양쪽 모두에 패망이 올 것인즉 왕이시여, 당신은 거기에서 어
떤 다르마를 보십니까? 황소 같은 바라따시여, 전장에서 빤다와들이
죽고 완력 넘치는 아들들마저 죽고 나면 당신이 얻을 행복이 무엇인
지 말씀해보십시오. 빤다와들과 당신의 아들들은 모두 용사요, 빼어
난 무사들이며, 싸우기를 갈망하는 이들입니다. 그들을 저 무서운 위
험에서 구해 주십시오. 양측 모두 패망하고 전차병들에게 전차가 망
가져버린다면 우리는 전장에서 꾸루와 빤다와 용사들을 더 이상 볼
수 없을 것입니다. 훌륭한 왕이시여, 여기 모인 이 땅의 모든 왕은 분

노에 휘말려 당신의 백성들을 말살시킬 것이기 때문입니다. 왕이시여, 세상을 구하소서. 당신의 백성이 멸하게 두지 마소서. 꾸루의 기쁨이시여, 당신이 본래의 마음으로 돌아온다면 다른 이들도 모두 그리될 것입니다. 순수하고 아량 있고 겸양 갖춘 귀한 이들, 서로가 서로에게 좋은 말 해주는 공덕 많고 혈통 좋은 왕들을 무서운 위험에서 구해 주소서. 상서로운 생각 가득한 이 땅의 수호자들이 함께 모여 같이 먹고 같이 마신 뒤 각자의 집으로 돌아가게 하소서. 적을 괴롭히는 황소 같은 바라따시여, 값진 옷 입고 좋은 화환 걸친 저들을 하나하나 공경하고 저들의 분심과 적개심을 팽개치게 하소서. 이제 저물어 가는 나이에 당신이 예전에 간직했던 빤다와들에 대한 마음을 다시 한 번 품어 간직하소서. 황소 같은 바라따의 후예시여, 아비 없던 저들을 당신이 길렀습니다. 그리고 그들도, 당신의 아들들도 보살피는 것이 당신의 도리입니다. 고난이 있을 때는 당신의 보살핌이 특히 필요하지요. 황소 같은 바라따시여, 당신의 다르마와 아르타가 모습을 감추게 하지 마십시오.

왕이시여, 빤다와들은 당신께 절을 올리고 편안하게 말했습니다.

"당신의 명에 따라 저희는 저희를 따르는 이들과 함께 열두 해를 숲에 살면서 고난을 겪었습니다. 열세 해째는 사람들 사이에 숨어서 지냈지요. 왕이시여, 왕이신 아버지께서 약속을 지키리라고 굳게 믿어서였습니다. 저희는 약속을 깨지 않았습니다. 브라만들이 이를 잘 압니다. 황소 같은 바라따시여, 그러니 저희들과의 약속을 지키셔야 합니다. 왕이시여, 저희는 늘 고통 속에서 살았습니다. 이제 저희들 몫의 왕국을 차지해야겠습니다. 다르마와 아르타를 제대로 엮으시어 저희를 구해 주소서. 당신이 어른임을 보았기에 이 모든 역경을 견뎌왔나이다. 아버지인 듯 어머니인 듯 저희를 대해 주소서. 바라따시여, 스승을 대하는 제자들의 거동은 무겁고도 무겁습니다. 저희들이 흐트러지면 저희를 바로잡아주는 이는 아버지입니다. 왕이시여, 저희를 바른 길로 인도해 주소서. 당신 또한 당신의 길에 굳건하소서."

황소 같은 바라따시여, 그리고 여기 이 모임에 대고 당신의 아들들은 이렇게 말하더이다.

"여기 이 회당에 모인 다르마를 안다는 이들에게는 적절치 않은 일이 없는 것 같습니다. 다르마는 아다르마에, 진실은 거짓에 가려진 곳에서 이것을 지켜봤던 회당 사람들은 자기들 스스로를 죽였기 때문입니다. 다르마가 아다르마에 꿰뚫려 회당에 나타났음에도 그 가시를 잘라내지 않는다면 모임에 있는 사람들 자신이 꿰뚫리고 맙니다. 강이 강변에 있는 나무를 뿌리째 쓸어가듯 다르마는 그들을 송두리째 파괴해버립니다."

황소 같은 바라따시여, 그들은 다르마를 보고, 조용히 앉아 명상하며, 진실과 제대로 된 다르마를 말합니다. 백성들의 주인이시여, 그들에게 주어진 몫을 준다는 말 외에 무엇을 더 말할 수 있습니까? 다르마와 아르타를 잘 살펴보고 만약 내 말이 맞는다면 여기 회당에 모인 왕들이 말하게 하십시오. 황소 같은 크샤뜨리야시여, 여기 이 크샤뜨리야들을 죽음의 사슬에서 벗어나게 하십시오. 훌륭한 바라따시여, 화평을 지켜 분노의 사슬에 매이지 마십시오. 정당한 조상들의 몫을 빤다와들에게 나눠주십시오. 적을 태우는 이여, 그리하여 뜻하는 일을 아들과 함께 이루고 세상을 누리십시오. 인간들의 주인이시여, 당신은 적 없는 유디슈티라가 선자들이 가는 다르마 위에 서 있음을 압니다. 당신과 아들들에게 행하는 거동도 압니다. 불에 태웠어도, 버렸어도, 아들들과 손잡고 인드라쁘라스타에서 쫓아냈어도 그들은 당신을 또 믿습니다. 왕이시여, 그는 자기 도성에 살면서 모든 왕을 굴복시켰어도 당신을 수장으로 섬겼으며 당신을 거스르지 않았습니다. 그가 이렇게 하고 있는 동안에도 수발라의 아들은 속임수에 기대어 그의 왕국과 보물과 곡식을 모두 뺏으려 했습니다. 그런 상황에 몰리고 끄르슈나아가 회당에 끌려오는 수모를 겪었으면서도 마음을 헤아리기 어려운 유디슈티라는 크샤뜨리야의 율법에 흔들림이 없었습니다.

바라따의 후손이시여, 나는 당신과 빤다와들에게 다르마와 아르타와 안락함이 모두 충족되었으면 좋겠습니다. 왕이시여, 당신의 백성들을 파멸시키지 마십시오. 백성들의 주인이시여, 옳지 않은 것을 옳은 것으로, 옳은 것을 옳지 않은 것으로 생각하고 지나친 탐욕에 허덕이는 당신의 아들들을 붙잡으십시오. 적을 괴롭히는 이여, 적을 길들이는 빠르타들은 당신께 순종하려 하지만 싸울 태세 또한 갖추었습니다. 적을 처단하는 왕이시여, 당신께 가장 좋은 길을 택하소서.'

그의 말에 모든 왕은 가슴으로 우러렀으나 말하러 나서는 이는 아무도 없었다.

담보드바와

94

와이샴빠야나가 말했다.

"고결한 끄르슈나의 말에 회당에 자리하고 있던 사람들은 모두 온몸의 털이 곤두서는 듯 놀랐답니다. '어느 누가 이에 답할 용기가 있을 것인가?'라는 생각을 모든 왕이 하고 있던 것이지요. 왕들이 모두침묵을 지키자 자마다그니의 아들 빠라슈라마가 꾸루들의 회당에서이렇게 말을 꺼냈습니다.

'왕들이여, 이에 비견할 수 있는 우화를 들려줄 터이니 의혹을 품지 말고 들어보시오. 이 이야기를 듣고 옳다고 여기면 그대들에게 어떤 것이 가장 좋을지 생각해보고 그대로 행하시오.'

빠라슈라마는 이런 말로 이야기를 시작했습니다."

옛날, 온 세상을 다스리던 담보드바와라는 왕이 있었다. 그는 지상의 모든 영화를 남김없이 누렸다. 이 기력 넘치는 대전사는 밤이 끝날 무렵이면 어김없이 일어나 브라만들과 크샤뜨리야들에게 묻곤 했다.

'슈드라, 와이샤, 크샤뜨리야, 브라만들 중에 혹은 무기 가진 자들 중에 전쟁에서 나보다 뛰어나거나 동등한 자가 있소?'

자만심 가득한 왕은 이렇게 말하며 그럴만한 사람은 아무도 없다는 생각으로 세상을 휘젓고 다녔다. 그럴 때면 어떤 것도 두려워 않고, 어떤 것에도 굽히지 않는 학덕 높은 브라만들은 하염없이 자화자찬 해대는 왕을 막아서곤 했다. 그러나 자만심과 풍요로움에 취해 있던 그는 브라만들이 아무리 막아도 묻고 또 물었다.

어느 날, 불 같이 화난 브라만들, 고행자들, 베다의 서약을 지키는 고결한 자들이 허풍떠는 왕에게 말했다.

'여러 생을 거듭해 우의를 다져온 사자 같은 두 사내가 있지요. 왕이여, 당신은 결코 그들과는 같을 수가 없답니다.'

이런 말을 들은 왕은 브라만들에게 다시 물었다.

'그 두 영웅은 어디에 있소? 어디에서 태어났소? 무슨 일을 하오? 그들이 대체 누구요?'

브라만들이 말했다.

'나라와 나라야나 두 고행자라고 들었습니다. 왕이여, 그들이 지금 인간 세상에 와 있으니 그들과 싸워보시오. 저 고결한 나라와 나라야나는 간다마다나 산에서 말로는 표현할 길 없는 혹독한 고행을 하고 있답니다.'

이어지는 빠라슈라마의 이야기는 이러하다.

왕은 여섯 종류로 이루어진 거대한 병력을 준비시켜 불패의 영웅들이 있는 곳을 향해 서둘러 행군해 갔다. 험준하고 무서운 간다마다나 산으로 간 그는 불패의 고행자들을 찾았고, 저 위없는 두 사내가 굶주림과 목마름에 시달리며 찬바람과 뜨거운 햇빛에 힘줄이 다 드러날 만큼 여위어 있는 것을 보았다. 그들에게 다가간 왕은 절을 한 뒤 안부를 물었다. 그들은 뿌리와 열매와 물을 대접하고, 앉을 자리를 권함으로써 그를 환대한 뒤 물었다.

'무슨 해야 할 일이라도 있는 것인가요?'

담보드바와가 말했다.

'나는 지상에 있는 모든 적을 내 손으로 물리쳤습니다. 당신들과 대적해 싸우려고 이 산까지 왔습니다. 오래도록 품어왔던 내 열망을 들어주는 것이 손님에 대한 접대라고 여깁니다.'

나라와 나라야나가 말했다.

'훌륭한 왕이여, 분노와 탐욕이 사라진 이 아쉬람에 싸움은 없다오. 어찌 무기를 들 것이며, 어찌 나쁜 생각을 품겠소? 싸움에 대한 생각은 다른 곳에서 하시오. 세상엔 크샤뜨리야가 많다오'

그들에게 이런 말을 들었음에도 왕은 싸우기를 원했고, 그들은 거듭해서 말리고 설득했다. 너무나 싸우고 싶었던 담보드바와는 결국 두 수행자에게 덤벼들었다. 그런 그에게 나라가 풀 하나를 뽑아들고 말했다.

'싸우고 싶어 안달 난 크샤뜨리야여, 정 그렇다면 이리 와서 싸워 보시오. 갖고 있는 무기를 모두 들고, 병사들도 정렬하시오. 전투에 대한 당신의 신념을 아예 없애 주리다.'

담보드바와가 말했다.

'고행자여, 그것이 당신의 무기로 족하다고 여긴다면 그렇게 당신과 싸워 드리지요. 어쨌든 난 싸우고 싶어 여기 온 사람이니!'

이어지는 빠라슈라마의 이야기는 이러하다.

이렇게 말한 뒤 담보드바와는 병사들과 함께 사방에 화살 비를 퍼부으며 고행자들을 죽이려고 했다. 성자는 왕이 쏜 무시무시한 화살들, 적의 몸뚱이들을 모조리 잘라버릴 수 있는 화살들을 풀 한 줄기로 모두 쳐내며 무용지물로 만들어버렸다. 그 뒤 도저히 맞서 싸울 수 없는 무서운 풀줄기 무기를 그들을 향해 날렸다. 그리고는 놀라운 일이 벌어졌다. 저 명궁 성자는 마법의 힘으로 병사들의 눈과 귀와 코를 꿰뚫어버렸던 것이다. 온 하늘이 새하얀 풀로 뒤덮인 것을 본 왕은 고행자들의 발아래 꿇어 앉아 용서를 빌었다.

피난처를 구하는 자들에게 피난처가 되어주는 나라가 왕에게 말했다.

'단정하고 고귀하게 마음을 쓰시오. 다시는 헛되이 이런 짓 마시오. 교만을 버리고 당신보다 잘났건 못났건 누구도 함부로 대하지 마시오. 왕이여, 그것이 무엇보다 당신을 복되게 하는 일이라오. 땅의 주인이여, 지혜를 이루고, 탐욕과 이기심과 내 것에 대한 주장을 버리시오. 절제하고 용서하며, 온화한 마음과 인내심으로 백성을 돌보시오. 내 축복이 함께하리니, 이제 떠나도 좋소. 다시는 이런 짓 마시오. 브라만들에게 우리 대신 안부를 물어주시오.'

그리하여 왕은 고결한 두 성자의 발아래 절을 올리고, 풍부한 다르마를 얻어 자기의 도성으로 발길을 옮겼다.

빠라슈라마가 말했다.

'예전에 나라 성자는 그처럼 수많은 위대한 행적을 이뤘고, 나라야나는 그보다 더 위대한 행적을 이뤄냈소. 그러니 왕이여, 다난자야가 저 최상의 간디와 활에 화살을 먹이기 전에 자만심을 버리고 그에게 가시오. 그는 까꾸디까, 슈까, 나까, 악쉬산따르자나, 산따나, 나르따나, 고라, 아자모다까 등 여덟 가지 무기를 가지고 있소. 이들 무기에 맞은 사람은 모두 죽음에 이르거나 미치거나 정신을 잃는다오. 넋이 빠지기도 하고 마음이 흐트러지기도 하며 잠에 빠져들거나 풀쩍풀쩍 뛰어다니기도 하지요. 오줌을 싸는 이도 있고 울거나 쉼 없이 웃는 사람도 있소. 아르주나의 덕은 셀 수가 없고, 자나르다나는 그보다 더 뛰어나오. 당신도 나라가 꾼띠의 아들 다난자야임을 알고 있소. 대왕이여, 지금의 황소 같은 두 사내 아르주나와 끄르슈나가 저 빼어난 영웅들이었던 나라와 나라야나임을 안다면 나를 의심하지 마시오. 바라따의 후손이여, 좋은 생각을 품고 빤다와들과 화친하시오. 훌륭한 바라따여, 더 이상의 분쟁이 없어야 한다고, 그것이 최선이라고 여긴다면 화친을 맺으시오. 전쟁에 마음을 두지 마시오. 최상의 꾸루여, 그대의 가문은 세상의 우러름을 받고 있소. 내 축복이 함께하리니, 그 우러름을 지키고 그대에게 득이 되는 일을 생각하시오.'

마딸리

95

이어지는 와이샴빠야나의 이야기는 이러하다.

빠라슈라마의 말을 듣고 성스러운 르쉬 깐와가 꾸루의 회당에서
두료다나에게 말했다.

'세상의 할아버지이신 브라흐마가 멸함 없고 다함 없듯 나라와 나
라야나 두 분의 성자 또한 그러하다오. 모든 아디띠야들 중에서 오직
위슈누만이 영속하신 분이며, 불생불멸의 영원한 주인이자 지배자라
오. 그 외의 해, 달, 땅, 물, 바람, 불, 허공, 별과 행성 등 여타의 것들
은 죽음이 있게 마련이지요. 세상의 끝이 오면 이들은 우주를 버리고
멸한다오. 그리고 모두들 다시 또 다시 태어나지요. 인간과 짐승과 새
와 네발 가진 것들, 그리고 생명 있는 세상에 사는 다른 모든 것들은
순간을 살아갈 뿐이라오. 왕들도 대부분 영예를 누리다 생이 다하면
죽음으로 돌아가 선행과 악행에 대한 보상을 받게 되지요.

다르마의 아들과 화평을 맺어야 하오. 빤다와들과 까우라와들이 세상을 다스리게 하시오. 수요다나여, '나는 강한 자이니!'라고 생각지 마시오. 황소 같은 사내여, 강한 자는 강한 자가 보는 법이오. 꾸루의 후손이여, 강한 자들의 힘은 단지 육신의 힘만 뜻하는 게 아니라오. 빤다와들은 모두 강한 자들이오. 그들은 신들의 용맹을 지니고 있소.

여기 오래도록 전해져 내려오는 옛 이야기가 있소. 딸을 혼인 시키고 싶은 마딸리가 신랑감을 찾는 이야기지요.'

이어지는 깐와의 이야기는 이러하다.

마딸리는 삼계를 다스리는 인드라의 마부로 숭앙되었던 이의 이름이다. 그의 가족 중에 아름답기로 세상에 널리 알려진 구나께샤라는 딸이 있었다. 그녀는 여신과 같은 자태를 지니고 있었다. 그녀는 빛과 미모에서 다른 모든 여인을 능가했다. 혼기에 이른 딸을 두고 마딸리는 아이를 누구에게 줄 것인지 아내와 머리를 맞대고 의논했다.

'진중하고, 덕 있고, 기상 높고, 명망 좋은 사내들이 있는 가문에서 태어난 딸은 참으로 안타깝지 않소? 딸이란 게 본디 어머니와 아버지의 집안, 그리고 혼인해 가는 세 집안을 일시에 무너뜨릴 수 있거늘! 나는 지금 마음의 눈으로 인간과 신의 세계를 모두 살펴보아도 어느 누구 마음에 닿는 신랑감이 없다오. 신들, 디띠의 아들들, 간다르와들, 인간들, 그리고 저 수많은 르쉬들 중 어느 누구도 딸의 지아비로는 마음에 들지 않구려.'

이렇게 아내인 수다르마와 밤새 의논한 마딸리는 뱀들의 세계에 가보기로 결정했다.

'구나께샤의 지아비로 신과 인간 중에서는 마땅한 이를 보지 못했으니 필시 뱀들 중에 누군가 있을 것이오.'

수다르마와 이렇게 상의한 그는 아내를 한 바퀴 돌고, 딸의 머리에 코를 대어 정을 표시한 후 지상으로 갔다.

96

이어지는 깐와의 이야기는 이러하다.

마딸리는 가는 길에 와루나에게 가고 있던 대선인 나라다와 마주쳤다. 나라다가 그에게 물었다.

'어디 가시오? 마부여, 당신 자신의 일이오 아니면 백 번의 희생제를 치른 인드라의 심부름이오?'

길을 가던 나라다에게 길에서 이런 질문을 받은 마딸리는 자기 볼일이 있어서 와루나에게 가노라고 있는 그대로 말했다.

성자가 말했다.

'같이 갑시다. 나도 물의 제왕을 만나려고 하늘에서 오던 길이었소. 대지의 표면에 이르면 내가 많은 것을 보여드리리라. 마딸리여, 거기서 우리 둘이 함께 적합한 신랑감을 찾아봅시다.'

그리하여 마딸리와 나라다, 두 고결한 이들은 땅으로 내려와 물의 제왕이자 세상의 수호자인 와루나를 보았다. 와루나는 나라다에게는 천상선인에 걸맞는 대우를, 마딸리에게는 인드라와 같은 대우를 해주었다. 그들은 기쁜 마음으로 자기들의 일에 관해 말한 뒤 와루나의 허락을 얻어 뱀들의 세계로 발길을 옮겼다. 나라다는 땅속에 사는 온갖 생명에 대해 마딸리에게 모두 설명해 주었다.

나라다가 말했다.

'친애하는 이여, 당신은 지금 아들 손자들에게 에워싸여 있는 와루나를 보았소. 사방이 아름답고 풍요롭기 그지없는 물의 제왕의 자리를 잘 보시오. 이쪽은, 소들의 주인 와루나의 아들이라오. 지혜로운 이 아들은 덕과 행실과 순결함에 있어 와루나를 능가한다오. 와루나는 연꽃 같은 눈을 가진 아들 뿌슈까라를 사랑하지요. 그는 풍채 좋고 용모 준수하여 소마의 딸이 지아비로 골랐다오. 죠뜨스나 깔리라고 불리는 그녀는 또 다른 쉬리라고 불릴 만큼 아름다운 여인이지요. 와루나의 맏이, 소의 아들인 그는 아디띠야가 데려다 자신의 아들로 삼았다오. 온통 황금으로 만들어진 와루니의 궁궐을 보시오. 수라 왕의 벗이여, 수라*의 주인들은 이 궁궐을 얻고 수라들이 된 것이라오.

마딸리여, 당신이 보고 있는 이 빛나는 무기들은 모두 왕국을 빼앗긴 아수라들의 것이었다오. 마딸리여, 이것들은 파괴되지 않기에 지금까지도 살아남아 신들이 싸워 얻었지요. 이것들을 쓰기 위해서는 엄청난 힘이 필요하다오. 마딸리여, 여기에는 락샤사 종족과 부따 종

─────────────────

수라_ 수라는 천인을 의미하는 '데와'와 비슷한 뜻을 갖고 있으며, 천인들과 적대 관계인 아수라는 수라에 반대되는 말이라고 할 수 있다.

444

족이 살고 있소. 그들은 천상의 무기를 휘둘렀으나 모두 옛날의 신들에게 패퇴하고 말았지요.

여기 이 큰 빛을 발하는 불도 와루나의 연못인 바다에서 깨어났고, 연기 없는 불에 넣어 만든 위슈누의 바퀴 무기 또한 그러하다오. 코뿔소의 뿔로 만든 활도 여기에 있소. 이것은 세상의 파괴를 염두에 두고 만든 것이어서 신들이 항상 지키고 있다오. 세상에는 간디와 활로 알려져 있지요. 일이 생기면 이 활은 언제나 어김없이 수백수천을 헤아리는 생명의 힘을 휘두른다오.

여기 이것은 성스러운 브라흐만*을 읊조리는 브라흐마가 만든 최초의 지팡이라오. 이것은 락샤사들과 친분을 맺은 왕들을 벌하지요. 이 지팡이가 아니면 그들은 도망칠 수도 있을 것이오. 이것은 인드라가 활기를 불어넣은 것으로 인간들의 왕이 쓰는 강력한 무기이기도 했으나 지금은 물의 제왕 와루나의 아들들이 쓰는 영예로운 무기가 되어 있지요.

여기 우산을 두는 방에 물의 제왕의 우산이 있소. 이것은 구름처럼 사방에 서늘한 물방울을 뿌려주지요. 이 우산에서 떨어지는 물방울은 달처럼 깨끗하지만 어둠이 퍼지면 보이지 않는다오.

마딸리여, 여기에는 수많은 놀라운 일이 있소. 그러나 그것을 다 알아보려면 우리 일에 방해될 터이니 이제 지체 말고 떠납시다.'

브라흐만_ 우주의 혼이라고 할 만한 지고지순한 어떤 것을 말한다.

나라다가 말했다.

'여기, 뱀들의 세계 중심부에 빠딸라로 알려진 다이띠야와 다나와들의 도시가 있소. 움직이고 아니 움직이는 생명들이 물과 함께 이곳으로 들어와서는 두려움에 떨며 큰 소리로 울부짖는다오. 여기, 언제나 훨훨 타고 있는 아수라의 불은 물을 먹고 살지요. 이 불은 자신의 한계를 알고, 항상 행동 범위 안에 스스로를 묶어둔다오. 바로 여기가 수라들이 적을 물리친 뒤 아므르따를 마시고 남은 것을 둔 곳이지요. 그래서 달이 커가고 줄어드는 것을 여기에서 볼 수 있다오.[*] 여기, 유가가 만날 때마다 황금 빛으로 나타나 세상을 물로 채우는 천상의 말머리[*]가 있소.

물의 형상으로 나타나는 온갖 것들은 모두 이곳으로 떨어지기 때문이 이 빼어난 도시가 빠딸라[*]로 불리는 것이오. 인드라의 코끼리 아이라와따가 세상을 위해 이곳에서 물을 마시고 구름 위에 내려놓으면 인드라는 그것을 차가운 비로 만들어 내려주지요. 이곳에는 갖은 형태, 온갖 모양으로 존재하는 수많은 바다 괴물들이 물에 드러누워 달에 있는 빛을 마신다오.

마부여, 여기 빠딸라에 사는 무수한 종족은 태양빛에 찔려 낮이면

~있다오_ 달이 아므르따를 접촉하면 커지고, 그렇게 커진 달에서 나온 아므르따를 신들이 마신 뒤에 다시 달이 줄어든다는 것을 의미한다.
천상의 말머리_ 위슈누.
빠딸라_ '떨어지는 곳'이라는 뜻이다. 지하세계 혹은 지옥이라는 뜻으로 쓰이기도 한다.

죽었다가 밤이면 다시 살아나지요. 달은 날마다 빛에 휩싸여 떠올라서 아므르따를 마시고, 달과 아므르따의 접촉은 몸 가진 생명들을 되살린다오. 여기에는 또한 인드라에게 영광을 앗기고, 시간에 묶여 소멸의 압박을 받으며 악행을 일삼는 다이띠야들도 살고 있지요.

여기는 또한 부따빠띠라는 만생명의 주인이 만물의 이로움을 위해 혹독한 고행을 하고 계신 곳이기도 하다오. 또한 이곳에는 학문과 베다의 정진에 몸이 야윈 브라만들이 소의 서약을 지키며 살고 있고, 삶을 버리고 천상세계를 얻은 대선인들도 살지요. 아무 곳에서나 누워 자고, 아무것이나 먹으며, 어떤 것으로든 몸을 가리고 덮는 이를 가리켜 소의 서약을 지키는 사람이라고 한다오.

코끼리들의 왕 아이라와따, 와마나, 꾸무다, 그리고 코끼리들의 수장 안자나는 수쁘라띠까 가문에서 태어났지요. 마딸리여, 덕으로 당신을 흡족케 하는 이가 이곳에 있는지 살펴보고, 우리 함께 마음 써서 그에게로 갑시다. 그래서 그런 이를 신랑감으로 골라봅시다.

여기, 자신의 빛으로 타는 듯한 이 알은 생명이 시작되던 때부터 깨지지도, 움직이지도 않은 채 물 위에 누워 있다오. 나는 이것이 탄생했다거나 혹은 창조되었다는 이야기를 들은 바 없고, 누구도 이것의 아버지나 어머니를 모른다오. 마딸리여, 사람들은 유가가 끝날 때 여기에서 거대한 불덩이가 솟아나와 온 세상을 태울 것이라고들 한다오. 움직이고 아니 움직이는 모든 생명들까지 말이오.'

깐와가 말을 이었다.
'나라다의 말에 마딸리는 "누구도 나를 흡족케 하지 않습니다. 지

체없이 다른 곳으로 갑시다"라고 말했다오.'

98

이어지는 깐와의 이야기는 이러하다.

나라다가 말했다.
'위용 넘치는 이 도시는 다이띠야와 다나와들이 사는 히란야뿌라라는 명성 자자한 곳이라오. 그들은 모두 수백 가지의 마법을 써서 이도시를 움직이게 하지요. 마야가 마음으로 만들고, 위쉬와까르만이별 힘들이지 않고 지은 이곳은 빠딸라의 표면에까지 닿아 있다오. 기력 넘치는 다나와들은 축원을 받고 수천의 마법을 펼치며 한때 이곳에서 살았다오. 샤끄라도, 와루나도, 야마도, 부의 제왕도, 또 어떤 다른 누구도 그들을 제압할 수 없었지요. 아수라들과 위슈누의 발걸음에서 솟아난 깔라깐자들, 나이르따들, 브라흐마의 베다에서 태어나마법을 쓰는 자들, 바람처럼 빠르고 용맹스러우며 무서운 형상을 지닌 엄니 가진 자들, 마법의 위력을 지닌 자들이 스스로를 지키며 여기에 산다오. 전투에 나서면 패하지 않는 니와따까와짜 다나와들도 여기에 있소. 당신도 알다시피 인드라도 그들을 물리치지 못했었지요. 마딸리여 당신도, 당신 아들 고무카도, 샤찌의 남편 인드라도, 또 그의 아들도 그들에게 여러 번 당하지 않았소? 마딸리여, 이 주변에 금

과 음으로 지은 집들을 보시오. 의례에 따라 지어지고 의례에 따라 단
장되어 있음을 알 것이오. 이 집들은 청금석처럼 푸르고 산호처럼 붉
으며, 태양처럼 희고, 금강석처럼 눈부시게 빛난다오. 땅처럼 보이는
가 하면 산처럼 우뚝 솟은 것 같기도 하고, 바위처럼 보였다가 별처럼
빛나기도 하지요. 태양처럼 보였다가 불처럼 훨훨 타오르는 것 같기
도 하고, 갖가지 보석으로 뗀 그물 같았다가도 높다랗게 솟기도 하고,
작달막해 보이기도 한다오. 완벽한 배율과 양식으로 지은 이 궁궐의
형태, 재질, 질을 제대로 표현하는 것은 불가능하다오.

　다이띠야들의 놀이터를 보시오. 침상들, 보석 박힌 진귀한 그릇
들, 앉을 자리들, 협곡을 끼고 있는 구름 모양의 언덕들, 자유자재
로 꽃피우고 열매 맺으며, 자유롭게 움직여 다니는 나무들을 보시오.
　마딸리여, 혹시 여기에 마땅한 신랑감이 있는지요? 없으면 다른
곳으로 갑시다.'

　깐와가 이어 말했다.
　'그러나 마딸리는 이 같은 선인의 물음에 "천상선인이시여, 나는
천계에 사는 신들을 거스르고 싶지 않답니다. 신들과 다나와들은 언
제나 적대감을 품고 사는 형제들이지요. 어찌 적과 맺기를 바라겠습
니까? 다른 곳으로 가는 것이 좋겠습니다. 나는 다나와들을 바라봐서
는 안 된답니다. 딸을 주고 싶어 애태우고 있음을 나 스스로 잘 알고
있어도 말이지요"라고 답했다오.'

이어지는 깐와의 이야기는 이러하다.

나라다가 말했다.

'여기는 뱀을 먹고 사는 가루다 새들의 세계라오. 이들은 짐을 싣고 나르는데 지치지 않는 힘이 있지요. 마부여, 이 종족은 위나따의 아들인 가루다의 여섯 아들들, 수무카, 수나므나, 수네뜨라, 수와르짜스, 새들의 왕 수루빠, 수발라에게서 나와 번창한 것이라오. 새들의 제왕 가루다로부터 내려와 수천수만 개의 가계를 이루고 있는 이들은 위나따의 왕조에서 태어나 번창해왔다오. 모두 까샤빠 가문에서 뻗어 나온 가문인 것이지요. 이들은 모두 행운을 안고 태어났으며, 모두들 위슈누의 문양인 쉬리와뜨사[†]를 갖고 있고, 모두들 더 큰 영예를 얻기 위해 애쓰며 힘을 유지한다오.

인정사정 두지 않고 뱀을 먹는 이들은 행위로 보면 크샤뜨리야라오. 이처럼 친지들[†]을 파멸시키는 행위 때문에 이들은 브라만의 자격을 얻지 못하는 것이지요.

마딸리여, 위슈누를 섬기기에 이들은 매우 큰 우러름을 받지요. 주된 가루다 이름을 말할 테니 들어보시오. 이들에게 위슈누는 숙명이

쉬리와뜨사_ 위슈누의 가슴에 나 있는 한 타래의 털 혹은 자국.

친지들_ 가루다의 어머니 위나따와 뱀들의 어머니 까드루는 자매지간이며, 둘 다 까샤빠의 아내이다. 따라서 독수리들과 뱀들은 아버지 쪽으로는 이복형제요, 어머니 쪽으로 는 이종사촌인 셈이다. 1권 참조.

며, 이들의 가슴 속에는 언제나 위슈누가 있다오. 위슈누가 이들의 궁극의 목적지이기 때문이라오.

수와르나쭈다, 나가신, 다루나, 짠다뚜다까, 아날라, 아닐라, 위샬락샤, 꾼달리, 까샤삐르드와자, 위슈깜바, 와이나떼야, 와마나, 와따웨가, 디샤짝슈, 니메샤, 뜨리와라, 살따와라, 왈미끼드위빠까, 다이띠야드위빠, 사리드위빠, 사라사, 빠드마께사라, 수무카, 수카께뚜, 뜨리바르하, 아나가, 메다끄르따, 꾸무다, 닥샤, 사르빤다, 소마보자나, 구루바라, 까뽀따, 수르야네뜨라, 찌란따까, 위슈누단와, 꾸마라, 빠리바르하, 하리, 수스와라, 마두빠르까, 헤마와르나, 마라야, 마따리쉬완, 니샤까라, 디와까라 등이 그들이지요.

가루다의 아들들 중 나는 단지 명성과 힘에 있어 가장 뛰어난 일부만 언급했소. 마딸리여, 이들 중 누구도 마음에 차지 않는다면 당신이 원하는 이를 얻을 만한 곳으로 데려다 드리리다.'

100

나라다가 말했다.

'여기는 대지의 일곱 번째 층인 라사딸라라는 곳이오. 아므르따에서 태어난 소들의 어머니 수라비가 머무는 곳이지요. 그녀에게서는 대지에 온갖 좋은 것들의 근원이 되는 젖이 끊임없이 흘러나온다오. 그 젖은 여섯 가지 맛을 모두 갖추고 있어 어떤 것과도 비견할 수 없는 맛이라오.

흠결 없는 이 소는 오랜 옛적 아므르따[♦]에 포만해진 브라흐마가 트림을 하던 중에 그의 입을 통해 세상에 나왔다오. 그녀의 젖의 흐름은 땅의 표면에 떨어져 더할 나위 없이 신성한 정화의 못인 우유의 못을 만들었소. 흰꽃 같은 포말이 못의 가장자리를 에워 돌고 있어서 이 포말만 마시고 사는 빼어난 성자들도 있다오. 마딸리여, 이들은 포말만 마시고 산다 하여 '페나바', 즉 '거품을 마시는 이들'이라고 부르지요. 혹독한 고행을 하는 이들을 신들도 두려워한다오.

마딸리여, 수라비에게는 네 명의 다른 소들이 각각 다른 장소에서 태어났지요. 이들은 한 방향에 한 명씩 살며 그곳을 지켜주고 있다오.

수라비의 딸 수루빠는 동쪽을 지키고, 항사까라는 딸은 남쪽을, 와루나의 서쪽 지역은 수바드라가 지키지요. 온갖 형상을 다 취할 수 있는 그녀는 매우 강하다오. 마딸리여, 일라윌라의 아들의 이름을 따서 지은 사르와 까마두다라는 소는 북쪽을 지키는데 매우 올곧은 성정을 지니고 있지요.

마딸리여, 신들과 아수라들은 힘을 합해서 만다라 산을 젓는 막대로 삼아 이들의 젖이 섞인 바닷물을 저었었지요. 그래서 이들은 와루니 술, 락쉬미, 아므르따, 말들의 왕 우짜이쉬라와스, 그리고 보석 중의 보석 까우스뚜바를 짜냈다오.

수라비는 불로주인 '수라'를 마시는 이들에게는 수라를, 제주인 '스와다'를 마시는 이들에겐 스와다를, 영생주인 아므르따를 마시는 이들에게는 아므르따를 젖으로 준다오. 라사딸라에 사는 사람들이 읊

아므르따_ 영생을 주는 불로불사의 음료.

452

는 오래된 시가 있지요. 오래되었으나 여전히 마음 깊은 이들이 이 시를 읊조리는 것을 들을 수 있다오.

뱀들이 사는 세상에서도
천상의 이상 세계에서도
라사딸라의 세상에 사는
이들의 삶보다 안락할 수 없다네.

101

나라다가 말했다.

'여기는 와수끼가 지키는 보가와띠라는 곳이라오. 신들의 왕의 도시 아마라와띠만큼 아름다운 곳이지요. 상상도 못할 만큼의 고행과 힘으로 언제나 땅을 떠받치고 있는 쉐샤도 여기에 머문다오. 위대한 장사인 그 뱀은 새하얀 산더미 같은 모습에 온갖 장신구로 치장하고 있지요. 천 개의 머리를 달고 있는 그에게는 불길을 내뿜는 혀가 있다오. 여기에는 또 수라샤의 아들들인 뱀들이 온갖 모습으로 단장하고 행복하게 살고 있지요. 보석 그리고 스와스띠까와 바퀴와 박 문양 등이 새겨진 이 뱀들은 수가 수천을 헤아리며, 모두들 힘이 좋고 무서운 성정을 타고 났다오.

어떤 이는 천 개의 머리를 달고 있고, 어떤 이는 오백 개의 얼굴을 갖고 있으며, 어떤 이에게는 백 개의 머리가, 어떤 이에게는 세 개의 머리가, 또 어떤 이에게는 열 개의 머리가 있는가 하면, 일곱 개의 머리가 달린 이도 있다오. 엄청나게 큰 똬리, 거대한 몸뚱이, 휘어진 산과 같은 똬리를 갖고 있는 이들도 있지요.

여기에는 수천 수만 수십만 수백만의 뱀들이 있으나 모두 하나의 가지를 이루고 있다오. 가계의 수장들을 말해줄 터이니 들어보시오.

와수끼, 딱샤까, 까르꼬따까, 다난자야, 까리야, 나후샤, 깜발라, 아쉬와따라, 바히야꾼다, 마니르나가, 아뿌르나, 카가, 와마나, 아일라빠뜨라, 꾸꾸라, 꾸꾸나, 아르야까, 난다까, 깔라샤뿌따까, 까이라사까, 삔자라까, 아이라와따 뱀, 수마노무카, 다디무카, 샹카, 난다, 우빠난다까, 아쁘따, 꼬따나까, 쉬낀, 니슈투리까, 띠띠리, 하시따바드라, 꾸무다, 말리야삔다까, 두 명의 빠드마, 뿐다리까, 뿌슈빠, 무드가라빠르나까, 까라위라, 삐타라까, 상우르타, 우르타, 삔다라, 빌와빠뜨라, 무쉬까다, 쉬리샤까, 디리빠, 샹카쉬르샤, 조띠슈까, 아빠라지따, 까우라위야, 드르따라슈트라, 꾸마라, 꾸샤까, 위라자, 다라나, 수바후, 무카라, 자야, 바디, 안다, 위꾼다, 위라사, 수라사 등이라오.

이들 이외에도 많은 뱀이 까샤빠의 자손들이라고 알려져 있지요. 마딸리여, 혹시 신랑감으로 적절한 이가 있는지 살펴보시오.'

깐와가 이어 말했다.

'어떤 뱀을 주의 깊게 살펴보던 마딸리는 그를 몹시 마음에 두고 있는 것 같았지요. 그는 나라다에게 물었소. "아르야까와 까우라위야 앞에 서 있는 빛이 넘치고 용모 출중한 이는 누구입니까? 그의 아버지는 누구이며, 어머니는 또 누구입니까? 든든한 깃대처럼 서 있는 그의 가족은 누구입니까? 천상의 선인이시여, 그의 심오함, 당당함, 출중한 용모, 나이로 보아 구나께쉬의 신랑감으로 충분한 것 같습니다."

이렇게 마딸리가 수무카의 모습에 몹시 흐뭇해하는 것을 보고 나라다는 그의 지위와 태생과 행적에 대해 알려줬다오. 나라다는 그가 아이라와따 가계에서 태어난 수무카라는 뱀족의 왕자로, 아버지 쪽으로는 아르야까의 명망 높은 손자이며, 어머니 쪽으로는 와마나의 손자이고 아버지는 최근에 위나따의 아들 가루다에 의해 다섯 대원소†로 돌아간 뱀 짜꾸라고 말해줬지요. 이에 마딸리는 흡족해 하며 나라다에게 "친애하는 성자시여, 이 아름다운 뱀이 내 사윗감으로 좋아 보입니다. 함께 애써주십시오. 그가 몹시 마음에 듭니다. 이 뱀들의 주인에게 내 딸을 주고 싶습니다"라고 말했소.'

102

이어지는 깐와의 이야기는 이러하다.

나라다가 말했다.

'이쪽은 인드라가 총애하는 벗 마딸리랍니다. 순수하고 덕 높으며 기력 넘치고 위력적인 장사이지요. 인드라의 마부일 뿐만 아니라 그

다섯 대원소_ 땅, 물, 불, 바람, 허공으로 돌아가 죽었다는 뜻이다.

의 벗이요 조언자랍니다. 전투가 있을 때마다 인드라와 거의 차이가 나지 않을 만한 위력을 보여주지요. 신들과 아수라들의 전쟁이 일면 마딸리는 최상의 마차 자이뜨라에 천 마리의 적갈색 말을 매어 오직 마음으로 몹니다. 마딸리가 먼저 말들의 도움으로 적을 패퇴시켜야 인드라가 적에게 승리를 거둔답니다. 마딸리가 먼저 적을 치면 인드라가 뒤이어 위력을 발휘하는 것이지요.

엉덩이 풍만한 마딸리의 딸은 미모와 성격과 거동과 덕을 타고나서 이 땅에서는 비견할 만한 여인이 없는 명성 자자한 구나께쉬랍니다. 뱀들의 주인이시여, 죽음 없는 신과 같은 빛을 지닌 이 마딸리가 삼계를 공들여 돌아다니며 딸의 신랑감을 찾다가 당신의 손자 수무카를 마음에 담았답니다. 최상의 뱀 아르야까시여, 당신이 괜찮으시다면 지체하지 마십시오. 어서 마음을 정하시어 그 처녀를 당신의 가족으로 받아들이십시오. 위슈누에게 락쉬미가 있는 것처럼, 아그니에게 스와하가 있는 것처럼 당신의 가문에 저 허리 날씬한 구나께쉬가 있게 하십시오. 당신의 손자를 위해 구나께쉬를 받아들이십시오. 인드라에게 샤찌처럼 그녀도 당신의 손자와 어울립니다. 아버지가 없는 수무카를 고른 까닭은 당신과 아이라와따가 곁에 있고 그의 덕과 순수함과 자제력을 보았기 때문입니다.

여기 마딸리가 와있습니다. 그는 자기 딸을 내줄 준비가 되어 있습니다. 당신도 그를 존중해 주심이 마땅할 것입니다.'

이어지는 깐와의 이야기는 이러하다.

456

아르야까는 슬프고도 기뻤다. 손자가 선택되어 기뻤고, 아들이 죽고 없기에 슬펐다. 그가 나라다에게 답했다.

'천상의 성자시여, 내가 당신의 말을 존중하지 않는다고 생각지 마십시오. 어느 누가 인드라의 벗인 이와 맺으려 하지 않겠습니까? 대성자시여, 그러나 나는 이런 동맹의 뿌리가 약한 것이 조금 염려스럽답니다. 빛이 넘치는 이여, 그를 낳아준 아비는 가루다에게 먹혔고, 그것이 우리 모두를 괴롭힙니다. 위용 넘치는 분이시여, 더욱이 가루다는 떠나며 "다음 달에는 수무카를 먹을 것이다"라고 말했습니다. 우리는 그의 결심이 어떤 것인지 잘 압니다. 반드시 그리 될 것입니다. 그러기에 내 기쁨은 깃털 고운 가루다로 인해 망가진 것입니다.'

그래도 마딸리는 그에게 말했다.

'나는 마음을 정했습니다. 나는 당신 아들의 아들 수무카를 내 사위로 삼기로 했습니다. 수무카는 나와 나라다와 함께 가서 인드라를, 저 삼계의 군주이자 신들의 왕인 분을 만나야 합니다. 훌륭하신 뱀이여, 나는 그의 생명이 얼마나 남았는지 알아봐야겠습니다. 그래서 가루다를 방해할 수 있는 길을 찾아야겠습니다. 수무카가 나와 함께 가서 신들의 왕을 만나볼 수 있게 해주십시오. 뱀이시여, 그리고 우리의 일이 이뤄질 수 있도록 기원해 주십시오.'

그리하여 그는 수무카를 데리고 모두 함께 인드라를 찾아갔다. 빛이 넘치는 신들의 왕은 왕좌에 앉아있었다. 운 좋게도 거기에는 성스러운 신, 팔이 네 개인 위슈누도 함께 있었다. 나라다는 마딸리에 관한 모든 것을 고했다.

그러자 위슈누가 적의 도시를 파괴하는 세상의 주인 인드라에게 말했다.

'그에게 아므르따를 줘서 죽음 없는 신들과 동등하게 해주세요. 인드라여, 그래서 마딸리, 나라다, 수무카가 품은 마음속 열망을 이루게 해주세요.'

인드라는 가루다의 용맹을 생각해 본 뒤 위슈누에게 말했다.

'당신이 직접 주십시오.'

위슈누가 말했다.

'당신은 움직이고 아니 움직이는 것들의 주인입니다. 위용 넘치는 이여, 당신이 무엇을 주건 누가 상관하리까?'

깐와가 이어 말했다.

'우르뜨라와 왈라를 죽인 인드라는 뱀에게 긴 생명을 주었으나 아므르따의 맛은 보여주지 않았다오. 수무카는 축복을 받고 얼굴이 밝아졌지요. 아내를 얻은 그는 가고자 하는 곳으로 떠났다오. 나라다와 아르야까 또한 일을 완수하고 빛이 넘치는 신들의 왕에게 절을 올린 뒤 기쁜 마음으로 돌아갔지요.'

103

이어지는 깐와의 이야기는 이러하다.

힘이 넘치는 새 가루다는 인드라가 뱀에게 긴 생명을 주었다는 것을 사실대로 모두 들었다. 불 같이 성난 아름다운 새는 날갯짓으로 거대한 바람을 일으켜 삼계를 떨게 하며 즉각 인드라에게로 날아갔다.

가루다가 말했다.

'성스런 이여, 내가 굶주림의 위기에 처했을 때 당신 스스로의 의지로 내게 축복을 내려주고서 어찌하여 지금 와서 그것이 아무것도 아니라는 듯 거둬들이시는 것인가요? 만생명의 주인이신 조물주께서는 만물을 창조하시던 때부터 내가 무엇을 먹고 살지 정해 주셨습니다. 지금 당신이 왜 막으려 드십니까? 이 거대한 뱀은 내가 골라서 시기까지 정해두었습니다. 신이시여, 이 뱀으로 나는 수많은 내 자손들을 먹여야 합니다. 이 뜻이 이제 틀어진다면 나는 다른 놈을 죽일 생각도 없습니다. 신들의 왕이시여, 당신은 당신 마음대로, 하고 싶은 대로 하십니다.

나는 목숨을 버리렵니다. 내 주변인들도, 내 집에 사는 하인들도 마찬가지입니다. 인드라여, 그러니 기뻐하십시오, 왈라와 우르뜨라를 죽인이여, 삼계의 주인이면서도 타인의 종이 되어 있는 나는 이런 일을 당해도 싸겠지요. 신들의 주인이여, 당신이 있는 한 위슈누는 더 이상 내 존재의 원인이 되지 못합니다. 삼계의 제왕 인드라여, 당신에게 영원이라는 왕국이 주어졌기 때문이지요. 나 또한 닥샤의 딸을 어머니로, 까샤빠를 아버지로 두고 있습니다. 나는 또한 온 세상을 어렵지 않게 짊어지고 나를 수 있답니다. 내 힘 또한 거대해서 어떤 생물도 감히 근접할 수 없습니다. 나 또한 다이띠야들과의 전쟁에서 큰 공적을 세웠지요. 나 또한 슈루따쉬리, 슈루따세나, 위와스와뜨, 로짜나무카, 쁘라사바, 깔라깍샤 등의 다이띠야들을 죽였습니다.

당신은 내가 당신 아우인 위슈누를 정성으로 섬기고, 깃발이 되어 그를 태워 나른다고 생각해서 나를 무시하는 건가요? 그러면 누가 그만한 무게를 감당할 수 있습니까? 누가 나보다 더 힘이 세단 말입니까? 나는 비록 뛰어난 자이지만 그와 그의 친지를 태우고 다닙니다. 당신은 그래서 나를 무시하는 건가요? 인드라여, 당신은 나를 중히 여기지 않습니다. 그분 또한 그렇습니다. 내 음식을 함부로 치우셨습니다.

아디띠의 아들들은 모두 힘과 용맹을 타고났지요. 그들 중에서도 당신은 가장 힘이 강합니다. 그럼에도 나는 내 깃털 하나로 지치지 않고 당신을 태울 수 있습니다. 벗이여, 이에 대해 차분히 생각해 보십시오. 누가 더 강한가요?'

이어지는 깐와의 이야기는 이러하다.

수레의 바퀴를 굴리는 신 위슈누는 새가 내뱉은 그 끔찍한 말을 듣고 좀처럼 흔들리지 않는 따륵샤 가루다를 뒤흔들어 놓기 위해 말했다.

'알에서 깨어난 자여, 그만하면 되었다. 내 앞에서 자화자찬 말라. 가루다여, 약해 빠진 그대 자신이 강하다고 여기는구나. 삼계를 모두 합한 무엇으로도 내 육신의 무게를 지탱하지 못하거늘! 나는 내 스스로를 지탱하고 그대 또한 내가 지탱하느니! 좋다! 어디 내 오른 팔 하나를 짊어져 보아라. 이것을 지탱할 수 있다면 그대의 자화자찬이 그

만한 결실을 맺으리니!'

그 뒤, 저 성스런 이는 팔 하나를 새의 어깨 위에 올렸다. 무게에 눌린 가루다는 정신을 잃고 쓰러졌다. 그저 몸의 일부를 올려놨을 뿐 인데도 새에게 그 무게는 산을 포함한 온 땅이 함께 짓누르는 것 같았 다. 그렇게 하는 것보다 훨씬 더 큰 힘이 있었음에도 위슈누는 그를 더 괴롭히지는 않았다. 힘으로 그의 목숨을 빼앗지는 않았던 것이다.

새는 날개를 잃고, 몸뚱이를 늘어뜨린 채 넋을 잃고, 무게에 짓눌 려 깃털을 떨어뜨리며 고통스러워했다. 위나따의 아들 가루다는 고 개 숙여 위슈누에게 절을 올렸다. 새는 넋을 놓고 괴로워하며 초라해 진 모습으로 말했다.

'성스런 분이시여, 자유롭게 뻗은 당신의 팔은 세상의 모든 정기를 합한 것과 같나이다. 당신은 저를 땅바닥까지 눌러 내리셨습니다. 신 이시여, 넋을 잃고 고통에 허덕이는 소인을 용서하소서. 당신의 깃발 노릇을 하다가 소인은 제 힘에 취해 자만해 왔나이다. 신이시여, 소인 은 당신의 힘이 얼마나 뛰어난지 잘 모르고 누구도 소인의 기력에 미 치지 못한다고 여겨왔습니다.'

성스런 이는 그리하여 가루다에게 은총을 베풀어 다정하게 말했 다.

'다시는 이런 짓 말라.'

깐와가 이어 말했다.

'간다리의 아들이여, 이와 마찬가지로 그대도 빤두의 아들들을 전 장에서 건드리지 않는 그때까지만 살 수 있을 것이오. 바람의 아들,

저 괴력의 비마와 인드라의 아들 다난자야는 최고의 싸움꾼이라오. 전장에서 그들의 손에 죽지 않을 이 누가 있으리? 그러니 왕의 아들이여, 이제 그만 적개심을 버리고 그들과 화친하시오. 와아수데와를 피난처 삼아 그대의 가문을 지키시오. 위대한 고행자 나라다는 위슈누의 위대한 행적을 모두 지켜본 이요. 손에 바퀴무기와 철퇴를 든 이[*]가 위슈누 아니고 누구겠소?'

와이샴빠야나가 말했다.

"자나메자야 왕이시여, 두료다나는 그 말을 듣고 한숨을 쉬더니 이마를 찡그리고 라다의 아들 까르나를 보며 큰 소리로 웃어젖혔답니다. 저 생각 어둔 이는 깐와 성자의 말을 듣는 둥 마는 둥 하고 코끼리 몸통 같은 자기 허벅지를 탁탁 치더니 말했지요.

'저는 그냥 조물주가 만들어준 대로 살렵니다. 대선인이시여, 그냥 그렇게 살 터인데 자꾸 말해 무엇하리까?'"

철퇴를 든 이_ 끄르슈나를 가리킨다.

갈라와

104

자나메자야가 물었다.

"그 사람은 자기 스스로 재앙을 부르고, 타인의 재산에 대해 무모하게 탐욕을 부리며 천박한 이들을 좋아하여 아예 죽기로 작정한 듯합니다. 친지들에게는 고통을 안기고, 친척들에게는 설움을 부추기며, 벗들에게는 아픔을 주고, 적들에게는 기쁨을 키워줍니다. 길에서 벗어난 그 사람을 친지들은 왜 막지 못합니까? 또 가족을 사랑하는 성스런 할아버지는요?"

와이샴빠야나가 말했다.

"성스러운 할아버지 비슈마께서도 옳은 말씀을 하셨고, 나라다 성자께서도 거듭 말씀하셨지요. 들어보세요."

이어지는 와이샴빠야나의 이야기는 이러하다.

나라다가 말했다.

'들을 줄 아는 벗을 얻기는 어렵고, 이로운 말을 해주는 벗을 얻기
도 어렵다오. 벗은 친지들이 서 있는 자리와 같은 곳에 있지 않기 때
문이지요. 꾸루의 기쁨인 왕이여, 그대는 벗들의 말을 들어야만 하오.
쓸데없는 고집을 버려야 하오. 그런 고집은 재앙을 불어온다오. 이와
관련된 옛 이야기가 이띠하사에 전해져 내려오지요. 고집이 갈라와
를 망친 이야기라오.'

옛날, 위쉬와미뜨라가 고행하고 있을 때 다르마는 그를 시험해보
고 싶었소. 그래서 성스런 와시슈타 선인으로 변장하고 길을 떠났다
오. 바라따의 왕이여, 이렇게 일곱 선인 중 하나로 변장한 다르마는
짐짓 배고프고 목마른 성자인 듯 꾸미고는 까우쉬까†의 아쉬람으로
갔지요. 당황한 위쉬와미뜨라는 황망히 밥을 지었소. 그러나 와시슈
타는 밥이 될 때까지 기다리지 못했다오. 그는 다른 고행자들에게서
받은 음식을 먹었소. 그 사이 위쉬와미뜨라가 뜨거운 밥을 들고 왔지
요. '밥은 다 먹었소. 기다리시오.' 그렇게 말한 뒤 성스런 다르마는
그 자리를 떠나버렸소.'

이어지는 나라다의 이야기는 이러하다.

†까우쉬까_ 위쉬와미뜨라의 다른 이름. 『라마야나』에 따르면 남편을 잃은 그의 누이가
죽어 까우쉬까 강이 되었고, 그는 누이를 기리며 강 옆에 살았기 때문에 이런 이름
을 갖게 되었다고 한다.

그리하여 저 빛나는 위쉬와미뜨라는 음식을 두 손으로 받쳐 머리에 이고 서 있었다. 바람을 음식 삼아 기둥처럼 꿈쩍도 않고 그렇게 서 있기만 했다. 갈라와라는 이름의 수행자가 그런 위쉬와미뜨라를 정성껏 시중들었다. 존경과 존중으로, 진심을 다해 그를 기쁘게 해주고 싶어서였다.

그렇게 백 년이 지나고 다르마가 다시 그곳을 찾았다. 와시슈타 복장을 한 그가 또 다시 음식을 구하러 까우쉬까에게 온 것이다. 그는 사려깊은 위쉬와미뜨라 대선인이 음식을 머리에 인 채 바람을 음식 삼아 서 있는 것을 보았다. 다르마는 여전히 뜨겁고 신선한 음식을 받아들었다. 음식을 먹은 뒤 그가 말했다.

'브라만 선인이시여, 참으로 만족스럽습니다.'

성자는 떠났고, 그가 한 말로 인해 위쉬와미뜨라는 크샤뜨리야의 직위를 버리고 브라만의 직위를 얻었다. 위쉬와미뜨라는 다르마의 말이 몹시 기뻤다.

한편 그는 제자인 갈라와 수행자의 헌신적 보살핌에 흡족해하며 말했다.

'나의 제자 갈라와여, 이제 떠나도 좋다. 가고 싶은 곳 어디든 가거라.'

이 말에 갈라와는 몹시 기뻐하며 최상의 성자에게 다정하게 답했다.

'제게 스승이 되어주신 보답으로 뭔가를 드렸으면 합니다. 인간은 닥쉬나를 바쳐야만 일을 이룰 수 있기 때문입니다. 닥쉬나를 바쳐야 많은 것에서 해방되어 삶을 제대로 누릴 수 있습니다. 닥쉬나는 천상에서 희생제의 결실도 맺게 하지요. 그래서 혹자는 이를 '샨띠'[*]라고 부릅니다. 스승님을 위한 닥쉬나로 무엇을 가져오리까? 성자시여, 말씀해 주소서.'

성스러운 성자 위쉬와미뜨라는 갈라와의 시중으로 이미 닥쉬나를 받았으니 이제는 가라고 거듭 채근했다.

'가거라. 이제 가거라.'

아무리 위쉬와미뜨라가 가라고 재촉해도 갈라와는 '소인이 뭘 드려야 할까요?'라고 하염없이 물었다. 위쉬와미뜨라는 너무나 고집스런 갈라와 수행자의 주장에 약간 상기되어 말했다.

'검은 귀를 가진 달처럼 새하얀 말을 팔백 마리 가져오너라. 가거라, 지금. 갈라와여, 지체하지 말라.'

105

이어지는 나라다의 이야기는 이러하다.

지혜 높은 위쉬와미뜨라에게 이런 말을 들은 갈라와는 앉지도 눕지도 먹지도 못했다. 뼈가 앙상하게 드러난 그는 걱정과 슬픔으로 초췌해져 갔다. 가늠할 수도 없을 만큼 근심에 찬 그는 조바심으로 몸이 타는 것 같았다.

샨띠_ 평화, 평온, 고요함 등이라는 뜻이다.

'부유한 내 벗들은 어디 있는가? 부자들은, 모아둔 것들은 모두 어디 있는가? 도대체 어디서 달처럼 새하얀 말을 팔백 마리나 구한단 말인가? 내가 어찌 먹을 생각을 하며, 어찌 안락함을 바랄 수 있으리? 비록 살아 있으나 삶에 대한 희망이 다 부숴졌거늘 살아서 무엇하랴! 바다 저 건너, 혹은 대지 저 너머로 가서 목숨을 버려야겠구나. 살아서 무슨 영화를 얻으랴? 재물도 없고, 일도 이루지 못한 이, 온갖 결실을 다 빼앗기고 빚만 짊어진 이에게 어찌 행복이 굴러오랴? 벗들이 호의를 베풀어 내준 재물을 삼키고 갚지 못하는 이에게는 삶보다 죽음이 더 나으리니. 하겠다고 약속한 뒤 해야 할 일을 하지 않는다면 거짓을 말한 죄로 타고 말 것이다. 그런 이가 지낸 제사의 공덕은 없어지고 말지니! 거짓을 말한 자에게는 모양새가 없고, 거짓을 말한 자에게는 대를 이을 자손도 없다. 그에게는 권위 또한 없으리니, 평온한 삶을 어디에서 찾으랴? 고마움을 모르는 이에게 명예가 어디 있으며 지위가 어디 있고 행복은 또 어디 있으랴? 고마움을 모르는 자에게는 죄가 사해지지 않으니 그런 자에게 믿음이 어디 있으랴? 재물 없는 죄인은 삶이 없거늘 그런 죄인에게 어찌 지지자가 있으랴? 좋은 일 한 것이라곤 없으니 죄인에게 확실한 것은 파멸뿐이로다. 스승에게 배울 만큼 배우고서도 스승의 명을 받들지 못하는 나는 죄인이요, 은혜를 모르는 자이며 불행한 거짓말쟁이이다. 죽을 힘을 다해 애써본 뒤에 나는 목숨을 버리리라. 예전에 나는 단 한 번도 신께 뭔가를 청해본 적이 없다. 내 희생제를 찾았던 서른 신은 모두 이런 나를 존중했었지. 그러나 이제 나는 삼계의 주인이신 최상의 신 위슈누, 길을 가는 자들의 궁극의 목적지인 분, 모든 신과 아수라들을 감싸 안기에 그 은총으로 모든 안락함이 제자리를 찾아가는 분, 저 위대하고 영원한 요기 끄르슈나께 온 마음으로 귀의하리라.'

이렇게 말하자 그의 벗인 위라타의 아들 가루다가 앞에 나타나 그를 기쁘게 해주기 위해 말했다.

'나는 당신을 내 벗으로 여기고 있소. 벗은 늘 벗을 마음에 담고, 그가 하고자 하는 것을 최선을 다해 해줘야 하지요. 브라만이여, 내게 방법이 있소. 전에 나는 인드라의 아우인 위슈누께 당신에 관한 말을 했었고, 그분은 그 뜻을 들어준다고 하셨소. 함께 갑시다. 당신만 좋다면 내가 당신을 세상의 끝까지 데려다 주리다. 갈라와여, 지체 마시오.'

106

깃털 고운 새 가루다가 말했다.

'나는 어머니의 자궁을 알지 못하는[+] 신에게서 명을 받았다오. 어디로 맨처음 데려다 줄까요? 최상의 브라만 갈라와여, 동쪽이오, 남쪽이오, 서쪽이오, 아니면 북쪽이오, 어디로 갈까요?

태양은 동쪽에서 떠올라 온 세상에 위용을 떨치지요. 여명이면 사드야[+]들이 그곳에서 고행을 한다오. 세상을 채우는 '생각'도 동쪽에

~알지 못하는_ 위슈누. 태어남이 없는, 즉 나고 죽음이 없는 신.
사드야_ 천인들의 한 종족.

서 처음 태어났지요. 또한 동쪽은 다르마의 두 눈이 있는 곳이며, 그가 몸소 머무르는 곳이기도 하다오. 최상의 브라만이여, 제물은 동쪽의 입을 통해 바쳐져 사방으로 퍼져나가지요. 동쪽은 날의 여행이 시작되는 문이라오. 브라만 선인이여, 먼 옛날, 닥샤의 딸들이 생명들을 생산해냈던 곳이며 까샤빠의 자손들이 번성했던 방향이자 신들의 영광이 뿌리내린 곳이며, 인드라가 왕위에 올랐고, 신들의 왕이 된 인드라가 여러 다른 신들과 함께 고행했던 곳이라오. 브라만이여, 이런 이유들 때문에 동쪽을 첫 방향이라고 부른다오. 그래서 처음부터 이 방향은 신들이 차지했던 것이지요. 그래서 행복을 찾는 사람이라면 먼저 동쪽을 바라보고 소원을 빌며, 예전의 성스런 의식을 행해야 하는 것이라오.

이곳에서 세상에 생명을 주신 성스러운 주인께서는 처음 베다를 노래하셨고, 사위뜨르는 브라만을 배우는 이들에게 사위뜨리 진언을 읊조렸다오. 빼어난 브라만이여, 이곳에서 태양신 수르야는 야주르 진언을 세상에 내놓았고, 축원을 얻은 신들은 희생제 때 소마를 마셨지요. 이곳에서 제물을 나르는 불들도 만족하여 본래 왔던 곳으로 들어갔으며, 와루나는 이곳에서 빠딸라로 내려가 영광을 얻었다오. 황소 같은 브라만이여, 오랜 옛적, 오래된 성자 와시슈타가 태어나 정착한 뒤 삶을 떠난 곳이기도 하지요. '옴' 음절이 여기에서 자신을 만 개로 나투었고, 소마를 마시는 수행자는 희생제단에서 소마를 마셨으며, 인드라는 멧돼지를 비롯 숲에 사는 많은 짐승 제물을 천인들의 몫으로 정해 주었소.

고마움을 모르는 무익한 인간과 아수라들은 이곳에 태양이 떠오르면 모두 파괴된다오. 이 동쪽은 삼계와 하늘과 행복의 문이니 그대가 원한다면 그리로 데려가리다. 나는 내가 호의를 베풀고자 하는 사람의 말을 들으려 하오. 갈라와여, 말해보시오. 데려다 드리리다.

이제 다른 방향에 대해서도 들어보시오.'

107

깃털 고운 새가 말했다.

'이곳은 한때 위와스와따가 쉬라우따 의식을 치르며 스승께 닥쉬나*를 바쳤다 하여 닥쉬나*라고 부릅니다. 브라만이여, 이곳은 삼계의 조상들이 자리 잡고 사는 곳이며, 따뜻한 음식을 먹는 신들의 거처라고 부르기도 하지요. 이곳은 또 위쉬와데와스들이 항상 조상들과 함께 머무는 곳이며, 세상 사람들이 제사 지내면 그들과 공평한 몫을 받는 곳이라오.

브라만이여, 여기는 다르마의 두 번째 문이 있는 곳이라오. 뜨루티*와 라와* 시간이 이곳에서 셈해지지요. 이곳에 번뇌를 여읜 천상 선인, 조상세계 선인, 선인 왕들이 살고 있지요. 최상의 브라만이여,

---

닥쉬나_ 공부를 마친 뒤 스승께 드리는 답례.
닥쉬나_ 남쪽.
뜨루티_ 라와의 1/2 의 시간으로 찰라.
라와_ 순간.

470

이곳에서 사람들은 다르마, 진실, 까르마에 대해 듣는다오. 여기는 까르마로 인해 가라앉는 사람들이 가는 곳이기[†] 때문이지요. 최상의 브라만이여, 이곳은 모든 이가 결국은 이르게 되는 곳이며, 아둔한 자들과 함께하는 자들에게는 행복에 이를 수 없게 하는 곳이라오. 황소 같은 브라만이여, 여기는 자신을 다스리는데 실패한 자들이 수천의 나이르따[†] 아수라들을 마주해야 하는 곳이라오. 브라만이여, 이곳 만다라 산봉우리, 브라만 선인들의 처소에서 간다르와들은 가슴을 울리는 노래를 부르지요. 이곳에서 라이와따는 사마베다의 가락으로 부르는 노래를 듣고, 아내를 두고, 스스로를 놓아버리고, 왕국을 버린채 숲으로 갔다오. 이곳은 사와르나의 아들 마누가 성스런 브라만의 경계를 정했고, 태양도 감히 이를 범하지 못한다오. 이곳은 고결한 뿔라스띠야의 아들인 락샤사의 왕 라와나가 고행을 통해 신들에게서 영생의 축원을 얻은 곳이오.

갈라와여, 이곳에서 우르뜨라는 그 거동으로 인해 인드라의 적이 되었고, 여기는 또 다섯 원소로 돌아간 모든 생명 있는 것들이 오는 곳이며, 악행을 저지르는 사람들이 불에 익혀졌던 곳이지요. 와이따라니라는 이름의 강이 이곳을 에워 돌며 강을 건너려는 사람들을 뒤덮는다오. 이곳은 행복의 끝까지 갔던 사람들이 불행의 끝까지 가는 곳이오. 태양은 돌아오는 길에 여기에 단물을 뿌리고, 대지의 끝에 이르러 다니슈타 별 아래에 오면 다시 눈을 내려주지요. 갈라와여, 예전

~가는 곳이기_ 남쪽은 죽어서 가는 방향이기 때문에 죽기 전에 행했던 까르마 혹은 업이 중요한 역할을 한다.

나이르따_ 니르띠의 자손들.

에 나는 이곳을 방랑하다 배가 고파서 음식을 구하려 했었다오. 그때 나는 서로 싸우는 거대한 코끼리와 거북이를 얻었었지요.[†]

태양의 아들 샤끄라다누 대선인은 여기에서 태어났다오. 그는 성스러운 까삘라고 알려져 있으며, 사가라의 아들들을 몰살시킨 이였지요. 여기에서는 또 쉬와스라는 완벽한 브라만이 베다를 능히 알아 베다의 끝인 베단따까지 완벽하게 익힌 뒤 야마의 땅으로 갔다오. 이곳에서 와수끼, 딱샤카 뱀, 아이라와따 등이 보가와띠라는 왕국을 다스렸지요. 죽음의 때가 오면 이곳에는 짙은 어둠이 깔려, 태양도 검은 꼬리 지닌 불도 그 어둠을 뚫지 못한다오.

당신은 이 비탄의 길을 여행하셨소. 이제 가야 할 곳이 있다면 말해보시오. 아니면 서쪽에 대해 들어보시오.'

108

깃털 고운 새가 말했다. '여기는 소들의 주인 와루나가 가장 좋아하는 거처이자, 물의 제왕인 그의 근원이라오. 훌륭한 브라만이여, 이곳은 또한 날이 저물어 태양이 모든 빛을 스스로 내려놓는 곳, 뒤쪽이라고도 알려진 서쪽이지요. 성스런 까샤빠 천신이 와루나를 물에 사는 짐승들의 왕으로 세워 바다를 다스리게 한 곳이라오. 달은 와루나의 여섯 가지 정수를 마시고 다시 젊어져 상현이 되면 어둠을 물

얻었었지요_ 1장의 가루다 이야기 중 코끼리와 거북이를 얻는 일화를 말한다.

리치지요.

브라만이여, 다이띠야들은 이곳에서 바람에 패해 꽁꽁 묶인 뒤 한 숨을 쉬었고, 지금은 큰 뱀들에 눌려 숨을 헐떡거린다오. 아스따라는 이름을 가진 산은 자기를 사랑하는 태양을 여기서 받아들였고, 그곳으로부터 석양이 퍼지는 것이라오. 살아 있는 생명들의 절반의 삶을 차지하는 낮이 끝나면 밤과 잠이 찾아들지요. 디띠 여신이 아이를 태안에 담고 여기서 자고 있는 사이 인드라는 그 아이를 지웠고, 그곳에서 마루뜨들이 태어났다오.

여기에서 시작된 히말라야의 뿌리는 만다라 산까지 뻗어나가 천 년을 가도 영원히 끝을 볼 수가 없다오. 여기는 수라비가 황금 산의 황금 강 가까이 있는 바닷가에 와서 우유를 내뿜었던 곳이기도 하지요. 태양과 달을 죽이려고 했던, 태양을 닮은 스와르바누 라후의 몸통이 바다 가운데 보인다오. 이곳에서는 또 볼 수도, 가늠할 수도 없는 푸른 털을 지닌 이, 수와르나 쉬라스의 멀리 퍼져가는 노랫소리가 들린다오.

이곳에는 드와자와띠라는 하리메다스의 딸이 '그곳에 있으라!'는 태양의 명에 따라 창공에 서 있다오. 갈라와여, 이곳은 바람, 불, 물, 공기가 낮과 밤이 주는 따가운 접촉을 모두 버리는 곳이라오. 여기서부터 태양의 길은 기울기 시작하지요. 모든 행성은 이곳에서 바다의 궤로 빠져들고, 스무여드레 동안 태양의 궤도를 돌다가 다시 태양으로부터 나와 달을 따른다오. 강의 근원이 여기에 있어 바다가 이곳에서 생성되지요. 와루나의 거처인 삼계의 물이 머무는 곳도 이곳이라오. 뱀 왕 아난따의 거처도 이곳이며, 시작도 끝도 없는 이, 저 비견할 수 없는 위슈누의 거처이기도 하지요. 불의 벗인 바람의 거처이며 대선인 까샤빠 마리짜의 거처도 이곳이라오. 빼어난 브라만 갈라와여, 나는 이처럼 방향에 대해 말하면서 서쪽 길을 설명했소. 이제 가시겠소? 당신 생각은 무엇이오?'

109

깃털 고운 새가 말했다.

'악에서 건너와 최상의 선을 즐기기에 현자들은 이 북쪽 방향을 웃따라†, 즉 뒤에 오는 최고의 방향이라고 부른다오. 갈라와여, 황금 연못이 있는 북쪽은 서쪽과 동쪽 길의 중간에 있다고 전해지지요. 황소 같은 브라만이여, 최고의 방향이라는 이 북쪽에서는 온화하지 않은 사람, 배움 없는 사람, 마음 바르지 않은 사람은 받아들이지 않는다오. 나라야나 끄르슈나도, 비견할 수 없는 지슈누도, 영원한 브라흐마도 여기 이 북쪽 바다리 아쉬람에 살고 있다오. 여기 히말라야 등성이에는 대신大神 쉬와가 언제나 머물고 있으며, 여기에서 달이 브라만들의 왕좌에 올랐지요. 빼어난 브라만이여, 떨어져내리는 강가를 대신 쉬와가 붙들어 인간 세상에 보내준 곳도 이곳이라오. 여기에서 빠르와띠 여신이 쉬와를 얻기 위해 고행했고, 욕망, 분노, 산, 그리고 우

웃따라_ '우뜨'는 '위'나 '뒤', '따라'는 '최상의'라는 뜻이다. 따라사 '웃따라'는 '더할 나위 없는', '최고의' 또는 '가장 뒤에 있는'이라는 뜻이다.

마도 여기에서 세상에 나왔지요. 황소 같은 브라만이여, 여기에 아름다운 짜이뜨라라타와 와이카나사 아쉬람이 있고, 여기에 만다끼니와 만다라 산이 있다오. 여기에 나이르따들이 지키는 사우간디까 숲이 있고, 초원과 까달리 나무들이 있으며, 끝없이 이어지는 사만따까 산맥이 있다오. 갈라와여, 여기에 절제력 뛰어나고 마음 가는 대로 움직이는 싣다들에게 어울리는 수레, 욕망을 채우고 안락함을 주는 수레가 있다오. 여기에 일곱 르쉬들과 성스러운 아룬다띠가 머물렀으며, 스와띠 별 또한 이곳에서 떠오른다고 하지요. 조물주는 희생제를 통해 이곳에 북극성을 세웠고, 태양과 달은 언제나 그 주위를 돈다오.

이곳에서는 진실을 말하는 다마스라는 이름을 가진 고결하고 빼어난 브라만 성자들이 가얀띠까 문을 지키지요. 갈라와여, 그들의 태생이나 외모 또는 수행력 등은 알려지지 않았다오. 여기에 그들이 마음껏 누렸던 수천의 궤적이 있지요. 최상의 브라만 갈라와여, 이 너머까지 뚫고 들어가는 사람은 모두 사라져버린다오. 황소 같은 브라만이여, 이 이전에는 성스런 나라야나와 불멸의 지슈누 나라* 말고는 누구도 들어가 본 적이 없는 곳이지요. 여기가 일라윌라의 아들 까일라사의 거처라오. 그리고 여기에서 위듀뜨쁘라바라는 이름을 가진 열 명의 압싸라스들이 태어났지요. 위슈누*가 삼계에 걸음을 내딛은 발자욱이 여기 북쪽에 있다오. 훌륭한 브라만 선인이여, 여기 황금 연못이 있는 곳에서 마룻따 왕이 희생제를 올렸었지요.

성스럽고 무구한 히말라야의 연못이 지무따라는 고결한 브라만

지슈누 나라_ 아르주나.
위슈누_ 끄르슈나=나라야나.

선인을 몸소 시중들었던 곳도 이곳이라오. 막대한 재산을 브라만들에게 남김없이 바친 대선인은 숲으로 떠났고, 그래서 그 숲은 자이무따, 즉 지무따의 숲이라고 부른다오. 황소 같은 브라만 갈라와여, 세상의 수호자들은 아침저녁 이곳에 모여 '누가, 무엇이 필요한가?'라고 외친다오. 훌륭한 브라만이여, 이 북쪽 방향은 다른 여러 가지 덕이 있고, 모든 제사 중 가장 뛰어난 결과를 얻는다고 하여 웃따라, 즉 가장 뛰어난 방향이라고 한다오.

친애하는 이여, 나는 그대에게 방향에 대해 차례차례 순서대로 상세히 설명했소. 어느 쪽으로 가고 싶으시오? 훌륭한 브라만이여, 나는 당신에게 모든 땅과 방향을 가리켜 줄 준비가 되었소. 브라만이여, 내게 올라타시오.'

110

갈라와가 말했다.

'깃털 고운 위나따의 아들, 뱀왕의 적인 가루다여, 다르마의 눈이 있는 동쪽으로 나를 데려다 주십시오. 당신이 맨먼저 묘사했던 동쪽으로 가십시다. 모든 신들이 현재한다고 당신이 말했던 그곳으로 가십시다. 진실과 다르마가 있다고 당신이 적절히 설명했던 그곳으로 가십시다. 나는 거기 있는 신들을 모두 만나고 싶습니다. 아루나의 아우여, 나는 신들을 다시 보고 싶습니다.'

이어지는 나라다의 이야기는 이러하다.

위나따의 아들이 그에게 말했다.
'내 등에 올라 타시오.'
수행자 갈라와는 그가 하라는 대로 했다.
갈라와가 말했다.
'뱀 먹는 이여, 당신이 움직일 때 당신의 몸은 수천의 빛줄기를 가진 위와스와뜨의 아들, 아침의 태양처럼 빛나는군요. 당신의 날개로 쓰러뜨린 나무들이 당신을 따라 함께 움직이는 듯합니다. 하늘을 가는 이여, 나는 이렇듯 당신이 가는 모습을 보고 있군요. 하늘을 나는 이여, 바다와 숲을 합하고, 밀림과 산을 합한 온 대지를 당신의 날갯짓으로 끌고가는 듯합니다. 뱀과 악어를 포함한 저 아래 있는 물이 당신이 날갯짓으로 일으킨 큰 바람으로 인해 모두 하늘로 치솟아 오르는 듯합니다. 몸뚱이와 얼굴이 똑같은 물고기, 고래와 큰고래, 사람의 얼굴을 한 뱀들이 정신없이 휘저어지는 것을 나는 보고 있습니다. 그 거대한 소리에 내 귀가 먹은 듯합니다. 들을 수 없고 볼 수도 없습니다. 내가 뭘 하는지도 알 수 없습니다. 하늘을 가는 이여, 제발 천천히 가 주십시오. 그러다가 브라만을 죽일지도 모릅니다. 이를 상기해 주십시오. 친애하는 이여, 태양이 보이지 않고, 방향이 보이지 않고, 하늘이 보이지 않습니다. 어둠만이 보일 뿐, 당신의 몸도 구별할 수가 없습니다. 알에서 나온 이여, 진귀한 보석 같은 당신의 두 눈만 보일 뿐이랍니다. 당신 몸도, 내 몸도 볼 수가 없습니다. 다만 물에서 치솟은 불이 보일 뿐입니다. 내 눈은 완전히 가려져 보기를 멈추었습니다. 위나따의 아들이여, 돌아갑시다. 긴 시간을 당신과 여행했습니다. 뱀 먹는 이여, 이렇게 가야 할 아무 이유가 없습니다. 세차게 나는 이여, 돌아갑시다. 당신의 속도를 나는 견딜 수 없습니다. 나는 스승께 한쪽 귀가 검고 몸은 달처럼 새하얀 말 팔백 마리를 바치기로 약속했습니다. 알에서 나온 이여, 그러나 그 빚을 갚을 길이 보이지 않습니다. 그러니 목숨을 버려 내 길을 보렵니다. 내게는 재물이 아예 없고, 재물이 넉넉한 벗도 없습니다. 또한 아무리 재물이 많아도 그 빚을 갚을 수는 없을 것 같습니다.'

이어지는 나라다의 이야기는 이러하다.

이렇듯 수없이 되뇌는 가련한 갈라와에게 위나따의 아들은 날기를 멈추지 않은 채 웃으며 답했다.

'브라만 선인이여, 스스로를 버리고 싶어 하는 당신은 그리 영리한 사람은 아니군요. 시간은 우리가 결정하는 게 아니라오. 시간이 최상의 주인이기 때문이지요. 왜 내게 미리 말하지 않았소? 내게는 이 일을 해결할 묘안이 있다오. 갈라와여, 바다 가운데 르샤바라는 산이 있으니 거기서 쉬었다가 뭔가를 요기한 뒤 다시 갑시다.'

나라다가 말했다.

'그리하여 브라만과 새는 르샤바 산봉우리에 내려앉았지요. 그곳에는 브라만 여인 산딜리가 고행하고 있었다오. 깃털 고운 새와 갈라와는 그녀에게 절하며 예를 올렸소. 그녀는 그들을 반겨 맞았고, 그들은 자리에 앉았지요. 그들은 그녀가 진언과 함께 준비해둔 고수레 같은 음식을 허겁지겁 먹었소. 그리고는 음식에 취해 땅바닥에 드러누웠다오. 얼마 있다 깃털 고운 새가 일어나 가려고 했으나 자신의 날개가 떨어져나간 것을 보았소. 새는 그저 눈과 발을 가진 고깃덩이에 불과해보였지요.'

이어지는 나라다의 이야기는 이러하다.

갈라와가 그를 보더니 마음이 상해 말했다.

'당신이 여기 와서 얻은 결실이 무엇인가요? 얼마나 더 여기에 머물러야 하나요? 다르마를 거스르는 상서롭지 못한 생각을 마음에 품었던 것은 아닌가요? 사소한 것을 거슬렀다 하여 이리 되지는 않았을 것입니다.'

깃털 고운 새가 브라만에게 답했다.

'브라만이여, 나는 놀라운 마법을 행하는 이 여인을 쁘라자빠띠가 계신 곳으로 데려갔으면 좋겠다고 생각했소. 대신 쉬와와 영원하신 위슈누가 계시고, 다르마와 희생제가 있는 그곳에 이 여인도 머무르면 좋겠다고 생각했지요.

그런 제가 여신께 몸 굽혀 절 올리며 청합니다. 부디 저를 어여
삐 여기시어 자비를 베푸소서. 마음이 너무 슬픈 나머지 해서는 안
될 짓을 했나이다. 이 또한 우러름에서 우러나와 그리했는데 당신께
서 못마땅하셨나 봅니다. 선행도 악행도 당신의 위대함으로 모두 용
서해 주소서.'

그녀는 새들의 왕과 황소 같은 브라만의 이 같은 말을 듣고 흡족
해져서 말했다.

'두려워할 필요 없소. 깃털 고운 새여, 그대는 깃털이 고운 새이니
말이오. 당황하지 마시오. 사랑스런 이여, 그대는 나를 경시했고, 나
는 그러한 경시를 참을 수 없었던 것이오. 나를 경시하는 죄업을 지은
사람은 세상에서 멸할 것이오. 내게는 상서롭지 못한 점이 없고, 비
난 받을 일도 하나 없소. 나는 바른 거동을 따랐고, 그래서 최고의 완
성을 이루었소. 바른 거동을 통해 다르마를 얻었고, 다르마로부터 재
물을 얻었다오. 바른 거동을 통해 영예로움에 이르렀고, 바른 거동을
통해 상서롭지 못한 것들을 없앴소. 하늘을 가는 자들의 왕이여, 그대
가 가고 싶은 곳으로 가시오. 장수할지니! 혹여 비난 받아 마땅한 여
인을 만나더라도 그녀를 비난해서는 안 되오. 그대는 예전과 같은 힘
을 갖게 될 것이오.'

그리하여 그의 두 날개는 전보다 오히려 더 강해졌다.

산딜리를 떠난 그들은 왔던 곳으로 돌아갔다. 그러나 갈라와는 스
승이 말했던 것과 같은 말들을 얻지 못했다. 그렇게 길에 서 있는 갈
라와를 위쉬와미뜨라가 보았다. 능변 중의 능변인 그가 위나따의 아

들이 보는 앞에서 갈라와에게 말했다.

'브라만이여, 이제 그대 스스로 내게 했던 약속을 지킬 시간이 되었구나. 혹 달리 생각한 바가 있던가? 나는 지나온 만큼의 시간을 더 기다릴 수 있으니 일을 이룰 수 있는 방법에 대해 듣고 싶구나.'

그러자 깃털 고운 새가 괴로워하는 가련한 갈라와에게 말했다.

'위쉬와미뜨라가 말하는 것을 내 눈으로 보았소. 그러니 최상의 브라만 갈라와여, 이리 오시오. 함께 의논해봅시다. 당신은 스승께 약속한 것을 전부 바치지 않고는 쉴 수 없을 것이오.'

112

이어지는 나라다의 이야기는 이러하다.

날아다니는 것들 중 최상인 저 깃털 고운 새는 풀죽어 있는 갈라와에게 이렇게 말했다.

'불에 의해 땅에서 만들어지고, 바람에 의해 정화된 금은 모든 이의 마음을 사로잡지요. 그래서 '히란야'†, 즉 금이라고 부른다오. 재물은 '다나'라고 하지요. 그것이 사람들을 한 자리에 붙들어놓기† 때

히란야_ 여기서는 금을 뜻하는 히란야(hiranya)의 어원을 '빼앗다, 가져가다, 사로잡다'라는 뜻을 지닌 hṛ에서 가져온 듯하다.

~붙들어 놓기_ 다나(dāna)가 '붙잡다'라는 뜻인 dhṛ에서 파생되었다고 보는 듯하다.

문이라오. 그래서 재물은 영원히 삼계에 머물지요. 쁘로슈타빠다† 별
자리가 슈끄라 날에 합쳐지면 슈끄라는 부의 주인처럼 인간들이 마음
속에 품고 있는 부를 선사한다오. 황소 같은 브라만이여, 아자 에까빠
다, 분드야, 그리고 풍요의 주인이 지키고 있어 얻지 못할 보물이라
면 당신이 얻을 수 없다오. 그리고 재산이 없이는 결코 그 말들을 얻
을 수 없을 것이오. 선인왕들의 왕가에서 태어난 왕에게 가서 재물을
구하시오. 백성들에게서 빼앗지 않고도 우리의 마음을 채워줄 수 있
는 왕에게서 말이오.

내 벗들 중에 소마 가문에서 태어난 왕이 있소. 그는 지상에서 가
장 부유한 자이니 그에게 갑시다. 나후샤의 아들 야야띠는 진실을 힘
으로 삼은 왕이라오. 내 말과 당신의 요구에 따라 그는 재물을 나눠줄
것이오. 그는 풍요의 주인만큼이나 막대한 부를 가졌던 적도 있지요.
그 재산을 나눠주어서 자신을 맑혔던 사람이라오.'

이런 이야기를 나누며 자기들이 할 만한 일에 대해 생각해보는 사
이 그들은 쁘라띠슈타나에 있는 인간들의 주인 야야띠에게 이르렀다.
그들은 존경을 담은 아르갸와 맛있는 음식을 대접받았고, 그곳까지
온 연유를 묻는 야야띠의 물음에 위나따의 아들이 답했다.

'나후샤의 아들이여, 이쪽은 나의 벗, 고행의 보고寶庫인 갈라와랍
니다. 왕이시여. 그는 수십만 년 동안이나 위쉬와미뜨라의 제자였지
요. 스승이 떠나도 좋다고 했을 때 닥쉬나를 바치고 싶었던 이 훌륭한

쁘로슈타빠다_ 스물일곱 개의 별자리 중에서 스물다섯 번째와 스물여섯 번째에 해당하
는 별자리로 이 별자리는 특이하게 두 개를 아우른다. 문헌에 특별히 언급된 특징은
없다. 문맥상 부나 재물과 관련이 있는 듯하다.

브라만은 무엇을 바치면 좋을지 스승께 여쭈었답니다. 그는 여러 번 거듭해서 물었고, 스승은 약간 상기되어, 그가 가진 것이 적다는 것을 잘 알면서 "정 그렇다면 다오!"라고 말했다지요. 위쉬와미뜨라 고행자는 "그렇게 해야겠다면 달처럼 새하얗게 빛나고, 한쪽 귀가 검은 말 팔백 마리를 가져오너라. 갈라와여, 그래서 이것을 너의 닥쉬나로 삼아라!"라고 성을 내며 말했답니다.

황소 같은 이 브라만은 너무나 괴로워 슬픔으로 속이 타들어가고 있습니다. 그 빚을 갚을 수 없어서 이렇게 당신을 찾아온 것이랍니다. 범 같은 사내여, 구걸하는 것을 당신에게서 얻는다면 그의 괴로움은 가실 것이며, 스승께 빚을 갚고 나면 그는 다시 대단한 고행을 할 것입니다. 그리고 수행으로 얻은 몫을 당신께도 나눠주겠지요. 선인 왕으로서의 고행으로 이미 충만해 있는 당신을 더더욱 충만하게 채워줄 것입니다. 인간들의 군주이며 땅의 왕인 분이시여, 말을 보시하면 말의 털 만큼의 세상을 얻는답니다. 그는 받을만한 그릇이 되는 이이며, 당신은 줄만한 그릇이 되는 이입니다. 이것은 소라고둥에 우유를 채워 넣는 것과 같은 이치일 것입니다.'

113

이어지는 나라다의 이야기는 이러하다.

깃털 고운 새가 이렇듯 빼어난 말을 하자 왕은 거듭 생각하다 결정을 내렸다. 천 번의 희생제를 지낸 재물과 보시의 주인, 저 위용 넘치는 와뜨사와 까시의 왕 야야띠가 자신의 절친한 벗 따륵샤 가루다를 보고, 또 고행의 본보기이며 구걸해온 것만으로도 자신에게 칭송과 명예가 될 것 같은 황소 같은 브라만 갈라와를 보고 잘 생각해 본 뒤 말했다.

'태양의 왕가에서 태어난 다른 여러 왕들을 제쳐두고 두 분께서 내게로 왔으니, 오늘 내 태어남이 결실을 보는군요. 내 가문은 당신이 오늘 추어 올린 것입니다. 무구한 가루다여, 당신으로 인해 내가 다스린 이 땅도 영예로워졌습니다.

벗이여, 내가 말하고 싶은 것이 있습니다. 나는 당신이 예전에 알고 있던 것만큼은 부유하지가 않습니다. 벗이여, 내 재산이 줄어든 것이지요. 하늘을 가는 이여, 그러나 나는 당신을 이곳에 헛걸음시킬 수는 없습니다. 또한 이 브라만의 희망을 꺾을 수도 없습니다. 그러니 이 일을 이룰만한 뭔가를 당신께 드리겠습니다. 자기를 찾아온 사람의 희망을 꺾으면 그 가문은 타고 말 것입니다. 위나따의 아들이여, "베풀어 달라!"고 했는데 "나는 없다"라고 말해 타인의 희망을 꺾는 일보다 더 큰 죄는 이 세상에 없다고들 합니다. 명망 높은 사람이 뜻하는 바가 꺾이고, 해야 할 일을 이루지 못한다면 그 사람에게 청을 받았던 사람의 아들들과 자손들에게도 해가 미치지요.

갈라와여, 네 개의 가문을 지탱할 만한 내 딸을 데려가십시오. 신의 아이처럼 아름답고 만덕을 갖추었기에 신들도 인간들도 아수라들도 모두 탐내는 아이랍니다. 그러니 내 딸을 데려가십시오. 왕들은 이 아이에게 왕국이라도 혼수로 내줄 터인데, 귀가 검은 팔백 마리 말쯤이야 일러 무엇하리까? 내 딸 마다위를 받아주십시오. 위용 넘치는 이여, 그리하여 내가 손자 얻는 소망을 이루게 해주십시오.'

갈라와는 처녀를 받아들였다. 그리고 "다시 봅시다"는 말을 남기고 처녀를 데리고 가루다와 함께 떠났다. 알에서 태어난 이는 "말을 향한 문이 열렸군요"라고 말하고는 갈라와에게 작별한 뒤 자신의 거처로 떠났다. 새들의 왕이 떠나자 갈라와는 '왕들이 혼수를 줄 터이니!'라고 생각하고는 처녀와 함께 왕들을 향해 갔다.

태양족의 빼어난 왕, 기력 넘치는 아요드야의 하르야쉬와, 네 가지 병력을 갖고, 보물과 재물과 힘을 고루 갖춘 이, 백성들을 아끼고 브라만을 사랑하는 이, 후손을 바라며 최상의 고행을 한 평화로운 하르야쉬와 왕에게 간 갈라와 브라만이 말했다.

'인드라 같은 왕이시여, 여기 내 딸이 있습니다. 이 아이가 당신의 가문을 일으킬 자손을 줄 것입니다. 나는 혼수를 받고 이 아이를 당신의 아내로 드리려고 합니다. 혼수가 무엇인지 말씀드릴 터이니 잘 듣고 결정하십시오.'

114

이어지는 나라다의 이야기는 이러하다.

자손을 보고 싶은 마음에 생각하고 또 생각한 하르야쉬와 왕이 길고 뜨거운 한숨을 내쉬며 말했다.

　'높아야 할 여섯 곳은 높고, 가늘어야 할 일곱 군데는 가늘며, 깊어야 할 세 곳은 깊고, 붉어야 할 다섯 곳은 붉은 이 여인은 수많은 신과 아수라들의 세계를 보고, 숱한 간다르와들을 만날 만한 아이를 여럿 가질 대단한 표식을 갖고 있군요. 바퀴를 굴릴 군주를 자손으로 낳아줄 여인입니다. 최상의 브라만이여, 내가 가진 부를 살피신 뒤 혼수가 무엇인지 말씀해보십시오.'

　갈라와가 말했다.

　'한쪽 귀가 검은 말 팔백 마리를 내게 주십시오. 달처럼 새하얗고 훤칠한 명마여야 합니다. 그러면 불을 일으키는 두 개의 아라니 나무가 아그니의 집이듯 연꽃 눈을 가진 이 아름다운 처녀는 당신 아들들의 어머니가 될 것입니다.'

　이어지는 나라다의 이야기는 이러하다.

　그 말을 들은 하르야쉬와, 욕망에 마음이 휘둘린 가련한 왕이 빼어난 브라만 갈라와에게 말했다.

　'갈라와여, 내게는 풀을 뜯으며 돌아다니는 수없이 많은 다른 말들이 있으나 당신이 말씀하신 그런 말은 이백 마리밖에 없습니다. 자, 여기 있습니다. 그러니 나는 이 여인에게서 자식 하나만 갖겠습니다. 내가 품은 뜻이 이러하니, 내 소망을 들어주십시오.'

　이 말을 들은 처녀가 갈라와에게 말했다.

'나는 언젠가 어떤 브라만에게서 축원을 받은 적이 있답니다. 자식을 낳고 또 낳아도 처녀로 남을 것이라는 축원이었으니 나를 왕에게 주십시오. 그리고 말을 얻으십시오. 그렇게 하면 네 명의 왕들에게서 말 팔백 마리를 채울 수 있을 것입니다. 그리고 내게는 아들 넷이 생기겠지요. 훌륭하신 브라만이여, 당신의 스승을 위해 나를 이용하셔도 좋습니다. 브라만이시여, 내 생각은 이러한데 당신 생각은 어떠하신가요?'

처녀에게서 이런 말을 들은 수행자 갈라와가 하르야쉬와 왕에게 말했다.

'최상의 왕 하르와쉬와시여, 이 처녀를 받으십시오. 사분의 일의 혼수로 아들 하나를 얻으십시오.'

왕은 처녀를 받고 갈라와에게 예를 다했다. 그리고 적절한 때와 장소에서 원하던 아들을 얻었다. 와수마나라는 이름을 갖게 된 아들은 와수들보다 더 와수*가 많았기에 와수라고 불렸다.

그럴 즈음 명민한 갈라와가 다시 돌아왔다. 흡족해 하는 하르야쉬와에게 다가간 그가 말했다.

'왕이시여, 당신은 젊은 태양 같은 아들을 얻었습니다. 훌륭한 왕이시여, 나는 이제 다른 왕에게 구걸하러 가야 할 때가 되었습니다.'

하르야쉬와는 진실을 말했고, 사내다운 굳건한 용기를 보였다. 말을 얻기가 어렵다는 것을 안 그는 마다위를 다시 브라만에게 내주었다. 타는 듯 영예로운 왕을 떠난 마다위는 다시 바라던 처녀가 되어 갈라와의 뒤를 따랐다.

와수_ 재산.

브라만은 '말은 당신이 가지고 계시오'라는 말을 왕에게 남기고 처녀와 함께 디오다사 왕에게로 갔다.

115

갈라와가 말했다.

'까쉬의 왕 디오다사는 이 땅을 다스리는 기력 넘치고 위용 넘치는 왕이라오. 비마세나 왕의 아들이지요. 복스런 여인이여, 천천히 오시오. 서러워 마시오. 왕은 올곧고 자제력 있으며 진실을 말하는 이라오.'

이어지는 나라다의 이야기는 이러하다.

야야띠의 딸과 함께 그곳에 이른 고행자 갈라와는 왕에게 환대받았고, 그는 왕에게 후손을 보도록 부추겼다.

디오다사가 말했다.

'브라만이시여, 내가 전에 이미 들은 적 있으니 상세한 이야기가 뭐 필요하리까? 훌륭한 브라만이시여, 그 이야기를 듣고는 나도 이 처녀를 갈망하고 있답니다. 왕들을 제치고 내게 와준 것은 영예로운 일입니다. 당신은 반드시 일을 이룰 것입니다. 갈라와여, 나도 그 정도의 말 재산이 있으니 나 또한 이 여인에게서 왕자 하나를 얻으려

합니다.'

나라다가 이어 말했다.

'이렇게 하여 빼어난 브라만은 처녀를 왕에게 주었지요. 왕은 먼저 의식을 치른 뒤 처녀를 받아들였소. 선인 왕은 태양이 밝음을 즐기듯 그녀를 즐겼다오. 아그니가 스와하를 즐기듯, 인드라가 샤찌를 즐기듯 그렇게 즐겼으며, 짠드라가 로히니를 대하듯, 와루나가 가우리를 대하듯, 풍요의 제왕이 르디를 대하듯, 나라야나가 락쉬미를 대하듯 대했고, 바다가 강가를 좋아하고, 루드라가 루드라니를 좋아하고, 조물주가 제단을 좋아하고, 와시슈타의 아들이 아드르샨띠를 좋아하듯, 와시슈타가 악샤말라를 좋아하듯 그녀를 좋아했다오. 짜와나가 수깐야를 즐기듯, 뿔라스띠야가 산디야를 즐기듯, 아가스띠야가 로까무드라를 즐기듯, 사띠야완이 사위뜨리를 즐기듯, 브르구가 뿔로만을 즐기듯, 까샤빠가 아디띠야를 즐기듯 그렇게 즐겼지요. 아르찌까가 레누까와 사랑을 나누듯, 까우쉬까가 히말라야의 딸과 사랑을 나누듯, 브르하스빠띠가 따라와 사랑을 나누듯, 슈끄라가 샤따빠르위와 사랑을 나누듯, 부미빠띠가 부미이와 사랑을 나누듯, 뿌루라와스가 우르와쉬와 사랑을 나누듯, 르찌까가 사띠야와띠와 사랑을 나누듯, 마누가 사라스와띠와 사랑을 나누듯 그녀와 사랑을 나눴다오. 디오다사 왕이 그렇게 그녀와 사랑을 나누는 사이 마다위는 아들 쁘라마르다나를 낳았지요.

그리고 때가 되자 성스런 갈라와가 디오다사 왕에게 와서 말했다오.

"왕이시여, 처녀를 내게 돌려주십시오. 그리고 말은 다른 데서 혼수를 더 구할 때까지 여기서 맡아주십시오."

진실을 지키는 올곧은 디오다사 왕은 약속에 따라 처녀를 갈라와에게 돌려주었지요.'

116

이어지는 나라다의 이야기는 이러하다.

명성 자자한 처녀, 진실을 지키는 마다위는 풍요를 버리고 다시 갈라와 브라만을 따랐다. 자기가 해야 할 일을 여전히 마음에 담고 있는 갈라와는 생각해보다가 보자나가라의 우쉬나라 왕을 보러 갔다. 진실을 용맹으로 삼은 왕에게 그가 말했다.

'이 처녀는 당신에게 왕자 둘을 낳아줄 것입니다. 왕이시여, 달과 해를 닮은 아들을 얻은 당신은 이승과 저승에서 모두 뜻을 이룬 왕이 될 것입니다. 모든 다르마를 능히 아는 이여, 달빛처럼 새하얗고 한 쪽 귀가 검은 사백 마리 말을 내게 혼수로 주십시오. 이것은 스승을 위한 것이며, 이 말들로 내가 내 자신을 위해 하고자 하는 것은 없습니다. 대왕이시여, 할 수 있거든 주저 마십시오. 선인왕이여, 당신은 후손이 없으니 두 왕자 아들을 낳아 아들이라는 배로 조상의 세계를 건너십시오. 선인왕이여, 아들이 주는 것을 즐기는 이는 천상에서 떨

어지지 않습니다. 아들 없는 자가 떨어지는 지옥에 가지도 않습니다.'

우쉬나라 왕은 그런저런 갈라와의 여러 이야기를 듣고 그에게 답했다.

'갈라와여, 당신이 하는 말을 잘 들었습니다. 운명은 강한 것입니다. 내 마음이 움직입니다. 훌륭한 브라만이여, 그러나 수천의 말들이 뛰어다니지만 그런 말은 내게 이백 마리뿐입니다. 갈라와 브라만이여, 나도 이 여인에게서 아들 하나만 낳겠습니다. 나도 다른 이들이 간 길을 가겠습니다. 빼어난 브라만이여, 나는 당신에게 그에 맞는 재물을 줄 수는 있으나 이는 모두 백성들을 위한 것이지 내 자신을 위한 것은 아니랍니다. 타인의 재물을 제 마음대로 주는 왕은 다르마에 따르는 것이 아니며 명예를 얻지도 못한답니다. 그녀를 받아들이겠습니다. 신성한 태를 가진 여인에게서 아들 하나를 얻을 수 있도록 그녀를 내게 주십시오.'

최상의 브라만 갈라와는 맞는 말을 하는 우쉬나라 왕에게 예를 올렸다. 우쉬나라에게 그녀를 건네준 갈라와는 숲으로 갔다. 왕은 성스런 일을 하는 이가 영예로움을 즐기듯 그녀를 즐겼다. 산의 동굴에서, 강변에서, 다채로운 뜰에서, 숲과 나무들 사이에서, 아름다운 집들에서, 동굴 꼭대기에서, 높은 집 창가에서, 은밀한 방안에서 그렇게 그녀와 즐겼다.

그러다 때가 되어 그녀는 쉬비라는 명성 자자한 아들, 아침의 태양 같은 아들을 낳았다. 그리고 갈라와 브라만이 돌아와 처녀를 데리고 위나따의 아들을 보러 갔다.

이어지는 나라다의 이야기는 이러하다.

위나따의 아들이 웃으며 갈라와에게 말했다.

'브라만이여, 일을 이룬 당신을 여기서 다시 보게 되어 다행이오.'

위나따 아들의 말을 들은 갈라와는 아직 사분의 일이 남아있다고 말했다. 새들 중의 새, 깃털 고운 가루다가 갈라와에게 말했다.

'더 애쓰지는 마시오. 당신이 할 일이 아니오. 예전에 르찌까도 깐야꿉자의 딸 사띠야와띠를 아내 삼으려고 했었소. 갈라와여, 그리고 그는 '한쪽 귀가 검은 달처럼 새하얀 말 천 마리를 주십시오'라는 말을 들었지요. 르찌까는 그러마고 말한 뒤, 와루나의 거처로 갔소. 아쉬와띠르타[+]라는 곳에서 말들을 얻은 그는 그것들을 왕에게 바쳤지요. 왕은 뿐다리까 희생제를 통해 말들을 브라만들에게 바쳤다오. 그리고 여러 왕이 각각 이백 마리씩의 말을 그 브라만들에게서 샀지요. 그러나 말들은 위따스따 강을 건너가 물살에 떠내려가고 말았다오. 갈라와여, 이렇듯 얻을 수 없는 것은 어떻게 해도 얻을 수가 없는 법이오. 그러니 고결한 갈라와여, 이백 마리 말에 상응하는 이 처녀를 말들과 함께 위쉬와미뜨라에게 바치시오. 황소 같은 브라만이여, 혼돈을 버리시오. 당신은 일을 이룬 것이나 다름없다오.'

아쉬와띠르타_ 말들의 성소라는 뜻이다.

그러겠노라고 말한 뒤 갈라와는 처녀를 데리고 깃털 고운 새와 함께 위쉬와미뜨라에게 갔다.

갈라와가 말했다.

'스승님이 바라시는 말 육백 마리와 이 여인을 이백 마리에 상응한다고 여기시어 함께 받아주소서. 이 여인은 선인왕들에게 다르마를 따르는 왕자 셋을 낳았답니다. 위없는 분이시여, 스승님께서도 이 여인에게서 네 번째의 아들을 보소서. 그리하여, 팔백 마리의 말을 다 채운 것으로 해주소서. 그러면 저는 빚에서 벗어나 편안히 고행하러 떠나겠습니다.'

이어지는 나라다의 이야기는 이러하다.

위쉬와미뜨라는 갈라와를 보고, 새를 보고, 엉덩이 풍만한 처녀를 보더니 이렇게 말했다.

'갈라와여, 어찌하여 이 여인을 내게 먼저 바치지 않았느냐? 그랬으면 내 가문을 일으킬 아들 넷을 내가 취할 수 있었을 것을! 내가 이 처녀를 받아들여 아들 하나를 얻어야겠구나. 나머지 말들은 모두 아쉬람에 두거라.'

빛이 넘치는 위쉬와미뜨라는 마다위와 사랑을 나누고 그녀에게서 아들 아슈따까를 얻었다. 빛이 넘치는 위쉬와미뜨라는 아들을 낳자마자 재물과 다르마와 말을 모두 그에게 주었다. 아슈따까는 달의 도시를 닮은 도시로 갔고, 위쉬와미뜨라 까우쉬까도 제자인 갈라와에게 처녀를 돌려준 뒤 숲으로 떠났다. 깃털 고운 새와 함께 갈라와 또한 닥쉬나를 바치게 되어 가벼운 마음으로 처녀에게 말했다.

'당신의 아들들 중 하나는 혈통이 좋고, 다른 아들은 부의 제왕이 되었으며, 또 다른 아들은 진실과 다르마를 따르는 영웅이 되었고, 다른 아들 하나는 제주가 되었소. 엉덩이 풍만한 여인이여, 또한 당신은 아들들을 낳아 당신 아버지가 저 세상의 강을 건너게 해주었소. 날씬한 여인이여, 네 명의 왕을 구했고, 또 나를 구했소.'

갈라와는 뱀 먹는 깃털 고운 새 가루다를 떠나보낸 뒤 처녀를 그녀의 아버지에게 돌려주고 자신은 숲으로 떠났다.

118

나라다가 말했다.

'야야띠 왕은 다시 딸에게 낭군 고르기 마당을 열어줄 요량으로 강가와 야무나가 합치는 아쉬람 구역으로 떠났지요. 뿌루와 야두는 목에 화환을 건 누이 마다위를 마차에 태워 아쉬람 이곳저곳을 다녔다오. 나가들, 약샤들, 사람들, 새와 사슴들이 모여들었고, 산과 나무와 숲에서 사는 이들이 모두 모여들었다오. 여러 왕국 여러 사람들이 북새통을 이루었고, 왕들과 브라흐마를 닮은 르쉬들로 숲의 사방이 꽉 찼지요. 최고의 신붓감인 그녀는 모든 신랑감들이 거명되었을 때 그들을 모두 지나 숲을 지아비로 택했다오. 마차에서 내려 모든 친지들에게 절을 올린 야야띠의 딸은 성스런 숲으로 떠나 고행했소. 여러 모양의 단식과 정화의례와 절제로 스스로를 가볍게 만든 그녀는 사슴처럼 살았다오. 청금처럼 푸르고 부드러운 새싹들, 달고 쓴 풀들을 뜯어먹었으며, 달고 차고 맑고 맛좋은 성스런 강물을 마셨지요. 숲에서, 사자 없는 짐승들의 세상에서, 불에 타고 남은 황량한 장소에서, 깊은 숲에서, 그녀는 암사슴처럼 사슴들과 함께 돌아다니며 수많은 다르마를 행하고 금욕 수행을 지켰소.

야야띠 또한 선왕들의 행적을 본받으며 수천 년을 살다가 때가 되어 시간의 부름에 응했지요. 뿌루와 야두, 최상의 인간이며 두 왕조를 번성시킨 두 아들이 야야띠를 이승과 저승에서 굳건히 자리 잡게 했다오.

천상에 이른 야야띠 왕은 넘치는 우러름을 받았고, 천상에서의 최고의 결실을 대선인인 듯 즐겼다오. 대선인들 사이에서, 선인왕들 사이에서, 명성자자한 이들이 앉아 있는 사이에서, 수천을 헤아리는 여러 번의 시간을 보낸 야야띠는 그만 교만함으로 정신이 어두워지고 마음이 흐려져 버렸소. 그래서 모든 사람들과 신들과 선인들을 업신여기기에 이르렀다오. 왈라를 처단한 인드라 신이 그것을 알게 되었고, 모든 선인왕이 "저런, 저런!을 외쳐댔지요. 나후샤의 아들을 본 그들은 이제 망설였고, 생각했소. "이 사람이 누구지? 어느 왕국의 왕이던가? 어떻게 천상에 이르렀을까? 무슨 일을 이룬 것일까? 그는 어디서 어떤 고행을 했지?"

천상에 사는 왕들은 이런 식으로 생각하며 야야띠 왕에 대해 서로에게 물었소. 천상의 마차를 모는 이들, 천상의 문을 지키는 수백의 문지기들, 자리를 지키는 이들에게 물었으나 누구도 몰랐다오. 모두

의 앎은 덮여버렸고, 누구도 왕을 알지 못했소. 그리하여 왕은 곧 빛
이 죽고 말았지요.'

119

이어지는 나라다의 이야기는 이러하다.

그는 흔들거리다가 있던 자리에서 떨어져 내렸다. 떨리는 마음에
불같은 슬픔이 덮쳤다. 화환은 시들고 정신은 혼미해졌으며, 왕관도
허리띠도 사라지고 없었다. 기력이 쇠해 사지를 가눌 수 없었고, 장신
구와 옷들이 떨어져 내렸다. 자신의 모습이 누구에게도 보이지 않았
고, 타인을 보고 있어도 보지 못했다. 그는 텅 비어 멍한 마음으로 땅
의 표면에 떨어져 내린 듯했다. '내가 마음속으로 어떤 상서롭지 못
하고 다르마를 더럽히는 생각을 했단 말인가? 무엇으로 인해 있던 자
리에서 흔들려 미끄러졌을까?' 왕은 곰곰 생각했다. 그러나 거기 있
는 어떤 왕도, 신다도, 압싸라스도, 바탕 없이 떨어져 내리는 야야띠
를 더 이상 보고 있지 않았다.

그러던 중 공덕이 다한 이를 하늘에서 떨어뜨리는 이가 신들의 왕
의 명으로 야야띠에게 다가왔다. 그가 말했다.

'너무나 교만하여 그대에게 수모를 당하지 않은 이 없으니 그 교
만함으로 인해 그대는 하늘 세계를 잃었소. 왕의 아들이여, 그대는 여

기 머물 자격이 없소. 그대는 이제 모르는 사람이오. 가시오. 떨어져 내리시오.'

길을 가는 이들 중에 으뜸인 나후샤의 아들은 떨어져 내리려는 순간 '선자들 사이에 떨어지기를!'이라고 기도했다.

이때 왕은 네이미샤 숲에서 황소 같은 네 명의 왕을 보았고, 그들 가운데로 떨어졌다. 쁘라따르다나, 와수마나, 우쉬나라의 아들 쉬비, 아슈타까, 이 네 명의 왕이 와자뻬야 희생제로 신들의 왕의 마음을 흡족하게 하고 있었다. 희생제에서 치솟은 연기가 하늘을 찔렀고, 야야띠는 그 냄새를 맡고 땅으로 떨어졌다. 세상의 군주인 야야띠 왕은 강가 강인 듯 하늘과 땅을 잇는 연기의 강을 둥둥 떠다니다가 목욕재계를 마친 저 영예롭고 빼어난 세상의 수호자를 닮은 네 명의 친지들 가운데로 떨어졌다.

야야띠는 그렇게 큰 제사와도 같고 큰 불과도 같은 네 명의 사자 같은 선인왕들 사이로, 그 성스런 곳으로 떨어져 내렸다. 모두가 영예의 화신인 듯한 왕들이 물었다.

'당신은 누구십니까? 누구의 친척입니까? 어느 왕국, 어느 도성에 속해 있는 분입니다. 약샤입니까, 신입니까, 간다르와입니까, 락샤사입니까? 당신은 인간의 모습을 하고 있지 않습니다. 어떤 목적을 마음에 품고 계십니까?'

야야띠가 말했다.

'나는 선인왕 야야띠랍니다. 공덕이 다해 하늘에서 떨어졌지요. 선자들 사이에 떨어졌으면 좋겠다는 생각을 품었기에 당신들 가운데 떨어진 것입니다.'

왕들이 말했다.

'황소 같은 분이시여, 당신의 소망이 이루어지기를! 우리들 모두의 희생제의 공덕과 다르마를 나눠드릴 터이니 받아주십시오.'

야야띠가 말했다.

'나는 받아들이는 것으로 재산을 삼는 브라만이 아닙니다. 나는 크샤뜨리야입니다. 내 마음은 타인의 공덕을 쇠하게 하는데 기울지 않습니다.'

이어지는 나라다의 이야기는 이러하다.

이 무렵, 사슴처럼 돌아다니며 살아가는 마다위를 왕들이 보고 환대하며 말했다.

'이곳엔 어찌 오셨나요? 우리가 따라야 할 당신의 명은 무엇인가요? 수행자시여, 우리는 모두 당신의 아들들입니다.'

그들의 말을 듣고 마다위는 더없이 기뻤다. 그녀는 아버지 야야띠에게 다가가 절을 올렸다. 머리 숙여 절하는 아들들을 보고 수행자 여인 마다위가 야야띠에게 말했다.

'인드라 같은 왕이시여, 저들은 당신의 외손자이며 제 아들들입니다. 타인이 아니랍니다. 이들이 당신을 구해드릴 것입니다. 이것이 예부터 전해져오는 운명인 것이지요. 왕이시여, 저는 당신의 딸, 사슴처럼 방랑하는 마다위입니다. 저 또한 다르마를 모았으니 그것의 절반을 받으소서. 왕이시여, 사람들은 모두 자손으로 얻는 공덕을 나눠 갖습니다. 땅을 지키는 군주시여, 그러기에 외손자들에게서도 그것

을 바라는 것입니다.'

그러자 왕들은 모두 어머니께 예를 갖추고 고개 숙여 절을 올린
뒤, 고결하고, 크고, 비견할 수 없고, 정이 가득한 말로 세상을 채우듯
말하며, 하늘에서 떨어져 내린 외할아버지를 구했다. 그곳에 왔던 갈
라와 또한 왕에게 말했다.

'내 고행의 팔분의 일을 드리겠습니다. 그것으로 천상에 오르십
시오.'

120

이어지는 나라다의 이야기는 이러하다.

빼어난 왕 아야띠를 선자들이 알아보기 시작했고, 그리하여 열화
같은 고통이 사라지고 다시 신성한 육신을 갖게 되었다. 천상의 화환
을 걸고, 화관을 썼으며, 천상의 장신구로 치장하고, 천상의 향기와
덕을 갖추었으며, 발로 땅을 딛지 않았다. 보시로 세상에 명성 자자한
와수마나가 먼저 소리 높여 말했다.

'제가 이 세상 모든 계층에서 비난 듣지 않고 얻은 것을 당신께 드
리겠습니다. 그것들과 합하십시오. 보시의 덕행으로 얻은 결실, 용서
의 덕행으로 얻은 결실이 무엇이건 그 결실들도 제게 있으니 그것들
과도 합하십시오.'

그러자 빼어난 크샤뜨리야 쁘라따르다나가 말했다.

'언제나 다르마에서 즐거움을 찾고, 언제나 전투 태세가 갖추진 크샤뜨리야 다르마를 행하며 얻은 명성, 그 결과로 얻은 영웅의 칭호와도 합하십시오.'

이제 우쉬나라의 아들, 사려 깊은 쉬비가 다정한 목소리로 말했다.

'아이에게도 여인에게도 농지거리로도, 전투에서도, 추락할 때도, 고난 속에서도 거짓을 말한 적 없는 내 진실의 힘으로 하늘로 가십시오. 왕이시여, 목숨도 왕국도 일도 안락함도 버릴 수 있으나 진실은 버릴 수 없으니 그 진실로 하늘에 가십시오. 다르마를 진실로, 아그니를 진실로, 인드라를 진실로 기쁘게 했으니 그 진실로 하늘에 이르소서.'

이번에는 위쉬와미뜨라와 마다위의 아들, 올곧은 선인왕 아슈타까가 수백 번의 희생제를 올린 야야띠에게 말했다.

'위용 넘치는 분이시여, 백 번의 뿐다리까 희생제, 고사와 희생제, 와자뻬야 희생제의 결실을 얻으소서. 저는 보물도 재산도 다른 어떤 가진 것도 희생제에서 쓰지 않고 남겨둔 것은 없습니다. 그 진실로 하늘에 이르소서.'

외손자들이 왕에게 말을 할 때마다 야야띠 왕은 땅을 버리고 하늘을 향해 갔다. 이렇듯 모든 왕이 자기들 공덕으로 하늘 세상에서 떨어져 내린 빛나는 야야띠를 구한 것이다. 외손자들은 자기들의 다르마와 희생제와 보시와 행적으로 네 왕가에 각각 태어나 가문을 번성시키고, 지혜 넘치는 할아버지를 하늘에 이르게 했다.

왕들이 말했다.

'왕이시여, 저희들은 왕의 다르마와 덕을 갖추시고 모든 다르마와 덕을 구비하신 당신의 외손자들입니다. 하늘에 오르소서!'

121

나라다가 말했다.

'이처럼 선한 왕들의 넘치는 닥쉬나로 인해 하늘을 얻은 야야띠는 외손자들을 떠나보내고 하늘 세상으로 갔다오. 향기를 동반한 시원한 바람이 불고 온갖 꽃비가 내렸지요. 공덕의 향기를 내는 공덕의 바람이 부는 가운데 그는 외손자들의 결실로 얻은 부동의 자리에 올랐고, 자신의 행적으로 공덕을 더해 더없는 영예로 훨훨 타올랐다오. 하늘에서는 북이 울리며 간다르와들과 압싸라스들의 노래와 춤으로 그를 따뜻하게 맞았지요. 여러 신들과 선인왕들이 최고의 아르갸로 그를 반겨 맞았고, 천상의 시인들이 그를 칭송했다오. 그는 기쁨이 넘쳐흘렀지요.'

이어지는 나라다의 이야기는 이러하다.

천상의 결실을 얻어 만족해하며 마음이 고요해진 그에게 조물주 할아버지가 말로써 그를 더 기쁘게 해주려는 듯 말했다.

'세상의 일을 완수하고 다르마의 네 다리†를 얻었구나. 그대에게 이승은 멸함이 없고 천상에서의 명예는 줄지 않으리. 선인왕이여, 그대의 공덕으로 지금 이것들을 다시 얻었느니. 천인들의 마음은 모두 어둠에 가려져 그대를 알아보지 못했고, 그런 무지가 그대를 떨어뜨렸구나. 그러나 외손자들의 정으로 인해 그대는 오래 걸리지 않고 이곳으로 오게 되었고, 그대 자신의 선업으로 얻었던 자리를 되찾았구나. 그 자리는 더욱 견고하고 영구하며 성스러워 비견할 데 없고 불멸하리라.'

야야띠가 말했다.

'성스러운 분이시여, 미심쩍은 것이 있사오니 그 의혹을 없애주소서. 세상의 할아버지시여, 다른 이에게는 이것을 물을 수가 없나이다.

여러 천년을 나는 백성들이 번성할 수 있도록 보살피며 거기에서 큰 결실을 얻었습니다. 온갖 희생제와 보시를 쏟아 부어 얻은 것들이지요. 그랬음에도 어찌 그리 짧은 시간에 공덕이 다해 떨어져 내렸습니까? 성스러운 분이시여, 당신은 제가 얻었던 영원한 세계에 대해 알고 계시지 않습니까?'

조물주 할아버지가 말했다.

'여러 천 년 동안 그대는 백성들이 번성할 수 있도록 보살피며 거기에서 큰 결실을 얻었지. 인드라 같은 왕이여, 그러나 하나의 잘못, 교만이라는 잘못으로 인해 천인들은 "저런!"이라고 외쳤고, 공덕이 다해 떨어지고 말았느니. 선인왕이여, 교만이나 힘, 폭력이나 속임수, 혹은 환상으로 이 세상은 영원해지지 않는 법이다. 왕이여, 높건 낮건 중간쯤이건 누구도 업신여겨서는 안 되느니라. 교만으로 꽉 차 있는

네 다리_ 진실(satya), 명예(yaśa), 고행(tapa), 보시(dāna).

502

사람은 누구와도 동등해질 수가 없질 않더냐? 그대의 추락과 상승을 말하는 사람들은 이제 역경에 처해도 극복하는 법에 대해 이야기 할 것이다. 거기엔 어떤 의혹도 없으리니!'

나라다가 말했다.

'이 땅의 군주여, 예전에 야야띠도 이와 같은 교만이라는 잘못을 범했었고, 갈라와도 한 가지 생각만 하는 고집으로 인해 고초를 겪었소. 잘 살기를 바라는 사람은 자기들의 번성을 바라는 동지들의 말을 들어야 하오. 고집을 부리지 마시오. 고집은 쇠락을 부추긴다오. 왕이여, 간다리의 아들이여, 그러니 그대 또한 교만과 분노를 버리시오. 영웅이여, 빤다와들과 합하시오. 혼돈을 버리시오. 왕이여, 무엇을 베풀었건, 어떤 일을 했건, 무슨 고행을 했건, 어떤 제사를 지냈건 그것은 사라지지 않으며 흐려지지 않는다오. 타인은 그것을 누리지 못하고 오직 행위자만 누릴 수 있다오. 많이 듣고, 분노와 집착 없는 이들이 우러르는, 비견할 수 없는 이 대단한 이야기를 제대로 본 뒤 다르마, 아르타, 까마 셋을 보고, 여러 번 널리 알리는 이는 온 세상을 누린다오.'

이어지는 신의 강림

122

드르따라슈트라가 말했다.

'나라다 성자시여, 참으로 지당하신 말씀입니다. 성자시여, 나 또한 그리하고 싶으나 무력하기만 합니다.'

와이샴빠야나가 말했다.

"바라따의 후손 자나메자야 왕이시여, 이렇게 말한 뒤 왕은 끄르슈나를 향해 이렇게 말했답니다.

'친애하는 께샤와여, 당신은 천상에 이르기 위해서는 우리가 어떻게 사는 것이 좋은지, 또 이 세상에서는 어떻게 사는 것이 좋은지 말했습니다. 옳고 타당한 말이지만 나는 스스로의 주인이 아니어서 내가 하고 싶은 것을 할 수가 없답니다. 끄르슈나여, 저 둔한 두료다나는 율법이 정한 것들을 거슬러갑니다. 팔심 좋은 이여, 위없는 끄르슈나여, 그가 마음을 바꾸도록 애써주십시오. 그러면 당신은 동지들을

위해 참으로 대단한 일을 하는 것입니다.'

　그러자 우르슈니의 후손, 다르마와 아르타의 정수를 꿰뚫어 아는 그는 두료다나를 향해 돌아서더니 이처럼 다정하게 말했답니다."

　이어지는 와이샴빠야나의 이야기는 이러하다.

　끄르슈나가 말했다.

'빼어난 꾸루 두료다나여, 내가 하는 말을 들어보시오. 바라따여, 당신과 당신의 친지들에게 좋은 말이라오. 대지혜인이여, 당신은 혈통 좋은 가문에서 태어났소. 그러니 그에 맞게 처신함이 옳을 것이오. 당신은 많이 들었고, 어찌 처신하는지 알고 있으며, 만 가지 자질을 갖추고 있는 이요. 친애하는 이여, 태생이 천박하고, 마음이 나쁜 잔혹한 이들, 수치를 모르는 이들이 지금 당신이 생각하고 있는 이런 일들을 한다오. 선한 이들은 이 세상에서 다르마와 아르타에 알맞은 거동을 보여주지요. 황소 같은 바라따여, 선하지 못한 이들은 그와 반대의 속성이 있다오. 당신의 거동은 당신이 갖고 있는 속성과는 반대되는 것 같소. 다르마가 아닌데다 바탕이 되는 것도 없어서 많은 이의 목숨을 앗아가는 무서운 거동이오. 바라따의 후손이여, 근거도 없고 명예롭지도 못한 일을 당신은 무수히 해왔소. 아무 이득도 없는 그런 짓을 버리고 이제는 당신 자신을 위해 좋은 일을 하시오. 적을 태우는 이여, 그렇게 하는 것이 형제들과, 당신을 위해 일하는 사람들, 그리고 동지들을 아다르마와 불명예의 업에서 벗어나게 하는 것이오.

　황소 같은 바라따여, 범 같은 사내여, 지혜로운 영웅이자 열의 넘

치며, 자제력 있고 배움 많은 빤다와들과 화평을 맺으시오. 적을 태우
는 백성들의 주인이여, 그리한다면 사려 깊은 드르따라슈트라, 비슈
마 할아버지, 드로나, 마음 큰 위두라, 끄르빠, 소마닷따, 마음 깊은
바흘리까, 산자야, 당신의 친척과 수많은 동지들을 위해 참으로 좋을
것이오. 친애하는 이여, 둘의 화평으로 인해 온 세상이 고요해질 것이
오. 태생 좋은 당신은 염치를 알고 많이 들었으며 자비를 아는 이요.
황소 같은 바라따여, 아버지와 어머니의 가르침에 굳건히 서시오. 말
하기도 힘든 역경이 닥치면 모두가 아버지의 가르침을 기억하지요.
당신의 아버지는 빤다와들과 화친을 맺고 싶어 하오. 친애하는 최상
의 꾸루여, 당신의 대신들도 모두 그러길 바라고 있소. 벗들이 해주는
좋은 말을 듣고도 따르지 않으면 결국 그는 독이 든 낌빠까 과실을 먹
은 것처럼 타버린다오. 더할 나위 없이 좋은 말을 듣고도 아둔하여 따
르지 않으면 생각 더디고 복 없는 그는 반드시 후회하지요. 자신의 고
집을 버린 뒤 더할 나위 없이 좋은 말을 듣고 그대로 행한다면 이 세
상에서 행복을 얻을 것이오. 저 잘되기를 바라는 사람의 말을 듣지 않
고 적개심 때문에 자신의 이득을 거스르는 사람의 말을 듣는다면 적
의 손아귀에 떨어지고 만다오. 선자의 뜻을 거스르고 악인의 뜻을 따
르는 사람은 이내 난관에 부딪쳐 벗들이 슬퍼하게 되지요. 빼어난 대
신들을 버리고 천박한 자들에게 기대는 이는 무서운 장애를 만나 결
국은 그를 저 건너에 건네줄 이가 없어지고 맙니다.

바라따의 후손이여, 선하지 않은 이를 섬기며 선한 벗의 말을 듣
지 않고 헛된 짓 하는 이, 적을 택하고 제 편을 미워하는 이는 대지가
저주한다오. 황소 같은 바라따여, 당신은 지금 저 영웅들을 피해 배움

은 적고 일은 할 만하지 않은 아둔한 자들을 다른 쪽에서 찾으려 하오. 인드라와 같은 대전사 친척들을 저버리고 타인에게서 피난처를 찾는 사람이 당신 말고 이 세상에 또 누가 있겠소? 꾼띠의 아들들은 태어날 때부터 항상 당신에게 모욕을 당해왔소. 그럼에도 저 고결한 빤다와들은 당신에게 화내는 법이 없었지요. 친애하는 이여, 빤다와들은 태어나면서부터 당신에게 잘못된 대접을 받아왔소. 그럼에도 팔심 좋고 명예로운 저들은 당신을 잘 대해 왔단 말이오. 황소 같은 바라따여, 당신도 저들에게 그렇게 대해 보시오. 당신의 저 빼어난 친지들을 분노에 휘둘려 잘못 대하지 마시오.

황소 같은 바라따여, 현자는 언제나 다르마, 아르타, 까마의 세 가지 삶의 목적에 충실하다오. 그러나 세 가지를 모두 따를 수 없는 사람은 다르마와 아르타를 따르지요. 셋을 따로 놓고 보았을 때 지혜로운 이는 다르마를 따르고, 중간쯤의 사람은 아르타를 따르며, 마음 어둔 어리석은 이는 까마만 따른다오. 감각에 놀아나는 사람은 욕망으로 인해 다르마를 버리고, 아르타와 까마를 옳지 못한 방법으로 좇다가 결국엔 파멸에 이르고 말지요. 그러나 아무리 까마와 아르타를 좇더라도 다르마는 처음부터 수행해야 하는 것이오. 아르타도 까마도 결코 다르마의 길에서 벗어나서는 안 되기 때문이오. 백성들의 주인이여, 다르마만이 셋 모두에 이르게 하는 수단이며, 그것을 수단으로 삼아 노력하는 사람은 마른 나무에 불이 일 듯 순식간에 일어선다고들 하지요.

친애하는 바라따의 황소여, 당신은 모든 왕이 바라는 군주, 거대한 불꽃처럼 빛나는 대군주가 되기 위해 애쓰지만 방법이 잘못되었소.

왕이여, 자기에게 잘 대하는 사람을 홀대하는 사람은 도끼로 나무를 자르듯 스스로를 자르는 격이라오. 패배하기를 바라서는 안 되는 사람의 마음을 자르는 것은 안 될 말이오. 지혜로운 사람의 마음은 항상 복된 일에 쏠려 있기 때문에 잘라지지 않는 법이오. 바라따의 후손이여, 자신을 버릴 수 있는 사람을 이 삼계에서 괴롭혀서는 안 되오. 아무리 보통 사람이라도 그럴진대, 황소 같은 빤다와들이야 더 말해 무엇하리까? 분노에 휘둘리는 사람은 아무것도 알지 못한다오. 보시오,

바라따의 후손이여, 필요 이상 자란 것들은 모두 제 크기로 자르는 것이 마땅하지요. 친애하는 이여, 나쁜 사람들보다는 빤다와들과 힘을 합하는 것이 당신에게 더 이롭소. 그들이 기뻐하면 당신은 바라는 모든 것을 얻을 수 있다오. 훌륭한 왕이여, 당신은 빤다와들이 정복해 얻은 땅을 즐길 수 있소. 그럼에도 당신은 빤다와들을 제쳐두고 타인에게 기대려고 하오. 바라따여, 참을성 부족한 두샤사나, 까르나, 수발라의 아들 샤꾸니에게 권력을 쥐어주고 잘살기를 바라고 있소. 바라따의 후손이여, 그러나 그들의 다르마와 아르타에 관한 앎은 당신과 비견할 수 없고, 용맹은 빤다와들과 견줄 수도 없다오. 왕들을 모두 합하고 당신을 합해도 성난 비마를 전장에서 마주하기는 충분치 않소. 친애하는 이여, 당신 곁에 있는 왕들의 힘을 전투에서 다 합쳐도, 혹은 여기 비슈마, 드로나, 까르나, 끄르빠, 부리쉬라와스, 소마닷따의 아들, 아쉬와타만, 자야드라타, 이 모두를 합해도 다난자야 한 사람과 싸울 수가 없다오. 성난 아르주나는 모든 신과 아수라, 인간과 간다르와들도 물리칠 수 없다오. 행여라도 이 전사 왕들 중 어느 한 사람이라도 전장에서 그를 힘으로 마주할 이를 보았소? 아르주나

를 전장에서 맞아 싸우고도 자기 집으로 무사히 돌아갈 이 있소? 황소 같은 바라따여, 무엇하러 사람들을 모두 파멸시키려 하시오? 누군가 그를 이겨 그 승리가 당신의 것이 된다면 그럴 사람을 찾아보시오. 신과 간다르와, 약샤, 아수라, 깐다와 숲에 있던 뱀들도 패퇴시킨 이를 어느 누가 맞서 싸우려 하겠소? 더욱이 혼자서 수많은 이들을 대적했던 위라타 도성에서의 저 놀랍고 놀라운 행적을 들었지 않소? 그것만 봐도 충분히 입증되었을 것이오. 그럼에도 어찌 당신은 지는 법 없고, 범접할 수 없고, 추락하지 않는 전장에서의 영웅 아르주나를 전장에서 이기길 바란단 말이오? 더욱이 그런 빠르타가 나와 함께 있다면 누가 감히 덤벼들 수 있겠소? 도시를 태우는 인드라라고 한들 전투에서 그에 맞서려 하겠소? 아르주나를 전투에서 이기는 자는 두 팔로 땅을 들어올리고, 분노로 이 사람들을 태울 것이며, 신들을 땅으로 끌어내릴 수 있을 것이오. 빼어난 바라따여, 보시오! 아들들과 형제들과 친척 친지들이 당신 때문에 파멸해서는 아니 되오.

왕이여, 가문이 멸하지 않도록 까우라와들이 살아남게 하시오. 스스로의 명예를 떨어뜨려 멸문시킨 자라는 말을 듣지 마시오. 대전사들은 오로지 당신을 후계자로 삼을 것이며, 당신의 아버지 드르따라슈트라는 대왕국을 다스리는 백성들의 군주로 삼을 것이오. 친애하는 이여, 그대에게 다가올 영예를 모욕하지 마시오. 일어서시오. 절반을 빤다와들에게 주고, 크고 큰 영예를 얻으시오. 빤다와들과 마음에서 우러난 말로 화평을 맺으시오. 기쁘게 그들과 교분을 맺어 오래도록 명예를 누리시오.'

이어지는 와이샴빠야나의 이야기는 이러하다.

이제, 께샤와의 말을 듣고 샨따누의 아들 비슈마가 성미 급한 두료다나에게 말했다.

'아가, 고결한 끄르슈나의 말대로 하지 않는다면 네게 영예는 없을 것이요, 행복도 행운도 얻지 못할 것이다. 아들아, 저 고결한 끄르슈나는 다르마를 따르고 아르타를 얻는 것에 대해 네게 말했다. 왕이여, 그런 식으로 아르타를 추구하여 백성들을 파멸로 이끌지 말거라. 모든 왕 가운데서 빛나던 바라따들의 타는 듯한 영예를 네가 마음을 나쁘게 쓴 까닭에 드르따라슈트라 생전에 망치려고 하는구나. 네 잘못된 생각으로 인해 네 자신과 대신들, 아들들, 가축, 친지, 벗들을 죽음으로 몰고 가느니! 최상의 바라따여, 진실하고 의미심장한 께샤와의 말을 거스르고 아버지와 사려 깊은 위두라를 죽음으로 몰아넣는구나. 멸문시킨 뒤 마지막 남은 사람, 마음 못난 자들이 가는 못난 길을 가지 말거라. 나이 든 아비와 어미에게 슬픔을 안기지 말거라.'

분을 이기지 못하고 하염없이 한숨을 푹푹 내쉬는 두료다나에게 이번에는 드로나가 말했다.

'친애하는 이여, 께샤와가 다르마와 아르타를 갖춰 그대에게 한 말을, 그리고 샨따누의 아들 비슈마가 한 말을 받아들이시오. 적을 태우는 이여, 지혜롭고 생각 깊고 절제하며, 아르타와 까마를 갖추었고, 들은 것 많은 두 분이 그대가 잘 되기를 바라며 한 말을 들으시오. 적을 괴롭히는 지혜 많은 이여, 끄르슈나와 비슈마 두 분의 말을 따르시오. 생각 얄팍한 이들의 말을 듣지 마시오. 싸움을 부추기는 이들은 결코 그대를 위해 그러는 것이 아니오. 그들은 전장에서 적의 목에 적개심을 부어 놓을 뿐이라오. 빤다와들과 형제를 포함한 모든 꾸루들을 죽이려 하지 마시오. 와아수데와와 아르주나가 있는 곳에는 힘이 무한함을 알아야 하오. 진실을 말하는 끄르슈나와 비슈마의 견해가 옳소. 친애하는 바라따의 후손이여, 그들의 말을 받아들이지 않으면 후회하게 될 것이오. 아르주나는 자마다그니의 아들 빠라슈라마보다 더 뛰어나게 될 것이며, 데와끼의 아들 끄르슈나는 신들도 넘볼 수 없게 될 것이라고들 해왔소. 황소 같은 바라따여, 이제 그대에게는 더 말하고 싶은 의욕도 없소.'

그의 말이 끝나자 집사인 위두라도 성미 급한 드르따라슈트라의 아들 두료다나를 살펴보며 거들어 말했다.

'황소 같은 바라따의 후손 두료다나여, 나는 당신을 슬퍼하지 않습니다. 이 두 어른, 간다리와 당신의 아버지를 슬퍼합니다. 이 두 분은 보살펴 줄 이 없는 사람들처럼 헤맬 것입니다. 당신처럼 냉혹한 자를 자신들을 보살펴 줄 자식으로 두었으니 말입니다. 이분들은 둥지 잃고 깃 떨어진 새들과 같습니다. 비통에 찬 이분들은 걸인들처럼 세상을 떠돌 것입니다. 가문을 멸한 이 같은 죄인을, 못난 당신을 낳았으니 말입니다.'

이제 드르따라슈트라 왕이 여러 왕에게 에워싸여 형제들과 함께 앉아 있는 두료다나에게 말했다.

'듣거라, 두료다나여, 저 고결한 끄르슈나가 한 말을 새겨 듣거라. 그의 말은 한없이 상서롭고 복과 명리를 아우르는 멸함 없는 말이니 받아 들이거라. 거짓 없는 행적의 끄르슈나의 도움으로 우리는 왕들 가운데서 소망해온 모든 일을 채울 수 있을 것이다. 아들아, 우리를 도와줄 끄르슈나와 함께 유디슈티라에게 가거라. 가서 바라따들의 건강과 행운을 불러올 일을 하거라. 아들아, 가서 와아수데와라는 성소와 합하거라. 이제 시간이 온 것 같구나. 그러니 두료다나여, 이를 거스르지 말거라. 화평을 채근하러온 끄르슈나를 만일 네가 버린다면, 지금껏 너를 위해 말한 그를 버린다면 네게는 패망뿐이로구나.'

124

이어지는 와이샴빠야나의 이야기는 이러하다.

드르따라슈트라의 말에 비슈마와 드로나가 지지하며 다시 한 번 아버지의 뜻을 거스르는 두료다나에게 말했다.

'끄르슈나와 아르주나가 갑옷을 입지 않을 때까지, 간디와가 가만히 있을 때까지, 다움미야가 적군에게 제물을 바치지 않을 때까지, 겸양지덕을 갖춘 대궁수와 유디슈티라가 그대의 병력을 보고 분노하지 않을 때까지, 그때까지만 우리는 살육에서 안전할 수 있으리니. 쁘르타의 아들 비마세나, 저 대궁수가 제 병사들 가운데 서 있음을 우리가 보지 않을 때, 그때까지만 우리는 살육에서 안전할 수 있으리니. 그가 병사들의 환호에 기름을 부으며 돌아다니지 않을 때까지만, 그가 저 영웅을 파멸시키는 철퇴로 코끼리 병사들의 머리를 박살내지 않을 때까지만 우리는 살육에서 안전할 수 있으리니. 때가 되어 나무에서 떨어지는 익은 열매처럼, 나꿀라, 사하데와, 쁘르슈타의 아들, 드르슈타듐나, 위라타, 쉬칸딘, 쉬슈빨라의 아들이, 악어가 바다에 들어가듯 손 날래고 무기 잘 쓰는 저들이 전장에 들어갈 때까지만 우리는 살육에서 안전할 수 있으리니. 허약한 왕들의 몸에 저 무서운 독수리깃 화살이 떨어질 때까지만 우리는 살육에서 안전할 수 있으리니. 전단향과 아구루[†]가 스며있는 가슴, 금 치장되고 목걸이 걸린 병사들의 가슴에 손 날래고 멀리 보는 대궁수들이 쏜 저 강한 쇠 화살이 떨어질 때까지만 우리는 살육에서 안전할 수 있으리니. 그대가 고개 숙여 절할 때 코끼리 같은 다르마의 왕 유디슈티라가 손잡아 그대를 맞이할 수 있기를! 황소 같은 바라따여, 후한 닥쉬나로 명망 높고 평화를 염원하는 그의 손, 깃대와 몰이 막대와 깃발로 아로 새겨진 그의 손이 그대의 왼쪽 어깨 위에 놓일 수 있기를! 보석과 약초가 새겨지고 보석 같은 손가락이 가지런히 놓인 손바닥으로 앉아 있는 그대의 등을 토닥일 수 있기를! 샬라나무 같은 어깨, 넘치는 팔심, 그대의 친척 늑대배가 평화를 위해 다정하고 따뜻한 말을 하게 되기를! 왕이여, 아르주나와 쌍둥이, 절을 올리는 이 셋을 따뜻하게 맞이하고 그들의 머리 냄새를 맡아줄 수 있기를! 그대가 영웅 빤다와 형제과 합치

아구루_ 알로에

는 것을 보면 다른 왕들은 기쁨의 눈물을 흘리리니. 모든 풍요 함께하는 왕국의 도성에서 우애를 지키고 세상을 즐기며 고통을 없애기를!

125

이어지는 와이샴빠야나의 이야기는 이러하다.

꾸루의 모임에서 이처럼 유쾌하지 않은 말을 들은 두료다나가 명예롭고 팔심 좋은 와아수데와에게 답했다.

'께샤와여, 잘 살펴본 연후에 그런 말을 하심이 마땅할 것입니다. 당신은 근거도 없이 유독 나만 비난합니다. 마두를 처단한 이여, 당신이 빠르타들에게 마음을 바치겠노라고 선언하였기에 늘 나만 비난하는 것입니다. 누가 강자요 누가 약자인지는 살펴보기라도 하셨나요? 당신도, 집사 위두라도, 왕도, 드로나 스승도, 비슈마 할아버지도 모두, 다른 어떤 왕도 아닌 나만 비난합니다. 내 쪽에서 살펴보면 내 자신이 잘못한 것이라고는 하나도 없습니다. 그럼에도 당신과 소군주들 모두 나를 비난합니다. 적을 다스리는 께샤와여, 나는 내가 그리 큰 잘못을 저질렀다고 생각하지 않습니다. 사실 어떤 잘못도 없어 보입니다. 마두를 처단한 이여, 빤다와들은 기꺼이 노름을 하러 왔고 샤꾸니에게 져서 왕국을 빼앗긴 것입니다. 내가 잘못한 것이 거기 어디에 있습니까? 또 빤다와들이 내기에서 빼앗겼던 재산이 뭐든 다 돌려주도록 했습니다. 그들이 주사위노름에서 진 것은 우리 잘못이 아닙니다. 승리자 중의 승리자요, 패하지 않는다는 쁘르타의 아들들이 져서 숲으로 들어갔습니다. 끄르슈나여, 그러나 저러나 저들에게 가해진 모욕이 대체 무엇이기에 무력하면서도 기어이 적과 싸우려는 사람들처럼 저리도 싸움을 거는 것입니까? 우리가 저들에게 저지른 죄가 무엇이기에 빤다와들은 스른자야들과 함께 다르따라슈트라들을 죽이려고 하는 것입니까?

어떤 무서운 말도 어떤 행위도 우리를 떨게 할 수는 없습니다. 인드라로 인한 두려움이라고 해도 말입니다. 적을 괴롭히는 끄르슈나여, 나는 크샤뜨리야 다르마를 따르는 사람이고 전장에서 우리를 물리칠 만한 용기를 가진 이를 보지 못했습니다. 마두를 처단한 이여, 비슈마, 끄르빠, 드로나, 그리고 그들의 병력이라면 신들도 물리칠 수 없습니다. 빤다와들이라니요! 끄르슈나여, 전장에서 우리의 율법을 따르다 시간이 되어 무기에 의해 죽음을 맞는다 해도 우리는 하늘에 이를 것입니다. 자나르다나여, 우리에게 크샤뜨리야의 다르마는 가장 우선되는 것입니다. 우리는 전장의 화살 침상에 누웁니다. 끄르슈나여, 우리는 적에게 머리 숙여 절하지 않아서 전장에서 영웅의 침상을 얻는다 해도 후회하지 않을 것입니다. 크샤뜨리야 율법을 따르는 고결한 가문에서 태어난 어떤 이가 제 목숨 아깝다고 누구에게 고개 숙여 절하려 하겠습니까? 고개를 들라고, 굽히지 말라고, 고개를 빳빳이 드는 것이 사내들의 길이라고, 타인에게 고개 숙이느니 차라리 부러뜨리는 편이 낫다고 하는 말은 지당합니다. 잘 살기를 바라는 사람은 그 말을 따르려고 합니다. 나 같은 사람은 올곧은 브라만들에게

만 고개를 숙입니다. 살아 있는 한 다른 어떤 것도 생각지 않고 그 말에 따라 행동하는 것이 크샤뜨리야의 다르마라고 나는 늘 생각해왔습니다. 내 아버지는 예전에 왕국의 한 쪽을 저들에게 주라고 허락하신 적이 있었지요. 내가 살아 있는 한, 께샤와여, 다시는 그럴 일 없습니다. 자나르다나여, 드르따라슈트라 왕이 살아계신 동안은 우리와 그들이 무기를 내려놓고 살 수 있겠지요. 예전에 그 왕국을 줘서는 안되는 것이었으나 나는 그 당시 기대어 사는 어린아이였고, 어쩌면 무지로 인해서, 혹은 두려워서 그것을 줬을 것입니다. 팔심 좋은 우르슈니들의 기쁨 께샤와여, 지금 내가 살아 있는 한은 결코 뾰족한 바늘을 꽂을 만한 한 치의 땅도 빤다와들에게 내줄 수 없습니다.

126

이어지는 와이샴빠야나의 이야기는 이러하다.

끄르슈나가 말했다.

'마음에 품은 소망이 이루어지리. 영웅의 침상을 얻게 되리! 대신들과 함께 두 발 단단히 딛고 서 있기를! 곧 대학살이 시작되리니. 아둔한 자여, 빤다와들에게 그대가 잘못한 적이 없노라고 생각하는가? 왕들이여, 모두 들으시오. 바라따여, 고결한 빤다와들이 영예로 타고 있을 때 그대는 마음을 나쁘게 품고 샤꾸니와 함께 노름하지 않았던가? 친애하는 왕이여, 어찌하여 선자들의 칭송을 받는 영예로운 친척들, 잘못된 짓이라고는 않는 친척들에게 법도 없이 삐뚤어진 마음으로 대할 수 있단 말인가? 지혜가 차고 넘치는 자여, 기쁨 없는 노름, 선자들을 파괴하는 주사위노름은 선하지 못한 분쟁을 일으키는 악의 근원이지 않던가? 거동 번듯한 사람들, 사악한 동료들과 함께 이것저것 살피지 않고 무서운 장애를 일으키는 악한 주사위노름을 시작한 이는 그대이지 않던가? 그대 말고 또 누가 친척의 아내를 능멸할 생각이라도 하는 이가 있던가? 드라우빠디를 회당으로 끌고 와 그대처럼 말한 이가 또 있던가? 귀한 태생에 덕을 갖춘 이를, 빤다와들에게는 목숨보다 더 중한 정비를 그대는 능멸했느니! 꾸루의 모임에서 두샤사나가 숲으로 떠나는 빤다와들, 적을 태우는 이들을 향해 무슨 욕을 퍼부었는지는 모든 꾸루들이 알고 있소. 거동 바르고 욕심 없으며 언제나 다르마에 따라 처시하는 자기 친척들에게, 바른 생각 가진 어떤 사람이 그리 치졸할 수 있단 말인가? 그대는 잔혹하고 야비하고 거친 말을 일삼는 까르나와 두샤사나의 말에 끊임없이 기대고 있지 않은가.

그대는 어린 빤다와들을 와라나와따에서 어머니와 함께 태워버리려고 갖은 애를 다 썼으나 일을 이루지 못했느니. 그 후 빤다와들은 참으로 오랜 시간을 어머니와 함께 에까짜끄라에서 브라만의 집에 숨어 살았지. 독으로, 뱀으로, 밧줄로 그대는 빤다와들을 무너뜨리기 위해 온갖 수단을 다 썼지만 일을 이룰 수는 없었느니. 언제나 빤다와들에게 그런 생각을 품고 잘못된 짓을 하면서 고결한 빤다와들에게 잘못한 일이 없다고 어찌 말하는가? 수도 없이 잔혹하고 거짓

되고 비천한 잘못을 저지르고, 이제 와서 어찌 거꾸로 말할 수 있단 말인가? 아버지도, 어머니도, 비슈마도, 드로나도, 위두라도, 모두 거듭해서 화평을 말하거늘 왕자여, 그대는 따르지 않느니. 화평할 때 그대와 빤다와 둘 모두에게 크나큰 이득이 있을 것이어늘! 왕이여, 그러나 그대는 그리하고 싶어 하지 않는구나. 경박한 생각이 아니면 달리 무엇이리! 왕자여, 동지의 말을 거스른다면 평화란 없을 터! 왕자여, 그대는 다르마가 아닌 짓을, 명예가 아닌 짓을 저지르고 있느니!'

끄르슈나가 분심 많은 두료다나에게 이렇게 말하자 이제 두샤사나가 꾸루들의 모임에서 말했다.

'왕이시여, 당신이 만약 스스로의 의지로 빤다와들과 화평을 맺지 않는다면 까우라와들이 당신을 묶어 꾼띠의 아들에게 갖다 바칠 것 같습니다. 황소 같은 인간이시여, 비슈마, 드로나, 그리고 당신의 아버지께서는 위까르나, 당신, 그리고 나, 우리 셋을 빤다와들에게 바칠 태세입니다.'

드르따라슈트라의 아들 수요다나는 아우의 말을 듣고 격분해서 큰 뱀처럼 숨을 쉭쉭거리며 벌떡 일어나 나가버렸다. 수치를 모르는 마음 고약한 그는 위두라, 드르따라슈트라, 바흘리까 대왕, 끄르빠, 소마닷따, 비슈마, 드로나, 끄르슈나 이 모두를 무시해버렸다. 배움 없고 경계 없이 교만한 그가 우러를 만할 이들을 모두 무시해버린 것이다. 황소 같은 사내인 그가 나가는 것을 본 아우는 대신들 그리고 왕자들 모두와 함께 뒤따라 나갔다. 형제들과 함께 회당을 나가는 성난 두료다나를 본 샨따누의 아들 비슈마가 말했다.

'다르마와 아르타를 저버리고 혼돈에 허덕이는 이가 난관에 부딪치면 이내 그가 잘못되기를 바라는 자들의 웃음거리가 되리니! 아아 드르따라슈트라 왕의 마음 고약한 아들은 분노와 탐욕에 사로잡혀 교만해져서 그릇된 것을 모르는구나! 자나르다나여, 모든 크샤뜨리야들의 시간이 익은 것 같소. 왕자들도 대신들도 모두 어리석어서 이 자리를 떠나버리는 것을 보니 말이오!'

비슈마의 말을 듣고 기력 넘치는 연꽃 눈의 끄르슈나가 비슈마와 드로나를 위시한 모든 이들을 향해 말했다.

'저 아둔한 왕자가 힘을 휘두를 때 억지로라도 잡아주지 못한 것은 모두 꾸루 어른들의 큰 잘못입니다. 적을 길들이는 분들이시여, 그래도 할 일이 있을 것입니다. 무구한 분들이여, 내가 하는 말은 모두 당신들을 위한 것들이니 들어주십시오. 바라따들이여, 내가 하는 이로운 말이 당신들을 위한 것인지 잘 살펴보고 그게 좋다면 동의해 주십시오. 나이 든 보자의 왕에게는 행동거지 고약하고 무절제한 아들이 있었지요. 그는 아버지가 살아 있는 동안 분노의 화신이 되어 권력을 휘둘렀습니다. 우그라세나의 아들인 깡사는 친지들에게 버림받았고, 나는 친척들이 잘 살게 되기를 바라며 대전투에서 그를 벌했습니다. 그 뒤 나와 친지들은 힘을 합해 선한 아후까를 왕으로 세워 보자를 번성케 했지요. 바라따들이시여, 가문을 위해 깡사 하나를 버려 모든 야다와, 안다까, 우르슈니들은 번성했고, 안락한 삶을 누렸답니다. 바라따들이여, 왕들이여, 신들과 아수라들이 무기를 치켜들고 전장에서 맞서 싸우다 온 세상이 파멸할 지경에 이르자 만물을 세상에 내놓으신 성스러우신 분, 지고하신 쁘라자빠띠도 소리 높여 말씀하셨지요.

"아수라들은 다이띠야 다나와들과 함께 패퇴하리라. 아디띠야, 인드라, 루드라들이 천상에 살게 되리라. 신과 아수라, 인간과 간다르와, 뱀과 락샤사 할 것 없이 이 전쟁에서 서로를 무섭게 학살하게 되리라!"

지고하신 쁘라자빠띠는 이렇게 생각하고 다르마에게 말했습니다.

"다이띠야와 다나와들을 묶어 와루나에게 주시오."

지고하신 분의 명에 다르마는 모든 다이띠야들과 다나와들을 묶어 와루나에게 주었지요. 물의 제왕 와루나는 그때부터 자신의 사슬인 다르마의 사슬로 그들을 묶어 바다에서 항상 다나와들을 지키고 있답니다. 이와 마찬가지로 두료다나, 까르나, 수발라의 아들 샤꾸니, 두샤사나를 묶어 빤다와들에게 주십시오. 가족을 위해서는 한 사람을 버리고, 마을을 위해서는 가족을 버립니다. 마을은 더 큰 마을을 위해 버리고, 자신을 위해서는 세상을 버립니다. 왕이시여, 두료다나를 묶고 빤다와들과 화평을 맺으소서. 황소 같은 크샤뜨리야여, 당신으로 인해 크샤뜨리야들이 파멸에 이르게 하지 마소서.'

127

와이샴빠야나가 말했다.

"끄르슈나의 말을 듣고 백성들의 주인 드르따라슈트라는 황망히 모든 다르마를 아는 위두라에게 말했습니다.

'친애하는 이여 가라. 지혜 많고 멀리 보는 간다리를 데려오너라. 그녀와 함께 나는 저 마음 나쁜 녀석을 데려오리라. 만약 저 생각 나쁘고 마음 고약한 녀석을 그녀가 좀 잠잠하게 할 수 있다면, 우리의 벗인 끄르슈나의 말을 따를 수 있으리라. 어쩌면 그녀가 제대로 말을 해서 탐욕에 사로잡혀 있는 녀석에게 바른 길을 보여줄 수 있을지도, 저 녀석의 고약한 생각과 고약한 벗들을 바로잡아 줄 수 있을지도 모르겠구나. 어쩌면 그녀가 우리의 영원한 안전과 안락함을 위해 제대로 말을 해서, 두료다나로 인해 우리에게 닥쳐올 오래고도 끔찍한 역경을 이겨내게 할 수 있을지도 모르겠구나.'

왕의 말을 받잡은 위두라는 드르따라슈트라의 명에 따라 멀리 보는 간다리를 데려왔습니다. 드르따라슈트라가 말했습니다.

'간다리여, 여기 마음 나쁜 당신의 아들이, 가르침을 거스른 그 녀석이 권력에 대한 탐욕 때문에 권위와 삶을 모두 비웃었소. 배운데 없고 경계 모르는 아둔한 녀석은 벗들의 말을 거스르고 마음 나쁜 악인들과 함께 회당을 나가버렸소.'"

이어지는 와이샴빠야나의 이야기는 다음과 같다.

지아비의 말에 명예로운 왕비, 큰 빛을 지닌 간다리가 모두에게 큰 이로움을 가져올 만한 말을 했다.

'욕망에 찌들어 왕국을 탐하는 아들 녀석을 어서 데려오세요. 다르마와 아르타가 빠진 사람이 왕국을 다스려서는 안 됩니다. 드르따라슈트라여, 아들에 대한 애착이 지나친 당신이야말로 비난 받아 마땅합니다. 잘못되었음을 알면서도 당신은 그의 생각을 따랐습니다. 욕망과 분노에 사로잡혀 혼돈 속에 있는 그 녀석은 이제 당신이 무력으로 다스릴 수도 없게 되었습니다. 드르따라슈트라는 어리석고 마음 어두운 덜 자란 녀석, 나쁜 동료들과 어울려 다니는 저 탐욕스러운 녀석에게 왕국을 물려주고 그 결실을 얻었습니다. 정신 있는 사람이 어찌 자기 사람들 간의 분란을 모른 척할 수 있으리까? 자기 사람들과의 분란은 적들이 비웃습니다. 대왕이시여, 그런 난관을 유화로써 혹은 베풂으로써 이겨낼 수 있다면 누가 자기 사람들에게 채찍을 내리겠습니까?'

이제, 위두라는 드르따라슈트라 왕의 명과 어머니의 말에 따라 다시 두료다나를 회당에 들게 했다. 분노로 눈자위가 벌개진 그가 뱀처럼 한숨을 쉬며 어머니가 뭐라 말할지 듣고자 다시 회당에 들어섰다. 길 아닌 길을 따라가는 아들이 들어서는 것을 본 간다리가 꾸짖으며 옳은 소리를 했다.

'두료다나, 내 어린 아들아, 이 말을 듣거라. 너와 네 친지들의 앞날에 행복을 가져다줄 복된 말이니! 너는 평화로써 비슈마, 아버지, 나, 그리고 드로나를 위시한 네 동지들을 우러러야 한다. 지혜롭고 황소 같은 바라따의 후손이여, 왕국은 자신의 욕망만으로 얻을 수도, 지킬 수도, 즐길 수도 없느니! 감각을 다스리지 못한 사람은 왕국을 오래도록 다스릴 수 없다. 허나, 자신을 이길 만한 지혜를 가진 사람은 왕국을 지킬 수 있느니라! 욕망과 분노는 이익을 취하려는 사람을 추락시키지. 이 두 적을 제압한 왕은 천하를 제압한단다. 위용 높은 세상의 주인이 되는 것은 크고 큰일이다. 마음 나쁜 자들은 왕국을 얻어도 그 자리를 오래 지킬 수 없느니. 위대함을 얻으려는 자는 다르마와 아르타를 위해 자기 감각을 다스려야만 한다. 감각의 절제를 통해 지혜가 느는 법이다. 불길이 연료로 커지듯, 길들여지지 않은 말들이 못난 마부를 길에서 죽일 수 있듯 제대로 다스려지지 않은 감각은 사람을 나락에 떨어뜨리는 법이다. 자신을 다스리지 못한 자가 대신들을 다스리려고 하면 자신도 대신들도 다스리지 못하고 패망에 이르고 만다. 자기 자신이 왕국인 듯 자신을 이기는 사람은 대신들과 적들을 헛되이 이기려 하지 않는 법이다. 영예는 감각을 다스리고 자신을 이긴 사람을, 잘못한 자들에게 벌을 내리고, 일을 잘 살펴 처리하며 지혜가 충만한 사람을 섬긴다. 촘촘히 짜인 그물에 잡힌 두 마리의 커다란 물고기가 그물을 찢어발기듯 사람의 몸에 들어간 욕망과 분노는 지혜를 앗아가느니. 욕망과 분노에 꽉 찬 사람이 천계에 이르면 불화를 두려워하는 신들은 그를 위한 천계의 문을 닫아버리고 만다. 땅을 다스리는 이는 욕망과 분노와 탐욕과 혼돈과 교만을 제대로 다스리는 법을 알아 세상을 얻느니라. 만약에 왕이 다르마와 아르타를 얻고자 하고, 또 적을 퇴패시키고자 한다면 감각을 다스리는데 한결 같은 마음을 쏟아야 한다. 욕망에 휘둘린다거나 분노로 인해 거짓으로 행동하는 사람에게는 자기 쪽이건 다른 쪽이건 동지가 없느니. 아들아, 너는 적을 뿌리째 뽑아버리는 빤다와들, 마치 한몸인 듯 지혜롭고 영웅적인 저들과 함께 편안하게 세상을 누릴 수 있단다. 아가, 샨따누의 아들 비슈마도 대전사 드로나도 '끄르슈나와 아르주나는 불패이다'라고 말씀하신 것은 사실이란다. 일을 함에 장애 없고 팔심 넘치는 끄르슈나께 귀의하거라. 께샤와는 기꺼이 양쪽 모두에 행복을 안겨줄 것이다. 벗이 이롭기를 바라는 지혜롭고 배움 많은 이의 말을 듣지 않는 자는 적의 기쁨이 될 뿐이다.

아들아, 전쟁에는 선함이 없다. 다르마도 아르타도 없는데 행복이 어디 있으랴! 영원한 승리 또한 없으니 전쟁에 마음을 두지 말거라. 적을 다스리는 지혜로운 아들아, 분란을 두려워하시는 비슈마와 네 아버지와 바흘리까는 빤다와들에게 몫을 주기로 하셨다. 그 몫을 챙겨준 것에 대한 결실을 지켜보아라. 그리고 저 용사들이 가시를 빼준 온 땅을 즐기거라. 적을 다스리는 아들아, 대신들과 함께 절반의 세상이라도 즐기려거든 빤두의 아들들에게 정해진 몫을 주거라. 바라따의 후손이여, 너와 너의 대신들이 살아가기에 절반의 왕국이면 충분하단다. 벗들의 말을 듣는다면 명예 또한 얻으리니! 아가, 영예롭고 자족할 줄 알며, 생각 있고 감각을 다스릴 줄 아는 빤다와들과 분쟁을 일으키면 크나큰 행복에서 추락하고 말리라.

황소 같은 바라따여, 벗들의 분노를 몰아내고 빤다와들에게 제 몫을 챙겨준 뒤 네게 정해진 왕국을 다스리거라. 이제 그만 되었다. 저들은 열세 해를 고생했다. 지혜 많은 아들아, 이제 욕망과 분노를 먹고 자란 것들을 좀 내려 놓거라. 네 이익을 바라는 마부의 아들, 분노 굳은 까르나는 빠르타들을 상대할 수 없다. 네 아우 두샤사나도 마찬가지다. 비슈마, 드로나, 끄르빠, 까르나, 비마세나, 다난자야, 드르슈타듐나가 분노하면 만백성은 필시 끝난 것이다. 아들아, 분노에 사로잡혀 꾸루들을 죽이려 말거라. 온 세상이 너를 위해서 혹은 빤다와들을 위해서 학살에 발을 담그고 있구나. 어리석은 아들아, 비슈마, 드로나, 끄르빠 등이 힘을 다해 싸울 것이라고 너는 생각하지만 그렇지 못할 것이다. 자신을 다스리는 이분들에게는 왕국도 애정도 자리도 빤다와들과 네가 똑같다. 그러나 다르마는 이 셋을 넘어선 것이다. 이 들은 왕이 주는 음식을 두려워하여 삶을 포기할지는 몰라도 유디슈티 라 왕의 얼굴을 똑바로 보지는 못할 것이다. 황소 같은 바라따여, 이 세상에서 탐욕으로 인해 재물을 얻는 경우는 보지 못했느니. 아들아, 탐욕은 그만 되었으니 이제 내려놓거라.'

<h1 style="text-align:center">128</h1>

와이샴빠야나가 말했다.

"그러나 두료다나는 의미심장한 어머니의 말을 무시하고 자신을 다스리지 못해 혼란 속에 빠져 있는 사람들 곁으로 가버렸습니다. 그 리하여 꾸루의 후손은 회당을 나가 수발라의 아들인 노름꾼과 상의 했지요. 두료다나, 까르나, 수발라의 아들 샤꾸니, 두샤사나, 저들 정 신 나간 넷이 벌인 짓은 다음과 같답니다. 저들은 이렇게 말했지요.

'행동 빠른 자나르다나가 드르따라슈트라 왕, 산따누의 아들 비슈 마와 함께 우리를 잡기 전에 우리가 범 같은 사내 끄르슈나를 강제로 잡읍시다. 인드라가 위로짜나를 강제로 잡듯 말이오. 우르슈니의 후 손이 잡혔다는 말을 들으면 빤다와들은 넋이 나가고 의욕을 잃을 것 이오. 독니 뽑힌 뱀처럼 말이오. 모든 사뜨와까들에게 황소 같고 팔심 좋은 이, 축복을 주고 모두의 피난처가 되어주고 갑옷이 되어주는 저 끄르슈나가 잡힌다면 빤다와들도 소마까들도 꿈쩍할 수 없을 것입니다. 드르따라슈트라가 아무리 외쳐도 거동 바른 끄르슈나를 지금 이 자리에서 묶어 적들을 공격합시다.'"

이어지는 와이샴빠야나의 이야기는 이러하다.

징조를 읽을 줄 아는 지혜로운 사띠야끼가 마음 나쁜 저들의 사악한 의도를 재빨리 알아차렸다. 이것을 이유로 그는 하르디까와 끄르따와르만을 데리고 나왔다. 그가 끄르따와르만에게 말했다.
'어서 군사를 준비하시오. 전열을 갖추어 회당의 문 앞에서 무장하고 기다리시오. 내가 무구한 끄르슈나에게 말할 때까지 말이오.'
사자처럼 회당으로 들어간 영웅은 고결한 끄르슈나에게 저들의 의도를 밝혔다. 그 뒤 드르따라슈트라와 위두라에게도 웃으며 그들의 계획에 대해 알렸다.
'저 생각 어두운 자들이 다르마와 아르타에서 멀어지는 짓을, 선지자들이 꾸짖는 짓을 하려고 합니다. 그러나 결코 그리되는 일은 없을 것입니다. 저 사악하고 아둔한 자들, 분노와 탐욕에 휘둘리고, 욕망과 분심에 사로잡힌 저들은 예전에도 머리를 맞대고 나쁜 짓을 저질렀지요. 마음 얕은 저들이 연꽃 눈의 사내를 집어 삼키려고 합니다. 생각 없는 아이들이 천으로 타오르는 불길을 끄려는 듯이 말입니다.'
사띠야끼의 말을 듣고 멀리 보는 위두라가 팔심 좋은 드르따라슈트라에게 꾸루의 모임에서 말했다.
'적을 괴롭히는 왕이시여, 명예롭지도 못하고, 할 수도 없는 일을 하는 것을 보니 아무래도 당신의 아들들이 모두 시간의 부름을 받았나 봅니다. 저들은 연꽃 눈의 끄르슈나를, 인드라의 아우인 그를 강제로 잡아다 무력으로 제압하려고 한답니다. 저들이 만약 다스려지지도 않고, 무력이 통하지도 않는 범 같은 사내를 공격한다면 불 속으로 뛰어드는 부나비와 다를 바 없습니다. 끄르슈나는 자기가 하려고만 한다면 모두를 통째로 야마의 세계로 보내버릴 것입니다. 성난 사자가 사슴을 죽이듯 말이지요. 그러나 추락 없고 위없는 끄르슈나는 비난받을 일도 다르마를 뒤엎는 일도 결코 하지 않을 것입니다.'

위두라의 말을 들은 끄르슈나가 드르따라슈트라를 살펴본 뒤 벗들이 다 듣는 가운데서 말했다.

'왕이시여, 성난 이들이 만약 나를 끌고가려 한다면 그리하라 하십시오. 그러면 나도 그리해보지요. 나는 비난 받을 만한 나쁜 짓을 하지 않고도 혼돈에 빠진 이들 모두를 제압할 수 있습니다. 빤다와들의 재물을 탐하는 당신의 아들들은 자멸하고 말 것입니다. 이들이 바라는 것이 그런 것이라면 유디슈티라는 일을 이룬 것이나 같습니다. 바라따 왕이시여, 오늘 당장 이들과 추종자들을 잡아 빤다와들에게 넘겨주렵니다. 그리한들 무슨 잘못이 있으리까? 바라따의 대왕이시여, 그러나 나는 당신 앞에서 분노와 나쁜 생각으로 인한 비난 받을 짓은 어떤 것도 하지 않겠습니다. 이것이 두료다나가 원하는 것이라면, 그러라고 하십시오. 바라따시여, 나는 무엇이든 다 허락하겠습니다.'

이 말을 들은 드르따라슈트라가 위두라에게 말했다.

'왕국을 탐하는 저 나쁜 두료다나를 벗들과 대신들과 아우들과 추종자들과 샤꾸니들과 모두 함께 어서 데려오너라. 다시 한 번 그에게

길을 보여줄 수 있는지 보자.'

그리하여 집사 위두라는 다시 한 번 형제들과 왕자들에게 에워싸여 마지 못해 하는 두료다나를 회당에 들게 했다. 까르나, 두샤사나, 왕들에게 에워싸여 있는 두료다나에게 드르따라슈트라 왕이 말했다.

'잔혹한 짓을 일삼고 천박한 짓을 하고 다니는구나. 나쁜 동료들과 어울려 다니며 악업을 지으려는구나. 악하고 불명예스러우며 선자들이 꾸짖는 일이 아니더냐. 가문을 망치는 너 같은 아둔한 녀석이나 생각할 수 있는 짓이다. 연꽃 눈의 사내, 누구도 무찌를 수 없는 무적의 사내를 나쁜 동료들과 어울려 잡으려 했더냐. 신들과 인드라가 함께해도 힘으로 잡을 수 없는 이를 너 같이 아둔한 녀석이 잡으려 했단 말이냐? 달을 따달라고 조르는 아이와 다를 바 무엇이냐? 너는 께샤와를 모른다. 신과 인간과 간다르와와 아수라와 뱀들도 전장에서 그에게 맞설 수 없거늘! 바람을 손으로 잡을 수 없고, 달을 손으로 만질 수 없듯 께샤와를 힘으로 잡을 수는 없느니.'

드르따라슈트라가 이렇게 말한 뒤 집사 위두라도 드르따라슈트라의 성미 급한 아들 두료다나를 보고 말했다.

'사우바드와라에 드위위다라는 이름을 가진 원숭이 왕이 있었지요. 그는 엄청난 바위 비를 뿌리며 끄르슈나를 덮어버리려고 했었습니다. 끄르슈나를 잡고 싶은 생각에 그는 용기를 내어 갖은 애를 썼으나 힘으로는 그를 잡을 수 없었답니다. 이제 당신이 그러려고 하고 있습니다. 니르모짜나에서는 대아수라들이 육천 개의 사슬로 그를 묶어 잡으려 했으나 그럴 수 없었지요. 이제 당신이 그러려고 하고 있습니다. 쁘라그조띠샤에 갔을 때 나라까는 다나와들과 힘을 합쳐도 끄

528

르슈나를 잡을 수 없었지요. 이제 당신이 그러려고 하고 있습니다. 황소 같은 바라따여, 그는 어린아이였을 때 뿌따나를 죽이고 소를 지키기 위해 고와르다나 산을 들어올렸습니다. 그는 아리슈타, 데누까, 위력 넘치는 짜누라, 아쉬와라자, 그리고 악행하는 깡사를 모두 죽였습니다. 자라산다, 와끄라, 기력 넘치는 쉬슈빨라, 바나도 처단했고 전장에서 왕들을 죽였습니다. 와루나 대왕과 빛을 잴 수 없는 빠와까를 제압했고, 샤찌의 지아비를 물리치고, 빠라지따 꽃을 훔쳤지요. 드넓은 바다에 누워있을 때는 마두와 까이타바를 죽였고, 다음 생에서는 하야그리와를 죽였습니다. 그는 만들어지지 않은 조물주요, 사내다움의 근원입니다. 무엇을 원하든 끄르슈나는 힘 안 들이고 할 수 있습니다. 당신은 추락 없는 소몰이꾼 끄르슈나를 알지 못합니다. 무서운 발걸음 내딛는 그를, 성난 독뱀처럼 파괴할 수 없고 기의 덩어리 같은 그를, 팔심 좋은 순수한 거동의 그를 공격한다면 당신과 당신의 대신들은 살아남지 못할 것입니다.'

129

와이샴빠야나가 말했다.

"위두라가 이렇게 말하자 적의 무리를 처단하는 위력 넘치는 께샤와는 드르따라슈트라의 아들 두료다나를 향해 말했습니다.

'수요다나여, 혼란에 가득한 그 어두운 마음으로 그대는 내가 그저

한 사람이라고 여기기에 나를 잡으려는 게지. 바로 이 자리에 빤다와들이 있고, 안다까 우르슈니들이 모두 다 있느니. 아디띠야, 루드라, 인드라가 대선인들과 함께 있느니!'

이렇게 말한 뒤 적의 영웅을 처단하는 께샤와는 소리 높여 웃었습니다. 그가 웃자 고결한 끄르슈나의 몸에서는 엄지손가락만한 크기의 서른세 신이 번개 같은 불꽃의 형상으로 튀어나왔답니다. 그의 이마에서는 브라흐마가, 가슴에서는 루드라가 나왔습니다. 양 어깨에서는 로까빨라들이, 입에서는 아그니가 나왔지요. 아디띠야, 사드야들이 나왔고, 위쉬와데와스, 인드라와 함께 마루뜨들, 약샤, 간다르와, 략샤사들이 나타났습니다. 그의 두 팔에서는 발라라마 상까르샤나와 다난자야 두 영웅이 나왔답니다. 오른쪽은 궁수 아르주나요, 왼쪽은 쟁기 든 발라라마였습니다. 등에서는 비마와 유디슈티라와 마드리의 쌍둥이 아들들이 나왔고, 쁘라듐나를 위시한 안다까, 우르슈니들이 커다란 무기를 들고 끄르슈나 앞에 섰습니다. 소라고둥, 바퀴, 철퇴, 삼지창, 뿔로 만든 활, 쟁기, 그리고 난다까 칼이 보였습니다. 모든 무기들이 이미 싸울 태세를 갖추고 있는 것처럼 보였답니다.

끄르슈나의 여러 팔에서는 사방으로 불꽃이 튀었습니다. 그의 두 눈에서, 콧구멍에서, 귀에서 그를 에워싸고 있는 사방천지에서 너무나 무서운 형상들이 치솟는 불길과 연기와 함께 나타났습니다. 그리고 그의 몸털 구멍에서 나온 태양이 빛을 뿜어댔습니다. 고결한 끄르슈나의 무서운 형상을 본 왕들은 심장이 떨려 눈을 감았답니다. 드로나, 비슈마, 지혜로운 위두라, 산자야, 많은 몫을 받는 대선인과 대고행자들에게는 성스러운 자나르다나 끄르슈나가 천상의 눈을 주었답니다. 너무나도 놀라운 끄르슈나의 모습에 신들이 북을 울리고 회당의 바닥에 꽃비가 내렸습니다. 온 땅이 흔들리고 바다는 소용돌이 쳤지요.

황소 같은 바라따의 후예 자나메자야 왕이시여, 왕들은 모두 너무나 놀라고 말았답니다. 그러자 적을 길들이는 저 범 같은 사내는 자신의 몸을 거둬들이고 놀랍고도 다채로운 천상의 빛을 거둬들였습니다. 이제 마두를 처단한 끄르슈나는 사띠야끼와 하르다끼야의 손을 잡고 르쉬들을 뒤로 한 채 그곳을 떠났답니다. 나라다를 위시한 르쉬들도 모습을 감추고 떠났습니다. 엄청나게 놀라운 기적 같은 일이 다시 일어났던 것이지요. 그가 떠난 것을 본 까우라와들은 왕들과 함께 신들이 인드라를 따르듯 범 같은 사내를 따라갔답니다. 영혼의 깊이를 잴 수 없는 끄르슈나는 빙 둘러 서 있는 왕들을 개의치 않고 불이 연기와 함께 사라지듯 사라져 버렸습니다. 작은 종들이 달린 거대하고 빛나는 마차, 아름답고 날쌘데다 황금 망이 둘러쳐져 있으며, 천둥구름 소리를 내는 마차, 번쩍이는 호랑이 가죽으로 덮이고, 튼튼한 테두리를 두른 마차에 사인야와 수그리와 두 말을 매고 마부 다루까가 나타났습니다. 마차에 탄 대용사 하르디끼야와 영웅 끄르따와르만이 우르슈니들의 우러름을 받는 모습이 보였습니다."

이어지는 와이샴빠야나의 이야기는 이러하다.

적을 길들이는 끄르슈나가 마차에 앉아 막 떠나려는 순간 드르따라슈트라 대왕이 다시 말했다.

'적을 괴롭히는 자나르다나여, 내가 아들들에게 얼마나 힘없는 존재인지 당신도 보았습니다. 당신 눈앞에서 일어난 일이고, 보지 않은 것은 어떤 것도 없습니다. 께샤와여, 꾸루의 화평을 위해 나는 애쓰고 있습니다. 내 상황이 이러함을 알아주십시오. 어떤 의혹도 품어서는 안 될 것입니다. 께샤와여, 나는 빤두의 아들들에게 아무 악한 감정이 없습니다. 당신도 내가 수요다나에게 한 말을 압니다. 마두의 후손이여, 모든 꾸루들도 세상의 왕들도 내가 화평을 불러오기 위해 갖은 애를 썼음을 압니다.'

그러나 팔심 좋은 끄르슈나가 드로나, 비슈마 할아버지, 집사 위두라, 바흘리까, 끄르빠를 향해 말했다.

'이는 모두 꾸루의 모임, 당신들 앞에서 일어난 일입니다. 독이 찬 뱀이 대가리를 치켜들 듯 저 아둔한 자는 수도 없이 격분하여 일어났습니다. 이 땅의 주인 드르따라슈트라는 스스로 어쩔 수 없노라고 말합니다. 그러니 나는 당신들 모두에게 작별을 고하고 유디슈티라에게 가겠습니다.'

비슈마, 드로나, 끄르빠, 위두라, 드르따라슈트라, 바흘리까 아쉬와타만, 위까르나, 대전사 유유뜨슈, 황소 같은 바라따의 명궁수 영웅들이 황소 같은 사내 끄르슈나를 뒤따랐다. 소리 나는 작은 종들이 매달린, 빛나고 거대한 마차를 타고 그는 꾸루들이 보고 있는 가운데 고모인 꾼띠를 보러 떠났다.

위두라아가 아들에게 주는 교훈

130

이어지는 와이샴빠야나의 이야기는 이러하다.

고모의 집에 들어간 그는 그녀의 두 발에 절을 올렸다. 그리고 꾸루의 모임에서 있었던 일을 간략하게 말했다.

와아수데와가 말했다.

'나는 그들이 받아들일 만하고 이유 타당한 말로 르쉬들과 함께 거듭 말했으나 저들은 받아들이지 않았습니다. 두료다나의 손아귀에 들어 있는 이들 모두에게 '때'가 익은 것 같습니다. 당신께 작별을 고하고 서둘러 빤다와들에게 가야겠습니다. 빤다와들에게는 당신이 무슨 말을 하셨다고 전해드릴까요? 지혜 많은 분이시여, 말씀하십시오. 당신의 말씀을 듣겠습니다.'

꾼띠가 말했다.

'께샤와여, 다르마의 혼인 유디슈티라 왕에게 이렇게 전해 주세요. "아들아, 네 다르마가 많이 줄었구나. 쓸데없는 짓 말거라. 왕이여, 너는 베다를 이해하지 못한 채 그저 하나의 다르마만 바라보고 있구나. 그래서 아둔하게 암송만 하는 것이다. 스와얌부께서 만드신 네 다르마를 잘 보아라. 크샤뜨리야는 가슴에서 태어난 자들이다. 팔심에 의지해 살아가야 하는 것이다. 백성을 지키기 위해서는 항상 잔인한 짓도 해야 한다. 내가 어른들께 들었던 이야기를 해줄 터이니 들어보거라. 예전에 와이쉬라와나 꾸베라는 무쭈꾼다라는 선인왕을 어여삐 여겨 세상을 주었으나 그는 받아들이지 않았다. 제 팔심으로 왕국을 얻으려는 욕심으로 그리했기에 꾸베라는 놀라고 기뻐하며 이를 받아들였지. 그래서 무쭈군다 왕은 자기 팔심으로 얻은 세상을 크샤뜨리야의 율법에 따라 잘 다스렸다.

바라따의 후손이여, 왕이 잘 다스리면 백성들이 다르마를 행해서 얻은 공덕의 사분의 일은 왕에게 돌아가는 법이다. 그리고 만약 왕이 다르마를 잘 지키면 신들의 자리에 오르고 만약 아다르마를 행하면 지옥으로 떨어지는 법이다. 스와다르마에 따라 벌을 분명히 하고, 네 계급을 잘 다스리면 백성이 아다르마를 행하는 것을 잘 막아주느니. 왕이 제대로 완벽하게 상벌에 따라 통치할 때 최고의 시절인 끄르따 유가를 맞는 것이다. 시간이 왕의 근원인지 왕이 시간의 근원인지에 대해서는 의혹을 갖지 말거라. 왕이 바로 시간의 근원이니라. 왕은 끄르따 유가를 만들고, 뜨레따, 드와빠라 유가를 만들고, 왕이 네 번째 유가인 깔리를 만드는 원인인 것이다. 끄르따 유가의 근원이 된 왕은 영원히 하늘 세상을 누리며, 뜨레따 유가의 근원이 된 왕은 영원하지 않으나 하늘 세상을 누리고, 드와빠라 유가를 굴리는 왕은 자기 몫만큼만 얻는다. 악행을 저지른 왕은 끝없는 시간을 지옥에 머물러야 한다. 왕의 잘못으로 세상이 물들고 왕은 세상의 잘못으로 물드는 것이다.

아버지와 조상들이 행해온 왕의 다르마를 지키거라. 네가 지금 서 있고자 하는 자리는 선인왕의 거동이 아니다. 악행을 저지르지 않아도 소심한 왕은 백성들을 지키는 것에서 얻는 보상을 하나도 받지 못한다. 빤두도 나도 할아버지도 네가 그런 현자로만 살아가라고 기도했던 것은 아니다. 내가 빌었던 소원은 희생제와 보시와 고행과 용기, 대 이을 자손, 꼿꼿한 마음, 그리고 영원히 힘을 누리는 것이었다. 영원한 스와하, 영원한 스와다도 있었지. 조상과 신들은 잘 섬겨질 때 장수와 부와 자손을 주는 것이다. 부모와 신들은 항상 자손들에게 보시와 배움과 희생제와 백성들의 보살핌을 염원한다.

아들아, 너는 다르마인지 아다르마인지 태어나면서부터 알았다. 너는 배움 있고 가문 좋고 혈통 있으나 삶이 제 맘대로 되지 않아 고통 받는구나.

이 땅에 사는 사람들이 배가 고파서 재물 많고 용감한 사람에게 의지해 배를 채운다면 그보다 더 높은 다르마가 어디 있겠느냐? 왕위에 오른 올곧은 왕은 만백성을 누구는 보시로 누구는 힘으로 누구는 자비로 끌어안아야 한다. 브라만은 탁발로 살아야 하고 크샤뜨리야는 누군가를 지켜줌으로써 살아가야 한다. 와이샤는 재산을 모아야 하고 슈드라는 이들 모두를 섬겨야 하지. 탁발은 네가 해서는 안 되는 일이요, 농사짓는 것도 옳지 않다. 너는 크샤뜨리야이다. 상처난 자를 구해 주고 팔의 위력으로 살아가야 하느니. 팔심 좋은 아들아, 부러지고 꺾인 조상들의 몫을 다시 일으켜 세우거라. 유화책을 쓰거나 협상하거나 뇌물을 주거나 이간책을 쓰거나 벌을 내리거나 해야 한다. 적의 기쁨이 되는 아들이여, 내 친지가 부족한 것보다 더한 고통이 어디 있겠느냐? 나는 너를 낳은 후에도 적의 음식을 구하고 있구나. 왕의 다르마에 따라 싸우거라. 조상을 가라앉게 하지 말거라. 공덕을 줄여 아우들을 데리고 죄인의 길을 가지 말거라.'

131

꾼띠가 말했다.

'적을 괴롭히는 아들이여, 여기에 예부터 전해져오는 위두라아와 아들 간의 이야기가 있다. 아들이 잘 살고 잘 되기를 바라며 그녀는 말했느니라. 저 명예롭고 분심 많은 여인, 가문 좋고 혈통 좋으며 빛으로 충만한 위두라아는 크샤뜨리야 다르마를 지키는, 부유하고 멀리 보는 여인이었다. 많이 듣고 베다를 말하는 이여서 왕들의 모임에서도 명성이 높았지. 자 위두라아라는 진실을 말하는 여인은 자기 뱃속에서 나온 아들을 책망했다.'

이어지는 꾼띠의 이야기는 이러하다.

신두의 왕에게 패한 아들은 풀이 죽어 누워 있었다. 기쁨도 없었고 다르마를 알지도 못해 적들의 즐거움만 키우고 있었다.

'너는 나와 네 애비에게서 태어나지 않았구나. 대체 어디서 온 것이냐? 분심 하나 없으니 너는 나뭇가지에 걸려 있는 내시의 불알 같은 사내로구나. 네 남은 삶이 한심하구나. 나아지려거든 짐을 져라. 스스로를 업신여기지 말거라. 작은 것을 지는 사람이 되지 말거라. 마음을 단단히 먹고 두려워 말거라. 허리를 꼿꼿이 해라. 못난 녀석아, 일어서거라. 지고서 그리 누워 있지 말거라. 자긍심 하나 없이, 너는 적을 모두 기쁘게 하고 친지들에게 설움을 주는구나. 작은 강은 이내 차오르고 생쥐의 구멍도 이내 채워진다. 쉬이 만족하는 못난 놈들은 아무리 작은 것에도 만족해 하느니! 뱀의 독니에 물려 짖어보지도 못한 개처럼 죽을 셈이더냐! 아니면 목숨이 간당간당해도 맞서 싸울 테냐? 독수리처럼 소리치거나 침묵하며 두려움 없이 하늘을 맴돌다 적의 급소를 찾아 볼 것이냐?

너는 지금 벼락이라도 맞은 듯 시체처럼 누워있다. 일어서거라, 못난 놈아! 패하고서 그렇게 누워 있지 말거라. 불쌍한 놈처럼 거기 그렇게 주저앉지 말거라. 네 스스로 움직여 명성을 얻거라. 중간에도 있지 말고 끝에 걸려 있지도 말거라. 밑으로 꺼지지 말고 벌떡 일어나거라. 띤두까나무처럼 잠시라도 불꽃을 피우거라. 곡식 껍질처럼 불도 없이 살지 말거라. 썩어빠진 까마귀처럼 살기를 바라느냐?

한순간이라도 불길을 내며 영예롭게 살 것이지 연기만 피우며 오래도록 살지는 말거라. 왕이 태어난 가문이라면 어디도 암말처럼 허약한 못난 인간의 가문이 되게 하지 말아라. 사내다운 일을 하고 끝까지 간다면 다르마에 진 빚을 갚고 스스로를 탓할 일은 없을 것이다.

지혜로운 이는 얻거나 얻지 못하거나 서러워 않는다. 그는 이내 다른 일을 시작하는 것이다. 그는 자신의 목숨이 재산의 전부라고 생각지 않는다. 기운을 차려 확실한 길을 가거라. 아들아, 다르마를 앞에 둔다면 목숨이 뜻하는 바가 무엇이더냐. 내시 같은 녀석아, 의례와 베풂, 명예가 모두 망가졌구나. 네 영화의 뿌리가 잘렸다. 목숨이 뜻하는 바가 무엇이더냐? 가라앉거나 주저앉으려 할 때도 적의 무릎을 부여잡아야 한다. 아무리 뿌리가 잘렸어도 결코 기가 꺾여서는 안 되느니! 멍에와 짐을 져야 한다. 명마가 하는 일들을 기억하거라. 기력과 자신감을 갖거라. 자신의 사내다움을 알거라. 너 때문에 가라앉고 있는 가문을 끌어 올리거라.

누군가의 행적을 위대한 자들이 칭송하지 않는다면 그는 그저 검불을 쌓아 놓은 것 같은 사람일 뿐이다. 여인도 사내도 아닌 것이다. 보아라. 고행과 용기에서, 배움과 재물에서 명성을 얻지 못한다면 그는 그저 어미에게서 나온 살덩이일 뿐이다. 학문으로, 고행으로, 혹은 명예나 용기로 타인을 앞지른다면 그야말로 사내다운 사내라고 할 수 있지. 그러나 잔혹하고 명예롭지 못한 일, 못난 자들에게나 어울릴 법한 불쌍한 짓, 구걸해 먹고 사는 구차한 짓으로 살아가려 해서는 안 된다. 나약하기에 적을 기쁘게 하고 세상의 업신여김을 받으며, 옷과 음식이 궁핍한 사람, "얼마나 많이 얻었는가!"라고 말하며 너무나 적은 것으로 살아가는 사람, 스스로 왜소해져서 불쌍하디 불쌍한 그런 사람을 친척으로 둔 친지들은 행복하게 살 수가 없다.

우리는 우리가 사는 왕국에서 쫓겨나 삶의 모든 즐거움을 앗길 것이며, 지위에서 내려앉아 아무것도 할 것 없는 불행한 삶을 살아갈 것

이다. 나는 너를 아들이라는 이름으로 낳았으나 알고 보니 깔리[*]였구
나. 선자들 사이에서 제 계급에 반대되는 짓을 하고 가문과 가계를 망
쳐놓지 않았느냐? 분심도 없고 의지도 없으며, 기력도 없고 적을 기
쁘게만 하는 너 같은 아들은 어떤 여인도 낳지 말아야 하리라. 연기
만 뿜어대지 말고 활활 타올라 적을 이겨 처단하거라. 잠시 잠깐이라
도 적의 머리 꼭대기에서 타올라라. 분심을 갖는 것, 용서하지 않는
것, 그것이 사내가 지닌 덕목이다. 분심 없이 참기만 하는 것은 여인
도 사내도 아닌 것이다. 만족은 영예를 죽인다. 자비 또한 다르지 않
다. 일어서지 않고 두려워하는 자, 그리고 욕심이 없는 자는 큰 것을
얻지 못한다. 이 속임수 가득한 악에서 네 자신을 자유롭게 하여라.
철의 심장을 만들어 너의 것을 다시 찾아라. 사람은 한 도성을 마주
할 수 있어야 뿌루샤[*]라고 한다. 여인처럼 사는 이는 그런 이름으로
부를 수 없다. 정신이 꼿꼿이 살아 있는 용사, 사자처럼 용맹하게 걷
는 자는 운 없이 죽더라도 백성들은 그의 제사를 지내며 즐거워한다.
스스로의 안락함과 행복을 버리고 영예를 구하는 왕은 대신들에게도
기쁨을 가져다 주느니!'

아들이 말했다.

'어머니께서 저를 보지 않으시겠다면 온 세상이 무슨 의미가 있
으리까! 장신구는 무엇에 쓸 것이며 영화로운 삶은 또 무슨 소용 있
으리까?'

어머니가 말했다.

깔리_ 죽음을 불러오는 악의 화신.
뿌루샤_ 문자적 의미는 사람 또는 인간이며, 여기서는 온전한 사람을 뜻한다.

'너의 적들이 "하필 지금?"이라고 외치는 자들의 세상을 얻게 하여라. 그러나 너의 동지들은 자신을 소중히 여기는 이들이 가는 세상을 가게 하여라. 종들에게 버림받고 타인이 주는 음식으로 연명하는 불쌍하고 기운 없는 자들의 거동을 따르지 말거라. 살아 있는 만물이 비에 의지하고, 신들이 인드라에게 의지해 살 듯 아들아, 브라만들과 벗들이 너를 의지해 살도록 하여라. 산자야여, 세상 만물이 기대어 사는 사람, 그런 사람의 삶은 열매를 가득 맺은 나무처럼 가치 있는 것이다. 서른 신에게 샤끄라*의 용맹처럼 용사의 드넓은 행보는 친지들을 행복하게 만드느니, 그의 삶은 가치 있는 것이리라. 사람들이 자신의 팔심에 의지하여 살게 하는 이, 그는 이승에서 명예를 얻고 저승에서 상서로운 목적을 이루리라.'

132

위두라아가 말했다.

'네가 지금 이런 상황에서 사내다움을 버리려 한다면 머지않아 너는 미천한 자들의 길을 가게 되리라. 그저 목숨을 부지하기 위해 자기 힘에 맞는 용맹을 보여주지 않는 크샤뜨리야를 현자들은 도둑이라 부른다. 죽어가는 자에게 백약이 무효이듯 이렇게 의미심장하고, 옳고 정곡을 찌르는 내 말은 네 귀에 닿지 않는구나. 숱한 백성이 신두의

샤끄라_ 인드라.

540

왕에게 만족해했다. 그러나 너는 어리석은 자가 고난을 무더기로 기다리는 듯 힘이 빠져 앉아만 있구나. 네가 굳은 결심으로 추어올리는 네 사내다움을 본다면 적들은 기운이 빠질 것이다. 언젠가는 장애가 닥치리라 각오하며 그들과 합일을 이루어 험준하고 넘볼 수 없는 산들을 돌아다니거라. 그런 이들은 늙거나 죽는 법이 없다.

너는 이름만 산자야로구나. 그러나 나는 네게서 산자야[*]를 보지 못했다. 아들아, 이름에 맞게 살거라. 그 이름이 의미 없게 만들지 말거라. 네가 어렸을 때 어떤 브라만은 네게 혜안과 지혜가 있다고 말했다. 아무리 큰 역경에 부딪쳐도 다시 번성할 것이라고 했다. 아가, 그의 말을 기억하기에 너의 승리를 기대하는 것이다. 그러기에 이처럼 나는 했던 말을 하고 또 하는 것이다. 자기 완성에 뜻을 두는 사람에게 사람들은 전율한다. 그가 바른 수단으로 재물을 추구하면 재산을 이루는 것은 확실하다. 산자야여, 풍요건 가난이건 옛것 또한 내 것임을 알고 싸워야 한다. 싸워라. 물러서지 말아라.

샴바라는 오늘 혹은 내일의 음식이 어디서 오는지 살피게 되는 상황보다 더 나쁜 것은 없다고 말했다. 아들 혹은 자아비의 죽음보다 더 못한 것이 가난이라고 그는 말했지. 가난은 끊임없는 죽음이기 때문이다. 나는 혈통 좋은 가문에서 태어나 한 연못에서 다른 연못으로 옮기듯 이곳으로 왔다. 만복을 누렸고 더없는 지아비의 총애를 받았지. 값진 화환과 장신구로 단장하고 빛나는 옷을 입었었다. 예전에 이랬던 나를 봐온 내 벗들이 지금은 내가 얼마나 초라하게 사는지 보고 있구나. 산자야여, 네 아내가 하염없이 허약해진 것을 네가 보게 된다

산자야_ 승리자 또는 정복자.

면 네 삶은 아무 짝에도 쓸모없느니. 종, 하인, 시종, 스승, 제사장과 사제들이 우리에게 삶의 방편이 없어 우리를 떠나는 것을 본다면 너는 살아서 무엇하랴. 칭송받고 명예로웠던 예전처럼 일하는 너를 내가 오늘 보지 못한다면 내 마음이 어찌 고요하겠느냐? 네가 만약 브라만들에게 "아니오"라고 말한다면 내 마음은 찢어질 것이다. 나도 내 지아비도 브라만에게 "아니"라고 말해본 적이 없다. 타인은 우리에게 의지했으나 우리는 누구에게도 기대지 않았다. 타인에게 의지해 살아야 한다면 나는 살기를 포기하리라. 강변 없는 곳에서 강변이 되어다오. 배 없는 곳에서 배가 되어다오. 디딜 땅 없는 곳에서 디딜 땅을 만들어다오. 죽어 있는 우리를 회생시켜 다오.

네가 그저 살기에만 급급해하지 않는다면 너는 모든 적에 맞설 수 있다. 이런 내시 같고 정당하지도 않은 풀 죽은 행동을 하려거든, 차라리 못난 목숨을 버리거라. 영웅은 그저 적 하나를 죽이더라도 명예를 얻는다. 인드라는 우르뜨라를 죽임으로써 대인드라가 되었다. 그리고 소마 제물을 얻고 삼계의 주인이 되었다. 전장에서 자기 이름을 크게 외치고 무장한 적에게 달려들며, 선봉을 달아나게 하고, 가장 빼어난 사람을 죽여 격전을 마치면 영웅은 커다란 명예를 얻게 된다. 그럴 때 비로소 적들은 풀이 죽어 고개를 숙인다.

못난 사람들은 희망도 없이 자기들이 바라는 모든 것과 재물을 써서 전장에서 자신을 버릴 준비가 된 영웅을 채워 준다. 왕국이 아무리 침몰해도. 삶이 불확실해도 진정한 영웅이라면 손에 잡힌 적을 살려두지 않는다. 왕권은 천상에 이르는 문과 같은 것이다. 어쩌면 아므르따 같은 것이기도 하지. 한 사람만을 위한 그 문이 네게 닫혀 있다고 생각하고 적이 마치 파리떼인 듯 횃불을 휘두르거라. 왕이여, 전장에서 적을 죽이고 네 의무를 지켜라. 어떤 경우에도 풍요로운 적이 비참하디 비참한 꼴을 하고 있는 너를 보게 하지 말아라. 서러워하는 우리 사람들과 환호하는 적들에게 에워싸여 초라해진 너를 불쌍한 눈으로 바라보게 하지 말아라. 수위라 여인들과 함께 살며 옛과 같은 풍요를 즐기거라. 신두 여인들의 손에 불쌍한 모습으로 잡히지 말아라.

　너처럼 젊음과 용모와 배움과 혈통을 타고났다는 자가, 세상에 명성 자자한 명예로운 자가 어찌 이리 못난 짓을 하느냐. 만약 내가 적에게 아첨 떨며 뒤를 졸졸 따라다니는 너를 본다면 내 마음이 어찌 고요하겠느냐? 우리 가문에서는 타인의 뒤를 따라다닌 자가 없었다. 아들아, 네가 적의 짐을 지고 다닌다면 살아 무엇하겠느냐? 나는 선조의 선조의 선조들, 그들의 후손들 또한 말했던 크샤뜨리야의 영원한 가슴이 무엇인지 안다. 이 땅에 크샤뜨리야로 태어난 자는, 그리고 크샤뜨리야의 다르마를 아는 자는 누구도 목숨이 앗길까 두려워, 혹은 목숨이나 부지하려고 남 앞에 굽히지 않는 법이다. 고개를 꼿꼿이 들어라. 숙이지 말아라. 당당히 서 있어야만 사내다운 것이다. 중간에 부러질지언정 굽히지 말라. 취한 코끼리처럼 꽉 찬 마음으로 가라. 산 자야여, 브라만들과 다르마 앞에서만 몸을 굽히는 법이다. 다른 모든 계급은 다스리고, 악인들은 물리칠 것이며, 동맹이 있거나 없거나 살아 있는 한은 같은 마음으로 지내야 하느니라.'

아들이 말했다.

'잔혹하고 무자비하며 적개심과 분심으로 가득한 어머니여, 당신의 가슴은 검디검은 철로 만들어졌나 봅니다. 크샤뜨리야의 율법이 대체 무어란 말입니까? 마치 남을 대하듯 외아들인 제게 이처럼 혹독하게 말씀하시는군요. 저를 보지 못한다면 온 세상이 대체 당신께 무슨 의미가 있는 건가요? 장신구는 무엇에 쓸 것이며 영화로운 삶은 대체 뭐란 말입니까?'

어머니가 말했다.

'아들아, 현자들이 하는 일은 모두 다르마와 아르타를 위한 것이다. 산자야여, 그것들을 잘 관찰했기에 네게 거듭 말하는 것이다. 네가 가는 길에 결정을 해야 할 중요한 순간이 왔다. 이렇게 때가 왔는데도 아무 일도 않는다면 네 모양은 초라해지고 잔인한 짓을 저지르는 것이 되고 만다. 산자야여, 네가 그리 불명예스러운 꼴을 하고 있는데도 내가 아무 말도 않는다면 내 사랑은 약해빠지고 아무 쓸데도 없는 암담한 사랑과 다를 바 무엇이더냐? 선자들은 비난하고 바보들이 모여드는 길을 버릴거라. 사람들이 기대고 있는 것들은 크고 큰 무지함이다. 사람들은 너무나 무지하기에 거기 매달리는 것이다. 그러나 네가 선자들의 길을 따르겠다면 너는 내 기쁨이 될 것이다.

다르마와 아르타의 덕을 갖추지 않은 것들과는 어떤 일이 있어도 함께 가지 말거라. 이 둘 다 운명과 인간이 지은 업과 이어져 있고 선자들도 이 길을 따르느니. 제멋대로이고 의욕 없는 아들이나 손자를 즐거워하는 사람이라면 자손 둔 결실을 헛되이 하는 것이다. 해야 할 일을 하지 않고 비난 받을 일을 하는 미천한 사람은 이승에서건 저승에서건 행복을 얻을 수 없다. 산자야여, 크샤뜨리야는 싸우고 이기기 위해, 그리고 언제나 자기 백성을 지키기 위해 무자비한 짓도 할 수 있도록 만들어졌다. 그러기에 승리해서, 혹은 죽어서 인드라의 세상을 얻는 것이다. 공덕 많은 천상 인드라의 대궐에서도 크샤뜨리야가 적을 제압해서 얻는 행복과 같은 그런 행복은 없다. 마음이 성성한 사내는 아무리 여러 번 넘어져도 적을 물리치려는 마음으로 분심에 훨훨 타오르느니! 자신을 버리고 적을 쓰러뜨리는 것 말고 다른 어떤 방법으로 고요함을 얻으랴? 지혜로운 사람은 이 세상에서 아무리 사소해도 마땅치 않은 것들은 바라지 않는다. 작은 것을 기쁨으로 삼는 사람은 결국 스스로 작아지고 이 세상에서도 마땅치 않은 사람이 되고 만다. 기뻐하는 것이 적은 사람은 반짝이는 것을 얻을 수 없고, 결국은 아무것도 아닌 상태로 되고 마느니. 마치 큰 바다로 흘러간 강가와 같느니라.'

아들이 말했다.

'어머니, 당신의 그런 생각을 말씀하셔서는 안 됩니다. 당신의 아들에게는 더욱 더요! 그저 벙어리인 듯 자비만 보이십시오.'

어머니가 말했다.

'네가 그렇게 보고 있다니 더 이상 기쁠 데 없구나. 자극받아야 할 네가 나를 자극하는구나. 그리고 나는 너를 더욱 자극하지. 신두의 적들을 모두 죽이면 그때 너를 존중해 주마. 완전한 승리가 눈앞에 왔음을 보는구나.'

아들이 말했다.

'나는 재물도 동맹도 없습니다. 승리가 어디 있으리까? 상황이 이러하고, 나는 그것을 잘 알고 있습니다. 악행을 저지른 자가 하늘에서 멀어지듯 내 가슴은 왕위에서 멀어졌습니다. 지혜 익은 분이시여, 당신이 뭔가 방법을 보셨거든 여쭙나니, 제게 제대로 알려주십시오. 어머니가 하라시는 대로 다 하겠습니다.'

어머니가 말했다.

'지난 불행 때문에 네 자신을 낮추지 말거라. 재물은 없다가 생기기도 하고 있다가도 또 없어지는 것이다. 재물이란 것은 어리석기 그지없는 자가 성난 듯 달려든다고 얻을 수 있는 게 아니다. 아들아, 행위의 어떤 결실도 영원하지 않느니. 그것이 영원하지 않음을 아는 사람은 풍요로울 수도, 풍요롭지 않을 수도 있다. 그러나 아무것도 하지 않는 자는 아무것도 얻을 수가 없다. 애써보지 않는 데에는 하나의 결실이 있을 뿐이다. 아무것도 없는 것, 그것이다. 해보는 자에게는 두 가지가 있지. 결실이 있거나, 혹은 없거나이다. 왕의 아들이여, 이 모든 것이 무상하다는 것을 이미 알고 있는 사람은 역경이 닥쳤을 때 자신의 부귀영화를 미련 없이 버린다. "될 것이다"는 마음을 먹고, 풍요를 가져다 줄 행위에 자신을 단단히 묶고, 브라만들과 신들을 앞세워 상서로운 의례를 하며 일어서야 한다. 깨어있어야 한다. 아들아, 현명한 왕에게 번성은 멀지 않다. 태양이 동쪽으로 돌아오듯 행운은 그에게 돌아온단다. 내 여러 예증과 선례들과 고무적인 이야기들로 네가 잘 알아 듣는 모습을 보았구나. 이제 용기를 보이거라. 너는 네가 품고 있는 사내다운 목적을 향해 갈 수 있는 능력이 있단다. 성내고 탐욕스럽고 쇠약하고 업신여기고 모욕을 주며 경쟁하려는 자들을 정신 똑바로 차리고 살펴 보거라. 그리하면 너는 아무리 큰 병력이라도 질주하는 폭풍이 구름을 흩뜨리듯 흩어 놓을 것이다. 가장 먼저 선물을 주고, 이른 아침에 일어나며, 다정하게 말한다면 그들은 너를 잘 대할 것이며 분명히 너를 가장 먼저 생각할 것이다. 적은 자기의 상대가 목숨을 내놓는 것을 본다면 뱀이 집에 들어온 듯 놀라 도망칠 것이다. 제압하기에는 너무 용맹스러운 적임을 안다면 경고해서 내보내더라도 그 또한 승리한 것과 다름 없다. 경고해서 틈을 얻으면 재산을 늘려야 한다. 풍요로운 사람을 섬기고 동맹은 의지하는 것이다. 아들아, 그러나 재산이 사라진 자는 친지도 그를 버리는 법이다. 그들은 그런 이에게 기대지 않고 역겹게 여긴단다. 적을 동지로 만들어 확신을 준다면 풍요는 그의 것이며 그리하여 왕위를 다시 찾는 것이다.'

134

어머니가 말했다.

'왕은 어떤 고난이 닥쳐도 두려워하지 말아야 한다. 속으로 놀라더라도 두려움이 겉으로 드러나서는 안 된다. 왕이 두려워하는 것을 보면 모두가 두려워하기 때문이다. 왕국도 대신들도 군대도 모두 딴 마음을 품게 되는 것이다. 어떤 이는 그러면 적과 내통하기도 하고, 어떤 이는 그냥 왕을 떠나버리기도 한다. 예전에 왕에게 무시당했던 자들은 왕을 되받아치기도 한다. 묶인 송아지를 소가 버리지 않듯 힘이 없어도 완벽한 동지들만이 그의 번성을 바라며 그에게 붙어 있는 법이다. 세상 떠난 친지를 슬퍼하듯 왕의 슬픔을 같이 서러워한다. 예전에 존중 받았어도 동지로 여겼던 이들도 고난에 처한 왕의 왕국을 탐하게 되느니. 동지들이 두려움에 떠는 너를 떠나게 하지 않으려거든 두려워 말아라. 나는 마치 강한 자가 나약한 자에게 하듯 너를 일으켜 세우기 위해 말을 했다. 너의 용맹과 사내다움과 생각을 알아보기 위해서 그런 것이다. 산자야여, 네가 만약 내가 한 말을 잘 이해했다면, 내가 만약 바른 말을 한 것이라면 스스로를 단단히 챙겨 승리를 위해 일어서거라. 우리에겐 아직도 네가 알지 못하는 보물이 엄청나게 쌓여있단다. 누구도 모르고 단지 나만 알고 있으니 그것을 네가 쓸 수 있게 해주마. 영웅 산자야여, 네게는 아직도 너와 행불행을 함께할 수 있는 동지가 수백을 헤아릴 만큼 많다. 모두들 일당백인 호기로운 동지들이다. 그런 진정한 동지들이 있고 위를 향해 뛰는 열한 명의 대신들이 있다.'

아들이 말했다.

'어떤 속 좁은 녀석이 당신이 해주신 것과 같은 이런 의미심장한 말씀을 듣고도 어둠을 몰아내지 않으리오? 과거와 미래를 보시는 어머니를 인도자 삼아, 물속에 빠져 있는 이 짐을 지고 등성이를 올라가겠습니다. 당신이 해주시는 말씀을 한 마디라도 놓치지 않고 싶었기에 저는 여기저기 반대 의견을 조금씩 조금씩 내놓으며 대부분 침묵을 지켰습니다. 고난이 닥쳤을 때 친지들에게 받아먹는 아므르따로만으로는 만족할 수 없다는 듯 말이지요. 저는 이제 적을 제압하려 일어

서겠습니다. 승리를 위해서!'

꾼띠가 말했다.

'어머니의 말의 화살에 채찍질 당한 그는 명마처럼 그녀의 지시를 그대로 따르며 모든 것을 시행했단다. 이것은 자극적이고 무서우며 기운 돌게 하는 더없이 좋은 말이다. 적에게 당하고 괴로움에 처한 왕에게 책사는 이런 말을 들려줘야 한다. 이것은 '승리'라고 부르는 역사이며, 그러기에 적을 이기려는 왕은 반드시 들어야 하느니! 이 이야기를 들은 이는 세상을 이기고 적을 누를 것이다. 이 이야기는 아들을 낳게 하고 영웅을 낳게 한다. 잉태한 여인이 이 이야기를 듣고 또 들으면 분명 영웅을 갖게 되리라. 배움의 영웅이요, 고행의 영웅이요, 절제의 영웅이요, 수행자가 되리라. 브라만의 빛으로 빛날 것이며 칭송으로 받들어지리라. 타는 듯 빛날 것이며, 강하고 위용 넘치는 대전사가 되리라. 대담하고 당당한 무적의 승리자가 되리라. 악한 자를 물리치고 다르마에 따라 사는 이들의 수호자가 되리라. 크샤뜨리야 여인은 진실을 용기로 삼은 영웅을 낳으리라.'

신의 강림, 이어짐

135

꾼띠가 말했다.

'께샤와여, 아르주나에게는 이렇게 전해 주세요. "내가 너를 낳고 수띠까*였을 때 나는 여인들에게 에워싸여 아쉬람에 앉아 있었느니. 그때 마음을 즐겁게 해주는 천상의 목소리가 하늘에서 들려왔지.

'꾼띠여, 그대의 아들은 천 개의 눈을 가진 인드라와 같을 것이오. 그는 전장에서 비마의 도움을 받아 거기 모여든 모든 꾸루들을 이겨 내고 온 세상을 뒤흔들 것이오. 그대의 이 아들은 명예가 하늘을 찌를 것이며, 전장에서 와아수데와를 동료 삼아 꾸루들을 죽인 뒤 땅을 정복하고 잃어버린 조상의 몫을 다시 찾을 것이며, 형제들과 함께 영예롭게 세 번의 희생제를 지내게 되리.'" 목소리가 이렇게 말했노라고 전해 주세요. 끄르슈나여, 내가 만약 진실을 말하는 왼손잡이, 힘세고 무적이며 적에게 공포를 주는 그 녀석을 알고 있다면 천상의 목소

수띠까_ 아이를 낳은지 열흘이 채 되지 않은 여인.

550

리가 했던 말대로 되게 하세요. 우르슈니의 후손이여, 다르마가 존재한다면 그것이 진실이게 하세요. 끄르슈나여, 모든 것이 그대로 이루어지게 하세요. 나는 목소리가 예언했던 말에 토를 달려고 하는 것이 아닙니다. 나는 다르마, 만생명을 지탱하는 다르마에 절을 올립니다.

그리고 항상 준비되어 있는 비마에게도 이 말을 전해 주세요. "아들아, 크샤뜨리야 여인이 낳은 아들에게 때가 왔구나. 황소 같은 사람은 적을 만나면 주춤거리지 않는 법이다"라고요. 끄르슈나여, 그대는 항상 비마의 마음을 알았지요. 적을 괴롭히는 그 녀석은 죽기 전에는 절대로 평화롭지 못할 것임을! 끄르슈나여, 고결한 빤두의 며느리, 특별한 모든 다르마를 아는 명예롭고 어여쁜 끄르슈나아에게도 전해 주세요. "다복하고 가문 좋고 명예로운 아가, 내 모든 아들들에게 잘 대했으니 참으로 대견하구나"라고요. 끄르슈나여, 그리고 크샤뜨리야 다르마를 잘 따르는 마드리의 두 아들에게는 이렇게 전해 주세요. "목숨을 바쳐서라도 용맹으로 얻을 수 있는 행복을 먼저 선택하거라. 더할 나위 없는 사내들이여, 용맹으로 얻은 풍요는 크샤뜨리야 다르마에 따라 사는 사람들의 마음을 기쁘게 하는 것이다. 만덕을 갖춘 빤짤라의 공주가 너희 눈앞에서 그처럼 모질게 능멸당했다. 누가 그것을 용서하겠느냐? 노름에 져서 왕국을 내줄 때도, 아들들이 숲으로 유배되었을 때도, 키 크고 검은 여인이 거친 말을 들어야 했던 때, 회당에서 울던 때보다 내 마음이 더 고통스럽지는 않았단다. 언제나 크샤뜨리야 다르마에 충실한 여인, 달거리 중이던 엉덩이 풍만한 끄르슈나아는 지켜줄 지아비들이 있었음에도 지켜줄 이를 찾지 못했었구나"라고요.

팔심 좋은 끄르슈나여, 무기 가진 이들 중에 가장 뛰어난, 저 범 같은 사내 아르주나에게는 드라우빠디가 가는 길을 따르라고 전해 주세요. 비마와 아르주나는 성난 두 야마처럼 신들도 죽음으로 이끌 수 있음을 끄르슈나 그대도 알고 있지요. 끄르슈나아를 회당으로 끌고 갔던 일, 그래서 꾸루의 영웅들이 지켜보는 가운데 두샤사나가 비마에게 쓰디쓴 말을 퍼부었던 일은 저 둘에 대한 모욕이었지요. 그 일을 그들이 상기하게 하세요. 자나르다나여, 빤다와들, 끄르슈나아와 아들들이 어떻게 지내는지 안부를 묻고, 내가 잘 지내고 있음을 전해 주세요. 가는 길 탈 없기를! 그리고 내 아들들을 지켜주세요.'

와이샴빠야나가 말했다.

"팔심 좋은 끄르슈나는 그녀에게 절을 올리고 오른쪽으로 돌아 예를 드린 뒤 사자 같이 가벼운 몸동작으로 길을 떠났답니다. 비슈마를 위시한 꾸루의 수장들에게 작별을 고한 그는 까르나를 마차에 태우고 사띠야끼와 함께 떠났습니다. 끄르슈나가 떠나자 꾸루들은 함께 모여 끄르슈나가 행했던 놀라운 일들에 대해 말하고 또 말을 했지요. '철부지 두료다나의 성미 때문에 생긴 일이오. 세상이 혼란스러워졌으며 모두가 죽음의 사슬에 걸려든 것이오'라고들 했지요. 도성을 빠져나온 저 위없는 이는 오래도록 까르나와 이야기를 나눴습니다. 모든 야다와들의 기쁨인 그는 라다의 아들 까르나를 떠나보낸 뒤 무서운 속도로 말을 재촉했답니다. 다루까가 모는 말들은 허공을 마시려는 듯 마음과 바람의 속도로 무섭게 내달렸지요. 그들은 날랜 독수리처럼 길을 건너 샤르앙가 활의 주인 끄르슈나를 태양이 높이 솟아 있는 동안 우빨라위야까지 데려다 주었답니다."

136

이어지는 와이샴빠야나의 이야기는 이러하다.

꾼띠의 말을 전해들은 비슈마와 드로나, 두 대전사는 누구의 말도 듣지 않는 두료다나에게 말했다.

'범 같은 사내여, 꾼띠가 끄르슈나에게 한 말은 의미심장하고 명료했으며 올곧기 그지없었다. 꾼띠의 아들들은 와아수데와의 생각대로 할 것이다. 꾸루의 후손이여, 그들은 이제 왕국을 얻지 않고서는 화평을 맺지 않으리라. 다르마의 사슬에 매어 있는 빤다와들을 네가 괴롭혔느니. 그들은 회당에서 드라우빠디가 당했던 일을 견뎌왔다. 그러나 무기 다루는 아르주나, 결심 굳은 비마, 간디와, 두 궁수, 전차와 깃발, 그리고 와아수데와를 동지로 둔 유디슈티라는 더 이상 참지 않을 것이다. 팔심 좋은 이여, 저 사려 깊은 아르주나가 예전에 위라타 도성의 전투에서 어떻게 승리했는지는 네 눈으로 보았다. 전투에서 무서운 행적의 다나와들, 니와짜까와짜들을 루드라 날탄으로 불태웠었지. 까르나를 위시한 이들, 그리고 너 또한 마차와 갑옷이 있었건만 가축을 둘러보러 갔을 때 그가 너를 구했던 일은 충분한 예증이 아니더냐?

빼어난 바라따여, 빤다와 형제와 화평을 맺고 죽음의 갈퀴에 걸린 온 세상을 구하여라. 맏형은 다르마를 갖추고 다정하며, 말이 곱고 준수하다. 그 범 같은 사내에게 가서 고통의 가시를 뽑아 내거라. 활을 내려놓는 그대를 빤다와가 본다면 영예로운 그는 이마를 펴고 우리 가문에 평화를 가져오리라. 적을 길들이는 이여, 대신들과 함께 가서 예전처럼 왕의 아들인 왕 앞에 절을 올리고 그를 껴안아라. 그리하여 절을 올리는 너를 비마의 형, 꾼띠의 아들 유디슈티라가 형제애에서 우러나온 마음으로 두 손으로 토닥이게 하여라. 싸움꾼 중의 싸움꾼, 사자의 어깨와 팔을 지닌 비마가 그의 두 팔로 그대를 껴안게 하여라. 그리고 사자의 목과 연꽃눈을 가진 꾼띠의 아들 아르주나가 그대를 반겨 맞게 하여라. 아쉬인의 사자 같은 두 아들, 세상에 견줄 이 없는 용모를 지닌 그들이 너를 어른으로 대해 절을 올리고 예를 갖춰 일어서게 하라. 그래서 끄르슈나를 필두로 한 왕들이 기쁨의 눈물을 흘리게 하라. 왕자여, 자만심을 버리고 형제들과 합치거라. 그리고 온 세상을 그대의 형제들과 함께 다스리거라. 왕들이 서로를 껴안은 뒤 기쁜 마음으로 돌아가게 하라.

인드라 같은 왕이여, 전쟁은 그만 되었다. 동지들의 이유 있는 말을 들어라. 크샤뜨리야들의 전쟁에서 파멸은 뻔히 보이는 것이다. 별들은 상서롭지 못하고 짐승들과 새들은 고약하게 군다. 영웅이여, 크샤뜨리야의 파멸의 징조가 다양하게 나타나는구나. 백성들의 주인이여, 특히 이곳에서 우리 모두의 파멸을 암시하는 징조가 나타나고 있다. 타는 운석에 그대의 군대가 맞았고, 수레들은 기쁨의 색을 잃고 마치 울고 있는 듯하다. 독수리들이 병사들의 머리 위를 맴돌고 도성도 대궐도 예전 같지 않다. 자칼들은 상서롭지 못한 소리로 울부짖으며 방향들을 향해 불을 내뿜는 듯하다. 팔심 좋은 이여, 네가 잘 되기를 바라는 우리들의 말을 들어라. 화평도 전쟁도 네게 달려있느니. 적을 괴롭히는 이여, 동지들의 말을 따르지 않아서 너의 군대가 빠르타의 화살에 고통 받는 것을 본다면 너 또한 후회하리라. 전장에서 쉭쉭거리며 내지르는 비마의 거대한 함성과 간디와 활소리를 들은 후에 그대는 내 말을 기억하리라. 네가 그리한다면 이제야 내 말이 제대로 된 것이려니!'

137

이어지는 와이샴빠야나의 이야기는 이러하다.

이 말을 들은 두료다나는 마음이 상해 눈물을 흘리며 고개를 숙였다. 그리고 아무 말도 하지 않았다. 그의 마음이 상했음을 보고 서로를 바라본 저 두 황소 같은 어른들은 마치 그에게 답이라도 하는 듯다시 말했다.

비슈마가 말했다.

'어른 말을 잘 듣고 시샘 없으며 선한 진실의 바다 같은 쁘르타의 아들과 싸우는 것보다 더 고통스러운 일이 어디 있으랴?'

드로나가 말했다.

'아르주나는 내게 아들인 아쉬와타만보다 더한 아이라오. 왕이여, 원숭이 깃발을 단 그에게는 마음이 훨씬 더 쓰인다오. 아들보다 더 아끼는 아르주나를 상대로 크샤뜨리야 다르마에 따라 싸워야 한다면 크샤뜨리야의 삶은 참 저주스러운 것이오. 이 세상 어떤 활잡이와도 견줄 수 없는 다난자야는 내 덕분에 다른 어떤 활잡이들보다 빛나지요. 동지를 배반하고 성정 고약하며, 믿음 없고 올곧지 않은 속임수 쓰는 이는 선자들 사이에서 더 이상 존중되지 않소. 희생제에서의 우둔한 자처럼 말이오. 마음이 악한 자는 악하다고 경책을 들어도 악을 행하려 하고, 마음이 깨끗한 자는 악을 행하라고 부추김을 당해도 선을 행하려 하지요.

훌륭한 바라따여, 저들은 잘못 대접받았음에도 여전히 우호적으로 행동하려 하오. 그대의 잘못은 그대에게 이롭지 못할 뿐이라오. 꾸루의 어른과 나와 위두라와 와아수데와가 말했건만 그대는 여전히 그 말을 따르지 않소. "힘은 내게 있으니"라고 여기며 그대는 그 말을 거슬러 가려고 하는 것이오. 우기 때 강가 강의 물이 악어 떼와 고래와 상어를 데리고 흘러가듯 말이오. 그대는 지금 자신이 마치 유디슈티라의 옷을 입은 것으로 알고 있는 듯하오. 버려진 화환인 듯 그의 영예를 탐욕으로 앗아 왔으면서 말이오. 왕위에 있는 어느 누가 빤두와 꾼띠의 아들을, 숲에 살아도 드라우빠디가 따르고 무장한 아우들에게 에워싸인 그를 거스르며 살겠소? 모든 왕이 종인 듯 하명을 기다리는 다르마의 왕은 꾸베라보다도 더 빛난다오. 꾸베라의 거처에 이르러 보물을 얻은 빤다와들은 이제 그대의 호화로운 왕국으로 행군하여 왕위를 얻으려 하오.

우리는 제물을 바쳤고, 배움을 마쳤으며, 재물로 브라만들을 만족
스럽게 했소. 우리 둘은 할 일을 다 하고 살만큼 산 사람들임을 알아
야 하오. 그러나 그대는 행복을 버리고, 왕국과 벗들과 재물을 버리
고, 빤다와들과 갈등을 만들어 큰 위험을 자초하고 있소. 진실을 말
하는 드라우빠디, 혹독하게 고행하고 무서운 서약을 한 여신 같은 여
인이 승리를 원하는 빤두의 아들을 그대가 어찌 이길 수 있겠소? 책
사는 끄르슈나요, 무기 가진 이들 중에 최고인 다난자야를 아우로 둔
빤두의 아들을 그대가 어찌 이길 수 있겠소? 감각을 다스리는 올곧은
브라만들을 동지로 둔 빤두의 아들, 혹독한 고행을 한 저 영웅을 그대
가 어찌 이길 수 있겠소? 재앙의 바다에 빠져 있는 동지를 건져내고
그 동지가 잘 되기를 바라는 동지의 마음으로 다시 말하리다. 저 영웅
들과의 전쟁은 이제 그만 되었소. 꾸루의 번성을 위해 화평을 맺으시
오. 아들과 대신들과 군대가 모두 함께 몰락에 이르게 하지 마시오.'

까르나 유혹하기

138

드르따라슈트라가 말했다.

'산자야여, 마두를 처단한 끄르슈나가 왕자들과 대신들에게 에워싸여 있던 까르나를 마차에 타게 했다. 적의 영웅을 처단하는 소몰이꾼이 마차에 앉아 라다의 아들에게 무슨 말을 했는가? 그가 마부의 아들 까르나에게 무슨 위안이 되는 말을 하던가? 산자야여, 그때 끄르슈나가 홍수 같고 구름 같은 목소리로 까르나에게 했던 말을, 온화했건 날카로웠건, 그것을 내게 알려다오.'

산자야가 말했다.

'바라따시여, 마두를 처단한 이, 영혼의 깊이를 잴 수 없는 끄르슈나는 라다의 아들에게 부드러우며 다정하고 다르마에 따르는 말, 진실하고 이로우며 마음을 휘어잡는 말을 하더이다. 그 말을 들어보소서.'

산자야가 들려주는 이야기는 이러하다.

와아수데와가 말했다.

'라다의 아들이여, 당신은 베다에 능한 브라만들을 섬겨왔소. 그
것의 정수를 절제와 시샘 없는 마음으로 물어왔소. 까르나여, 대대로
이어져 내려온 베다의 말씀을 당신은 알고 있소. 또한 당신은 오묘한
다르마 샤스뜨라*에도 굳건하오. 법전을 아는 사람들은 혼전 처녀가
낳은 아들은 그 여인의 남편이 아버지가 된다고 말하지요. 그 아들은
여인이 혼인한 뒤에 낳은 아들과 똑 같은 아들이라오. 까르나여, 당신
은 그렇게 태어났소. 당신은 다르마에 따라 빤두의 아들이오. 이리 오
시오. 법전의 율법에 따라 당신은 왕이 될 것이오.

아버지 쪽으로는 빤다와들이, 어머니 쪽으로는 우르슈니들이 있
소. 당신이 이 두 쪽 모두에 속해 있음을 아시오, 황소 같은 사내여.
지금 나와 함께 갑시다. 친애하는 이여, 빤다와들이 당신을 알아보게
합시다. 유디슈티라보다 먼저 태어난 꾼띠의 아들임을 알립시다. 다
섯 빤다와 형제가 당신의 발을 부여잡을 것이고, 드라우빠디의 다섯
아들과 수바드라의 아들 무적의 아비만유, 빤다와들을 위해 모여든
왕들, 왕의 아들들, 안다까와 우르슈니들도 모두 당신의 발을 부여잡
을 것이오. 크샤뜨리야 여인들과 왕의 딸들은 금과 은을 항아리에 가
득 담아 올 것이며, 약초와 씨앗들과 온갖 보석과 나뭇가지들을 당신
의 대관식에 들고 올 것이오. 그리고 드라우빠디는 여섯 번째 차례로

다르마 샤스뜨라_ 전해져 내려오는 가르침 또는 교훈이나 여러 가지 학문. 다르마에 관
　한 가르침은 다르마 샤스뜨라. 무예에 관한 가르침은 다누(르) 샤스뜨라 등이다.

당신 곁에 누울 것이오. 네 베다를 능히 아는 브라만들이 빤다와들의 왕사들의 도움으로 호랑이 가죽 위에 앉은 당신에게 성수를 뿌릴 것이오. 황소 같은 다섯 빤다와 형제와 드라우빠디의 다섯 아들, 빤짤라들, 쩨디들, 그리고 내가 당신을 세상의 주인인 왕위에 올릴 것이오. 그리고 꾼띠의 아들 유디슈티라 왕은 다음 번 왕으로 봉할 것이오. 꾼띠의 아들, 다르마의 왕이며 서약에 굳건한 유디슈티라가 흰 부채를 들고 마차에 오르게 하시오. 힘이 넘치는 꾼띠의 아들 비마세나가 성수 뿌린 당신 위로 커다란 흰 차양을 드리우게 하시오. 수백의 작은 종들이 소리 내고 호랑이 가죽을 덮어씌운 마차에 흰말들을 매어 아르주나가 끌게 하시오. 아비만유, 나꿀라, 사하데와, 드라우빠디의 다섯 아들이 언제나 당신의 부름에 응하게 하시오.

　백성들의 주인이여, 빤짤라들이 당신 뒤를 따르고, 대전사 쉬칸딘 그리고 내가 당신을 따를 것이오. 모든 안다까와 우르슈니들, 다샤르하들과 다샤르나들이 당신 주변을 지킬 것이오. 팔심 좋은 이여, 빤다와 형제들과 함께 진언과 제물과 상서로운 여러 제례들이 함께하는 왕국을 즐기시오. 드라위다들과 꾼딸라들이, 안드라들과 딸라짜라들이, 쭈쭈빠들과 웨니빠들이 함께 당신의 선봉이 되게 하시오. 가객과 왕실의 시인들이 오늘 당신을 찬가로 거듭 찬미하게 하시오. 빤다와들이 까르나 와수쉐나의 승리를 소리 높여 외치게 하시오. 당신은 별들에 에워싸인 달처럼 빤다와들에게 에워싸일 것이오. 꾼띠의 아들이여, 왕국을 다스리시오. 꾼띠에게 기쁨을 주시오. 당신의 벗들을 환호하게 하고 적들을 괴롭게 하시오. 오늘 당신과 당신의 빤다 형제들 간의 우애가 있게 하시오.'

까르나가 말했다.

'우르슈니의 후손 께샤와여, 당신이 좋은 마음으로, 또 사랑으로 이런 말을 했음을 의심치 않습니다. 또 벗으로서 당신은 내가 잘 되기를 바라는 마음뿐일 것입니다. 끄르슈나여, 모두 알아들었습니다. 다르마에 따라, 샤스뜨라의 규정에 따라 당신이 생각하듯 내가 빤두의 아들임을 알아들었습니다. 자나르다나여, 처녀였을 때 태양에게서 나를 잉태하고 내가 태어났을 때 태양의 말에 따라 그녀는 나를 버려야 했을 것입니다. 끄르슈나여, 그렇게 나는 다르마에 따라 빤두의 아들로 태어났군요. 그리고 나는 꾼띠에게서 마치 재수 없는 물건처럼 버려졌군요. 마부인 아디라타는 그런 나를 발견해서 집으로 데리고 갔습니다. 마두를 처단한 이여, 그리고 그는 라다에게 나를 사랑으로 건네주었습니다. 나에 대한 사랑으로 라다에게서는 젖이 흘러내렸다고 하지요. 끄르슈나여, 그녀는 내 똥과 오줌을 받아냈습니다. 나 같은 사람이 어찌 그녀의 그런 헌신을 부정하리까? 다르마를 알고 다르마 샤스뜨라를 늘 즐겨 듣는 나 같은 사람이요?

마부인 아디라타는 사랑으로 나를 아들로 여기고, 나는 그를 항상 아버지로 알고 있습니다. 끄르슈나여, 그분은 다르마 샤스뜨라에 정해져 있는 의례에 따라 내 자따 까르마†를 행해 주셨습니다. 아들을 사랑하는 마음에서였습니다. 께샤와여, 그분은 브라만들이 내게 와수 쉐나라는 이름을 짓게 했고, 나이가 차자 내게 아내들을 갖게 했습니다. 그녀들에게서 나는 아들들과 손자들을 얻었습니다.

끄르슈나여, 내 마음은 그들에게 사랑의 끈으로 묶여 있습니다. 소몰이꾼이여, 세상을 통째로 준다고 해도, 금을 더미로 준다고 해도, 혹은 기쁨이나 두려움으로도 나는 내 말이 거짓이게 할 마음이 없습니다. 끄르슈나여, 나는 열세 해를 한결같이 드르따라슈트라의 가문에서 두료다나에게 의지하여 힘을 얻었고 왕국을 즐겼습니다. 나는 숱한 희생제를 마부들과 함께 지냈습니다. 집안일을, 혼인을 늘 마부들과 함께해왔습니다. 우르슈니의 후손 끄르슈나여, 두료다나는 내게 의지해서만 무기를 들었습니다. 그리고 빤다와들과의 전쟁도 그렇습니다. 추락 없는 분이시여, 그랬기에 그는 전투에서 왼손잡이 아르주나와 일대일 전차 결투를 벌일 사람으로 흔쾌히 나를 뽑았지요. 자나르다나여, 죽음 때문에, 혹은 붙들려서, 혹은 탐욕이나 두려움 때문에, 혹은 그 무엇 때문에도 나는 사려 깊은 두료다나에게 내 말이 헛되게 하고 싶지 않습니다. 끄르슈나여, 만약 왼손잡이와 일대일 결투를 하지 않는다면, 그것은 내게 혹은 아르주나에게 명예롭지 못한 일입니다.

마두를 처단한 분이시여, 의심할 여지 없이 당신도 모두가 잘 되기를 바라며 말씀하셨겠지요. 빤다와들이 당신 말을 잘 들으리라는 것을 의심치 않습니다. 야두의 기쁨이여, 위없는 분이시여, 이제 조

자따 까르마_ 태어날 때 치르는 의식. '자따'는 출생. '까르마'는 행위 또는 의례라는 뜻이다. 따라서 자따 까르마는 출생 의식 또는 태어남의 의식이라는 뜻이다.

언을 자제하심이 좋을 듯합니다. 그것이 모두를 위한 일이라고 여겨집니다. 자기 서약을 엄격히 따르는 다르마의 왕 유디슈티라는 내가 꾼띠의 장자인 줄 알면 왕국을 버릴 것입니다. 마두를 처단하신 분이여, 내가 혹시 그 왕국을 얻는다고 해도 나는 즉시 그런 호사를 두료다나에게 바칠 것입니다. 적을 다스리는 분이여. 끄르슈나가 인도하고 다난자야를 전사로 둔 다르마의 혼 같은 유디슈티라가 영원히 왕이게 하십시오.

끄르슈나여, 세상의 왕국은 대전사 비마, 나꿀라, 사하데와, 드라우빠디의 아들들을 갖고 있는 자의 것입니다. 끄르슈나여, 그리고 웃따마오자스, 유다만유, 사띠야다르마, 소마끼, 짜이띠야, 쩨끼따나 무적의 쉬칸딘도 있습니다. 우기의 새빨간 벌레 같은 피부 빛깔을 지닌 께까야 형제들, 무지갯빛의 대전사 꾼띠보자, 비마세나의 외삼촌인 대전사 세나지뜨, 위라타의 아들 샹카, 그리고 보물 같은 당신을 가진 이가 승리할 것입니다. 끄르슈나여, 이 크샤뜨리야들이 모여 위대한 것들을 이루었습니다. 그리고 이 왕국은 모든 왕들 가운데서 훨훨 타는 명예를 얻었지요.

우르슈니의 후손 자나르다나여, 드르따라슈트라의 아들은 전쟁의 희생제를 치를 터이고, 당신은 모든 것을 지켜보는 이가 될 것이며, 그 희생제를 집전하는 아드와르유* 제사장이 될 것입니다. 원숭이 깃발을 달고 적들에게 공포를 주는 아르주나는 호뜨르*가, 간디와 활은

아드와르유_ 야주르베다의 기도를 주관하는 제사장.

호뜨르_ 『사마베다』의 기도문을 주관하는 제사장.

희생제의 국자가, 사내다운 용기는 희생제의 기이†가 될 것입니다. 야두의 후손이시여, 아인드라, 빠슈빠띠, 브라흐마, 스투나까르나는 왼손잡이 아르주나가 장전할 날탄들이 되겠지요. 용맹스러움이 아버지를 닮은, 어쩌면 그 이상일지도 모르는 수바드라의 아들 아비만유는 그라와스뚜뜨† 사제처럼 완벽하게 거동할 것입니다. 기력이 넘치고도 넘쳐흐르는 저 범 같은 사내 비마는 우드가뜨르†와 쁘라스또뜨르† 사제가 되어 포효하며 전장에서 코끼리병들을 끝장내겠지요. 다르마의 영원한 왕. 진언과 제물을 능히 아는 유디슈티라는 브라흐마 사제†가 될 것입니다. 마두를 처단하신 이여, 사자의 포효처럼 멀리 울리는 소라고둥소리, 북, 나팔 소리는 수브라흐만야†가 되겠지요. 마드리의 기력 넘치고 명예로운 두 아들 나꿀라와 사하데와는 샤미뜨라† 사제 일을 잘 수행할 것입니다.

소몰이꾼 자나르다나여, 순수한 전차의 힘은 거친 채찍과 함께 이 희생제에 세워진 희생제의 기둥이 될 것입니다. 귀 달린 화살들,

속 빈 갈대, 쇠몽둥이, 송아지 이빨 더미, 원반이 소마 항아리일 것

기이_ 희생제에서 불을 크게 하기 위해 반드시 필요한 우유기름.

그라와스뚜뜨_ 어떤 역할을 하는 사제인지 알 수 없으나 단어적 뜻은 : 그라와(구름 산) 스뚜뜨(찬가)이다. 구름처럼 목청 높여 찬가를 부르는 사제?

우드가뜨르_ 『사마베다』의 기도를 주관하는 제사장.

쁘라스또뜨르_ 우드가뜨르 제사장을 돕는 사제.

브라흐마 사제_ 희생제를 총괄해서 살피고 집전하는 제사장.

수브라흐만야_ 소마제를 집전하는 사제.

샤미뜨라_ 희생제에서 동물을 죽이는 사제.

이요, 활은 정화의 그릇일 것입니다. 이 희생제에서, 끄르슈나여, 칼은 항아리요, 해골은 쌀밥이, 피는 제물이 될 것입니다. 창과 빛나는 철퇴는 연료가 되고 울타리가 되겠지요. 드로나와 끄르빠의 제자들이 희생제에 초대된 사람들일 것입니다. 대전사들, 드로나와 드로나의 아들, 간디와 활잡이의 활에서 나온 화살들이 코끼리 등의 덮개가 되고, 사띠야끼는 희생제를 끝내는 사제 역할을 할 것이며, 드르따라슈트라의 아들은 자신의 거대한 병사들을 아내 삼아 정화를 담당하는 사제가 되겠지요.

팔심 좋은 끄르슈나여, 밤새도록 계속되는 희생제의 역할에서 힘이 넘치는 가토뜨까짜는 샤미뜨라가 될 것입니다. 끄르슈나여, 의례가 진행되는 동안 위용적인 드르슈타듐나, 불에서 태어난 그가 이 희생제에서 브라만들을 위한 닥쉬나†일 것입니다. 끄르슈나여, 빤다와들을 향해 험한 말을 했던 것은 두료다나를 기쁘게 하기 위해서였습니다. 그런 짓을 했던 것이 지금 나를 아프게 합니다. 끄르슈나여, 왼손잡이 궁수에게 내가 죽는 것을 당신이 보는 것, 그것을 그들의 희생제를 다시 세우는 말뚝으로 삼겠습니다. 빤두의 아들이 두샤사나의 피를 마시고 환희의 포효를 하면, 그것이 제대로 된 소마의 즙이겠지요. 자나르다나여, 드르슈타듐나와 쉬칸딘이 드로나와 비슈마를 쓰러뜨리면 그때 이 희생제가 끝나게 되겠지요. 마두의 후손이여, 저 괴력의 비마세나가 두료다나를 죽이면, 그때가 드르따라슈트라 아들의 희생제가 끝날 것입니다. 께샤와여, 주인이 죽고 아들이 죽고 보살펴줄 이들이 죽은 드르따라슈트라의 며느리와 손자며느리들이 우는 간

닥쉬나_ 희생제에서 브라만들 혹은 사다스야들을 위한 선물 혹은 사례.

다리와 함께 개와 독수리와 자칼만 우글거리는 희생제로 모이면 이제 그것이 끝내는 제사 아와브르타가 되겠지요.

마두를 처단한 이여, 황소 같은 크샤뜨리야여, 배움이 익고 나이가 지긋한 크샤뜨리야들이 당신으로 인해 헛되이 죽지 않게 해주십시오. 께샤와여, 삼계에서 가장 성스런 꾸룩쉩뜨라에서 번성한 크샤뜨리야 종족이 무기로 자신의 죽음을 맞게 하십시오. 연꽃눈의 크샤뜨리야여, 당신이 원하는 의식을 여기서 치르십시오. 우르슈니의 후손이시여, 모든 크샤뜨리야들이 천상에 이를 수 있도록 말입니다. 자나르다나여, 강이 있고 산이 흐르는 한 이 전쟁에 관한 명예로운 말이 영원히 있게 하소서. 우르슈니의 후손이시여, 브라만들이 모이면 크샤뜨리야의 이 명예로운 전쟁 바라따들의 위대한 전투를 말하게 하소서. 께샤와여, 전장으로 꾼띠의 아들 아르주나를 데려오십시오. 적을 태우는 분이시여, 우리의 이 회합을 비밀로 지켜주십시오.'

140

산자야가 말했다.

'까르나의 말을 듣고, 적의 영웅을 처단하는 께샤와는 먼저 가만히 웃다가, 그리고는 소리 내어 웃으며 말했답니다.

"까르나여, 왕국을 얻을 수 있다는 내 말이 당신을 아프게 하지는 않나요? 내가 주는 땅을 다스리고 싶지 않나요?

빤다와들의 승리는 확실하고
거기에는 한 치의 의심도 없소.
빤두 아들의 승리의 깃발이 오르고
그 위에 험상궂은 원숭이 왕이 앉아 있소.

인드라의 깃발처럼 치솟은 그 깃발은
천상의 위슈와까르만이 마법으로 빚었다오.
거기에는 두려움 주는 천상의 무서운 존재들이
무서운 형상을 보이고 있다오.

바위에도 나무에도 걸리지 않는 그 깃발은
높고 비스듬히 치솟아 한 요자나에 이를 것이오.
까르나여, 영예로운 아르주나의 깃발은
불같은 형상으로 높이 치솟는다오.

전장에서 당신이 끄르슈나를 마부 삼은 백마 탄 아르주나를 본다면, 인드라의 날탄을 쏘고 아그니와 마루뜨의 날탄을 쏘는 그를 본다면, 우레처럼 간디와 활의 포효가 울리면, 뜨레따 유가도 드와빠라 유가도 더 이상 없을 것이오. 진언과 제물을 올리며 자기의 거대한 병력을 지키는 꾼띠의 아들 유디슈티라를 전장에서 본다면, 가까이 갈 수 없는 따가운 태양처럼 내리쬐며 적군을 괴롭히는 그를 본다면 뜨레따 유가도 드와빠라 유가도 더 이상 없을 것이오. 괴력의 비마세나가 두샤사나의 피를 마시고, 상대 코끼리를 죽인 미친 코끼리처럼 전장에서 춤추는 것을 본다면 뜨레따 유가도 드와빠라 유가도 더 이상 없을 것이오. 우두머리 코끼리처럼 전장에서 드르따라슈트라 아들들의 병력을 뒤흔드는 대전사 마드리의 두 아들을 본다면, 쏟아지는 무기 속으로 뛰어들어 적의 영웅의 전차를 뒤흔들어 놓는 그들을 본다면 뜨레따 유가도 드와빠라 유가도 더 이상 없을 것이오. 싸우려고 행군하자마자 왼손잡이에게 쫓기는 드로나, 비슈마, 끄르빠, 수요다나, 신두의 왕 자야드라타를 전장에서 본다면 뜨레따 유가도 드와빠라 유가도 더 이상 없을 것이오.

까르나여, 그러니 이곳에서 가서 드로나, 비슈마, 끄르빠에게 말하시오. 이 달은 사웅미야 달*이니 꼴과 연료를 쉬이 얻을 수 있소. 온갖 약초가 풍족하고 과실이 많으며 모기와 파리가 적지요. 진흙이 없고 물은 맛있으며, 춥지도 덥지도 않은 상쾌한 달이라오. 지금부터 이레가 지나면 새 달이 시작되는 아마와스야 날이 되지요. 그날은 인드라의 날*이라고 알려져 있으니, 그때 전투를 벌이자고 하시오. 전쟁을 위해 모여든 모든 왕에게도 말하시오. 그들이 원하는 모든 것을 내가 해주겠노라고! 두료다나 휘하에 들어온 왕과 왕자들은 무기에 죽음을 맞아 최상의 목표를 이룰 것이라고!"'

사웅미야 달_ 생물이 잘 자라는 가을 무렵. 달과 관련되어 있다.
인드라의 날_ 인드라는 베다 시대 때 전쟁 영웅이었다.

산자야가 말했다.

'이롭고 빛나는 께샤와의 말을 들은 까르나는 마두를 처단한 끄르슈나에게 예를 올리며 이렇게 말했답니다.

'팔심 좋은 이여, 나를 알면서도 어찌 내 마음을 혼란스럽게 하려 하십니까? 세상의 완벽한 파멸이 왔고, 그것은 샤꾸니와 나와 두샤사나가 원인이 되었습니다. 드르따라슈트라 왕의 아들 두료다나도 그 안에 있습니다. 끄르슈나여, 큰 전쟁이 시작되었음은 의심할 여지가 없습니다. 빤다와들과 까우라와들 간의 무서운 피의 진흙탕이 될 전쟁이지요. 두료다나의 휘하에 들어온 왕들과 왕의 아들들은 전장에서 무기의 불에 태워져 야마의 거처에 이를 것입니다.

마두를 처단한 이여, 나는 너무나 많은 악몽을 꿉니다. 무섭고 험하디 험한 추락의 조짐들을 봅니다. 우르슈니의 후손이여, 털이 곤두서는 온갖 조짐은 두료다나가 패하고 유디슈티라가 승리를 거두는 것을 말하고 있는 것 같습니다. 빛이 번쩍이는 날카로운 토성이 쁘라자빠띠야* 별자리를 잡고 짓눌러서 만생명이 더욱 고통 받습니다. 마두를 처단한 이여, 화성도 제슈타 별*에 걸려 아누라다*로 향하고 있습니다. 우르슈니의 후손이여, 별들이 찌뜨라*를 특히 더 괴롭히는

쁘라자빠띠야_ 빠우샤 달(12~1월경)의 하현 여드레째 되는 날.
제슈타 별_ 셋으로 이루어진 열여덟 번째 별자리.
아누라다_ 열일곱 번째 별자리.
찌뜨라_ 하나로 이루어진 열네 번째 별자리.

것을 보면, 끄르슈나여, 꾸루들에게 무서운 재앙이 닥친 것을 설명합니다. 달의 검은 점이 돌아섰고, 라후는 태양을 지금이라도 공격하려고 합니다. 하늘에서는 운석이 덜덜 떨면서 무서운 소리를 내며 떨어져내리고, 코끼리들이 큰 소리로 울부짖으며 말들이 눈물을 떨굽니다. 끄르슈나여, 그들은 물을 마시지도 않고, 풀을 뜯는 것도 즐겨하지 않습니다.

팔심 좋은 이여, 이 모든 징조가 나타나면 만생명을 파괴하는 무서운 위험이 다가온 것이라고들 말하지요. 께샤와여, 드르따라슈트라의 모든 군대에서는 말과 코끼리와 사람들이 적게 먹으면서도 똥은 많이 눕니다. 이 모든 조짐은 패망을 뜻하는 것이라고 마음 꼿꼿한 이들은 말합니다. 끄르슈나여, 빤다와들의 탈것들은 즐거움을 보인다고 했습니다. 짐승들이 오른쪽으로 돌며 승리의 징조를 보인다고 합니다. 그러나 께샤와여, 드르따라슈트라 군대의 짐승들은 모두 왼쪽으로 돕니다. 몸을 감춘 목소리도 까우라와들 패배의 조짐이지요. 공작, 꽃새, 백조, 두루미, 짜따까, 지와지와까 무리들도 빤다와를 따릅니다. 독수리, 까마귀, 매, 솔개, 귀신, 자칼, 모기떼들은 까우라와들을 따르지요. 두료다나의 군대에서는 북들이 소리를 잃었고 빤다와들 것은 치지 않아도 울린다고 합니다.

끄르슈나여, 드르따라슈트라군에서는 우물들이 염소나 황소처럼 소리를 내고 신들은 살과 피의 비를 뿌려댑니다. 빛이 번쩍이는 간다르와의 도시가 벽과 해자와 도랑과 아름다운 활 모양의 샘물 위를 떠다닙니다. 여명과 노을에 검은 철퇴가 태양을 가리고 서서 큰 위험이 닥쳐왔음을 알린답니다. 암자칼 한 마리가 사납게 울어대며 두료다나의 패배를 상징하고 있지요. 검은 목의 새가 괴기스럽게 하늘에 걸려, 패배의 상징인 석양을 향해 날아갑니다. 마두를 처단한 이여, 그는 먼저 브라만을 미워하고, 어른들을 미워하며 헌신적인 종들을 미워합니다. 그것이 패배의 조짐이지요. 끄르슈나여, 동쪽은 피처럼 붉고, 남쪽은 무기 색을 띠며 서쪽은 굽지 않은 항아리 색을 띱니다. 끄르슈나여, 두료다나와 사방이 불타고 있습니다. 이 모든 조짐을 바탕으로 사람들은 무서운 위험을 감지한답니다.

추락 없는 이여, 나는 꿈에서 유디슈티라가 형제들과 함께 천 개의 기둥이 세워진 대궐에 오르는 것을 보았습니다. 끄르슈나여, 모두가 하얀 머리수건을 두르고 흰옷을 입었으며, 그들이 앉는 자리도 모두 새하얗게 빛나는 것을 보았습니다. 자나르다나여, 나는 꿈에서 당신이 피에 젖은 세상을 창자로 둘러감고 있는 것도 보았습니다. 끝없는 빛을 지닌 유디슈티라가 뼈 무덤 위에 올라 기쁜 듯 황금 그릇에 우유죽을 먹고 있었습니다. 나는 유디슈티라가 온 세상을 삼키는 것을 보았습니다. 당신이 준 이 세상을 즐기고 있음이 분명했습니다. 호랑이 같은 사내, 무서운 행적의 늑대 배는 높은 산에 올라 철퇴를 손에 들고 이 땅을 지긋이 바라보고 있었습니다. 대전투에서 우리 모두를 쓸어낼 것이 자명합니다.

자나르다나여, 다르마가 있는 곳에 승리가 있음을 나는 압니다. 아르주나는 당신과 함께 더없는 영예의 빛으로 빛나고 간디와를 들고 흰 코끼리에 올랐습니다. 끄르슈나여, 두료다나가 이끄는 모든 왕들을 당신들이 전장에서 죽이리라는 것을 의심하지 않습니다. 나꿀라, 사하데와, 대전사 사띠야끼는 빛나는 윗팔찌와 목에 거는 장신구들,

흰꽃과 화환을 걸고 있었습니다. 범 같은 이 세 사내, 사람이 끄는 최고의 인력거에 올라 흰 옷을 입고 새하얀 차양 아래 있었습니다. 자나르다나여, 두료다나의 진영에서도 나는 하얀 두건을 두른 세 사람을 꿈에서 보았습니다. 아쉬와타만, 끄르빠, 그리고 끄르따와르만 사뜨와따가 그들이었음을 아소서. 팔심 좋은 주인이시여, 자나르다나여, 비슈마와 드로나는 낙타가 매어진 수레에 타고 있었으며, 나도 두료다나와 함께 있었습니다. 자나르다나여, 우리는 아가스띠야가 다스리는 방향*으로 나아가고 있었습니다. 우리는 머지않아 야마가 있는 땅에 이를 것입니다. 나와 여타의 왕들, 크샤뜨리야 무리들은 간디와 불길 속으로 떨어지는 것이 틀림없습니다.'

끄르슈나가 말했다.

'세상의 파멸이 다가왔음은 이제 분명한 사실이오. 까르나여, 내 말이 당신 가슴에 닿지 않는 걸 보니 말이오. 친애하는 이여, 만생명의 파멸이 다가오면 도리처럼 보이는 도리 아닌 것들이 마음을 뒤흔든다오.'

까르나가 말했다.

'팔심 좋은 끄르슈나여, 영웅들의 몰락을 이끄는 이 거대한 재앙에서 살아남는다면 우리는 당신을 볼 것입니다. 끄르슈나여, 그렇게 못한다면 우리가 당신을 천상에서 보게 될 것이 틀림없습니다. 무구한 이여, 그때 당신을 다시 만나게 될 것입니다.'

산자야가 말했다.

~다스리는 방향_ 남쪽, 야마가 다스리고, 조상들이 가는 죽음의 땅.

'까르나는 이렇게 말한 뒤 끄르슈나를 껴안았습니다. 그리고는 끄르슈나를 떠나 수레의 뒷자리에서 내렸지요. 라다의 아들은 황금으로 장식된 자기 마차로 돌아와 기분이 가라앉은 상태로 우리와 함께 돌아왔답니다. 께샤와는 사띠야끼와 함께 서둘러 떠나며 "가자, 가자!" 라고 외치며 거듭해서 마부를 재촉했답니다.'

142

이어지는 와이샴빠야나의 이야기는 이러하다.

화친의 임무를 완성하지 못한 끄르슈나가 꾸루들을 떠나 빤다와들에게로 가자 집사 위두라는 꾼띠에게 가서 슬픔 때문에 천천히 말했다.

'아들들이 모두 살아 있는 여인이여, 당신은 언제나 우호적인 내 기분을 알고 있습니다. 내가 아무리 외쳐도 수요다나는 말을 듣지 않습니다. 유디슈티라 왕에게는 쩨디와 빤짤라와 께까야, 끄르슈나와 함께하는 아르주나, 비마와 유유다나, 쌍둥이도 있습니다. 유디슈티라는 우빨라위야에 머물고 있으면서도 여전히 친척을 향한 정 때문에 강하면서도 약해빠진 사람처럼 다르마만 생각합니다. 여기에서는 나이 지긋한 드르따라슈트라 왕이 화평을 바라지 않습니다. 아들을 향한 집착 때문에 다르마를 거스르는 길 위에 서 있습니다. 자야드라타,

576

까르나, 두샤사나, 마음 나쁜 샤꾸니의 잘못으로 분란이 계속되는 것이지요. 다르마로 가득했던 이 왕국이 아다르마를 행하는 자들에게 빼앗겼습니다. 그들에게는 이것이 다르마가 되었습니다. 이제 그 결실을 보게 될 것입니다. 까우라와들에게 강제로 다르마를 빼앗기는데 누가 괴로워하지 않으리까? 끄르슈나가 화친을 맺지 못하고 돌아가면 빤다와들도 전투를 준비하겠지요. 그리고 꾸루들의 잘못된 정책은 영웅들을 파멸시키겠지요. 나는 걱정으로 밤에도 낮에도 잠을 이룰 수가 없습니다.'

꾼띠는 의미심장한 그의 말을 듣고 고통스러워하며 크게 한숨을 내쉬었다. 그녀가 마음속으로 생각했다.

'친척들의 큰 패망을 대가로 치러야 하는 재물이라는 것이 참 저주스럽구나. 벗들 간의 이런 전쟁에는 파멸이 있을 뿐이리니! 빤다와, 쩨디, 빤짤라, 야다와들 함께 모여 바라따들과 싸운다면 이보다 더 고통스러운 일이 어디 있으랴? 나는 전쟁에서의 악을 분명히 보고, 전쟁에서의 패배 또한 악임을 안다. 재산 없는 자에게는 오히려 죽음이 낫다. 친척의 패망을 대가로 한 승리도 없으리라. 산따누의 아들 비슈마 할아버지, 전사들의 주인 드로나 스승, 까르나가 드르따라슈트라의 아들을 위해 싸운다. 그것이 내 두려움을 키우느니. 드로나 스승은 뭔가를 얻기 위해 제자와 기꺼운 마음으로 싸우지는 않을 것이다. 비슈마 할아버지인들 빤다와들을 향해 어찌 좋은 마음을 갖고 있지 않겠는가? 그러나 오직 한 사람, 저 허황된 시각으로 마음을 나쁘게 쓰며 빤다와들을 미워하는 사악한 두료다나를 따르는 이가 있으니! 까르나는 고집스럽고 힘이 세서 항상 빤다와들에게 큰 위험을 몰고 왔다. 그것이 지금 나를 태우는구나. 오늘, 까르나의 마음이 빤다와들을 흡족히 여길 수 있도록 바라느니! 있는 그대로 사실을 밝혀야 한다. 두르와사 성자께서는 내가 아버지의 집에 살 때 나를 흡족해하시며 축원을 내려주셨지. 신을 부를 수 있는 축원이었다. 꾼띠보자 왕의 총애를 받으며 내궁에 살던 나는 온갖 생각을 했으나 마음은 안절부절 못했었지. 말을 힘으로 삼은 브라만의 진언이 힘이 있을지 없을지, 어린 데다 여자아이였던 나는 생각하고 또 생각했다. 믿을 만한 유모가 감춰주고 벗들에게 에워싸여 있던 나는 잘못을 없애고 아버지의 명망을 지켜드리고 싶었지. 어떻게 하는 것이 내게 좋을까, 어떻게 하는 것이 죄가 되지 않을까 생각하고, 그 브라만을 염하며 그에게 절을 올렸다. 축원을 얻고 나서 호기심 때문에, 그리고 어리석어서, 그저 어린아이에 불과했던 나는 태양신을 맞이하고 말았다. 처녀에게 잉태되어 내 아들로 태어난 이가 어찌 형제들에게 복되고 이로운 말을 듣지 않겠는가?'

꾼띠는 이렇게 단단히 결심하고 무슨 일을 할지 정한 뒤 그 일을 수행하기 위해 강가 강을 향해 갔다. 강가 강변에서 꾼띠는 자비심 가득하고 진실을 말하는 아들이 기도하는 소리를 들었다. 가련한 여인은 팔을 치켜들고 동쪽을 향해 서 있는 아들의 등 뒤에 서서 그의 기도가 끝나기를 기다렸다. 꾸루의 아내이자 우르슈니 가문의 딸인 꾼띠는 까르나의 윗옷 그늘 아래 서서 시들어가는 연꽃 화환처럼 태양의 열기로 타들어갔다. 서약에 충실한 까르나는 태양이 등을 따갑게 할 때까지 기도한 뒤 돌아섰다. 꾼띠를 보고 다가온 빛이 넘치고 자긍심 높은 이, 다르마를 간직한 이들 중에 가장 빼어난 그가 예법에 따라 두 손을 모으고 절했다.

143

까르나가 말했다.

'나, 라다와 아디라타의 아들 까르나가 절을 올립니다. 지체 높은 여인이시여, 여긴 어떻게 오셨습니까? 연유를 말씀해 주십시오.'

꾼띠가 말했다.

'너는 꾼띠의 아들이다. 라다의 아들이 아니다. 아디라타는 너의 아비가 아니구나. 너는 마부의 가문에서 태어나지 않았느니. 까르나여, 내 말을 알아들어야 한다. 너는 내가 혼전에 낳았던, 내가 태 안에 품었던 첫아들이다. 아들아, 너는 꾼띠보자의 집에서 태어난 쁘르타의 아들인 것이다. 빛을 만들고 따가움을 만드는 저 신, 태양이 나를 통해 너를 낳은 것이다. 무기 가진 이들 중에 가장 빼어난 까르나 너를! 범접 못할 아들아, 너는 귀걸이를 걸고 갑옷을 입은 채 영예로 감싸여 내 아버지 집에서 태어난 신의 아이였다. 그런 네가 어둠에 싸여 형제들을 알아보지 못하고 드르따라슈트라의 아들을 섬기는구나. 아들아, 그것은 참으로 옳지 않다! 아들아, 다르마를 결정함에 있어 이런 것이 사람들의 다르마의 결실이란다. 부모를 만족스럽게 했는지, 한 곳만 바라보는 어머니를 만족스럽게 했는지. 드르따라슈트라들과 인연을 끊고 언젠가 아르주나가 쟁취했던 왕국, 그러나 바르지 못한 이들에게 빼앗겼던 유디슈티라의 왕국을 누리거라. 오늘 까르나와 아르주나가 마음 맞는 형제애로 엮여 함께 오는 것을 마음 나쁜 까우라와들이 보게 하여라. 까르나와 아르주나가 발라라마와 자나르다나 같기를! 너희 둘이 한마음으로 묶인다면 세상에 이뤄내지 못할 일 어디 있으랴! 까르나여, 네 다섯 형제들에 에워싸여 너는 분명 밝게 빛나리라. 브라흐마가 네 베다와 베당가에 에워싸여 있듯 말이다. 덕을 갖추고 빼어난 친척들 중에서 가장 빼어나고 가장 앞선 너이다. 더 이상 "마부의 아들"이라고 말하지 말라. 너는 영웅 빠르타인 것이다.'

144

이어지는 와이샴빠야나의 이야기는 이러하다.

그때 까르나는 태양에게서 나오는 목소리를 들었다. 거짓일 수 없는, 애정이 가득 담긴 아버지 태양의 말이었다.

'까르나여, 꾼띠의 말이 맞구나. 어머니 말대로 하거라. 범 같은 사내여, 그것이 너를 위해 가장 좋은 일이려니. 그녀 말대로 모두 행하거라.'

이처럼 어머니와 아버지 태양에게서 말을 들었으나 까르나의 마음은 움직이지 않았다. 그는 진실에 우뚝 선 이였던 것이다.

까르나가 말했다.

'크샤뜨리야 여인이여, 당신의 말을 믿지 못하는 것이 아닙니다. 당신의 말에 따라 행하는 것이 내게 다르마의 문이라는 것을 부정하는 것도 아닙니다. 그러나 당신이 내게 저지른 잘못이 너무 커서 없었던 것으로 할 수가 없습니다. 그 잘못으로 인해 내 명예와 명성은 무너지고 흩어져버렸습니다. 나는 크샤뜨리야로 태어났으나 크샤뜨리야의 의례를 치르지 못했습니다. 어떤 적이 당신이 내게 저지른 잘못보다 더한 잘못을 저질렀겠습니까?

해야 할 때는 내게 자비를 보이지 않다가 의례가 필요 없어진 지금 당신은 나를 부추깁니다. 예전에 당신은 어머니로서 해야 할 좋은 일을 내게 하지 않았습니다. 그런 여인이 지금 와서 나를 일깨우는 것이지요. 이것은 단지 당신의 이기심일 뿐입니다. *끄르슈나*와 함께 있는 *다난자야* 앞에서 누가 떨지 않겠습니까? 내가 오늘 *빠르타*들에게 간다면 두려움 때문이라고 누가 생각하지 않으리까? 예전엔 형제라고 알지도 못했던 나를 싸울 때가 되어서야 드러내시는군요.

내가 만약 *빤다와*들에게 간다면 크샤뜨리야들은 나를 무어라 말하겠습니까? 내가 바라던 모든 것을 기꺼이 주고 항상 넘치도록 존중해 주었던 드르따라슈트라 아들의 행위를 어찌 내가 무용지물이 되게 만드리까? 적에 대한 적개심으로 들끓는 저들은 나를 한결같이 섬깁니다. 와수들이 인드라를 섬기듯 항상 나를 우러릅니다. 내 숨결로 적들을 내리칠 수 있었던 저들이 오늘 무슨 생각을 하겠습니까? 내가 어찌 저들의 마음에 품은 뜻을 부수리까? 저들은 나를 배로 삼아 건너기 어려운 전투를 건너려 합니다. 해안 없는 이 바다에서 저쪽으로 건너려는 저들을 내가 어찌 버리리까? 지금은 다르따라슈트라를 섬긴 사람들에게 때가 되었습니다.

　나는 목숨을 바쳐서라도 내 의무를 다해야 합니다. 자기들이 해왔던 일에 대해 잘 대접받았으나 해야 할 때가 되었을 때 했던 일을 저버리고 없던 것으로 만든다면 나쁜 사람이지요. 그들은 왕의 얼굴에 먹칠하는 자들이요, 주인의 식량만 축내는 자들입니다. 그런 자들은 이승에서도 저승에서도 환영 받지 못합니다. 나는 드르따라슈트라의 아들을 위해 당신의 아들들과 싸우겠습니다. 힘과 기를 다해 싸울 것입니다. 거짓이 아닙니다. 선자들이 하는 일을 지키려면 당신이 이르신 대로 행하는 것이 맞습니다. 그러나 나는 오늘 거기에 어떤 이익이 있다 해도 당신의 말을 따르지 않겠습니다. 그럼에도 당신이 내게 기울인 이 노력이 헛되지는 않을 것입니다. 전장에서 나는 당신의 아들들을, 유디슈티라, 비마, 쌍둥이를 죽이지 않겠습니다. 비록 그들에 맞서 싸우다 죽일 수 있다고 해도 말이지요. 그러나 아르주나는 빼십시오. 유디슈티라 진영에서 나는 아르주나와 싸울 것입니다. 아르주나를 전장에서 죽이고 그 결실을 얻겠습니다. 아니면 왼손잡이가 싸워 이겨 명예를 얻겠지요. 명예를 구하는 여인이여, 당신의 아들들은 다섯에서 줄어들지 않을 것입니다. 아르주나 없이 까르나가 있거나, 내가 죽고 아르주나가 있거나!'

　와이샴빠야나가 말했다.
　"이런 까르나의 말을 듣고 꾼띠는 괴로움에 몸을 떨었답니다. 그녀는 흔들림 없이 당당한 아들 까르나를 안아주며 말했지요.
　'네가 말하는 것처럼, 까르나여, 운명의 힘은 강하고 강한 것이다.

적을 괴롭히는 이여, 너는 네 형제의 안전을 약속했다. 그것을 맹세하거라. 전투에서 그들을 놓아준다고 맹세하거라. 건강과 행운이 함께하거라!' 쁘르타는 까르나에게 그렇게 말했답니다. 까르나는 만족해하며 그녀에게 절을 했지요. 둘은 각자의 갈 길로 갔답니다."

145

이어지는 와이샴빠야나의 이야기는 이러하다.

하스띠나뿌라에서 우빨라위야로 돌아온 께샤와, 저 적을 길들이는 이는 있었던 일 그대로를 빤다와들에게 모두 말했다. 오랜 시간 동안 이야기를 나누고 거듭 상의한 끝에 끄르슈나는 휴식을 취하기 위해 자기 막사로 돌아갔다. 해가 지자 위라타를 위시한 모든 왕을 보내고 황혼의 의식을 행한 다섯 빤다와 형제의 마음은 자연스레 끄르슈나에게 흘러갔다. 그래서 그들은 다시 끄르슈나가 오기를 청해 그와 상의했다.

유디슈티라가 말했다.

'연꽃 눈의 끄르슈나여, 하스띠나뿌라에 가서 드르따라슈트라의 아들에게 회당에서 어떤 말을 들려주셨나요?'

와아수데와가 말했다.

'나는 하스띠나뿌라에 가서 드르따라슈트라의 아들에게 이치에

맞고, 바르고 이로운 말을 했으나 마음 어둔 그가 받아들이지 않았습니다.'

유디슈티라가 말했다.

'끄르슈나여, 저 분심 많은 두료다나가 길에서 벗어났을 때 꾸루의 어른이신 비슈마 할아버지께서는 무슨 말씀을 하시던가요? 팔심 넘치는 스승, 바라드와자의 아들 드로나는 뭐라 말씀하시던가요? 우리들 아버지의 아우, 다르마를 지탱하는 이들 중에 가장 빼어난 이, 집사 위두라는 또 뭐라 했나요? 아들을 향한 서글픔에 시달렸을 저분들은 두료다나에게 무슨 말씀을 하시던가요? 회당에 앉아 있던 모든 왕은 무슨 말을 하던가요? 자나르다나여, 당신이 들은 대로, 사실대로 말해주십시오. 욕망과 탐욕에 휘둘리는 이, 어리석으면서도 스스로 지혜롭다고 여기는 두료다나에게 꾸루의 두 수장이 하셨던 말씀은 당신이 들려주셨습니다. 께샤와여, 유쾌하지 않은 일은 내 마음 속에 남아있지 않습니다. 위용 넘치는 끄르슈나여, 그들의 말을 다시 듣고 싶습니다. 친애하는 이여, 시간이 우리를 덮치지 않게 일을 해주십시오. 끄르슈나여, 당신은 우리의 목적이요, 당신은 우리의 보호자이며 우리의 스승입니다.'

와아수데와가 말했다.

'왕이시여, 수요다나 왕이 했던 말을 들어보십시오. 인드라 같은 왕이시여, 꾸루들 회당 한가운데서 그가 들었던 말을 들으십시오. 내가 말을 했을 때 드르따라슈트라의 아들은 웃었습니다. 그래서 성난 비슈마가 이런 말을 했지요.

'두료다나여, 가문을 위해 하는 내 말을 들거라. 범 같은 왕이여,

이 말을 들은 뒤에는 자기 가족에게 이로운 일을 하거라. 아가, 내 아버지 샨따누 왕은 세상에 명성이 자자했다. 나는 아들 가진 이들 중에 가장 빼어난 그분의 유일한 아들이었다. 둘째 아들을 가지면 어떨까 하는 생각이 그에게 일어났다. 마음 성성한 이들이 외아들은 아들이 없는 것이나 같다고 말했기 때문이다. 가문의 대가 끊긴다면 어찌 명예가 늘 것인가 하고 생각하는 그의 열망을 알았기에 나는 내 어머니가 될 여인 깔리 사띠야와띠를 모셔왔다. 너도 잘 알듯이 나는 아버지와 가문을 위해 참으로 하기 어려운 맹세를 했다. 왕이 되지 않고 금욕하는 자가 되겠다는 것이었지. 그 맹세를 굳게 지키며 나는 지금까지 살아왔다. 그녀에게서 꾸루의 가문을 일으킬 팔심 좋고 명예로운 고결한 왕 위찌뜨라위르야가 내 아우로 태어났지. 아버지가 하늘 세계로 떠나자 나는 내 왕국에 위찌뜨라위르야를 왕위에 세우고, 스스로 그의 아래에 있는 왕의 시종이 되었다. 인드라 같은 왕이여, 나는 왕들의 무리를 모두 물리치고 그에게 걸맞는 아내들을 데려왔지. 너는 이 이야기를 수없이 들었으리라. 후에 나는 빠라슈라마와 일대일 결투를 벌였다. 라마를 두려워하던 사람들은 그를 쫓아냈지. 아내들에게 너무나 탐착했던 위찌뜨라위르야에게 폐병이 덮쳤고, 왕국에 왕이 사라지자 신들의 왕은 비를 주지 않았다. 배고픔과 두려움에 백성들은 내게로 달려와서 말했다.

"백성들이 모두 시들어가고 있습니다. 당신이 왕이 되어 우리를 살려주십시오. 가문을 번성시킬 샨따누의 아들이여, 당신의 백성이 모두 무서운 질병에 시달리고 있습니다. 어여삐 여기시어 그 괴로움을 몰아내 주소서. 강가의 아들이여, 살아남은 자가 몇 되지 않습니다. 그들을 보호하심이 마땅할 것입니다. 영웅이시여, 질병을 몰아내고 다르마에 따라 당신이 직접 백성을 보살피소서. 당신이 살아 있는데 왕국이 멸망에 이르게 하지 마소서."

비슈마가 말을 이었다.

'백성들이 모두 그렇게 울부짖었으나 내 마음은 흔들리지 않았지. 선자들의 거동을 기억하며 나는 내 서약에 굳건했다. 대왕이여, 그러자 백성들과 빛나는 내 어머니 깔리, 하인들, 왕사들, 스승, 들은 것 많은 브라만들은 몹시 역정을 내며 내게 영원히 왕 노릇을 하라고 했다. "쁘라띠빠가 지켰던 왕국이 당신에 이르러 망할 것 같소. 마음 크신 이여, 우리를 위해 당신이 왕이 되어 주시오." 이렇게 말하며 그들은 두 손을 모았다. 몹시 괴롭고 힘들었던 나는 그들에게 내가 아버지에게 했던 무거운 약속을, 가문을 위해 금욕하여 왕이 되지 않겠다고 했었던 맹세를 거듭 들려줬지. 그런 뒤 나는 두 손을 모으고 어머니의 마음을 풀어주려고 했다. 내가 비록 샨따누의 아들로 태어나 꾸루 왕가의 짐을 지고 있지만 내 맹세를 헛되이 만들 수는 없노라고 거듭거듭 말했었지. 그러니 특별히 어머니를 위해 그 짐을 벗으라고 하지 말아야 한다고, 나는 어머니를 위해 하인 혹은 종이 될 것이라고 말하며 어머니와 사람들을 설득했다. 그래서 대수행자 위야사를 아우의 아내들에게 청해 모셨다. 왕이여, 나는 어머니와 함께 후손을 보기 위해 그 선인을 청했고 그를 흡족하게 했다. 훌륭한 바라따여, 그래서 선인은 은총을 베풀어 세 아들을 낳게 해주었느니. 네 아비는 시력이 부족한 장님이었던 까닭에 왕이 되지 못했고, 세상에 명성 자자했던 고결한 빤두가 왕이 되었지. 그가 왕이 되었고 아들들이 제 아비의 후계자가 되었다.

　아들아, 그들과 싸우지 말아라. 그들에게 절반의 왕국을 주어라. 내가 살아 있는데 누가 왕국을 다스리겠느냐? 내 말을 거스르지 말거라. 나는 화평을 바라느니. 왕이여, 나는 너와 그들 사이에 아무런 차별이 없다. 아들아, 이것은 네 아비와 간다리, 그리고 위두라의 뜻이기도 하니라. 어른의 말씀을 들어야 하는 것이라면 내 말을 의심 말고 따라야 하느니. 그래야 모두를 파멸시키지 않으리라. 너와 세상을 패망에 이르게 하지 않으리라.'

146

　와아수데와가 말했다.

　'비슈마의 말이 끝나자 왕들이 모인 가운데 능변의 드로나가 두료다나에게 말했지요.

　"친애하는 이여, 쁘라띠빠의 아들 샨따누는 가문의 번성을 위해 일어선 분이오. 마찬가지로 데와우라따 비슈마도 가문을 위해 여기 계시오. 인간들의 주인 빤두, 자기 말을 지키고 감각을 절제했던 이가 꾸루 왕가의 고결한 왕이 되었고 서약에 충실했으며 충직했소. 꾸루 왕가를 번성시킨 그는 그 후 사려 깊은 맏형 드르따라슈트라에게 왕국을 주었고, 아우인 위두라에게도 주었소. 무구한 이여, 사자의 자리인 왕좌에 단단히 왕을 앉힌 꾸루의 후손은 두 아내와 함께 숲으로 갔지요.

그러나 겸손한 위두라는 자신을 낮추고 왕을 섬겼소. 범 같은 사내 위두라는 시종처럼 부채질을 해주며 그를 받들었소. 친애하는 이여, 그래서 모든 백성은 빤두를 왕으로 받들었듯 드르따라슈트라를 정당한 왕으로 받아들였소. 왕국을 드르따라슈트라와 위두라에게 넘겨준 빤두, 적의 모든 도시를 제압했던 그는 세상을 두루 떠돌았소. 진실을 말하는 위두라는 보물을 모으고, 베풀고, 시종들을 돌보며 모두를 먹여 살리는 일을 했소. 빛이 넘치는 이여, 적의 도시를 정복했던 비슈마는 화친과 전쟁에 관련된 일, 왕의 사사로운 일을 돌보는 일을 했소. 힘이 넘치는 드르따라슈트라 왕은 사자좌에 앉아 한결같은 위두라의 시중을 받았다오. 그런 가문에 태어났으면서 이제 그대는 가문의 분란을 결심하시는 게요? 왕이여, 형제들과 함께 풍요를 나누고 영화를 누리시오. 나는 어쩔 수 없기에 이러는 것도 재물을 얻기 위해 이러는 것도 결코 아니오.

빼어난 왕이여, 나는 그대가 아니라 비슈마가 내린 음식을 먹고 산다오. 인간들의 주인이여, 나는 삶의 방편을 그대에게서 구하는 것이 아니오. 비슈마 있는 곳에 드로나가 있소. 나는 비슈마가 하는 말을 따른다오. 적을 괴롭히는 이여, 절반의 왕국을 빤두의 아들들에게 주시오. 친애하는 이여, 나는 항상 그들에게도 그대에게도 같은 스승이라오. 흰말 탄 아르주나는 내게 아쉬와타만과 같소. 더 말해 무엇하겠소, 다르마 있는 곳에 승리가 있을 것을."

끄르슈나가 말을 이었다.

'대왕이시여, 빛을 가늠할 수 없는 드로나가 이렇게 말한 뒤 진실을 말하는 위두라가 목소리를 높였지요. 다르마를 능히 아는 그는 아버지를 향해 돌아서며 그와 마주 보았답니다.

"데와우라따시여, 소인의 말을 들어보소서. 쓰러졌던 꾸루의 왕가를 당신이 일으켜 세우셨습니다. 이런 소인의 말에 당신은 이제 마음 쓰지 않습니다. 가문을 망친 두료다나가 이 가문에서 누구입니까? 누구기에 당신께서 저 탐욕에 휘둘리고 천박하며 은혜를 모르는 그에게, 마음이 탐욕에 찌들은 그에게 마음을 쓰시나요? 다르마와 아르타를 보는 아버지의 조언을 거스르는 그에게 말입니다. 두료다나 때문에 꾸루들이 망할 것입니다. 대왕이시여, 꾸루가 패망하지 않을 일을 해주십시오. 빛이 넘치는 이여, 그림 그리는 이가 그림을 그리듯 예전에 당신은 소인과 드르따라슈트라를 그리셨으니 이제 와서 우리를 패망케 마십시오. 팔심 좋은 이여, 만물을 만들어놓고 파괴하는 조물주처럼 가문의 패망을 보면서도 외면하지 마십시오. 혹, 파멸이 다가왔음에도 생각이 거기에 미치지 못하는 것이라면 소인과 드르따라슈트라와 함께 숲으로 가시지요. 아니면 마음을 너무나 나쁘게 쓰는 드르따라슈트라의 아들, 지혜에서 멀어진 그를 잡아두고 이 왕국을 빤다와들이 지켜 잘 나아가게 하십시오. 범 같은 왕이시여, 은혜를 베푸소서. 우리는 빤다와들과 꾸루들과 저 가늠할 수 없는 빛을 지닌 왕들의 크나큰 파멸을 마주하고 있습니다."

이어지는 끄르슈나의 이야기는 이러하다.

말을 마친 위두라는 기운 없이 침묵했다. 생각에 빠져든 그는 한숨을 쉬고 또 쉬었다.

그때 다르마와 아르타를 아는 간다리,
가문의 멸망을 두려워하는 그녀가
왕들이 보는 앞에서 아들 두료다나,
마음 악하고 잔혹한 그에게 화를 내며 말했다.

'여기 이 왕의 회당에 들어온 왕들,
브라만 선인들과 회당에 계신 다른 여러 분들은
잘 들으시오. 두료다나여, 나는 그들 앞에서 너와
네 책사들의 잘못을 말하리라!

꾸루의 왕국은 순서에 따라 즐겨야 하느니.
그것이 전해내려온 가문의 다르마이다.
너, 마음 나쁘고 잔혹한 짓 일삼는 이가
해로운 책략으로 꾸루의 왕국을 망치는 것이다.

지혜로운 드르따라슈트라가 왕국에 섰을 때
그의 아우 위두라, 멀리 보는 이가 그의 곁에 섰다.
그들을 거스르며 너는 어찌, 두료다나여,
지금 어리석음으로 왕권을 탐하는가?

왕과 위두라, 용맹스럽고 용맹스러운 둘은
비슈마가 살아 있는 한 그에게 의지하건만,
저 왕의 아들 비슈마는 고결하고 다르마를 알기에
왕국을 조금도 탐하지 않는다.

누구도 넘보지 못한 이 왕국은 빤두의 것이었고,
이제는 그 아들들의 것이며, 다른 이의 것이 아니다.
온 왕국은 빤다와들의 것이며 대대로
그의 아들, 아들의 아들로 내려간다.

우리가 우리의 다르마를 지켜야 한다면
고결한 꾸루의 수장,
진실을 말하는 지혜로운 비슈마가 이르는 것을
사라지지 않는 다르마로 받아들여야 하느니!

저 크나큰 맹세를 지키는 이의 허락으로,
또한 왕과 위두라가 말하는 대로 왕이
오래도록 다르마를 앞세우고
여기 있는 동지들이 하라는 대로 하게 하라.

이 왕국은 꾸루들에 의해 전해져 왔다.
다르마의 아들 유디슈티라가 다스리게 하라.

그는 드르따라슈트라 왕 스스로의 권유로,
샨따누의 아들을 앞세워 왕위에 올랐느니.'

147

와아수데와가 말했다.

'백성들의 주인 유디슈티라여, 간다리가 이렇게 말한 뒤 백성들의
군주 드르따라슈트라는 왕들 한가운데서 두료다나에게 말했답니다.

"두료다나 내 아들아, 내가 하는 말을 잘 듣고 그대로 하거라. 아
비를 조금이라도 존중한다면 말이다. 옛날 소마 쁘라자빠띠께서 꾸루
의 왕가를 일으켜 세우셨다. 소마로부터 여섯 번째가 나후샤의 아들
야야띠란다. 그 외 다섯 아들들은 매우 훌륭한 선인왕들이었다. 그중
맏이는 위용적이고 빛이 넘치는 야두였지. 막내는 우르샤빠르완의 딸
샤르메슈타에게서 태어나 우리 왕가를 번성시킨 뿌루였다. 빼어난 최
상의 바라따여, 야두는 데와야니의 아들이었다. 아들아, 그녀는 가늠
키 어려운 빛을 지닌 슈끄라 까위야의 딸이었느니라. 힘과 기력을 갖
춘 야두는 야다와 가문을 만들었으나 자만심이 꽉 차있는데다 생각
이 너무나 더디어 크샤뜨리야들을 업신여겼다. 힘과 자만심의 혼란
에 빠진 그는 아버지의 가르침을 듣지 않았지. 무적이었던 그는 아버
지와 형제들마저 업신여겼다. 이 땅의 네 귀퉁이까지 야두의 힘이 미
치지 않는 곳이 없었다.

왕들을 휘하에 넣은 그는 코끼리의 도시에서 살았다. 성난 아버지 야야띠는 아들에게 저주를 내렸고 왕국에서 그를 쫓아내버렸지. 성난 아버지 야야띠는 힘과 오만함에 빠진 그를 따르던 형제들까지 저주했다. 막내 아들 뿌루는 스스로를 다스릴 줄 알았기에 훌륭한 왕은 그가 왕국을 다스리게 했다. 이처럼 아무리 맏이라고 해도 그럴만한 자질이 없으면 왕국은 자기 것임을 주장할 수 없는 것이다. 또한 아무리 어리더라도 윗사람들의 도움으로 왕국을 다스리기도 한다. 마찬가지로, 모든 다르마를 아는 나의 아버지의 할아버지이신 쁘라띠빠는 삼계에 명성 자자한 왕이었다. 다르마에 따라 왕국을 다스린 그 사자 같은 왕에게는 신과 같고 명성 자자한 세 명의 아들이 태어났지. 데와쁘가 맏이였고 바흘리까가 다음이었다. 셋째는 샨따누, 당당한 내 할아버지셨다. 데와쁘는 올곧고 진실을 말하며 아버지의 말을 기꺼이 따르고 빛이 넘치는 훌륭한 왕자였으나 피부병이 있었지. 그는 백성들과 참된 일을 하는 선인들에게 존경 받았고, 남녀노소 가릴 것 없이 모두 진심으로 그를 사랑했다. 현명했고 약속을 잘 지켰으며 만인의 이로움을 위해 기꺼이 일했지. 아버지와 브라만들의 가르침을 따랐다. 그는 아우인 바흘리까와 고귀한 샨따누에게 소중했고, 고결한 이들이 함께 사는 동안 그들의 우애는 더할 나위 없이 깊었다.

시간이 흘러 훌륭한 쁘라띠빠 왕은 나이가 들었고 전해져 오는 가르침에 따라 아들에게 왕위를 물려주기 위해 물품들을 준비했지. 위용 넘치는 이는 모든 상서로운 의례를 행하게 했다. 하지만 브라만들과 어른들, 백성들이 모두 함께 데와쁘에게 성수가 뿌려지는 것을 반대했다. 대관식이 반대에 부딪쳤다는 말을 들은 왕은 아들에 대한 걱정으로 슬픔에 목이 잠겼다. 이렇게 해서 자애롭고 다르마를 알며 약속을 잘 지켰던 그는 백성들을 사랑했음에도 피부병이라는 결함으로 시달렸던 것이다. 육신이 온전하지 않은 이를 왕으로 삼으면 신들이 좋아하지 않는다고 여긴 황소 같은 브라만들이 저 빼어난 왕을 멈춰 세웠던 것이다. 그리하여 아들에 대해 서러워하고 마음 아파하던 쁘라띠빠는 죽었고, 그가 죽은 것은 본 데와삐 또한 숲으로 떠났다. 바흘리까는 왕국을 버리고 외삼촌의 집에서 살았지. 아버지와 형제들을 버린 그는 풍요로운 도시를 얻었다. 바흘리까가 떠나자 세상에 명성 자자한 샨따누는 아버지의 죽음으로 인해 왕이 되어 왕국을 다스렸다.

바라따의 후손이여, 이와 마찬가지로 나는 맏이였으나 신체에 결함이 있으니 왕국에서 밀려났다. 빤두는 생각이 깊었고 그리하여 더 어렸으나 왕국을 얻었다. 적을 다스리는 이여, 빤두가 죽었으니 이제 이 왕국은 유티슈티라의 것이다. 내가 왕국을 물려받을 운이 없었는데 어찌 네가 왕국을 원하느냐? 고결한 왕의 아들 유디슈티라, 이 왕국은 정당하게 그의 것이다. 그는 까우라와 사람들의 주인이다. 위용 넘치는 그가 다스리리라. 약속을 지키고 한결같이 깨어 있는 이, 샤스뜨라에 굳건하고 친지들에게 잘 대하며 백성들을 사랑하고 벗들에게 너그러운 이, 감각을 다스리는 그가 선자들의 주인이다. 용서하고 인내하며 절제하고 올곧은 이, 약속에 굳건하고 부지런히 듣는 이, 자애롭고 권위를 갖춘 유디슈티라에게 왕의 모든 자질이 있으니. 왕의 아들이 아니요, 거동이 귀하지 못하여 탐욕스럽고 친지들에게 마음 나쁘게 쓰는 이, 길들지 않은 네가 어찌 다른 이에게 정당하게 물려진 이 왕국을 붙들려느냐? 혼돈을 버리고 그들에게 절반의 왕국을 주어라. 탈것들도 시중들도 함께. 인드라 같은 왕이여, 그리하면 너와 아우들은 남은 생을 살아갈 수 있으리라."'

148

와아수데와가 말했다.

'비슈마, 드로나, 위두라, 간다리, 드르따라슈트라가 말했으나 생각 더딘 그는 알아듣지 못했습니다. 고개를 내저은 그는 분노로 눈이 충혈 되어 성내며 일어섰답니다. 목숨 버릴 각오가 돼있던 왕들이 그의 뒤를 황망히 쫓아갔지요. 생각 어둔 왕과 군주들에게 그는 "꾸룩쉐뜨라로 행군하시오. 오늘이 뿌샤 별의 날이오"라고 거듭 명령하더이다. 그리하여 시간의 부름을 받은 세상의 왕들은 흔쾌히 자기들의 병력을 이끌고 비슈마를 군사대장으로 삼아 행군할 것입니다. 열한 개 사단의 왕들이 모여들었고, 딸라나무를 깃대로 삼은 비슈마가 선봉에서 빛날 것입니다. 백성들의 주인이시여, 그러니 적절하고 바른 태세를 취하셔야 합니다. 바라따의 후예시여, 이 모든 것은 비슈마, 드로나, 위두라, 간다리, 드르따라슈트라가 내 앞에서 말했고 꾸루의 모임에서 벌어졌던 일입니다.

왕이시여, 나는 우애를 바랐기에, 꾸루 왕가가 분열되지 않고 백성들이 풍요롭기를 바랐기에 화해를 제안했습니다. 화해의 청이 받아들

여지지 않았고 다시 분열되기에 나는 신적이고 인간적인 당신의 모든 행적을 읊었지요. 수요다나가 내 화해의 청을 받아들이지 않아서 나는 모든 왕에게 분열을 조장하려고 했습니다. 바라따의 후예시여, 나는 놀랍고, 무섭고, 거친, 초인적인 열 가지 행적을 보여주며 왕들을 겁주고 두료다나를 한갓 풀처럼 만들었으며 라다의 아들과 수발라의 아들을 거듭 위협했지요. 다르따라슈트라들의 비천함을 탓하고 또 탓했으며, 모든 왕을 말로, 조언으로 수도 없이 찢어놓으려 했지요. 꾸루 왕가의 분열을 막기 위해, 내 임무를 다하기 위해, 나는 다시 한 번 화해와 관련된 모든 말로 회당을 들썩였습니다.

"저 어린 빤다와들은 자긍심을 버리고 드르따라슈트라와 비슈마와 위두라를 따를 것이오. 그들이 당신에게 왕국을 바치게 하고 더 이상 주인이 아니게 하시오. 왕과 강가의 아들과 위두라가 말씀하신 대로 되게 하시오. 모든 왕국이 그리되게 하고 다섯 마을만 내주시오. 훌륭한 왕이여, 당신의 아버지는 분명 그들을 부양할 수 있을 것이오"라고요.

내가 그렇게 말했음에도 마음 나쁜 그는 자신의 감정을 놓아버리지 못했습니다. 저 악인들에게는 네 번째 수단, 채찍만이 남아있음을 보았습니다. 왕들은 파멸을 위해 꾸룩쉐뜨라를 향해 가고 있습니다. 꾸루의 모임에서 있었던 일들을 모두 말했습니다. 빤두의 아들이여, 저들은 전쟁 없이는 당신에게 왕국을 주지 않을 것입니다. 모두가 파멸로 향해 가고 있습니다. 이제 모두들 죽음을 마주하고 있습니다.'

출정

149

와이샴빠야나가 말했다.

"고결한 다르마의 왕 유디슈티라는 자나르다나의 말을 듣고 그가 보는 앞에서 아우들에게 말했지요.

'꾸루들이 모인 회당에서 있었던 일들은 너희도 들었다. 끄르슈나의 말 또한 이해했으리라. 훌륭한 사내들이여, 그러니 이제 나의 군대를 집결시켜라. 일곱 개의 사단이 승리를 위해 모였구나. 그들을 이끌 일곱 명의 이름 높은 수장들이 내게 있구나. 들어보아라. 드루빠다, 위라타, 드르슈타듐나, 쉬칸딘, 사띠야끼, 쩨기따나, 영웅 비마세나이다. 이들 군사대장들은 모두 목숨을 버릴 수 있는 영웅들이다. 모두들 베다를 알고, 모두들 서약에 철저한 용사들이다. 겸양을 알고, 정책을 펼 줄 알며, 모두가 싸움에 능한 이들이다. 화살과 날탄에 능하고, 모든 무기에 달통한 이들이다. 이제 이 일곱 사단을 능히 이끌 대장이 필요하다. 전장에서 불길 뿜는 화살의 불길인 비슈마를 견딜 수 있는 이가 누구일지, 꾸루의 기쁨 사하데와여, 네가 말해보아라. 범 같은 사내여, 누가 우리의 군사대장으로 적당하겠느냐?'

그래서 사하데와가 말했지요.

'우리와 고통을 함께했던 땅의 주인, 다르마를 아는 영웅, 우리 몫을 누리기 위해 우리가 의지했던, 힘 좋고 무기를 알아 전쟁에서 무적인 맛쓰야의 위라타 왕은 전장에서 비슈마와 대전사들보다 오래 살 것입니다.'"

이어지는 와이샴빠야나의 이야기는 이러하다.

사하데와가 이렇게 말하자 능변의 나꿀라가 지체 없이 나서서 말했다.

'나이, 배움, 용기, 혈통으로 보아 가문 좋고 염치를 아는 이, 모든 무기에 달통한 영예로운 이, 바라드와자†에게서 무기 다루는 법을 배워 무적인 이, 자기 말에 진실하고, 언제나 드로나, 기력 넘치는 비슈마와 대적하고 싶어 하는 이, 왕들이 모여 칭송할 만한 이, 선봉에 선 군사들의 주인, 백 개의 가지를 드리운 나무처럼 아들과 손자들에게 에워싸여 있는 왕, 드로나를 파멸시키기 위한 분노로 아내와 함께 무서운 고행을 했던 이, 전투에서 빛나는 영웅, 우리를 품어주는 아버지 같고 황소 같은 왕, 우리들의 장인이신 드루빠다가 선봉장이 되게 하십시오. 그분이라면 드로나, 비슈마가 앞에 있어도 당당히 맞을 수 있

바라드와자_ 드로나의 아버지.

으리라는 것이 제 생각입니다. 바라드와자의 아들 드로나의 벗인 이 왕은 천상의 날탄을 알고 있기 때문입니다.'

마드리의 두 아들이 자신들의 의견을 말한 뒤 꾸루의 기쁨이요 인드라와 같은 인드라의 아들, 왼손잡이 아르주나가 말했다.

'고행의 힘으로 성자들에게 기쁨을 주며 태어난 천상의 사내, 불 같은 피부, 넘치는 힘, 활과 갑옷을 입고 칼로 무장한 채 천상의 말에 매어진 전차에 타고 불의 제단에서 나온 이, 거대한 구름처럼 포효하며 전차의 포효와 함께 나온 영웅, 사자의 몸 같고, 사자의 걸음에, 사자의 용기를 지닌 이, 사자의 가슴을 가진 팔심 좋은 이, 사자 같은 힘을 가진 기력 넘치는 이, 사자처럼 포효하는 영웅, 사자의 어깨를 한 빛이 넘치는 이, 멋진 눈썹, 좋은 이빨, 튼튼난 턱, 부리부리 큰 눈, 단단히 서 있는 튼튼한 발, 이마 터진 코끼리처럼 어떤 무기에도 상하지 않으며 드로나를 파멸시키기 위해 태어난 이, 진실을 말하고 감각을 다스릴 줄 아는 드르슈타듐나가 비슈마의 화살에 대적할 수 있으리라 여겨집니다. 천둥벼락 같고, 불길 내뿜는 뱀의 주둥이 같은 화살들, 저승사자 같은 속도로 불처럼 떨어져 내리는 화살들, 언젠가 빠라슈라마가 마주했던, 번개가 내리친 듯 무서운 저 화살들에 맞설 사람은 맹세 굳은 드르슈타듐나 말고는 보지 못했습니다. 왕이시여, 이것이 제가 가진 생각입니다. 손이 날래고 솜씨 현란한, 부숴지지 않는 갑옷, 무리를 이끄는 코끼리처럼 영예로운 전사가 제 군사대장이 되어야 한다고 생각합니다.'

비마가 말했다.

'인드라 같은 왕이시여, 신다들과 모여든 르쉬들이 말한 대로 드루빠다의 아들 쉬칸딘은 비슈마를 죽이기 위해 태어났습니다. 전장의 한가운데서 천상의 날탄을 쓰는 고결한 그가 사람들에게는 빠라슈라마의 모습으로 보일 것입니다. 전장에서 쉬칸딘을 깨뜨리는 사람을 저는 보지 못했습니다. 왕이시여, 칼로 무장한 그가 전장에 나타나면 어느 누구도 깨뜨릴 수 없습니다. 왕이시여, 크나큰 서약을 한 비슈마를 전차 결투에서 마주할 사람은 영웅 쉬칸딘 말고는 없습니다. 그가 군사대장에 맞다고 저는 생각합니다.'

유디슈티라가 말했다.

'아우들이여, 고결한 께샤와는 알맹이가 있고 없는 세상의 모든 것을, 과거와 미래에 관한 모든 것을 아는 이다. 무기를 알건 알지 못하건, 나이가 들었건 젊었건 사람들이 끄르슈나 다샤르하라고 부르는 그가 우리 병력의 주인이 되어야 한다. 아우들이여, 우리가 승리할 때도 그 반대일 때도 그는 우리의 뿌리이다. 우리의 목숨도, 왕국도, 삶과 죽음도, 행복과 불행도 모두 그가 뿌리이다. 조물주이자 창조주인 그에게 우리의 성패가 달려있구나. 끄르슈나 다샤르하라고 사람들이 부르는 그가 우리의 군사대장으로 적합한 듯하구나. 능변중의 능변인 사람들이 말하게 하자. 밤이 지나가고 있다고. 남은 밤이 지나면 전장으로 행군하자. 우리의 무기에 향을 바르고 의례를 행하게 하자.'

이어지는 와이샴빠야나의 이야기는 이러하다.

사려 깊은 다르마 왕의 말을 듣고 연꽃 눈의 끄르슈나가 아르주나를 흘끗 보며 말했다.

'대왕이시여, 당신들이 들먹인 용사들 중 누구라도 당신 군대를 이끌만한 대장이요, 전사입니다. 모두들 당신의 적을 짓뭉갤 능력이 있습니다. 이들은 전장에서 인드라에게도 두려움을 일으킬 것입니다. 저 탐욕스럽고 생각 고약한 드르따라슈트라의 아들들은 일러 무엇하리까? 팔심 좋은 이여, 적을 다스리는 바라따의 왕이시여, 평화가 와야 한다는 생각으로 나도 당신을 위해 엄청난 노력을 기울였습니다. 우리는 다르마의 빚을 갚았습니다. 말 많은 사람들이 우리를 탓하게 해서는 안 됩니다. 자신을 들여다보지 못하는 어리석은 드르따라슈트라의 아들들은 자기가 해야 할 일을 했다고 생각합니다. 그는 병들어 있으나 자기가 강하다고 여깁니다. 군대를 잘 정비하십시오. 저들은 죽어 마땅한 자들입니다. 드르따라슈트라들은 다난자야를 보면 서 있을 수조차 없을 것입니다.

성난 비마, 두 야마 같은 쌍둥이, 유유다나가 받쳐주는 드르슈타듐나, 아비만유, 드라우빠디의 아들들, 위라타와 드루빠다, 그리고 사단의 병력을 이끄는 인드라처럼 당당하고 용맹스러운 다른 용사들, 감히 다가설 수조차 없는 우리의 무적의 군대는 전장에서 드르따라슈트라의 군대를 짓밟을 것입니다. 틀림없습니다.'

끄르슈나가 이렇게 말하자 빼어난 왕들이 기뻐했다. 그들의 기쁜 마음에서 함성이 쏟아져 나왔다. '뭉치자!'

병사들이 재빠르게 뛰어갔고 말과 코끼리와 바퀴소리가 사방에서 울렸으며 소라고둥과 북소리가 여기저기서 혼잡하게 뒤엉켰다. 사방에 병사를 거느린 빤다와들이 행군하려고 할 때의 군대의 모습은 감히 다가설 수조차 없는, 넘실거리는 강가 강처럼 보였다. 선봉에는 비마세나가 있었고, 갑옷 입은 마드리의 두 아들, 수바드라의 아들 아비만유, 드라우빠디의 아들들, 드루빠다의 아들 드르슈타듐나, 쁘라바드라까들, 빤짤라들이 비마세나의 뒤를 따랐다. 보름달에 바다가 소리치는 듯한 함성이 일었다. 그들이 환호하는 함성은 하늘을 찌를 듯했다. 갑옷으로 무장하고 환호하는 병사들, 적군을 짓뭉갤 태세를 갖춘 이들, 그리고 그들 한가운데에 꾼띠의 아들 유디슈티라가 행군했다. 왕은 짐을 실은 수레들, 군수품 수레들, 막사를 지을 천막들, 군자물품을 조달할 수레들, 보물 상자들, 전쟁에 필요한 여타의 것들, 의원과 치료사들, 그리고 쇠약하고 힘없는 모든 병사, 군대를 따르며 시중드는 이들 모두를 모아 행군했다.

진실을 말하는 빤짤라의 공주 드라우빠디는 여인들과 시종들, 시녀들에 에워싸여 우빨라위야에 남았다. 빤두의 아들은 움직이고 아니 움직이는 모든 기본적인 군자물품들을 깊숙한 곳에 배치시켰다. 모여든 브라만들에게 소와 황금을 나누어준 왕은 황금 장식된 전차를 타고 찬가를 들으며 행군을 시작했다.

께까야, 드르슈타께뚜, 까쉬 왕의 아들, 쉬레니만, 와수다나, 무적의 쉬칸딘이 잘 꾸민 갑옷을 입고 무장한 채 기뻐하고 흡족해 하며 유디슈티라 왕을 에워싸고 행군했다.

후방에는 위라따, 야즈나세나, 소마까, 수다르마, 꾼띠보자, 드르슈타듐나의 아들들, 사만 대의 전차, 그보다 다섯 배가 많은 말들, 열 배가 많은 보병들, 육만 명의 기병들이 배치되었다. 아나드르슈티, 쩨끼따나, 쩨디의 왕, 사띠야끼가 모두 와아수데와와 아르주나를 에워싸고 행군했다.

꾸룩쉐뜨라에 이르러 군대의 진을 친 빤다와들은 울부짖는 황소들 같았다. 꾸룩쉐뜨라 깊숙이 들어간 적을 다스리는 이들은 소라고동을 불었고, 와아수데와와 다난자야도 각자의 고동을 불었다. 번개가 치는 듯한 빤짜잔야의 고동소리를 들은 전군이 사방에서 환호했다. 고동소리, 북소리와 뒤엉킨 성마른 이들의 사자 같은 포효가 하늘과 땅과 바다를 메우고 메아리쳤다. 유디슈티라 왕은 병사들에게 땔감과 풀이 풍부한 평평하고 상쾌한 곳에다 진을 치게 했다. 화장터와 영령들이 모이는 곳, 대선인들이 있는 아쉬람, 성지는 피하게 했다. 땅의 주인 유디슈티라, 꾼띠의 아들은 안락하고 상서로우며 풍족한 곳에 진을 치게 했다.

짐승들이 충분히 휴식을 취하자 그는 다시 병사들을 다독였고 수백수천의 왕들에 에워싸여 행군해갔다. 아르주나와 께샤와는 사방을 철저히 순찰하며 드라따라슈트라의 복병들 수백을 도망치게 했다. 드루빠다의 아들 드르슈타듐나와 위용넘치는 전차 싸움꾼 사띠야끼 유유다나는 진을 칠 장소를 쟀다. 그는 쉬이 건널 수 있고, 자갈과 진흙이 없으며, 맑은 물이 있는 성스런 꾸룩쉐뜨라의 히란와띠강에 이르는 길까지 쟀다. 거기에 께샤와는 해자를 만들게 하고 방어를 위해 보초를 세웠다. 께샤와는 또 고결한 빤다와들이 지은 것과 같은 방식으로 다른 왕들에게도 진을 치게 했다. 물과 땔감이 풍족하고, 적이 쉬이 접근할 수 없는 곳, 먹을 것과 마실 것이 풍족한 곳에 수백수천 개의 막사를 짓게 했다. 땅에 내려온 천상의 집인 듯한 왕들의 진귀한 막사들이 차근차근 배치되었다. 급여를 받는 수백의 솜씨 좋은 장인들이 있었고, 모든 장비를 갖춘 능숙한 의원들이 있었다.

유디슈티라 왕은 전 막사에 화살, 화살 줄, 방패, 칼과 더불어 꿀, 기이, 산더미 같은 수액과 이런저런 파편들, 풍족한 물, 풀, 지푸라기와 땔감, 쇠로 만든 화살, 노포, 철퇴, 창, 도끼, 활을 나누어 주었다. 갑옷 등이 병사들의 가슴을 장식하고 있었다. 철갑을 두른 수백수천 마리의 전투 능력이 있는 산만한 코끼리들이 청동 줄에 매여 있었다.

빤다와들이 진을 쳤다는 것을 안 동지들이 병사들과 탈것들을 이끌고 막사로 모여들었다. 소마를 마시고 닥쉬나에 후한 이 땅의 군주들, 금욕수행을 하는 이들이 빤두 아들들의 승리를 위해 모여든 것이다.

150

자나메자야가 물었다.

"와이샴빠야나 브라만이시여, 유디슈티라가 병사들을 이끌고 싸우기 위해 와아수데와의 비호를 받으며 꾸룩쉐뜨라에 진을 쳤음을, 마헨드라가 아디띠야들에게 에워싸이듯, 위라타, 드루빠다와 그의 아들들, 께까야, 우루슈니들을 비롯한 수백의 대전사 왕들에 에워싸여 행군하고 있음을 들은 두료다나 왕의 반응은 어떠했습니까? 고행이 자산인 분이시여, 듣고 싶습니다. 상세히 들려주소서. 꾸루의 밀림, 저 혼란스런 전장에서 어떤 일들이 있었던가요? 빤다와, 와아수데와, 위라타, 드루빠다, 빤짤라의 왕자 드르슈타듐나, 대전사 쉬칸딘, 신

606

들도 넘보지 못하는 용맹스런 유유다나가 함께 모이면 신들의 군대도 떨 것입니다. 고행을 자산으로 삼은 분이시여, 꾸루들과 빤다와들의 행적을 듣고 싶습니다. 상세히 말씀해주소서."

와이샴빠야나가 말했다

"끄르슈나가 떠나자 두료다나 왕은 까르나, 두샤사나, 샤꾸니에게 이렇게 말했답니다.

'일을 제대로 끝내지 못한 끄르슈나가 빤다와들에게 갔소. 그는 성난 상태로 그들에게 말할 것이 분명하오. 와아수데와의 속뜻은 빤다와들과 우리가 분쟁을 일으키는 것이기 때문이오. 비마세나와 아르주나도 그의 뜻에 따르지요. 또한 유디슈티라는 비마세나와 아르주나에게 좌지우지 된다오. 나는 전에 그와 그의 형제를 모욕했고, 위라타와 드루빠다도 나에게 적대감이 있소. 군사를 이끄는 저 둘은 와아수데와가 하자는 대로 하지요. 전투가 있을 것이고, 이 전투는 털을 곤두서게 하는 혼전일 것이오. 그러니 정신을 바짝 차리고 전쟁을 준비해야 하오. 이땅을 다스리는 군주들이 꾸룩쉩뜨라에 진을 쳐서 적이 감히 넘보지 못할 넓은 자리를 차지하시오. 물과 땔감이 가깝고 보물더미와 각종 무기와 깃발과 기를 비롯한 보급품이 끊이지 않을 곳이어야 하며, 도시 밖으로 이어지는 길은 평탄해야 할 것이오. 내일 행군하노라고 지금 알려야 하오. 지체 마시오.'

'그리 합시다.'

그들은 그렇게 약속하며 다음날, 왕의 파멸을 위해 기쁘고 고무된 마음으로 행동을 개시했답니다. 왕의 명을 들은 분심 많은 모든 군주들이 값진 자리에서 일어섰습니다. 그들은 황금 팔찌가 끼워지고 향과 전단향이 발라진 기둥 같은 팔을 슥슥 문지르며 일어섰답니다. 연꽃잎 닮은 손으로 머리에 두른 천을 이리저리 조절하고 위아래 옷을, 그리고 보석들을 정돈했습니다. 마부는 최고의 전차를, 말을 능히 아는 자들은 최고의 말을, 코끼리 다루는 법을 아는 자들은 코끼리들을 준비하게 했지요. 다채롭고 황금빛 나는 수많은 갑옷, 온갖 무기를 모두 준비하게 했다고 합니다. 보병들은 수없이 많은 번쩍이는 금으로 장식된 온갖 무기를 몸에 걸쳤다지요.

자나메자야 왕이시여, 드르따라슈트라의 도성은 환호하는 사람들로 넘쳐나는 혼잡스런 축제 같았답니다. 사람의 물결은 바다의 소용돌이 같았고, 전차, 코끼리, 말, 소라고둥, 북소리, 쌓여 있는 보석들은 물고기 같았으며, 아름다운 온갖 장신구들과 갑옷은 파도와 같았지요. 번쩍이는 무기는 포말 같았고, 줄지어 선 대궐 같은 막사들은 해변에 늘어선 산과 같았으며, 길가의 점포들은 해변과 같았답니다. 자나메자야 왕이시여, 꾸루 왕의 군사들은 큰 바다에 달이 솟아오르듯 함성을 질렀습니다."

151

이어지는 와이샴빠야나의 이야기는 이러하다.

유디슈티라는 우르슈니의 후손 와아수데와의 말을 기억하고는 어리석은 두료다나가 무슨 말을 했는지 다시 한 번 물었다.

'추락 없는 끄르슈나여, 시간이 왔을 때 우리는 무엇을 할 수 있을까요? 와아수데와여, 당신은 두료다나, 까르나, 수발라의 아들 샤꾸니의 생각도, 나와 형제들의 마음도 다 압니다. 지혜 크신 분이여, 당신은 위두라와 비슈마 두 분의 말씀도 들었고, 꾼띠에게 있는 모든 지혜도 들었습니다. 팔심 좋은 이여, 이런 생각들은 모두 제쳐두고, 다시 또다시 생각하시어 우리가 할 수 있는 일은 무엇입니까? 주저 말고 당신의 생각을 들려주십시오.'

다르마와 아르타를 갖춘 다르마 왕의 말을 듣고 끄르슈나는 구름과 북 같은 소리로 말했다.

'내가 한 말은 뭐든 다르마와 아르타를 갖춘 이로운 말이었으나 복수심 가득한 꾸루 후손의 귀에까지 이르지는 못했습니다. 생각 어둔 그자는 비슈마와 위두라의 말도, 내가 했던 말도 전혀 듣지 않았습니다. 그는 다르마를 바라지 않고, 명예를 바라지 않습니다. 마음 어둔 그자는 모든 것을 까르나에 의지해 이길 생각만 하고 있습니다. 수요다나는 나를 붙잡으라는 명까지 내렸으나 샤스뜨라를 거스르는 탐욕 가득한 그의 바람은 이루어지지 않았지요. 추락하지 않는 이여, 그자리에 있던 비슈마도 드로나도 바른 말을 하지 않았습니다. 위두라를 제외한 그들은 모두 그를 따랐답니다. 어리석은 저들 수발라의 아들 샤꾸니도 까르나도 두샤사나도 성나고 아둔한 말로 당신에 관해 말도 안 되는 소리를 지껄였습니다. 까우라와들이 했던 말들을 당신께 되풀이 말하는 게 무슨 소용이리까? 간단히 말해 저 어리석은 자는 당신을 제대로 대하지 못합니다. 그의 군대를 이루는 모든 왕들에게서도 그에게 있는 악, 좋은 점이라고는 없는 그런 악이 보였습니다.

우리는 재산을 희생해가면서까지 까우라와들과 화평을 맺을 마음이 없습니다. 남은 것은 전쟁뿐입니다.'

와아수데와의 말을 들은 모든 군주들은 왕의 얼굴을 보며 말이 없었다. 유디슈티라는 이 땅의 주인들의 의도를 알아차리고 비마, 아르주나와 함께 요가*를 명했다. 빤다와 군이 웅성거렸다. 요가를 명하자 병사들은 모두 환호했다. 무고한 자들의 죽음을 내다본 다르마의 왕 유디슈티라가 한숨을 쉬며 비마세나와 아르주나에게 말했다.

'내가 고통을 감수하고 숲에 살면서까지 이겨내려 했던 대재앙이 아무리 애를 써도 결국 찾아오고 말았구나. 갖은 애를 썼음에도 내 노력이 부족했던가 보다. 우리가 아무런 노력도 하지 않았던 것처럼 이리도 큰 재앙이 우리를 찾아왔구나. 우리가 죽여서는 안 되는 사람들과 무슨 수로 전쟁을 벌이겠느냐? 스승과 어른들을 죽이고 어찌 승리가 있을 수 있으랴?'

적을 태우는 왼손잡이 아르주나가 다르마 왕의 말을 듣고 와아수데와가 했던 말을 다시 했다.

'데와끼의 아들 끄르슈나는 꾼띠와 위두라가 했다는 말을 들려주었었지요. 왕이시여, 당신은 그때 그것을 다 알아들으셨습니다. 그분들은 아다르마를 말씀하시지 않는다고 나는 굳게 믿습니다. 꾼띠의 아들이여, 싸움을 피하려고 주춤거리는 것은 옳지 않습니다.'

왼손잡이 궁수의 말을 들은 와아수데와가 웃으며 '그 말이 맞소'라고 거들었다. 그리하여 빤두의 아들들은 전쟁을 결심하고 병사들과

요가_ 여기에서는 전쟁을 준비하는 모임을 뜻한다.

함께 편안히 밤을 보냈다.

152

와이샴빠야나가 말했다.

"바라따의 후손 자나메자야 왕이시여, 동이 트자 두료다나 왕은 열 한 개 사단에 이르는 병력을 정비했습니다. 사람, 코끼리, 전차, 말들을 최고, 중간, 약한 것들로 나누어 다양한 군진에 따라 배열하도록 했지요. 차축에 쓰일 여분의 나무, 화살집, 갑옷, 곤봉, 화살통, 창, 전대, 찌르는 막대, 기, 깃발, 활대, 철퇴, 다양한 노끈, 사슬, 덮개, 머리끈, 던지는 무기, 기름, 당밀 덩어리, 모래, 독뱀이 든 항아리, 나무의 진, 가루들, 방울 달린 방패, 도끼와 작두, 호랑이 가죽 덮개, 코끼리 가죽, 물딱총, 뿔, 여러 모양의 창, 곡괭이, 삽, 깨 기름, 아마 기름, 기이. 이 모든 다채롭고 다양한 것들로 군대는 불처럼 빛났답니다. 무기 다루는 법을 배운 갑옷 입은 병사들, 가문 좋고 말의 태생을 아는 자들이 마부로 선택되었습니다. 악을 쫓기 위해 모든 전차에 약초를 매달았고, 방울들로 빙 두른 전차에는 기와 깃발을 매달았답니다. 네 마리의 말이 매였고, 모든 전차에 빠짐없이 무기를 실었답니다. 매여 있는 두 마리 말에는 보병 한 명씩을 배치하고, 양쪽 옆에 있는 또 다른 두 마리 말에 다른 보병들을 배치했지요. 두 명이 넘는 솜씨 좋은 전차병이 있었고, 말을 잘 아는 마부가 있었습니다. 적군의 근접을 허하지 않는, 성곽으로 에워싸인 도성처럼 황금 화환을 늘어뜨린 수천 대의 전차가 있었답니다. 전차들과 마찬가지로 코끼리들도 광물을 가득 담고 있는 산처럼 옆구리가 아름답게 장식되었고 일곱 사람이 거기에 붙었습니다. 그들 중 두 명은 몰이 막대를 들고 있었고, 두 명은 빼어난 궁수들이었으며, 두 명은 솜씨 좋은 칼잡이였고, 한 명은 창과 기치를 들고 있었답니다.

까우라와의 전군이 무기를 가득 실은 수천의 취한 코끼리로 북새통을 이루었지요. 잘 장식되고 깃발이 꽂힌 형형색색의 수 없이 많은 말들에 갑옷을 묶었고, 그 위에 각각 기병들이 앉았습니다. 말들은 모두 잘 훈련되었고, 기뻐하는 듯 보였으며, 황금 박힌 고삐를 매고 있었답니다. 수천수만을 헤아리는 말들이 기병들에게 철저히 조련되고 있었지요. 온갖 형상으로 위장한 보병들이 갖가지 갑옷과 무기로 단장하고, 황금 화환을 걸고 있었습니다. 전차 하나에 열 마리의 코끼리가, 코끼리 한 마리에는 말 열 마리가, 그리고 말 한 마리에는 열 명의 보병이 그들의 다리를 사방으로 보호하고 있었습니다.

전차 하나에 오십 마리씩의 코끼리가 틈을 메우기 위해 대기했으며, 코끼리 한 마리에 백 마리 말이, 말 하나에는 일곱의 보병이 대기했답니다. 오백 마리의 코끼리, 그와 같은 수의 같은 전차로 이루어진 것을 '세나'라고 하며, 열 개의 세나가 모여 '쁘르따나', 열 개의 쁘르따나는 '와히니'가 된답니다. 그러나 와히니, 쁘르따나, 세나, 드와지니, 사디니, 짜무, 악샤우니 그리고 와루티니는 비슷한 뜻으로 쓰이기도 합니다.

사려 깊은 꾸루의 후손 두료다나는 이런 식으로 군대를 정비했습니다. 모두 열 한 개의 사단이었습니다. 빤다와들의 사단은 일곱이었습니다. 모두 강력했지요.

'빠티'는 오십의 다섯 배를 한 것이며, 빠티 셋이 모이면 '세나무카'또는 '굴마'를 이룬답니다. 열 개의 굴마는 '가나'로 불렀습니다. 두료다나의 군대에는 싸울 의지가 충천한 수만의 가나가 있었지요. 팔심 좋은 두료다나 왕은 생각 있는 용사들을 살핀 뒤 그들을 세나의 대장으로 삼았습니다. 의례에 따라 각각의 사단에 대장을 배정했습니다. 모두들 빼어난 인물들이었지요. 끄르빠, 드로나, 신두의 대전사 샬리야, 깜보자의 수닥쉬나, 끄르따와르만, 드로나의 아들 아쉬와타만, 까르나, 부리쉬라와스, 수발라의 아들 샤꾸니, 그리고 대전사 바흘리까가 그들이었습니다.

날이면 날마다, 매 시간마다 그는 갖가지로 그들에게 몸소 존중을 표했습니다. 그렇게 그들을 존중했고, 그리하여 무장한 모든 이들과 그들을 따르는 이들은 왕이 바라는 일을 기꺼이 할 수 있게 되었습니다."

비슈마의 총대장 임명

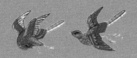

153

이어지는 와이샴빠야나의 이야기는 이러하다.

이제, 드르따라슈트라의 아들은 샨따누의 아들 비슈마에게 두 손을 모으고 이 땅의 모든 군주들과 함께 말했다.

'군을 이끄는 대장 없이 싸움이 시작되면 아무리 큰 군이라도 찢어지고 맙니다. 개미집처럼 말입니다. 두 사람의 마음이 결코 한 데 모이지도 않습니다. 대장들의 호기로움은 서로 경쟁하지요. 지혜 넘치는 분이시여, 언젠가 브라만들이 자기들의 기치인 꾸샤 풀을 치켜들고 가늠하기 어려운 빛을 지닌 하이하야들을 공격했답니다. 할아버지시여, 와이샤와 슈드라들이 그들을 따랐습니다. 한 쪽에는 세 계급 사람들이, 그리고 다른 한 쪽에는 황소 같은 크샤뜨리야들이 있었던 것이지요. 세 계급은 싸움 중에 계속 분열되었고, 반면 크샤뜨리야들은 홀로 대병력을 물리치고 승리를 거두었답니다. 그래서 빼어난 브라만들이 크샤뜨리야들에게 비책을 물었습니다. 할아버지시여, 다르마를 아는 사람들이 그들에게 사실대로 말해줬답니다.

"우리는 전쟁에 매우 영리한 단 한 사람의 말만 들었기 때문이오. 그러나 당신들은 모두 흩어져 자기 마음이 시키는 대로만 했지요."

그리하여 브라만들은 계책에 밝고 용감한 자를 뽑아 브라만 군사 대장으로 만들어 승리를 거두었답니다. 이와 마찬가지로 영리하고 용감하며 늘 자기의 이로움을 염두에 두고, 적을 칠 수 있는 이를 군사 대장으로 만들어 전장에서 적에게 승리를 거두어야 합니다. 할아버지는 우샤나스[†]와 맞먹는 분입니다. 또한 항상 제가 잘 되기를 바라고 계십니다. 무적인데다 언제나 다르마에 굳건하지요. 저희의 군사대장이 되어 주십시오. 빛이 있는 이들에게 태양처럼, 식물들에게 달처럼, 약샤들에게 꾸베라처럼, 마루뜨들에게 인드라처럼, 산들에게 메루처럼, 날개 있는 이들에게 가루다처럼, 귀신들에게 꾸마라처럼, 와수들에게 재물을 나르는 불처럼 할아버지도 저희에게 그렇습니다. 천인들이 인드라의 보살핌을 받듯 저희는 할아버지의 보살핌을 받습니다. 저희는 반드시 서른 신에게마저 무적이 될 것입니다. 불의 아들 스깐다가 신군을 이끌 듯 선봉에서 저희를 이끌어주십시오. 저희는 당신을 따르겠습니다. 암소들이 황소를 따르듯이오.'

비슈마가 말했다.[†]

'팔심 좋은 바라따여, 그대가 말한 그대로요. 그대가 내게 소중하

우샤나스_ 우샤나스 슈끄라, 지혜 제일이라는 아수라들의 스승.

~말했다_ 지금까지 까우라와들과 빤다와들의 할아버지인 비슈마는 유디슈티라를 제외한 나머지 손자들에게 하대를 했으나 대장이 되기로 한 때부터 기껍지는 않으나 두료다나를 왕으로 받아들였기 때문에 반 존칭을 사용한다.

듯 빤다와들 또한 내겐 그대와 같다오. 왕이여, 나는 그들의 영예에 관해서도 말해야 하느니. 그러나 서약했던 대로 나는 그대를 위해 싸우리다. 나는 이 세상에서 범 같은 사내, 꾼띠의 아들 아르주나 말고는 누구도 나와 대등한 전사를 보지 못했소. 팔심 좋은 그 녀석은 천상의 모든 무기를 알기 때문이요. 전투에서 빤두의 아들은 나와 공공연히 싸우지 않을 것이오. 나와 그는 무기의 힘으로 한순간에 신과 아수라와 락샤사들을 포함한 이 세상을 사람 없는 곳으로 만들어 버릴 수 있다오. 그러나 나는 빤두의 아들을 없앨 수는 없소. 왕이여, 그러니 나는 기계적으로 십만 명의 군사들을 계속 죽이겠소. 꾸루의 기쁨이여, 그렇게 나는 파멸을 불러오리다. 그들이 전투에서 나를 먼저 죽이지 않는다면 말이오, 왕이여, 내가 총대장이 되는 데는 한 가지 조건이 있소. 그 조건으로 나는 기꺼이 대장을 맡으리다. 내 말을 들어봄이 마땅할 것이오. 세상의 주인이여, 까르나 혹은 내가 싸워야 하오. 이 마부의 아들은 항상 전투에서 나와 겨루려 하기 때문이오.'

까르나가 말했다.

'왕이시여, 강가의 아들이 살아 있는 한 어떤 경우에도 싸우지 않겠습니다. 비슈마가 죽으면 그때 나는 간디와 활잡이와 싸우겠습니다.'

와이샴빠야나가 말했다.

"드르따라슈트라의 아들은 이리하여 언제나 닥쉬나에 후한 비슈마를 군사대장으로 삼았습니다. 성수를 뿌린 그는 영예롭게 빛났답니다. 병사들은 왕의 명에 따라 큰북과 소라고둥과 작은 북을 계속 울려댔습니다. 사자의 포효 같은 전쟁의 온갖 소리가 하늘을 찌를 듯했고, 진흙 같은 피의 비가 내렸답니다. 폭풍이 치고 지진이 일었으며 코끼리들이 내는 소리가 일어 모든 병사들의 마음을 주저앉게 만들었지요. 몸 없는 소리가 들렸고, 운석들이 하늘에서 떨어져 내렸습니다. 자칼들이 매섭게 울부짖으며 큰 재앙을 예견했답니다. 왕이시여, 두료다나 왕이 강가의 아들을 군사대장으로 만들며 성수를 뿌릴 때 이런 불길한 징조가 수백 개는 나타났습니다. 적의 군대를 뒤흔들 비슈마를 군사대장으로 만든 뒤 두료다나는 빼어난 브라만들이 샥띠 만뜨라⁺를 축원하게 하고 많은 금화와 소를 사례했지요.

승리를 기원하는 함성이 일고, 그는 군에 에워싸여 행군해 갔습니다. 왕은 비슈마를 앞세우고 형제들과 함께 많은 병력을 이끌고 꾸룩쉡뜨라를 향해 나아갔습니다. 까르나와 함께 꾸룩쉡뜨라를 지난 꾸루의 왕은 평평한 땅에 진을 치게 했습니다. 풀과 땔감이 풍부하고 소금기 없는 달콤한 땅에 진을 치자 그곳은 마치 하스띠나뿌라 같았답니다."

154

자나메자야가 물었다.
"고결한 비슈마, 무기 가진 이들 중에 가장 빼어난 바라따들의 할

샥띠 만뜨라_ 힘과 기력을 넣어주는 진언.

아버지이며, 모든 왕의 기치 같으신 분, 지혜로는 브르하스빠띠와 같고 인내로는 땅과 같으며, 자비로는 쁘라자빠띠와 같고, 빛으로는 날을 만드는 태양 같으신 분, 인드라처럼 화살 비를 뿌리며 적들을 맞는 그분이 오랜 밤을 위한 전쟁의 희생제, 공포를 일으키며 끔찍해서 온 몸의 털을 곤두서게 하는 그런 희생제에서 성수를 뿌렸다는 말을 듣고 팔심 좋고 모든 다르마를 능히 아는 유디스티라 왕은 무슨 말을 했습니까? 비마세나와 아르주나는요? 끄르슈나는 또 어떻게 받아들였습니까?"

와이샴빠야나가 말했다.

"지혜 큰 유디스티라, 재앙에 대처하는 다르마를 능히 아는 그는 모든 형제들과 와아수데와를 불러오게 했지요. 그리고 능변 중의 능변인 그가 달래듯 말했답니다.

'군사들을 잘 배치하고 갑옷을 철저히 입어야 하느니! 우리의 첫 전투는 할아버지와 싸우는 것이다. 그러니 병사들이 자고 있을 때 일곱 대장을 보여다오.'"

이어지는 와이샴빠야나의 이야기는 이러하다.

와아수데와가 말했다.

'황소 같은 바라따시여, 참으로 의미심장하고 적절한 말씀입니다. 그런 말씀을 하실 때가 되었습니다. 팔심 넘치는 이여, 지체 없이 군사대장들에게 성수를 뿌려야 마땅하다고 봅니다.'

그리하여 유디슈티라는 드루빠다를 불러오게 하고 위라타, 황소 같은 쉬니, 빤짤라의 왕자 드르슈타듐나, 드르슈타께뚜, 쉬칸딘, 마가다의 사하데와도 불러오게 했다. 그리고 이 일곱의 전사, 전쟁을 좋아하는 대궁수 영웅들을 의례에 따라 군대를 이끌 대장으로 성수를 뿌려 임명했다. 그 자리에서 그는 드로나를 죽이기 위해 제단의 타는 불길 속에서 태어난 드르슈타듐나를 전 군의 대장으로 임명했다. 고결한 영웅들 모두의 대장의 대장에는 아르주나를 임명했다. 아르주나를 이끌고 그의 말들을 다룰 이에는 발라라마의 아우, 영예롭고 지혜 넘치는 끄르슈나를 임명했다. 큰 고난을 불러올 전쟁이 임박했음을 안 쟁기 든 발라라마가 빤다와 왕의 진영에 들어섰다. 아끄루라를 위시한 가다, 삼바, 울무까 그리고 루끄미니와 짜루데쉬나를 필두로 한 아후까의 아들들, 우르슈니의 수장들에게 에워싸인 그는 기세등등한 호랑이들에게 에워싸여 있는 듯했고, 인드라가 마루뜨들에게 보호되듯 철저하게 보호되고 있었다. 팔심 좋은 그는 검은 천으로 만든 옷을 입고 있어서 마치 까일라사의 봉우리 같아 보였다. 사자의 걸음 같은 걸음걸이로 들어서는 영예로운 그는 술에 취해 눈자위가 불그레해져 있었다. 다르마의 왕과 빛이 넘치는 끄르슈나가 그를 보고 자리에서 일어났다. 무서운 행적의 쁘르타의 아들 늑대 배도, 간디와 활잡이도, 그리고 그 자리에 있던 다른 왕들 모두들 쟁기 든 이에게 가까이 다가가 예를 올렸다.

빤다와 왕은 그의 손을 덥석 잡았고 와아수데와를 위시한 모든 이들은 그에게 절을 올렸다. 쟁기 든 발라라마는 위라타와 드루빠다 두 어른에게 절을 올린 뒤 유디슈티라와 함께 자리에 앉았다. 왕들이 모두 빙 둘러 앉자 로히니의 아들 발라라마가 와아수데와를 보고 말했다.

'너무나 끔찍하고 무서운 인간들의 파멸이 있을 것이오. 운명이 가까이 왔소. 이를 되돌릴 길은 없으리라고 여기오. 동지들과 함께 여러분들 모두 전쟁에서 헤어 나와 건강하고 무탈하게 다시 볼 수 있었으면 하오. 이 땅의 크샤뜨리야들이 모였소. 시간이 무르익은 것이 분명하오. 살점과 피의 진흙이 난무하는 대재앙이 있을 것이오. 나는 끄르슈나에게 여러 번을 이렇게 말했소. "마두를 처단한 이여, 친척들에게 공정한 행동을 취하라"라고 말이오. 그리고 빤다와들 만큼이나 두료다나도 우리에게 소중하니 그 또한 잘 대해야 한다고 거듭 말했었지요. 그러나 끄르슈나는 당신 때문에 내 말을 듣지 않았소. 다난자야를 보며 유디슈티라 당신에게 온 마음으로 좋은 감정이 있었을 것이오. 나는 빤다와들의 승리가 확실하다고 생각하오. 바라따의 후손이여, 이는 또 끄르슈나의 확신이기도 하지요. 나는 끄르슈나 없이는 세상을 마주보고 살 수가 없소. 그래서 나도 끄르슈나의 소망을 따르고 싶소. 왕이시여, 그러나 비마와 두료다나는 둘 다 내 제자이며 철퇴의 전투에 능한 영웅들이오. 나는 그 둘을 똑같이 아끼지요. 그러니 나는 사라스와띠 성지나 보러 가려고 하오. 꾸루들의 파멸을 그냥 지켜보고 있을 수가 없기 때문이오.'

이렇게 말한 뒤 팔심 좋은 발라라마는 빤다와들을 떠나 끄르슈나를 뒤로 한 채 성지순례를 떠났다.

155

와이샴빠야나가 말했다.

"이때 황금빛 털이 나 있는 인드라의 벗인 고결한 비슈마까 왕, 온 세상에 명성 자자한 아흐르띠들의 군주이자 닥쉬나의 주인이며 남쪽 지역을 다스리는 보자의 주인의 아들, 루끄민이라고 불리는 이가 빤다와들에게 왔답니다. 그는 간다마다나에서 사는 낌뿌루샤의 제자였고, 네 가지의 무예학을 모두 완성한 이였습니다. 팔심 좋은 그는 간디와 활에 견줄 만하고 끄르슈나의 불패의 신묘한 활인 샤르앙가에도 필적할만한 활을 대인드라에게서 얻었답니다.

천계를 다니는 이들에게는 세 개의 천상의 활이 있었지요. 와루나의 간디와, 대인드라의 위자야, 그리고 끄르슈나가 가지고 다니며 적군을 두려움에 떨게 했던 위력 넘치는 위슈누의 샤르앙가 활이랍니다. 인드라의 아들 아르주나는 칸다와 숲에서 아그니의 탐욕을 채워주기 위해 간디와를 얻었고, 빛이 넘치는 루끄민은 두르마에게서 위자야를 얻었지요. 끄르슈나는 무루 아수라들의 사슬을 끊고 기가 충천한 무르를 죽인 뒤 보석 귀걸이를 하고있던 나라까바우만을 죽이고, 만육천 명의 여인과 온갖 보석과 저 최고의 활 샤르앙가를 얻었지요.

온 세상을 놀라게 하는 듯 천둥 소리를 내는 위자야 활을 얻은 루끄민이 빤다와들에게 온 것입니다. 자기의 팔심에 오만했던 영웅 루끄민*은 예전에 영리한 끄르슈나가 루끄미니*를 납치한 것을 견디지 못했었지요. 끄르슈나를 죽이지 않고는 돌아오지 않겠다고 맹세한 그는 무기 가진 모든 이들 중 가장 **빼어난** 우르슈니의 후손을 뒤쫓게 했습니다. 자나메자야 왕이시여, 멀리 갈 수 있는 네 종류로 구성된 거대한 병력과 넘실대는 강가 강처럼 온갖 무기와 방패로 무장한 그는 요가의 주인 우르슈니의 후손을 공격했다가 패했지요. 그는 수치심 때문에 꾼디나로 돌아가지 않았답니다. 적의 영웅을 물리치곤 했던 그는 전투에서 *끄르슈나*에게 패한 후 보자까타라는 최고의 도시를 세웠습니다. 자나메자야 왕이시여, 지금도 수많은 코끼리와 말을 거느린 거대한 병력을 지닌 이 도시는 보자까타로 불리며, 세상에 이름이 높답니다. 그처럼 기력 넘치는 보자의 왕이 거대한 병력에 에워싸여 사단을 이끌고 빤다와에게 온 것입니다. 그는 갑옷, 칼, 화살, 활, 가죽으로 만든 장갑, 전차, 태양 빛의 기치와 함께 거대한 군영으로 들어섰지요. 와아수데와를 아끼는 마음에서 그가 빤다와들과 연합하겠노라고 알리자 유디슈티라 왕이 일어서서 예를 올렸습니다. 빤두의 아들들에게 절을 받고 예를 갖춰 환대 받은 그는 모두에게 답례한 뒤 병사들과 함께 휴식을 취했지요. 영웅들이 자리한 가운데 꾼띠의 아들 다난자야에게 그가 말했지요.

'빤두의 아들이여, 그대가 행여 두려워한다면 내가 그대와 함께 있겠네. 나는 전장에서 적들이 그대를 견딜 수 없을 만한 도움을 줄 것이네. 아르주나여, 이 세상에는 나와 용맹을 견줄 만한 자가 아무도 없다네. 전장에서 그대의 적들을 죽여주겠네.'

다르마의 왕과 *끄르슈나*가 있는 데서, 모든 왕이 듣고 있는 가운

루꾸민_ 루꾸미니의 오라비.
루꾸미니_ 끄르슈나의 아내.

데서 이런 말을 들은 영리한 다난자야는 빤두의 아들 다르마의 왕과 와아수데와를 흘끗 본 뒤 쾌활하게 웃으며 말했지요.

'영웅이시여, 고샤야뜨라†에서 기력이 넘치고 넘치는 간다르와들과 내가 싸울 때 지금 내 동지라고 말하는 동지는 어디 있었나요? 신과 아수라들이 들끓던 무시무시한 칸다와에서 싸울 때 그 동지는 어디 있었던가요? 니와짜까와짜들과의 전투에서, 깔라께야 다나와들과의 전투에서 내가 싸울 때 그 동지는 어디 있었던가요? 친애하는 이여, 위라따의 도시에서 있었던 꾸루들과의 전투에서 수많은 이들과 싸울 때 그 동지는 어디 있었던가요? 전장에서 루드라, 인드라, 꾸베라, 야마, 와루나, 아그니, 끄르빠, 드로나, 끄르슈나를 도와 싸운 내가, 빛으로 이루어진 단단한 천상의 간디와 활을 매고, 화살이 끝나지 않는 화살 집을 매고 천상의 날탄으로 더욱 힘을 키운 내가, 까우라와 가문 중에서도 특히 빤두의 아들로 태어난 내가, 드로나가 가장 아끼는 제자요, 와아수데와를 동지로 둔 나 같은 사람이 "두렵다"라는 불명예스러운 말을 하리까? 범 같은 왕이여, 벼락 든 인드라가 직접 와도 "나는 두렵다"는 말을 하지 않습니다. 팔심 좋은 이여, 나는 도와줄 이가 필요치 않습니다. 원하는 다른 마땅한 곳으로 가거나 아니면 여기 있어도 괜찮기는 하겠지요.'

황소 같은 바라따의 후손 자나메자야 왕이시여, 그리하여 루끄민은 바다 같은 군대를 돌려 두료다나를 향해 갔답니다. 거기에 가서 왕은 같은 방식으로 말했다가 용사라고 자처하는 두료다나에게도 받아들여지지 않았지요. 대왕이시여, 이리하여 모두 합해 두 사람이 전쟁

고샤야뜨라_ 두료다나의 가축 순방.

에서 고개를 돌렸답니다. 로히니와 우르슈니의 아들 발라라마, 그리고 이 땅의 군주 르끄민이었지요. 발라라마가 성지순례를 떠났을 때 비슈마까의 아들 루끄민도 떠났고, 빤두의 아들들은 다시 책략을 짜기 위해 머리를 맞대고 앉았답니다. 바라따의 후예시여, 왕들이 꽉 들어찬 다르마 왕의 회당은 달이 떠 있는 하늘에 별들이 반짝거리듯 빛났답니다."

156

자나메자야가 물었다.

"황소 같은 브라만이시여, 꾸룩쉐뜨라에 군대가 진을 쳤을 때 시간의 부름을 받은 까우라와들은 무엇을 했습니까?"

와이샴빠야나가 말했다.

"황소 같은 바라따의 대왕이시여, 군대가 이처럼 진을 치자 드르따라슈트라는 산자야에게 말했지요."

이어지는 와이샴빠야나의 이야기는 이러하다.

드르따라슈트라가 말했다.

"산자야[*]여, 이리 오너라. 내게 모든 것을 알려다오. 꾸루와 빤다

산자야_ 이후 드르따라슈트라와 산자야의 대화는 『마하바라따』의 첫 번째 화자인 가객

와 군의 막사에서 무슨 일이 벌어지고 있는지 아무것도 빼서는 안 된다. 운명은 강한 것이라 인간의 일이란 게 아무 의미도 없어 보이는구나. 모든 것을 파괴하는 전쟁의 해악을 잘 알고 있음에도 주사위 노름을 했던 복수심 가득한 아들을 잡아주지도, 내 자신에게 좋은 일을 하지도 못했구나. 마부여, 내게는 악을 감지하는 통찰력이 있음에도 두료다나와 함께 있으면 다시 제자리가 되고 마는구나. 산자야여, 이래서 일어날 일은 일어나고야 마는 것이다. 어쨌든 전장에서 육신을 버리는 것은 크샤뜨리야들에게는 존경받을 만한 일이라고 하지 않더냐?"

산자야가 말했다.

"대왕이시여, 당신의 의문은 마땅한 것이라 생각합니다. 그러나 두료다나에게만 이 잘못을 떠넘겨서는 안 됩니다. 왕이시여, 하나도 빠짐없이 말씀드릴 터이니 잘 들으소서. 자신의 잘못된 행동으로 나쁜 결과를 얻는 사람은 운명이나 시간을 탓해서는 안 된답니다. 대왕이시여, 사람들에게 잘못된 모든 행동을 저지른 사람은 그에 대한 대가로 온 세상 사람에게 죽임을 당해도 쌉니다. 마누의 훌륭한 자손이시여, 빤다와들과 그들의 책사들은 주사위노름에서 속았으나 당신을 존중하는 마음으로 그 모욕을 견뎠습니다. 이제, 말과 코끼리와 잴 수 없는 빛을 지닌 왕들의 전투에서 죽은 것들에 대해 상세히 말씀드릴 터이니 들어보소서.

대왕이시여, 온 세상을 파멸로 이끄는 대전투에서 무엇을 들으시

과 두 번째 화자인 와이샴빠야나에 이어 " "로 표시한다. 그들의 대화가 다음 장에서 「바가와드 기따」를 구성하는 『마하바라따』의 세 번째 주 화자들이기 때문이다.

건 마음 상하지 말고 가만히 그대로 계십시오. 선과 악의 행위는 인간 혼자 하는 것이 아니기 때문입니다. 인간은 독립적이지 않습니다. 그저 나무로 만든 꼭두각시처럼 하라는 대로 할 뿐이지요. 어떤 이는 신에게 명을 받고, 어떤 이는 우연히 일을 하게 되는가 하면, 어떤 이는 전생의 업에 따라 하지요. 인간은 이 셋에 의해 좌지우지 되는 것입니다."

사절 울루까

157

이어지는 산자야의 이야기는 이러하다.

고결한 빤다와들이 히란야띠 강변에 진을 치자 두료다나는 까르나, 수발라의 아들 샤꾸니, 두샤사나와 함께 울루까를 은밀히 불러 말했다.

'노름꾼의 후손 울루까[*]여, 빤다와와 소마까들에게 가거라. 가서 와아수데와가 듣는 데서 내 말을 전하여라.

"오랜 세월을 기다려온 빤다와들과 까우라와들의 세상을 떨게 할 대전투가 이제 임박했소. 꾼띠의 아들이여, 산자야가 꾸루들 가운데서 전해준 당신의 허황된 말을 실현할 때가 되었느니. 당신이 약속한 모든 것을 시행하시오. 빤두의 아들이여, 당신의 분노, 빼앗긴 왕국, 숲으로의 유배, 드라우빠디의 치욕을 기억하여 사내답게 처신하시오.

울루까_ 샤꾸니의 아들인 듯하다.

크샤뜨리야 여인이 아들을 낳은 목적을 이룰 때가 되었소. 힘, 기력, 용기, 더없이 날쌔게 무기를 다루는 법, 용맹, 이 모두를 전투에서 보이시오. 분노를 발산하시오. 오랜 세월 고생스럽고 초라하게 살아왔던 자, 권력을 잃은 자의 심장이 어찌 무너져 내리지 않겠소? 좋은 가문에서 태어난 용맹스러운 자가 타인의 재산을 탐하는 자에게 왕국을 빼앗겼다면 어찌 분노에 불타지 않겠소?

무슨 대단한 말을 했건 행동으로 드러내시오. 행동은 없이 그저 떠벌이기만 하는 사람을 선자들은 못난 사람이라고 알고 있다오. 적을 휘하에 두고 누르는 것, 왕국을 제자리에 놓는 것, 이 두 가지 목적으로 우리는 싸운다오. 그러니 당신이 사내임을 보이시오. 우리를 물리쳐 세상을 다스리거나 우리에게 죽어 영웅들이 가는 세계에 가시오. 빤두의 아들이여, 왕국에서 쫓겨나 숲에서 살았던 고난을 생각하고, 끄르슈나아의 치욕을 기억하여 사내가 되시오. 당신들이 잘못되기를 바라는 자들의 명으로 인해 다시 또 다시 숲을 헤매었던 것에 대해 이제 분노를 보이시오. 분노는 사내다움의 표현이라오.

쁘르타의 아들이여, 분노, 힘, 위력, 앎과 요가, 무기에 능숙함, 그것들을 이 전투에서 보이시오. 사내가 되시오." 이렇게 전한 뒤 울루까여, 나의 이 말은 거듭해서 내시 같고, 많이 먹고, 아는 것 없는 비마세나에게 전하라.

"늑대 배여, 그대가 회당 한가운데서 무기력하게 맹세했던 것처럼 그럴 수만 있다면 두샤사나의 피를 마셔라. 무기는 잘 준비되었다. 꾸룩쉡뜨라에는 먼지가 없고 말들은 살쪘느니. 병사들은 모두 통통하구나. 끄르슈나와 함께 내일 싸움을 시작하자"라고 말이다.'

158

이어지는 산자야의 이야기는 이러하다.

빤다와 진영에 이른 노름꾼의 아들은 빤두의 아들들과 만나 유디
슈티라에게 말했다.

'대왕께서는 사절의 언어를 알고 계십니다. 소인은 들은 대로 말
씀드리는 것이니, 두료다나 왕의 전갈을 들으신 뒤 부디 노여워 마
소서.'

그의 말에 유디슈티라가 말했다.

'울루까여, 두려워 말라. 걱정 말고 말하여라. 탐욕 가득하고 짧게
보는 두료다나의 생각을 말하라.'

그리하여 울루까는 빛이 형형하고 고결한 빤다와들의 한가운데,
모든 스른자야들과 명예로운 끄르슈나, 드루빠다와 그의 아들 드르슈
타듐나, 그리고 위라타가 자리한 가운데 또한 모든 왕이 지켜보는 가
운데서 이렇게 말했다.

'이것은 고결한 드르따라슈트라의 아들 두료다나가 당신께 보내
는 말씀입니다. 왕이시여, 꾸루의 영웅들이 듣는데서 들어보소서.'

"당신은 노름으로 졌고 끄르슈나아는 회당으로 끌려왔었소. 이

는 스스로를 사내로 여기는 사람을 노하게 할 수 있는 일이오. 당신은 당신의 제단에서 쫓겨나 열두 해를 숲에서 지냈고, 또 한 해는 위라타의 종노릇을 하며 살았소. 좋은 가문에서 태어난 용맹스러운 자가 타인의 재산을 탐하는 자에게 왕국을 빼앗겼다면 어찌 분노에 불타지 않겠소?

늑대 배여, 그대가 회당 한가운데서 무기력하게 맹세했던 것처럼 그럴 수만 있다면 두샤사나의 피를 마셔라. 무기는 잘 준비되었다. 길은 평탄하고 병사들은 살이 올랐느니, 끄르슈나와 함께 내일 싸움을 시작하자.

전장에서 비슈마를 만나보지도 않고 왜 허세를 부리는가? 어리석은 자가 간다마다나 산에 오르겠노라고 하는 것과 다를 바 없지 않은가? 쁘르타의 아들이여, 용사 중의 용사인 드로나, 전투에 나서면 샤찌의 주인 인드라와 같은 그를 싸워 이기지 않고 어찌 왕국을 바라는가? 브라흐마 활에 능숙하고, 두 베다†를 모두 능히 알며 전쟁에서 흔들림 없는 지도자요, 추락하지 않고 병사들을 지탱해주는 스승을, 쁘르타의 아들이여, 그대는 어리석어 그런 드로나를 이기려 하는구나. 헛된 일이다. 우리는 바람이 메루 산을 뒤엎었다는 이야기를 듣지 못했다. 그대가 내게 했던 말이 사실이 된다면 행여 바람이 메루 산을 끌어갈 수도, 하늘이 혹시 땅에 떨어질 수도, 유가가 다 바뀔 수도 있겠구나. 어떤 코끼리가, 어떤 말이, 어떤 사람이 적을 송두리째 뒤흔들 이 두 분의 무기에 맞고서도 살아 집으로 돌아가기를 바라겠는가? 이 두 분이 생각하는 표적이 되어 전장에서 이들의 무서운 무기를 맞

두 베다_ 무예학을 다룬 『다누르 베다』와 일반적으로 말하는 베다.

은 어떤 사람이 살아서 돌아가리! 발을 땅에 디딜 수 있으리?

그대는 우물 안의 개구리던가?
왕들의 군대를 그대는 알지 못하지.
그들은 신들의 군대처럼 무적이요,
신들이 하늘을 지키듯 왕들이 그들을 지킨다네.

동쪽 서쪽 남쪽 북쪽의 왕들,
깜보자, 샤까, 카샤의 왕들,
샬와, 맛쓰야, 중 꾸루 땅의 왕들,
믈레차, 뿔린다, 드라위다, 안드라, 깐야의 왕들,

전장에 나선 온갖 사람들의 부푼 물결은
막을 수 없는 강가의 속도와 같지.
나는 '나가' 군대의 한가운데 서 있구나.
생각 얕고 어리석은 자여, 왜 나와 싸우려는가?"

이어지는 산자야의 이야기는 이러하다.

다르마의 아들 유디슈티라 왕과 비마에게 이렇게 말한 뒤 울루까
는 몸을 돌려 다시 아르주나를 향해 말했다.

'자화자찬만 하지 말고 싸워라. 아르주나여, 어찌 그리도 허세만
부려대는가? 일은 확실한 행동으로만 이루어지느니! 다난자야여, 일

은 허세로 이루어지는 것이 아니다. 만약 세상에서 말만 지껄여 이루어지는 일이 있다면 세상사람 모두가 일을 이룰 것이다. 거동 나쁜 자는 그저 수도 없이 떠벌이기만 하겠지. 나는 와아수데와가 그대의 동지임을 안다. 나는 간디와가 딸라나무처럼 큰 것을 안다. 나는 그대와 겨룰 만한 용사가 없음도 안다. 그럼에도 나는 그대의 왕국을 빼앗았지. 역경의 다르마만으로는 일을 이루기 어렵다. 조물주는 그저 생각 하나로 만물을 당신 손안에 두었다. 그대가 탄식하고 있을 때 나는 열세 해 동안이나 왕국을 누렸지. 나는 그대와 친지들을 모두 죽이고 다시 더 오래 왕국을 다스리리라. 종이 되는 내기에서 졌을 때 그대의 간디와는 어디 있었던가? 아르주나여, 그때 비마세나의 힘은 어디로 갔었던가? 자유는 비마세나의 철퇴에서 오지 않았고, 쁘르타 아들 아르주나의 간디와에서 오지 않았다. 무구한 여인 끄르슈나아 없이는 그대들도 없었으리!

복 많은 그녀는 그대들을 종살이에서 건져주었다. 그대들은 초인적 일에 엮이면서도 종이 하는 일을 해야 했었지. 나는 그대들을 종자 맺지 못하는 깨와 같다고 했고, 그 말은 들어맞았다. 위라타의 도시에서 아르주나는 땋은 머리를 이고 다니지 않았던가? 비마세나는 위라타의 거대한 찬간에서 요리사로 일하지 않았던가? 꾼띠의 아들이여, 그것이 내가 사내로서 한 일이었다. 그것이 전쟁에서 도망치는 크샤뜨리야에게 크샤뜨리야가 내리는 벌의 방식이다. 놀음꾼으로 몰아넣고, 찬간으로 가게 하고, 머리를 땋게 하지.

아르주나여, 와아수데와에 대한 두려움으로도, 그대에 대한 두려움으로도 왕국을 돌려주지는 않으리라. 그러니 싸워라. 끄르슈나와

함께! 마법 쓰는 속임수도, 술수도, 겁박도, 맞지른 포효도 전쟁에서
내가 무기를 치켜들면 모두 쓸려나가리. 천 명의 와아수데와, 백 명
의 아르주나가 공격을 퍼부어도 실패 없는 내 화살로 사방팔방 도망
치게 하리니.

비슈마와 싸우러 가라. 그대의 머리로 산을 부숴라. 바닷물을, 저
거대한 인간의 바다를 그대의 두 팔로 헤엄쳐 건너라. 갈대에서 태어
난 끄르빠라는 거대한 물고기, 위잉샤따라는 작은 물고기 떼, 브르하
뜨발라라는 파도, 사우마다따라는 상어도 있다.

두샤사나는 물살이요, 샬리야는 물고기요,
수쉐나와 찌뜨라유다는 큰 뱀과 악어라네.
자야드라타는 산이요, 뿌루미뜨라는 깊은 바다이고,
두르마르샤나는 물이요, 샤꾸니는 폭포라네.

애쓰다 지쳐 녹초 된 그대의 마음은
끝없이 솟아오르는 무기의 물결에 빠져
친지들 모두 죽어 있음을 보게 될 것이고,
그러면 그대 마음, 회한에 가득하리라.

그러면 세상을 평정하려는 그대 마음 거둬들여지리라.
아르주나여, 불순한 이가 하늘 세계에서 마음을 거둬들이듯!
왕국은 그대가 다스리기에 너무나 어렵구나.
수행하지 않는 자가 천상에 이르기 힘든 것처럼!"'

159

산자야가 말했다.

"울루까는 다시 한 번 아르주나에게 해야 할 말을 들은 대로 말했습니다. 성난 독뱀 같은 말을, 가시 돋쳐 찔러대는 듯한 말을 전했답니다. 그의 말을 들은 빤다와들은 격분했습니다. 이전에 이미 격노했던 그들이, 노름꾼에 의해 불이 더 붙은 것이지요. 그들은 가만히 제자리에 앉아 있을 수 없어서 두 팔을 쫘악 펴고 성난 뱀들처럼 서로를 바라보기만 했습니다. 비마세나는 고개를 떨군 채 눈자위가 붉어져 뱀처럼 한숨을 푹 내쉬며 끄르슈나를 바라보았지요. 엄청난 울분에 휘말려 괴로워하고 있는 바람의 아들을 보고 끄르슈나가 놀음꾼의 아들에게 웃는 듯 말했답니다.

'노름꾼의 아들이여, 서둘러 떠나라. 가서 수요다나에게 그의 말을 알아들었노라고, 그가 뜻하는 대로 될 것이라고 전하여라. 수요다나는 내 말 또한 들어야 하리라.

"마음 나쁜 이여, 내일을 기대하시라. 사내가 되시라. 어리석은 이여, 쁘르타의 아들이 마부로 골랐기에 끄르슈나가 싸우지 않을 것이라고 생각한다면, 그래서 그대가 두려워하지 않는다면 아서라, 극한상황이 왔을 때 나는 모든 왕을 분노의 불길로 태워죽이리라. 불이 지푸라기를 태우듯! 나는 고결한 유디슈타라의 명에 따라 전투에서 자기가 할 일이 무엇인지 아는 아르주나의 마부 노릇을 하겠지만 그대가 삼계를 날아서 넘나들고 땅 밑을 기어들어도 아침이면 어김없이 그대 눈앞에 서 있는 아르주나의 전차를 보게 되리라. 비마세나의 외침이 모두 허세였다고 생각한다면 두샤사나의 피가 마셔지게 될 것임을 그때 확실히 알리라! 쁘르타의 아들 아르주나도, 유디슈티라 왕도, 비마세나도, 쌍둥이도, 이처럼 거슬리는 말을 하는 그대를 더 이상은 보지 못하리라."'

160

이어지는 산자야의 이야기는 이러하.

황소 같은 바라따 아르주나는 두료다나의 말을 듣고 붉어진 눈으로 노름꾼의 아들을 지그시 바라보았다. 명예롭고 명예로운 아르주나는 끄르슈나를 홀끗 보더니 제 튼튼한 팔을 잡으며 노름꾼의 아들에게 말했다.

'오로지 자기 위력에 기대어 적을 청하고, 두려움 없이 온전한 힘을 발휘하는 사람, 그런 사람을 사내라고 부르지. 타인의 위력에 기대어 적을 청하고, 자신은 힘도 쓰지 못하는 부끄러운 크샤뜨리야를 일컬어 세상은 비루한 사내라고 한다. 그대는 타인의 위력에 의지하고 있으면서도 스스로 위력적이라고 생각하지. 스스로 못나고 아둔한 사내이면서 적을 뒤흔들기를 바라는 것 아닌가? 그대는 모든 왕 가운데 가장 나이 들고, 이롭고, 생각 깊고, 절제하는 지혜가 크고 크신 분을 죽이려 작정하고, 성수를 뿌린 뒤 우쭐거리는 것 아니던가? 가문을 망친 생각 어둔 자여, 그대의 의도는 알았느니! 그대는 빤다와들이 마음이 여려서 강가의 아들을 죽이지 않으리라 생각했겠지. 드르따라슈트라의 아들이여, 그러나 나는 그의 기력에 기대어 그대가 허세부리는 이, 비슈마를 모든 궁수들이 지켜보는 가운데 맨 먼저 죽이리라.

그러니 노름꾼의 아들이여, 바라따들의 회당에 가서
드르따라슈트라의 아들 두료다나에게 전하라.
왼손잡이 아르주나가, "그러지"라고,
"이 밤이 지나면 격전이 있으리라"라고 말했다고.

성정 꼿꼿한 그가,
말에 진실한 그가 만약 꾸루들 가운데서
"빤다와 군과 샬와들을 죽이리라. 이것이 내 짐이니!"
라고 말하며 기쁨을 불러온다면,

"드로나 없이도 나는 세상을 파괴하리라.
빤다와들을 두려워할 것 없느니라"라고 말하면
우리 왕국은 욕심 많은 그대의 것이다.
"빤다와들은 망했다"는 기분이 들 터이니!

그러나 오만방자한 그대는 그대 안에서
용트림 하는 재앙을 보지 못하느니!
그러니 나는 전장에서, 모두가 보는 데서,
꾸루의 어른을 맞아 맨 먼저 죽이리라.

동이 트면 군사를 준비하고 대기하라.
약속대로 행하는 자여, 기치와 전차로 자신을 지키라.
나는 그대가 보는 앞에서 화살을 쏘아
그대의 섬과 같은 비슈마를 전차에서 떨어뜨리리!

　내일이면 수요다나는 허세가 무엇인지 알게 되리라. 내가 쏜 화살
망에 할아버지가 고통스러워하시는 걸 보면 말이지. "수요다나여, 성
난 비마세나가 저 시야 좁은 그대의 아우 두샤사나, 다르마라고는 모
르고 항상 적개심 가득하며 악한 생각에 찌들어 있는 잔혹한 그자에
게 회당 한가운데서 했던 맹세가 사실로 드러남을 보게 되리라. 수요
다나여, 자존심 세고 오만하며 분노 가득하고 거친데다 잔인하고 자
만심에 차 있으며, 이기적이고 잔혹하며 날카로운 말을 하고, 다르마
를 미워하며 아다르마를 따르고, 험하게 말하며 어른을 거스르고, 당
당하지 못하며, 온전히 부당한 짓만 하는 그대는 곧 쓰디쓴 결실을 보
게 되리라. 아둔한 왕이여, 와아수데와를 배후로 둔 내가 성났을 때
진정 살기를 바라는가? 무슨 근거로 왕국을 바라는가? 수요다나여,
비슈마, 드로나, 마부의 아들 까르나가 쓰러져 조용해지면 그대는 살
아갈 희망을 잃고, 왕국과 아들들의 희망을 잃으리라. 수요다나여, 형

제들의 죽음을 보고, 아들들의 죽음을 보고, 그대 자신이 비마세나에게 당할 때 그대의 잘못된 행위를 기억하리라. 끄르슈나는 두 번 맹세하지 않는다. 나는 진실을 말하리라. 모든 것은 사실이 되리니.'"

산자야가 이어 말했다.
"드르따라슈트라 왕이시여, 노름꾼의 아들은 이렇게 듣고 그 말을 새긴 뒤 그곳을 떠나 왔던 곳으로 다시 돌아갔답니다. 빤다와들에게서 돌아온 노름꾼의 아들은, 드르따라슈트라의 아들에게로 가서 자기가 들었던 것을 모두 그대로 꾸루의 모임에서 말했답니다. 황소 같은 바라따의 후손은 끄르슈나와 아르주나의 말을 듣고 두샤사나, 까르나, 샤꾸니에게 말했지요. 그리고 그는 왕의 군대와 동지들의 군대를 다음 날 아침 해가 뜨기 전에 정렬해 준비를 마치도록 명했답니다. 사절들은 까르나가 이른 대로 전차로, 낙타로, 암말로, 또 어떤 이는 발 빠른 준마로 속력을 다해 돌아다녔습니다. 까르나의 명에 따라 그들은 전군에게 '동 트기 전에 채비하라!'라는 왕의 명을 전했답니다."

전사 ✝ 들과 일당 백의 전사들을 헤아림

전사_ 여기에서는 전차를 타고 싸우는 뛰어난 전차병을 이른다.

161

산자야가 말했다.

"꾼띠의 아들 유디슈티라는 울루까의 말을 듣고 드르슈타듐나가
이끄는 군대에게 출정을 명했습니다. 보병, 코끼리병, 전차병, 기병
등 대지처럼 흔들림 없는 네 종류의 무시무시한 병력에 명을 내린 것
입니다. 비마세나 등의 대전사가 아르주나와 함께 지키고, 드르슈타
듐나가 지휘하는 병력은 가를 수 없는 바다와 같았답니다.

불패의 빤짤라의 대궁수 드르슈타듐나, 드로나의 목숨을 뺏으려
는 그가 선봉에 서서 군을 이끌었습니다. 그는 병사들에게 힘이 닿는
만큼 혼신을 다해 적군의 전차병들을 맡으라고 지시했고, 아르주나에
게는 마부의 아들 까르나를, 비마에게는 두료다나를, 나꿀라에게는
아쉬와타만을, 샤이비야에게는 끄르따와르만을, 우르슈니의 후손 유
유다나에게는 신두의 왕 자야드라타를, 쉬칸딘에게는 비슈마를 맡기
며 선봉에 세웠답니다. 사하데와에게는 샤꾸니를, 쩨끼따나에게는 샬

라를, 드르슈타께뚜에게는 샬리야를, 웃따마오자스에게는 가우따마 끄르빠를, 드라우빠디의 아들들에게는 다섯 뜨리가르따들을 맡겼습니다. 수바드라의 아들 아비만유에게는 우르샤세나와 나머지 왕들을 맡겼습니다. 아비만유가 꾼띠의 아들 아르주나보다도 전투에 뛰어난 힘이 있다고 생각했기 때문이지요. 이처럼 병사들을 함께, 또는 따로 배정한 불꽃 같은 피부를 지닌 대궁수 드르슈타듐나는 드로나를 자기의 표적으로 삼았답니다.

군사대장들의 대장인 대궁수 드르슈타듐나는 영리하게 진을 펼친 뒤 전투를 위해 마음을 단단히 굳혔습니다. 지시받은 대로 빤다와들의 병력을 정비한 그는 빤두 아들들의 승리를 위해 전장에서의 전투 채비를 갖췄답니다.”

162

드르따라슈트라가 말했다.

“산자야여, 아르주나가 비슈마를 죽이겠다고 맹세할 때 두료다나를 위시한 어리석은 내 아들들은 무엇을 하고 있었더냐? 나는 벌써 저 강궁 쁘르타의 아들이 와아수데와의 도움으로 내 아버지 강가의 아들을 전장에서 죽였음을 보았구나. 가늠할 수 없는 지혜를 지닌 대궁수 비슈마, 전사중의 전사인 그는 아르주나의 말을 듣고 뭐라 하시더냐? 까우라와들의 짐을 지고 군사들의 대장을 맡은 강가의 아들, 지혜 크고 용맹 넘치는 그분께서는 어떤 행동을 취하시더냐?"

이어지는 와이샴빠야나의 이야기는 이러하다.

그리하여 산자야는 꾸루의 어른, 가늠할 수 없는 빛을 지닌 비슈마가 말한 것을 모두 다 있는 그대로 드르따라슈트라에게 고했다.
산자야가 말했다.
"왕이시여, 샨따누의 아들 비슈마는 군사대장을 맡기로 한 뒤 웃으며 두료다나에게 이렇게 말했습니다.
'삼지창 손에 든 신들의 군사대장 꾸마라를 경배한 뒤 오늘부터 나는 그대 군사들의 대장이 되리다. 의심치 마오. 나는 군의 일을 잘 알고, 다양한 군진에 대해서도 잘 아느니, 시종들과 하인들을 어떻게 일하게 하는지도 알지요. 전차를 몰고 행군하는 일에도, 전투에서 얻고 살피는 것에도, 대왕이여, 나는 브르하스빠띠가 아는 것만큼 잘 알고 있다오. 나는 신, 간다르와, 인간들의 대군진을 모두 알고 있소. 그것들로 나는 빤다와들을 현혹시킬 것이오. 걱정 마시오. 나는 그대의 군대를 지키기 위해 샤스뜨라가 이르는 대로, 원칙에 따라 싸울 것이오. 왕이여, 그대 마음에서 걱정을 걷어 내시오.'
두료다나가 말했다.
'팔심 넘치는 강가의 아들이시여, 신과 아수라들이 함께 와도 저는 두렵지 않습니다. 사실입니다. 적수 없는 당신이 대장으로 계시는데 더 말할 필요 어디 있으리까? 범 같은 드로나도 전쟁을 반기며 곁에 계시지 않더이까? 어느 누구보다 뛰어나신 두 분이 계시니 승리는 제 것입니다. 최상의 꾸루시여, 필시 신들의 왕국도 얻기 어렵지 않을 것입니다. 꾸루의 후손이시여, 그럼에도 저는 적과 저희들이 가진 병력의 전체적인 수를, 일당백 용사들의 수를 알고 싶습니다. 할아버지께서는 적과 아군에 대해 모두 잘 알고 계시니 여기 있는 이 땅의 모든 군주와 함께 그에 대해 듣고 싶습니다.'

비슈마가 말했다.

'간다리의 아들, 꾸루의 왕이여, 아군 전사의 수부터 들으시오. 세상을 지키는 이여, 또한 일당백의 전사들이 어느 정도인지도 들으시오. 그대 군에는 수천, 수만, 수백만 명의 전사가 있으나 그들 중 중요한 이들만 들어 보시오. 그대가 맨 첫 자리를 차지하는 전사이며, 두샤사나를 비롯한 백 명의 형제들이 모두 무엇을 끊고, 자르고, 찌를지 아는 전투에 능한 전사들이라오. 전차에 타서도, 코끼리 등에 올라서도, 철퇴 싸움에서도 칼과 방패를 쓰는 것에도 모두들 능해서 훌륭한 몰이꾼이요, 투사요, 무기를 잘 다루는 무사요, 그대의 짐을 지고 갈 수 있는 이들이라오. 화살을 쏘는 것에서는 드로나의 제자요 샤라드와뜨의 아들 끄르빠의 제자들이지요. 빤다와들에게 괴롭힘 당한 마음 꽃꽃한 다르따라슈트라들이 전장에서 전쟁에 취한 빤짤라들을 죽일 것이오.

최상의 바라따여, 그리고 나는 전군의 대장으로서 적을 모두 물리치고 빤다와들을 없앨 것이오. 그러나 나는 내가 가진 자질에 대해서는 말하지 않으리. 그대가 더 잘 알고 있으니! 보자의 끄르따와르만은 투사 중의 투사인 일당백의 전사들이라오. 그가 전투에서 그대의 목적을 이뤄줄 것임에는 의심의 여지가 없소. 날탄을 쓰는 이들이 감히 넘보지 못하고, 먼 곳까지 화살을 날릴 수 있으며, 무기를 씀에 당당한 그는 대인드라가 다나와들을 죽이듯 그대의 적을 죽이리. 대궁수인 마드라의 왕 샬리야도 일당백의 전사들이라고 여겨지오. 그는 전쟁 때마다 언제나 와아수데와에 맞서 싸우곤 했지요. 그대의 훌륭한 전사 샬리야는 누이의 아들들*을 뒤로 하고 이 전쟁에서 바퀴와 철퇴를 든 끄르슈나를 맞아 싸울 것이오. 대양의 파도 같은 속력으로 적들을 쓸어나갈 부리쉬라와스, 무기 다루는 법을 능히 아는 그도 그대가 잘되기를 바라는 벗이라오. 수없는 전사들의 무리를 이끄는 대궁수 소마닷따의 아들은 엄청난 적군의 병사들을 궤멸시킬 것이오.

대왕이여, 신두의 왕 자야드라타는 두 명의 전사와 같다고 생각되오. 왕이여, 그 빼어난 전사는 전장에서 용맹스럽게 싸울 것이오. 적의 영웅을 죽이는 그는 전에 드라우빠디를 납치할 때 빤다와들에게 험한 꼴을 당한 기억으로 매섭게 싸울 것이오. 왕이여, 그는 그때 혹독한 고행을 했고 전쟁에서 빤다와들을 물리친다는 얻기 어려운 축복을 빌었지요. 왕이여, 범 같은 그 전사는 예전의 적개심을 떠올려 버리기 어려운 목숨을 버려가며 빤다와들과 싸울 것이오.'

163

비슈마가 말했다.

아들들_ 나꿀라, 사하데와.

'깜보자의 수닥쉬나는 전사 한 명을 맞아 싸울 수 있는 전사라오. 그는 그대의 목적을 이뤄주고 싶어서 전장에서 싸울 것이오. 훌륭한 왕이여, 꾸루들은 전쟁에서 그대를 위해 인드라 같은 용맹으로 싸우는 그 사자 같은 전사를 볼 것이오. 대왕이여, 그는 메뚜기 떼처럼 전속력으로 달려들어 공격하는 깜보자의 전차 무리를 갖고 있다오. 마히슈마띠에서 사는 닐라는 검푸른 갑옷을 입고 있지요. 그는 전차 무리로 적을 궤멸케 하리니. 최상의 꾸루의 왕이여, 그 왕은 사하데와와 있었던 예전의 적개심 때문에 항상 그대를 위해 싸울 것이오. 아완띠의 윈다와 아누윈다는 훌륭한 전사들이오. 왕이여, 그들은 전쟁에 능하고 현란한 위력과 용맹을 갖추었으니. 사자 같은 이 두 사내는 손에서 쏟아져 나오는 철퇴, 창, 쇠 화살, 곤봉으로 적군을 태우리. 대왕이여, 무리 안에서 노는 두 마리의 코끼리 대장처럼 싸움을 열망하는 이들 둘은 전장을 마치 죽음처럼 누빌 것이오.

뜨리가르따의 다섯 형제도 전사들이라고 생각되오. 그들은 위라따의 도성에서 있었던 일로 쁘르타의 아들에게 적개심을 갖고 있소. 인드라 같은 왕이여, 그들은 악어가 강가의 물살을 요동치게 하듯 전장에서 빠르타들을 뒤흔들 것이오. 인드라 같은 왕이여, 사띠야라따가 이끄는 이 다섯 전사들은 예전에 있었던 일을 기억하며 전장에서 싸울 것이오. 바라따의 후손이여, 그는 흰말 탄 빤두의 아들 비마세나의 아우가 세상을 정복할 때 받은 치욕을 기억하며 싸울 것이오. 크샤뜨리야들의 짐을 지고 가는 빼어나고 빼어난 저 대궁수들이 빠르타들의 대전사들을 공격해 죽이리.

그대의 아들 락쉬마나와 두샤사나의 아들 둘 다 전투에서 물러서지 않는 범 같은 왕자들이오. 어리고 섬세하나 열망에 찬 이 두 왕자는 전쟁에 대해 잘 알고 모두를 이끌지요. 범 같은 전사여, 이들은 둘 다 전사요, 크샤뜨리야 다르마를 따르며 큰일을 해낼 영웅이라오. 나는 이들이 매우 빼어난 전사라고 여기느니. 대왕이여, 황소 같은 사내 단라다라는 한 명의 전사를 상대해 싸울 만한 전사요. 그는 싸울 때가 되면 자기 병사들의 비호를 받으며 싸울 것이오. 꼬살라의 왕 브르하드발라는 빼어난 전사요. 나는 그가 빠르기와 용맹이 탄탄한 전사라고 생각한다오. 그는 전장에서 자기 군대를 환호하게 하며 싸울 것이오. 그는 매서운 용사요, 대궁수이며 두료다나를 위해 싸우기를 좋아할 것이오.

왕이여, 끄르빠 샤라드와따는 전사들의 지도자의 지도자라오. 그는 기꺼이 목숨을 바쳐 그대의 적을 물리치리. 대선인이요 스승인 샤라드와뜨 고따마의 아들인 그는 까르띠께야처럼 갈대 줄기에서 태어났지요. 왕이여, 그는 불처럼 전장을 누비며 온갖 무기와 활을 들고 있는 수많은 병사를 물리칠 것이오.'

164

비슈마가 말했다.

'왕이여, 그대의 외삼촌 샤꾸니는 전사 한 명에 버금간다오. 빤다와들과의 이런 적개심을 불러온 그가 여기서 잘 싸울 것임에는 의심의 여지가 없소. 전장에서 물러섬 없는 그의 군대는 대항하기 어렵고 온갖 무기를 충족히 갖추었으며, 빠르기는 바람의 속도와 같다오.

드로나의 아들, 어떤 궁수보다도 더 대단한 궁수인 그는 전장에서 화려한 전술을 보이는 강궁의 대전사라오. 대왕이여, 간디와 활잡이 아르주나의 것과 같은 그의 활에서는 화살들이 줄을 이어 쏟아져 날아갈 것이오. 그럼에도 나는 원하면 삼계를 능히 태워버릴 수 있는 명예 큰 이 영웅을 훌륭한 전사로 셀 수는 없소. 그는 아쉬람에 살면서 숱한 고행을 통해 분노의 기를 쌓았고, 운 좋게도 드로나의 후의로 천상을 무기를 얻었소. 황소 같은 바라따여, 훌륭한 왕이여, 그러나 그에게는 큰 결점이 하나 있기에 나는 그를 일당백의 전사들로 꼽지 않는다오. 목숨을 너무나 소중히 여기는 이 브라만은 언제나 살아남으려고 애를 쓰지요. 양쪽 진영에 그와 대등한 병사는 없소. 그는 전차 한 대면 신들의 병력도 처단할 수 있고, 손바닥 치는 소리만으로도 산을 무너뜨릴 수 있소. 셀 수 없는 자질을 갖춘 이 영웅은 매서운 빛을 뿜는 투사이며 지팡이 손에 든 신†처럼 견딜 수 없고, '시간'처럼 돌아다닐 것이오. 바라따여, 사자 같은 목을 지닌 생각 많은 이 전사는 화나면 유가의 끝의 불과 같아서 병력의 후방을 파괴할 것이오.

빛이 넘치는 그의 아버지는 나이 들었으나 젊은이들보다 뛰어나오. 그가 전장에서 큰일을 해내리라고 나는 믿어 의심치 않소. 그가 쏜 화살의 속도에서 이는 바람은 죽은 나무 같은 군사들에게 불을 일으켜 승리를 굳히며 빤다와의 군대를 태우리. 전사들의 우두머리를 이끄는 황소 같은 사내, 저 바라드와자의 아들 드로나는 그대를 위해

지팡이 손에 든 신 _ 야마.

654

극한의 일을 하리. 그는 성스런 머리 목욕을 한† 모든 이들의 스승이며, 오래된 스승인 그는 스른자야들의 끝을 볼 것이오. 그러나 다난자야는 그가 아끼는 제자이지. 이 대궁수는 흠결 없는 행위의 아르주나를 죽이지 않을 것이오. 그의 덕으로 얻었던 스승으로서의 빛나는 지위를 기억하기에 영웅 드로나는 언제나 아르주나의 자질을 장황하게 칭송하고, 아들보다 그를 더 아끼지요. 위용 넘치는 그는 전차 한 대로 신, 간다르와, 다나와들이 한꺼번에 덤벼도 천상의 무기를 써서 한 번에 처단해 버린다오.

영웅적인 왕이여, 그대의 범 같은 대전사 빠우라와는 적의 영웅의 전차를 짓뭉갤 만한 전사라고 생각되오. 자기 군대와 함께 그는 적의 군대를 괴롭힐 것이오. 그는 검은 꼬리 가진 불이 죽은 나무를 태우듯 빤다와들을 태울 것이오. 인드라 같은 왕이여, 그의 용사들은 다채로운 갑옷에 온갖 무기를 들고 전차에서 그대의 적을 죽이리. 까르나의 아들 우륵샤세나는 가장 빼어난 전사이며 대전사요. 누구보다 힘센 그는 그대의 적군을 태우리. 왕이여, 빛이 넘치는 잘라산다는 가장 훌륭한 그대의 전사요. 적의 영웅을 처단하는 그 마가다의 사내는 전장에서 목숨을 버리며 싸울 것이오. 코끼리 등 타기에 능한 팔심 좋은 그는 전장에서 전차로 싸우며 적군을 궤멸시키리. 대왕이여, 황소 같은 이 사내가 내 생각에는 대전장에서 자기 병사들과 함께 그대를 위해 목숨을 버릴 전사로 보인다오. 왕이여, 전장에서 용맹스런 용사이며, 또한 빛나는 용사인 그는 두려움 없이 그대의 적들과 싸우리.

~목욕을 한_ 스승에게서 배워야 할 모든 것을 배운 뒤 스승의 승인을 받고, 끝내는 의식으로 하는 목욕재계.

왕이여, 내 생각에 바흘리까는 일당백의 전사들 같소. 그는 전장에서 물러섬이 없고, 전투에 나서면 위와스와따의 아들 야마와 같은 용사라오. 왕이여, 그는 전투에 나서서 결코 물러선 적이 없소. 언제나 움직이는 바람처럼 전장에서 적군을 공격할 것이오. 대왕이여, 대전사요 군사대장인 사띠야와뜨는 전장에서 놀라운 일을 하며 적의 전차들을 섬멸할 전사라오. 그는 전장을 보고 결코 주저하지 않으며, 속력을 다해 전차를 몰고 오다가 그 길에 서 있는 적을 내리칠 것이오. 이 빼어난 사내는 적진에서 진정한 사내가 지니는 용맹을 떨치며 그대를 위해 격전장에서 큰일을 해낼 것이오. 왕이여, 힘이 넘치는 락샤사들의 왕 알라유다는 이전의 적개심을 떠올리며 잔혹한 행위로 저들을 죽일 것이오. 마법을 쓰는 그는 모든 락샤샤 병력 중에서 가장 뛰어나며 적개심이 단단한 자이지요, 그가 전장을 누빌 것이오.

쁘라그조띠샤의 왕, 위용 넘치는 바가닷따는 코끼리 몰이꾼들 중 가장 뛰어나며 전차에서 싸우는 데도 능한 영웅이라오. 그는 예전에 간디와 활잡이와 격전을 벌인 적이 있지요. 왕이여, 둘 다 승리를 탐하던 터라 그 격전은 오래고 오랜 날들 동안 지속되었다오. 간다리의 아들이여, 그러다 후에 그는 인드라와의 교분을 생각해서 고결한 빤두의 아들과 친분을 맺었지요. 코끼리 등 타기에 능한 그가 전장에서 싸울 것이오. 신들의 왕 인드라가 아이리와따의 등에 탄 것처럼.'

165

비슈마가 말했다.

'아짤라와 우르샤까 형제는 둘다 무적의 전사로 그대의 적을 짓뭉개리. 범 같은 두 사내는 힘세고 분노 무서운 싸움꾼이요, 잘생기고 젊고 기운 넘치는 간다리의 수장들이오. 왕이여, 그대가 아끼는 벗이요 전장에서 거칠어지는 이, 매섭고 허세 많으며 천박한 까르나와 이까르따나가 그대의 전쟁에서 빤다와들과 싸울 것이오. 그는 그대의 책사요 지도자요 동지요, 오만방자한 자화자찬가요. 그러나 왕이여, 그는 온전한 전사도 아니요 일당백의 전사들은 더더구나 아니라오. 입은 채 태어난 갑옷을 생각 없이 놓아버렸고, 언제나 걸고 있던 천상의 두 귀걸이도 벗어버렸소. 빠라슈라마의 저주와 브라만의 말, 그리고 자신의 도구를 잃어버린 것 때문에 나는 그가 반쪽의 전사라고밖에 여겨지지 않는다오. 그가 아르주나를 만나면 다시는 살아 돌아오지 못할 것이오.'

이어지는 산자야의 이야기는 이러하다.

이제, 무기 가진 이들 중에 가장 빼어난 이, 팔심 좋은 드로나가 말했다.

'당신이 말씀하신 그대로이며, 거짓이라고는 없습니다. 전장에서마다 등을 돌려왔던 오만방자한 까르나는 나태하고 나약한 반쪽의 전사라고 생각합니다.'

이 말을 들은 라다의 아들은 분노로 눈이 붉어지며 채찍 같은 말로 때리듯 비슈마에게 말했다.

'할아버지시여, 저는 무고합니다. 그럼에도 당신은 저를 미워하여 말끝마다 언제나 화살 같은 언변으로 저를 꿰뚫어놓지요. 그럼에도 저는 모든 것을 두료다나를 위해 견디고 있습니다. 당신은 저를 비겁하고 약해빠진 사내로 취급합니다. 제 생각에는 당신이야말로 의심할 여지도 없이 반쪽의 전사 같습니다. 강가의 아들이시여, 당신은 항상 이 세상과 꾸루들이 잘되기를 바라지 않습니다. 저는 거짓을 말하지 않지만 왕은 그것을 깨닫지 못하는 것 같습니다. 당신 말고 또 누가 고결한 행적을 지닌 마음 맞는 왕들에게 이런 분란을 일으키려 하겠습니까? 당신은 전장에서 한 일로 인해 전사의 빛을 죽이고, 그들의 자질을 이야기하며, 그들을 깎아내리려 하십니다. 꾸루의 후손이시여, 크샤뜨리야 대전사는 햇수로도 흰머리로도 재물로도 친지로도 헤아릴 수 있는 것이 아닙니다. 힘에서 가장 뛰어난 자가 크샤뜨리야요, 책략으로 가장 뛰어난 자가 브라만이라고 알려져 있습니다. 재물이 가장 많은 자는 와이샤요, 슈드라는 나이에 따라 뛰어남을 정합니다. 당신은 자신이 좋아하고 싫어하는 것에 따라서 미혹으로 인해 당신 자신만의 생각으로 전사와 일당백의 전사들에 대해 말합니다.

(두료다나를 향해) 팔심 좋은 두료다나여, 잘 살피는 것이 좋겠습니다. 이 비슈마가 당신께 해를 끼치고 있습니다. 당신 마음에 가득 차 있는 그를 버리십시오. 왕이시여, 한 번 갈라진 군대는 다시 합치기가 어렵습니다. 범 같은 사내여, 같은 뿌리에서 나와도 그러할진대 다른 뿌리라면 일러 무엇하리까? 바라따의 후예시여, 용사들 간의 미

움이 전장에서 싹텄습니다. 바로 우리 눈앞에서 그는 우리의 기를 죽이고 있습니다. 생각 얕은 비슈마가 가진 전사에 대한 앎은 어디서 왔을까요?

내가 빤다와 군대를 뒤엎겠습니다. 빤다와들과 빤짤라들은 나를 마주치는 곳마다 정신 놓고 달아날 것입니다. 호랑이를 본 황소들처럼 말이지요. 시간에 현혹된 저 생각 어둔 비슈마가 있는 곳에 전쟁에서의 도륙은 어디 있고, 제대로 된 책략은 어디 있습니까? 언제 어느 때 세상 모두와 만나도 다른 어떤 누구도 사람으로 생각지 않는 그는 눈이 필요 없는 사람입니다. 나이 든 사람의 말을 잘 들어야 하는 것이 샤스뜨라의 가르침이지만, 망령든 자의 말은 어린아이의 말과 같다고 생각해야 합니다.

나 혼자서 빤다와들을 죽일 수 있습니다. 의심치 마십시오. 범 같은 왕이시여, 그러나 아무리 잘 싸워도 그 명예는 비슈마에게 돌아갈 것입니다. 왕이시여, 당신은 비슈마를 군사대장으로 만들었습니다. 모든 공덕은 군사대장에게 돌아가지요. 어떤 경우에도 병사들에게 돌아가지는 않습니다. 왕이시여, 강가의 아들이 살아 있는 한 나는 결코 싸우지 않겠습니다. 비슈마가 죽고 나면 모든 대전사들과 함께 싸우겠습니다.'

비슈마가 말했다.

'나는 여러 해를 생각하고 생각해왔던 드르따라슈트라의 전쟁에서 이 거대한 바다와 같은 짐을 떠맡았다. 마부의 아들이여, 결국은 털을 곤두서게 하는 참담한 그 시간이 왔고, 나는 여기서 분란을 일으켜서는 안 되느니. 그래야 그대도 살지 않겠는가? 마부의 아들이여, 그렇지 않다면 내 비록 늙었어도 호기를 보여 전장에서의 싸움과 삶에 관한 애송이 같은 그대의 신념을 꺾어놨으리라. 자마다그니의 아들 빠라슈라마가 저 대단한 날탄을 날렸을 때도 나는 한 치의 고통도 느끼지 않았었다. 그러하거늘 그대가 내게 무엇을 할 수 있으랴. 가문을 망친 자여, 성자라면 자신이 가진 힘을 추어 올리기를 바라지 않는다. 그럼에도 나는 오늘 성난 김에 그대에게 말해 주리라. 크샤뜨리야 왕들이 모여든 까쉬 왕의 딸을 위한 낭군 고르기 마당에서 나는 달랑 전차 한 대로 그들 모두를 물리치고 처녀들을 무력으로 끌고 왔었다. 그런 뛰어난 사내들이 수천에 수천을 헤아렸고 그들의 병사들도 있었으나 나는 홀로 그 전장에서 그들 모두를 물리쳤지. 적대감으로 꽉 차 있는 그대를 얻은 것이 꾸루들에게는 큰 해악이 되었구나. 파멸을 위해 그대가 왔구나. 사내처럼 행동하여라. 전장에서 그대가 없애버리고자 하는 아르주나와 싸워라. 고약하고 고약한 자여, 나는 그대가 그 싸움에서 도망가는 꼴을 지켜보리라.'

이어지는 산자야의 이야기는 이러하다.

그러자 속 깊은 두료다나 왕이 말했다.

'강가의 아들이시여, 저를 봐주십시오. 해야 할 큰일이 있습니다. 무엇보다도 제게 어떤 것이 가장 좋을지 생각해 주십시오. 두 분 모두 제게 큰일을 해주실 것입니다. 저는 적군의 빼어난 전사들에 대해 더 듣고 싶습니다. 그리고 대군을 이끄는 일당백의 전사들은 누구인지 듣고 싶습니다. 꾸루의 후예시여, 저는 적의 강점과 약점에 대해서도 듣고 싶습니다. 날이 밝아지면 전투가 있을 것입니다.'

비슈마가 말했다.

'왕이여, 전사들과 일당백의 전사들, 또한 반쪽 전사들에 대해 말했고, 이제 빤다와들의 전사들을 헤아려 볼 테니 들으시오. 왕이여, 빤다와들의 전력이 궁금하다면 말이오, 이 땅을 지키는 군주들과 함께 전사들을 헤아려보겠소. 꾼띠의 기쁨인 빤다와 왕 자신이 뛰어난 전사라오. 왕이여, 그가 불같은 전장을 누비리라는 데는 의심의 여지가 없소. 인드라 같은 왕이여, 그러나 비마세나는 전사의 여덟 배 정도라오. 그는 코끼리 떼와 같은 힘이 있고, 자존심이 강하여 인간이라고는 할 수 없는 기가 있소. 황소 같은 사내들, 마드리의 두 아들은 둘 다 전사들이요, 아쉬인과 마찬가지로 용모와 기를 타고 났다오. 그들은 전방에 서서 예전의 고통을 기억하며 루드라처럼 움직일 것이 틀림없어 보이오.

이들 모두 고결한 샬라나무 같은 몸통을 갖고 있으며, 키도 보통 사람들보다 한 뼘씩은 크다오. 고결한 빤두의 아들들은 모두 사자처

럼 당당하고, 모두 금욕 수행과 혹독한 고행을 해왔소. 범 같은 이 사
내들은 염치가 있고 호랑이 같은 힘을 자랑한다오. 빠르기와 후려치
기 격투에서는 초인적이지요. 황소 같은 바라따여, 세상 정복에 나섰
을 때 그들은 모든 왕을 제압했었소. 어떤 사내들도 그들의 무기와 철
퇴와 화살에 맞설 수 없다오. 꾸루의 후손이여, 그들의 활줄조차도 건
드릴 수 없소. 무거운 철퇴를 들어 올릴 수도, 활을 걸 수도 없소. 빠
르기에서도, 표적을 끌고 오는 데서도, 놀이에서도, 그리고 진흙 바닥
에서의 씨름에서도, 어려서부터 그들 모두가 그대보다 뛰어났느니!
자기 힘을 자랑스러워하는 범 같은 그들이 그대의 군을 공격하면 군
은 부서지고 말 것이오. 전장에서 그들과 맞붙지 마시오. 인드라 같은
왕이여. 그들은 전장에서, 그대의 눈앞에서 모든 왕을 하나하나 제압
했소. 라자수야 희생제에서도 그러했지. 드라우빠디의 치욕과 노름에
서의 거친 말을 기억할 그들은 전장에서 시간처럼 돌아다닐 것이오.

　영웅이여, 나라야나[†]가 돕는 붉은 눈의 아르주나, 양쪽 진영 어디
에도 그런 전사는 없을 것이오. 신들 가운데서도, 다나와, 뱀들, 락샤
사, 약샤들 가운데에서도 이전에 없던 전사이거늘, 인간들 사이에서
야 어찌 있을 수 있겠는가? 전에도 후에도 이 같은 전사에 대해서 나
는 들은 바가 없소. 대왕이여, 누구도 사려 깊은 쁘르타의 아들처럼
일을 해내지 못하느니! 와아수데와가 마부요, 다난자야가 용사요, 간
디와가 활이며, 말들은 바람처럼 빠르오. 천상의 갑옷은 꿰뚫을 수 없
고, 두 개의 화살집은 화살들을 끊임없이 쏟아내지요. 날탄은 마헨드
라, 와루나, 꾸베라, 야마, 루드라의 것들로 되어 있고, 철퇴는 형상조

나라야나_ 끄르슈나.

662

차 무시무시하고, 벼락을 위시한 온갖 던지는 무기들은 더할 나위 없이 훌륭하오. 전차 한 대로 그는 히란야뿌라에 사는 수천의 다나와들을 죽였소. 그에 맞설 전사가 어디 있겠소?

기가 치솟고, 기운 넘치며, 진실을 용맹으로 삼는 팔심 넘치는 그가 내일 자기 군을 지키며 그대의 병사들을 죽이리. 나, 혹은 드로나 스승이 다난자야와 맞설 것이오. 인드라 같은 왕이여, 그러나 양쪽 진영에 세 번째는 없으리. 전차 위에서 싸우는 그가 여름의 끝에 거센 바람을 일으키는 구름처럼 화살 비를 내리리. 와아수데와의 도움을 받아 싸우는 꾼띠의 아들은 젊고 날쌔지만 우리 둘은 늙었구려.'

이어지는 산자야의 이야기는 이러하다.

비슈마의 이 같은 말을 듣고 왕들은 황금 팔찌 두른 탄탄한 팔, 전단향 스며 있는 팔들을 힘없이 늘어뜨렸다. 빤다와의 예전 행적들을 기억한 그들은 눈앞에서 그것을 직접 보고 있는 듯 가슴에 걱정이 스며들어왔다.

167

비슈마가 말했다.
'대왕이여, 드라우빠디의 아들들은 다섯이 모두 대전사들이오. 그

리고 위라타의 아들도 훌륭한 전사라고 생각되오. 대왕이여, 아비만
유는 전사들을 이끄는 전사들의 전사라오. 그는 전장에서 아르주나
와도, 끄르슈나와도 같소. 그는 날쌔게 날탄 쏘는 수려한 용사요. 마
음 꼿꼿하고 용기 단단하지요. 자기 아버지의 고생을 기억한 그는 용
맹스럽게 싸울 것이오. 사띠야끼 마다와는 전사들을 이끄는 전사들의
전사요. 우르슈니 영웅들 중에서도 분심이 많고, 두려움을 모두 이겨
낸 자이지요. 왕이여, 웃따마오자스도 대단한 전사라고 나는 생각하
고 있소. 또한 황소 같은 용맹을 지닌 유다만유도 빼어난 전사요. 그
들은 수천을 헤아리는 전차, 코끼리, 말을 갖고 있고, 꾼띠의 아들을
기쁘게 하려는 마음으로 자기들 몸을 바쳐 싸울 것이오. 바라따의 후
손이여, 인드라 같은 왕이여, 그들은 빤다와들과 함께 그대의 군대에
맞서 불과 바람처럼 서로를 부르며 싸우리. 전장에서 적수가 없는 위
라타와 드루빠다, 황소처럼 기력 넘치는 그 둘을 나는 대전사로 여기
고 있소. 나이가 들었음에도 크샤뜨리야 다르마에 충실한 그들은 영
웅들이 가는 길에 우뚝 서서 할 수 있는 최선의 노력을 할 것이오. 인
드라 같은 왕이여, 혼례를 통해 친지로 맺어진 그들은 기력과 힘에
서 누구보다 앞서고 거동이 고결한 대궁수들이오. 저들은 애정의 사
슬로 꽁꽁 묶여 있다오. 황소 같은 사내여, 뭔가 이유를 만나게 되면
팔심 좋은 모든 사람들은 용사가 되거나 겁쟁이가 되지요. 백성들의
주인이여, 충성심 단단한 이들 둘은 아르주나라는 같은 이유로 엮여
있소. 이들은 목숨을 버려가며 최상의 힘을 펼쳐 보일 것이오. 이들
에겐 각자 잘 훈련된 무서운 사단 병력이 있지요. 이들은 친지로서
의 우애를 지키며 큰 업적을 이루리. 바라따의 후손이여, 세상의 영

웅이자 대궁수요, 목숨을 버리고 싸울 이 둘은 신념을 지키며 큰 업적을 이룰 것이오.'

168

비슈마가 말했다.

'왕이여, 빤짤라 왕의 아들, 적의 도시를 제압하는 쉬칸딘은 빠르타의 으뜸가는 전사라고 생각되오. 바라따여, 그는 전장에서 예전에 이루어졌던 업적들을 깨부수며 싸울 것이오. 그는 그대의 군대를 상대로 최고의 명예를 펼치리. 그에게는 대병력이 있고, 빤짤라와 쁘라바드라까가 있소. 그는 전차들의 무리를 이끌고 큰 공을 세울 것이오.

바라따의 후예여, 드르슈타듐나는 전군을 이끄는 대장이오. 왕이여, 드로나의 제자요 대전사인 그가 나는 일당백의 전사라고 생각된다오. 그는 전장에서 적진을 짓밟으며 싸울 것이오. 유가를 끝내며 성스러운 삐나까를 든 성난 쉬와처럼 말이오. 전쟁을 좋아하는 사람들은 그의 전차병들에 대해 바다처럼 많은 신들의 병력 같다고 말들 하지요. 인드라 같은 왕이여, 드르슈타듐나의 아들 크샤뜨라다르마는 내 생각에 아직 어리고 그리 잘 훈련되지는 않아서 반쪽 전사인 것 같소. 쉬슈빨라의 아들, 쩨띠의 드르슈타께뚜 왕은 영웅이요, 대전사이지요. 대궁수인 그는 빤다와들의 친척이라오. 바라따의 후예여, 그 쩨디의 군주와 그의 아들들은 대전사들도 하기 어려운 큰일을 해낼 것이오.

인드라 같은 왕이여, 크샤뜨리야 다르마에 충실한 크샤뜨라데와
는 적의 도시를 제압한 이로, 빤다와 병력 중에서도 매우 빼어난 전
사인 것 같소. 자얀따, 아미따오자스, 대전사 사띠야지뜨는 모두 고
결하고 훌륭한 빤짤라의 대전사들이오. 전장에서 그들은 성난 코끼
리처럼 싸울 것이오. 아자와 보자는 빤다와군의 용맹스런 대전사들
이오. 그들은 빤다와들을 돕기 위해 더할 나위 없이 애쓸 것이오. 무
기 쓰는데 날래고, 누구보다 수려한 싸움꾼이며, 더없이 단단한 용맹
을 지니고 있지요.

인드라 같은 왕이여, 께까야 다섯 형제는 맞서 싸우기 힘든 상대
라오. 이들 모두가 붉은 기를 휘날리는 훌륭한 전사지요. 왕이여, 까
쉬까, 수꾸마라, 닐라, 수르야닷따 왕, 샹카, 마디라쉬와는 모두 훌륭
한 전사요, 전투력 빼어난 용사들이오. 모두들 무기를 잘 다루고 모두
들 마음 큰 이들이라고 나는 생각하느니. 대왕이여, 나는 와르닥쉐미
가 대전사라고 생각된다오. 찌뜨라유다 왕도 훌륭한 전사라고 여겨지
오. 전장에서 빛나는 그는 왕관 쓴 아르주나에게도 헌신적이지요. 쩨
끼따나와 사띠야드르띠는 빤다와 군의 대전사들이오. 둘 다 범처럼
용맹스러운 훌륭한 전사라고 생각되오.

인드라 같은 바라따의 왕이여, 위야그라닷따, 짠드라세나는 빤다
와 군의 훌륭한 전사임이 틀림없다고 나는 생각하느니. 인드라 같은
왕이여, 끄로다한따라는 이름을 가진 세나빈두는 와아수데와 혹은 비
마세나와 같은 위용을 지니고 있다오. 그는 전장에서 그대의 병사들
과 용맹스럽게 싸울 것이오. 그는 나와 드로나와 끄르빠가 칭송되듯

훌륭한 전사로 칭송되고 사람들의 우러름을 받는다오.

날탄을 사용함에 더없이 날쌘 까쉬의 왕은 훌륭한 전사로 칭송 받아 마땅하오. 적의 도시를 제압할 수 있는 그는 한 명의 전사와 같다고 나는 생각한다오. 드루빠다의 아들 사띠야지뜨는 전장에서 용맹을 떨친 젊은이라오. 그는 전장에서 여덟 명의 전사와 맞먹는다고 여겨지오. 그는 드르슈타듐나와 거의 동등한 일당백의 전사들이 되었기 때문이오. 명예를 탐하는 그는 빤다와들을 위해 큰 공을 세울 것이오.

빤다와들의 짐을 지고 있는 위력 넘치는 왕 빤디야는 또 다른 대용사로 불릴 만한 헌신적인 용사이지요. 강궁이요 명궁인 그는 빤다와들의 빼어난 전사라오. 빼어난 꾸루의 후손이여, 쉬레니만과 와수다나 왕은 내 생각에 둘 다 일당백의 전사들인 것 같소.'

169

비슈마가 말했다.

'대왕이여, 로짜마나는 빤다와들의 대전사라오. 바라따여, 그는 전장에서 적군을 맞아 신들처럼 싸울 것이오. 뿌루지뜨 꾼띠보자는 힘이 넘치는 대궁수요. 비마세나의 외삼촌이지. 그가 내 보기에는 일당백의 전사들이오. 그는 영웅적 대궁수요, 능력과 솜씨를 갖춘 자라오. 수려한 용사요, 힘이 좋은 황소 같은 전사로 생각되오. 다나와들을 상대로 싸우는 인드라처럼 그는 용맹스럽게 싸울 것이오. 그의 병사들은 모두 명성 자자하고 싸움에 출중하오. 그 영웅은 조카들을 위해 전장에서 싸울 것이오. 또한 빤두들이 잘 되기를 바라며 큰 공을 세우리. 대왕이여, 비마세나와 히딤바아의 아들, 락샤사 제왕인 가토뜨까짜, 수많은 마법을 가진 그를 나는 전사들을 이끄는, 전사들의 전사라고 본다오. 왕이여, 전쟁을 좋아하는 그는 전장에서 마법으로 싸울 것이오. 그의 용감한 락샤사 병사들, 책사들도 그의 부름에 모여들 것이오.

이들 말고도 와아수데와를 필두로 한 수없이 많은 여러 왕국의 왕들이 빤다와들을 위해 모여들 것이오. 왕이여, 이들이 내 생각엔 고결한 빤다와들의 중요한 전사들, 일당백의 전사들, 그리고 반쪽의 전사들이라오. 왕이여 이들이 유디슈티라의 무서운 군대를 전장에서 이끌 것이며, 왕관 쓴 영웅 아르주나는 인드라인 듯 그들을 지킬 것이오. 영웅이여, 나는 승리를 위해 그대를 향해 짓쳐들어오는 저들, 승리하기를, 혹은 죽기를 바라는 저들을 맞아 전장에서 싸우리. 나는 간디와 활과 바퀴를 휘두르며 황혼녘에 만난 달과 해처럼 빼어난 저 두 사내, 쁘르타의 아들과 와아수데와를 맞아 싸우리. 빤두 아들들과 그들 군대의 훌륭한 전사를 맞아 나는 전장의 선봉에 서서 행군하리니.

꾸루의 왕이여, 나는 이렇게 그대에게 전사들, 일당백의 전사들, 반쪽의 전사들을 중요한 이들만 골라 말했소. 그대의 전사들도, 저들의 전사들도 모두 말이오! 바라따의 후손이여, 아르주나, 와아수데와, 그리고 거기 온 다른 왕들을 보자마자 나는 모두 뒤덮어 버릴 것이오. 그러나 팔심 좋은 이여, 나는 빤짤라의 왕자 쉬칸딘은 죽이지 않겠소. 아무리 그가 나를 향해 무기를 치켜들어도 전장에서 그와 맞서지 않으리. 아버지를 기쁘게 하기 위해 내가 내 것이었던 왕국을 버리고 금욕 수행의 굳은 서약을 했음을 세상은 알고 있소. 나는 찌뜨랑가다를 까우라와 왕위에 세우고, 어린 위찌뜨라위르야를 후계자로 책봉했소. 세상의 모든 왕 사이에 데와우라따라고 알려진 나는 여인이거나 한때 여인이었던 이를 죽이지 않을 것이오. 바라따의 왕이여, 쉬칸딘이 한때 여인이었다는 것은 그대도 들었으리. 그는 여인으로 태어나 후에 사내가 된 자요. 나는 그와 싸우지 않을 것이오. 황소 같은 바라따여, 나는 전장에서 나와 싸우려는 다른 모든 왕을 죽이겠소. 왕이여, 그러나 꾼띠의 아들들은 그렇게 할 수 없소.'

데와우라따_ 신들도 하기 어려운 맹세를 한 사람.

암바

170

두료다나가 말했다.

'훌륭하신 바라따의 후손이시여, 쉬칸딘이 전장에서 활을 치켜들고 당신을 죽이려고 온 힘으로 달려들어도 그를 죽이지 않겠다는 연유가 무엇입니까? 팔심 좋은 할아버지시여, 전에 할아버지께선 빤다와들과 소마까들을 죽이겠다고 하셨습니다. 강가의 아들이시여, 그 연유를 말씀해 주십시오.'

비슈마가 말했다.

'두료다나여, 내가 전장에서 쉬칸딘을 마주쳐도 죽이지 않겠다고 하는 연유를 여기 이 왕들과 함께 들어보시오. 내 아버지 샨따누 대왕은 황소 같은 바라따의 후손이셨소. 황소 같은 사내여, 고결한 그분은 전장에서 운명을 맞으셨소. 빼어난 바라따의 후손이여, 그래서 나는 지혜로운 내 아우 찌뜨랑가다를 왕위에 앉혔지. 그가 죽음을 맞자 나는 사띠야와띠의 뜻에 따라 의례대로 위찌뜨라위르야를 왕으로 만들어 성수를 뿌렸다오. 인드라 같은 왕이여, 내가 성수를 뿌렸던 고결한 위찌뜨라위르야는 어렸으나 다르마를 따랐고, 늘 나를 바라보고 있었소. 왕이여, 그의 혼례를 치러주기 위해 나는 적절한 가문에서 신부를 데려와야겠다고 마음을 먹었소.

팔심 좋은 이여, 그때 나는 까쉬 왕의 딸들이 모두 용모가 출중하다고 들었소. 그리고 그의 세 딸, 암바, 암비까, 암발리까의 낭군 고르기 마당에 대해서도 들었지. 황소 같은 바라따의 후손, 인드라 같은 왕이여, 거기에 이 땅의 왕들이 초대되었소. 암바가 맏이였고, 암비까는 둘째였으며, 암발리까는 왕의 가장 어린 딸이었다오. 이 땅의 군주여, 그래서 나는 달랑 마차 하나로 까쉬 왕의 도성을 향해 갔소. 팔심 좋은 이여, 거기서 나는 곱게 단장하고 있던 세 딸을 보았고, 그곳에 모여 있던 왕들도 보았지. 황소 같은 바라따여, 나는 거기 서 있던 모든 왕들을 전투에 청했고, 처녀들을 내 전차에 태웠소. 나는 용맹이 신부에게 지불해야 하는 혼수임을 알았기에 그녀들을 전차에 태우고는 거기 모인 왕들에게 말했소.

"샨따누의 아들 비슈마가 처녀들을 데려가느니!"

그렇게 거듭 도전하기를 청했소.

"모든 왕들은 그녀들을 풀어주기 위해 있는 힘껏 애써보시오. 당신들 왕들 눈앞에서 이 여인들을 강제로 데려가느니!"라고 말이오.

그래서 땅을 지키는 왕들은 자기들 무기를 집어 들고 "묶어라, 묶어라!"라고 외치며 성나서 마부들을 재촉했소. 벼락같은 전차에 올라서, 코끼리 병사는 코끼리에 올라타서, 또 어떤 왕들은 말의 등에 올라서 무기들을 치켜 올렸다오. 백성들의 주인이여, 모든 왕이 사방에서 엄청난 전차로 나를 에워쌌으나 나는 거센 화살 비를 뿌리며 그들 모든 왕을 몰아내버렸소. 신들의 왕이 다나와들을 쫓아버리듯 말이오! 그들이 나를 공격했을 때 나는 화살 한발씩을 쏘아 금으로 단장한 다채로운 깃발들을 땅에 떨어뜨렸지. 황소 같은 사내여, 나는 그 전투에서 큰 소리로 웃어젖히며 그들의 말들, 코끼리들, 마부들을 타는 듯한 화살로 넘어뜨렸소. 내 날렵함을 본 그들은 돌아가거나 부서져버렸고, 왕들을 제압한 나는 하스띠나뿌라로 돌아왔소. 팔심 좋은 바라따의 후손이여, 나는 내 아우를 위해 처녀들을 데려온 것과, 내 행적에 대해 사띠야와띠에게 고했다오.'

171

비슈마가 말했다.

'훌륭한 바라따여, 영웅의 어머니요 어부의 딸인 어머니께 다가가 절한 뒤 나는 "까쉬 왕의 이 딸들은 위찌뜨라위르야를 위해 제가 용맹이라는 혼수를 지불하고 왕들을 이겨서 데려온 이들입니다"라고 말했소.

왕이여, 그러자 사띠야와띠는 흡족해하며 내 머리를 쓰다듬고, 눈물이 눈에 고여 말했소. "아들아, 네가 이겨서 다행이구나"라고 말이오.

사띠야와띠의 허락으로 혼례날이 다가왔을 때 까쉬 왕의 맏딸이 수줍게 말을 꺼냈소.

"비슈마여, 당신은 다르마를 알고, 모든 샤스뜨라를 능히 아는 분입니다. 제 말을 듣고 부디 제게 정당한 일을 해주십시오. 저는 마음으로 이미 샬와의 왕을 지아비로 꼽아두었습니다. 그리고 그분 또한 제 아버지 몰래 은밀히 저를 꼽아놓았지요. 비슈마여, 샤스뜨라를 배운 당신께서 다른 사람을 마음에 품고 있는 저를 어찌 이 집에 머물게 하려 하시나요? 당신은 꾸루들에게 특별한 분 아니던가요? 황소 같은 바라따여, 이것을 아셨으니 마음속으로 결정을 내리시어 옳다고 생각하는 것을 행하십시오. 팔심 좋은 백성들의 주인이시여, 샬와 왕은 저를 기다리고 있는 것이 분명합니다. 팔심 좋은 분이시여, 다르마를 짊어지고 있는 분들 중에 가장 뛰어난 분이시여, 제게 자비를 베푸소서. 영웅이시여, 당신이야말로 이 땅에서 진정 서약을 지키는 분이라고 저희들은 들었답니다."'

172

비슈마가 말했다.

'그래서 나는 사띠야와띠 깔리와 책사들, 브라만들, 사제들에게 그 사실을 알렸소. 사람들의 주인이여, 나는 맏딸 암바를 떠나게 했고, 그 처녀는 샬와 왕의 도시를 향해 떠났소. 나이 든 브라만들과 유모가 그녀를 보살피며 갔다오. 그리하여 그녀는 마침내 여정을 마치고 왕에게 이르렀소. 샬와 왕에게 간 그녀가 말했소.

"빛 넘치고 팔심 좋은 분이시여, 제가 당신께 왔습니다."

그러나 백성들의 주인이여, 샬와 왕은 웃으며 그녀에게 말했다오.

"피부 고운 여인이여, 나는 당신을 아내로 원치 않소. 그대는 이미 다른 이의 아내이지 않소? 고운 여인이여, 가시오. 다시 바라따가 있는 곳으로 말이오. 나는 비슈마에게 강제로 끌려갔던 당신을 원치 않소. 비슈마에게 제압되어 끌려갈 때 당신은 기뻐보였소. 그는 큰 전투를 치렀고, 이 땅의 왕들을 이겼소. 피부 고운 여인이여, 한 번 타인의 것이었던 당신 같은 여인을 나는 아내로 원치 않소. 나 같은 왕이 어찌 타인의 것이었던 이를 집에 들이겠소? 나는 배움을 알고 다르마를 가르치는 사람이오. 고운 여인이여, 가고 싶은 곳으로 가시오. 내게 시간을 허비하게 마시오."

두료다나 왕이여, 그래서 몸 없는 사랑 신의 화살에 신음하는 암바가 말했소.

"왕이시여, 그리 말씀하시지 마십시오. 결코 그리 하셔서는 안 됩니다. 적을 괴롭히는 이여, 저는 좋아서 비슈마에게 끌려간 것이 아닙니다. 그는 왕들을 흩어버린 뒤 울고 있는 저를 강제로 끌고 간 것입니다. 샬와 왕이시여, 저를 받아들여 주십시오. 저는 당신께 마음을 바친 무고한 어린 여자아이랍니다. 마음을 바친 사람을 버리는 일은 다르마에서도 칭송되지 않습니다. 저는 전쟁에서 물러난 적 없는 강가의 아들과 논의했고 그의 허락으로 당신 집에 온 것입니다. 백성의 주인이시여, 팔심 좋은 비슈마는 저를 원치 않습니다. 비슈마는 아우를 위해 일을 벌인 것이라고 들었습니다. 왕이시여, 강가의 아들은 끌려간 제 아우들 암비까와 암발리까를 자기 아우 위찌뜨라위르야에게 주었답니다. 범 같은 사내 샬와 왕이시여, 저는 당신 말고는 어떤 누구도 마음에 두지 않았습니다. 제 머리를 걸고 맹세하지요. 인드라 같은 왕이시여, 당신에게 온 저는 다른 어떤 이가 전에 취했던 여인이 아닙니다. 저는 진실을 말하고 있습니다. 샬와여, 제 머리를 걸고 진실의 이름으로 맹세합니다. 인드라 같은 왕이여, 저를 받아주십시오. 저는 다른 이에게 간 적 없는, 스스로 당신께 다가온 처녀입니다. 당신의 은총을 바랄 뿐입니다."'

비슈마가 말을 이었다.

'훌륭한 바라따여, 그러나 샬와는 이렇게 말하는 까쉬 왕의 딸을 뱀이 허물을 벗어던지듯 그렇게 버리고 말았다오. 황소 같은 바라따여, 무고한 이여, 이렇게 그녀가 애걸복걸했으나 샬와 왕은 처녀를 믿지 않았소. 그리하여 까쉬 왕의 맏딸은 분노에 사로잡혔고, 눈에 눈물을 가득 담고, 눈물에 목이 멘 목소리로 말했소.

"백성들의 주인이시여, 당신께 버림받은 제가 어디를 가든 선자들이 그곳에서 지켜줄 것입니다. 제가 말한 것은 모두 사실입니다."

까우라와여, 그녀가 이렇게 말했음에도 잔혹한 샬와 왕은 가련하게 울고 있는 그녀를 버리고 말았다오.

"가시오, 가시오!"

그렇게 샬와 왕은 거듭 말할 뿐이었지요.

"풍만한 여인이여, 나는 비슈마가 두렵소. 당신은 비슈마가 받아들인 여인이오"라고 했소.

길게 보지 못하는 샬와 왕에게서 이런 말을 들은 그녀는 왜가리처
럼 울며 도성을 빠져나왔다오.'

173

비슈마가 말했다.

'바라따의 후손이여, 그녀는 도성을 떠나며 생각했소. "세상에 나
보다 더 불행한 젊은 여인은 없으리라. 내게는 친척이 없고, 샬와에게
서는 버림받았다. 비슈마가 샬와에게 가라고 나를 놓아주었으니 이제
하스띠나뿌라로 돌아갈 수도 없구나. 누구를 탓할 것인가? 나일까?
저 무서운 비슈마일까? 아니면 낭군 고르기 마당을 열었던 어리석은
내 아버지일까? 저 살육의 전투가 있었을 때 먼저 비슈마의 전차에서
뛰어내려 샬와에게 가지 않았던 내 잘못이다. 이것이 어리석었던 내
게 닥쳐온 결실이니! 망할 비슈마여, 망할 내 아둔함이여! 용맹이라
는 혼수품에 시장의 여인처럼 나를 팔아치우려 했던 생각 없는 망할
내 아버지여! 내 탓이요, 샬와 탓이요, 조물주 탓이로다. 이 모두의 어
리석음으로 인해 내게 이런 더할 수 없는 재앙이 닥쳐왔구나. 사람은
항상 자신의 운명이 정해진 대로 움직인다. 그러나 샨따누의 아들 비
슈마가 내 불행의 시작이니, 비슈마에게 복수해야 한다. 고행이건 전
쟁이건 두고 보리라. 그는 내 고통의 근원이리니! 그러나 어떤 왕이
전투에서 비슈마를 이기겠는가?"

이렇게 결심한 암바는 도성 밖으로 빠져나가 성스런 공덕을 쌓은 고결한 고행자들이 사는 아쉬람으로 갔소. 그녀는 고행자들에게 에워싸여 밤을 그곳에서 보냈다오. 팔심 좋은 바라따여, 곱게 웃는 그녀는 자기가 끌려갔다가 놓여나고, 샬와에게 버림받았던 이야기를 남김없이 세세히 다 말했소. 그곳에는 혹독한 서약을 한 대단한 브라만 샤이카와띠야가 있었소. 그는 고행으로 나이 든 수행자였고, 샤스뜨라와 아란야까*에 어른이었소. 대고행자들과 샤이카와띠야가 한숨 짓고, 고통과 슬픔에 빠져 있는 그 어리고 불행한 여인에게 말했소.

"고운 여인이여, 이런 지경에 이른 그대에게 아쉬람에서 지내며 제사의 큰 몫을 받고 항상 고행에 전념하는 고결한 고행자들이 무엇을 해줄 수 있겠소?"

두료다나 왕이여, 그녀는 샤이카와띠야에게 은총을 베풀어 달라고 청했다오.

"저는 이곳에서 출가하여 하기 어려운 고행을 하겠습니다. 전생에 어리석게도 뭔가 잘못된 일을 한 것이 분명하고, 이것은 필시 그 결실인 듯합니다. 고행자들이시여, 저는 제 사람들에게 돌아갈 수 없습니다. 잘못 없이 샬와에게 버림받고 쫓겨났습니다. 당신들에게서 고행하는 법을 가르침 받고 싶습니다. 악을 버린, 신 같은 분들이시여 제게 자비를 베푸소서."

성자는 예전의 성스러운 말들을 인용하고 예를 들어가며 그녀를 달랬다오. 그는 브라만들과 함께 뭔가를 해주기로 그녀와 약속했지요.'

~아란야까_ 숲에서 만들어져서 공부하는 종교적이고 철학적인 학문.

174

비슈마가 말했다.

'그리하여 다르마를 아는 그들 고행자들은 모두 그 여인을 위해 무엇을 할 수 있을지 궁리하며 자기들이 할 일에 열중했소. 어떤 고행자들은 아버지의 집에 데려다줘야 한다고 했고, 일부는 나 비슈마를 호되게 꾸짖어야 한다고 생각하기도 했지요. 그런가 하면 어떤 브라만은 샬와에게 가서 청하자고 했고, 그러면 "아니오"라고 하거나 "그는 이미 그녀를 버렸소"라고 하는 이도 있었소. 혹독한 서약을 한 그들 수행자들은 다시

"고운 여인이여, 이런 상황에서 수행자들이 무엇을 할 수 있겠소? 고운 여인이여, 방황은 그만하고, 우리의 이로운 말을 들으시오. 축복 있으리니. 그대 아버지 집으로 가시오. 그대 아버지인 왕은 차후에 무엇을 할지 알 것이오. 아름다운 여인이여, 거기 머물며 그대는 안락함과 만복을 누릴 것이오. 고운 여인이여, 아버지보다 더 나은 피난처는 없을 것이오. 피부 고운 여인이여, 아버지 혹은 지아비가 바로 여인들이 갈 곳 아니오? 일이 잘 풀릴 때는 지아비가 기댈 곳이나 일이 평탄치 않을 때는 아버지가 여인의 피난처가 된다오. 빛나는 여인이여, 방랑 수행은 어렵고도 어려운 일이오. 특히 그대처럼 태생이 공주인데다 곱고 심약한 여인에게는 말이오. 피부 고운 여인이여, 아

쉬람에서 지내려면 아버지 집에서는 없었던 불편한 것이 한두 가지가 아닐 것이오."

그리고 브라만들은 그 가련한 여인에게 덧붙여 말했소.

"인적 없는 깊은 산중에 그대가 홀로 살고 있는 것을 본다면 인드라 같은 수많은 왕들이 그대를 유혹할 것이오. 그러니 이 일에 마음을 두지 마시오."

그러자 암바가 말했다오.

"아버지가 계시는 까쉬 성에는 갈 수 없습니다. 친지들에게 업신여김을 당할 것이 뻔합니다. 고행자들이시여, 축복 있으소서! 저는 어렸을 적 아버지 집에서 자랐습니다. 저는 아버지가 계시는 곳에는 가지 않겠습니다. 고행자들의 비호를 받으며 고행하고 싶습니다. 최상의 브라만들이시여, 다음 생에도 이처럼 큰 고통이, 불행이 따라오지 않도록 저는 고행하겠나이다."'

이어지는 비슈마의 이야기는 이러하다.

브라만들이 이러저러하게 생각해보는 동안 선인왕이자 고행자인 호뜨라와하나가 숲에 왔다. 고행자들이 모두 예로서 물과 앉을 자리 등을 바치며 그를 환대했다. 그가 자리에 앉아서 충분히 휴식을 취하고 들을 준비가 되자 숲속 생활자들은 다시 그 처녀에 대해 말하기 시작했다. 암바의 이야기, 그리고 까쉬 왕 이야기를 들은 그는 떨면서 일어났다. 암바 어머니의 아버지인 위용 넘치는 그는 외손녀인 처녀를 안고 다독였다. 그는 그 재앙이 어떻게 일어난 것인지 처음부터 다

물었다. 그녀는 있는 그대로 상세히 고했다. 대고행자요, 선인왕인 그는 몹시 서글퍼하며 무엇을 해야 할지 마음으로 생각했다. 덜덜 떨며 너무나 괴로워 허덕이는 처녀에게 그가 말했다.

"고운 아가, 나는 네 어미를 낳아준 사람이다. 네 아버지의 집에는 가지 말아라. 내가 너의 고통을 끊어주마. 아가, 나를 믿어라. 아가, 피를 말리는 네 소망은 이루어질 것이다. 내 이름을 대고 자마다그니의 아들 빠라슈라마에게 가거라. 라마가 너의 크나큰 고통과 설움을 없애주리라. 비슈마가 자기 말을 듣지 않으면 그는 전장에서 비슈마를 죽일 것이다. 시간과 아그니 같은 빛을 지닌 그 브르구의 빼어난 후손에게 가거라. 그 대고행자가 너를 다시 고른 길로 데려다줄 것이다."

그녀는 소리 내어 울고 또 울었다. 그리고 외할아버지인 호뜨라와하나에게 머리 숙여 절을 올린 뒤 말했다.

"할아버지가 이르시는 대로 하겠습니다. 하지만 온 세상에 명성 자자하신 고귀한 그분을 제가 만날 수나 있을까요? 브르구의 후손께서는 어떻게 이처럼 매서운 제 고통을 없애주실 수 있을까요? 그것을 듣고 싶습니다. 그래야 거기 갈 수 있겠습니다."

*

175

호뜨라와하나가 말했다.

'아가, 너는 자마다그니의 아들, 혹독히 고행하여 약속에 철저하며 힘이 넘치는 라마를 큰 숲에서 볼 것이다. 선인들, 베다를 능히 아는 이들, 간다르와, 압싸라스들이 산중의 산 마헨드라에서 항상 그를 섬기고 있단다. 네게 축복 있을지니. 그곳에 가서 먼저 고행에 나이들고 서약 굳은 그에게 머리 숙여 절을 올리고 내 말을 전하거라. 고운 아가, 네가 마음속에 품고 있는 일을 다시 한 번 그에게 말하거라. 내 이름을 댄다면 빠라슈라마가 그 일을 모두 해줄 것이다. 아가, 라마는 내 벗, 매우 다정한 벗이다. 자마다그니의 아들이자 영웅이며 무기 든 이들 중에 가장 뛰어난 저 라마가 말이다.'

호뜨라와하나 왕이 처녀에게 이렇게 말했을 때 라마의 가장 소중한 벗인 아끄르따우라나가 그곳에 나타났다. 수천의 수행자들이 자리에서 일어섰고, 나이 든스른자야, 호뜨라와하나도 일어섰다. 그들 숲 속 생활자들은 서로의 안부를 물었고, 모두들 그를 에워싸고 자리에 앉았다. 그리고 그들은 마음을 기쁘게 하는 이야기들, 흥겹고 신성하며 즐겁고 유쾌한 이야기들은 나눴다. 그런 뒤 고결한 선인왕 호뜨라와하나는 저 빼어난 대선인, 누구도 한 적 없는 혹독한 고행을 한 라마에 대해 물었다.

'팔심 좋은 이여, 위용 넘치는 자마다그니의 아들은 지금 어디 있나요? 아끄르따우라나여, 베다를 아는 이들 중에서도 가장 빼어난 그를 어디에서 뵐 수 있나요?'

아끄르따우라나가 말했다.

'위용 넘치는 왕이시여, 라마는 언제나 선인왕 스른자야가 내 소중한 벗이라고 말한답니다. 내 생각엔 내일 아침에 라마가 여기 올 것 같습니다. 당신을 보러 여기 올 터이니 내일 그를 만날 수 있습니다. 선인왕이시여, 그런데 이 처녀는 어찌하여 숲에 온 것입니까? 누구의 딸이며, 당신과는 어떤 관계입니까? 알고 싶군요.'

호뜨라와하나가 말했다.

'위용 넘치는 무구한 분이시여, 이 아이는 제 외손녀입니다. 까쉬 왕의 딸이지요. 맏이인 이 아이는 두 아우들과 함께 낭군 고르기 마당에 있었답니다. 고행을 재산으로 삼은 분이시여, 이 아이는 "암바"라고 불리는 까쉬 왕의 맏딸이며, 암비까와 암발리까가 두 아우랍니다. 브라만 선인이시여, 처녀들 때문에 크샤뜨리야 왕들이 까쉬 도성에 모여들었고, 큰 축제가 벌어졌습니다. 그때 위력 넘치는 샨따누 왕의 아들 비슈마가 왕들을 물리치고 세 처녀를 데려갔다고 합니다. 왕들을 제압한 뒤 순수한 마음을 지닌 비슈마는 처녀들과 함께 코끼리의 도시로 돌아갔지요. 위용 넘치는 그는 그들을 사띠야와띠에게 건네준 뒤, 아우인 위찌뜨라위르야의 혼례를 지체 없이 올리도록 했답니다. 황소 같은 브라만이시여, 혼례 준비가 되어가는 것을 본 이 아이가 책사들이 있는 가운데에서 강가의 아들에게 "영웅이시여, 저는 마음속으로 샬와를 지아비로 삼았답니다. 다르마를 아시는 분이여, 마음에 다른 생각을 갖고 있는 저를 혼인시키지 말아주소서"라고 말했다고 합니다. 그런 말을 들은 비슈마는 책사들과 상의하여 결정을 내리고는 사띠야와띠의 허락을 받아 이 아이를 가게 했답니다. 브라만이시여, 비슈마의 승낙으로 이 아이는 사우바의 왕 샬와에게 가서 기쁜 마음으로 "비슈마가 저를 놓아주었답니다. 제게 다르마를 보여주십시오. 황소 같은 왕이시여, 저는 마음으로 당신을 골랐었답니다"

라고 말했다지요. 그러나 샬와는 이 아이를 거절했답니다. 순결을 의심한 것이지요. 그리하여 이 아이는 너무나 기가 막혀 고행에 마음을 쏟으려고 숲으로 온 것입니다. 자신의 가계를 말해줘서 나는 이 아이를 알아보았지요. 나는 이 고통의 주된 연유가 비슈마라고 생각하고 있습니다.'

암바가 말했다.

'성자시여, 세상의 주인, 제 어머니의 몸을 주신 호뜨라와하나 스른자야가 말씀하신 대로입니다. 고행을 재산으로 삼는 분이시여, 저는 제가 살던 도성으로 돌아갈 수 없습니다. 대수행자시여, 업신여김이 두렵고 수치스러워서입니다. 훌륭한 브라만이시여, 제가 해야 할 가장 힘든 일은 빠라슈라마 성자께서 제게 하라고 하시는 일일 것이라고 알고 있습니다.'

176

아끄르따우라나가 말했다.

'고운 여인이여, 여기 두 가지 고통스러운 일이 있소. 어느 것을 하고 싶으시오? 연약한 여인이여, 그대가 했으면 좋을 것을 사실대로 내게 말해 주시오. 고운 여인이여, 만일 사우바의 왕 샬와와 맺어져야겠다면 고결한 라마는 그대를 위해 그와 맺어줄 것임을 나는 확신하오. 강의 아들 비슈마가 브르구의 후손 라마에게 꺾이는 것을 보

686

고 싶다면 그 또한 사려 깊은 그분이 해주실 것이오. 곱게 웃는 여인이여, 스른자야와 그대의 말을 들을 뒤 다음에 무엇을 할지 지체 없이 그 일을 생각해 봅시다.'

암바가 말했다.

'성자시여, 저는 아무것도 알지 못한 채 비슈마에게 끌려갔습니다. 브라만이시여, 비슈마는 샬와에게 가 있는 제 마음을 몰랐습니다. 무엇을 할지 생각해보시고 그것을 말씀해 주십시오. 잘 판단해서 거기에 따라 행동할 수 있게 해주십시오. 꾸루의 범 같은 비슈마에게, 또 샬와 왕에게 혹은 둘 모두에게, 브라만이시여, 적절한 잣대를 대주소서.'

아끄르따우라나가 말했다.

'피부 고운 아름다운 여인이여, 그대가 다르마에 관해 말한 것이 맞소. 이제 내가 하는 말을 들어보시오. 겁 많은 여인이여, 만일 강의 아들 비슈마가 그대를 코끼리의 도시로 데려가지 않았더라면 라마가 설득해 샬와가 머리를 조아리며 당신을 잡았을 것이오. 곱고 빛나는 여인이여, 그대가 그에게 끌려갔기 때문에 샬와 왕이 그대를 의심하는 것이라오, 날씬한 여인이여! 승리의 빛으로 오만해진 비슈마 탓이오. 그러니 그대는 비슈마에게 복수하는 것이 옳소.'

암바가 말했다.

'브라만이시여, 제 마음을 사로잡고 있는 뜻도 그러합니다. 그럴 수만 있다면, 전투에서 비슈마를 죽일 수만 있다면요! 팔심 좋은 이여, 비슈마든 샬와 왕이든 잘못했다고, 그 때문에 제가 이리도 고통스럽다고 당신이 생각하는 사람, 그 사람을 다스려주소서.'"

비슈마가 이어 말했다.

'빼어난 바라따 두료다나여, 그들이 이렇게 이야기를 나누는 사이 날이 지나고 상쾌한 바람이 서늘하게 부는 밤이 찾아들었다오. 왕이여, 그때 빛으로 훨훨 타는 듯한 빠라슈라마 성자가 제자들에게 에워싸여 나무 옷을 입고 그곳에 나타났소. 범 같은 왕이여, 손에 활을 들고 칼을 차고 도끼를 든 그가, 활력 넘치고 먼지 하나 없는 모습으로 나타난 그가 스른자야 왕에게 다가왔지요. 대고행자들과 왕, 그리고 가련한 처녀는 그를 보고 벌떡 일어나 두 손을 모았소. 그들은 마두빠르까로 예를 다해 정성껏 브르구의 후손을 대접했지요. 그리고 그는 거기 있는 사람들과 함께 자리에 앉았다오. 바라따의 후손이여, 선인왕 스른자야와 자마다그니의 아들 라마는 옛 이야기들을 나눴소. 이윽고 선인왕이 최상의 브르구, 힘이 넘치는 라마에게 다정한 말로 의미심장하게 말했소.'

이어지는 비슈마의 이야기는 이러하다.

호뜨라와하나가 말했다.

'위용 넘치는 라마여, 이 아이는 까쉬 왕의 딸입니다. 내 외손녀지요. 모든 일을 능히 해내시는 분이여, 이 아이의 말을 듣고 그에 따른 일을 해주십시오.'

'그럽시다.'

라마가 그녀를 보고 답했다. 그리하여 그녀는 불처럼 빛나는 라마에게로 가까이 갔다. 빛나는 여인은 라마의 발에 머리를 대고 절을 올린 뒤 연꽃 같은 두 손으로 발을 만지고는 그의 앞에 섰다. 설움이 북받친 그녀 눈에 눈물이 가득 고이더니 울기 시작했다. 그리고 모든 이의 피난처가 되어 주는 브르구의 후손에게 귀의했다.

라마가 말했다.

'왕의 딸이여, 그대는 스른자야의 손녀이니 내게도 그러하구나. 마음에 어떤 고통이 있는지 말해보라. 그대가 청하는 것을 해줄 터이니.'

암바가 말했다.

'서약 굳으신 성자시여, 당신께 귀의합니다. 주인이시여, 저를 슬픔의 진흙탕에서 구해 주소서.'

이어지는 비슈마의 이야기는 이러하다.

한창 피어오르는 나이가 된 그녀의 너무도 섬약한 자태를 다시 훑어본 빠라슈라마는 생각에 잠겼다.

'이 아이가 뭐라고 말하려나!'

저 훌륭한 브르구의 후손 라마는 자비심에 차올라 오래도록 생각하고 또 생각했다.

'말해 보거라.'

라마가 환하게 웃는 그녀에게 다시 말했고, 암바는 브르구의 후손에게 모든 일을 있는 그대로 말했다. 자마다그니의 아들은 공주의 말을 듣고 의미심장한 결정을 내린 뒤 엉덩이 풍만한 그녀에게 그 결정을 말했다.

'빛나는 여인이여, 저 빼어난 꾸루 비슈마에게 사람을 보내리라. 인간들의 주인인 그는 타당한 내 말을 듣고 그대로 할 것이다. 고운 여인이여, 만일 강가의 아들이 내 말에 따르지 않으면 전투에서 나는 내 무기의 빛으로 그를 대신들과 함께 태우리라. 왕의 딸이여, 혹 그대의 마음이 바뀌었다면 영웅 샬와 왕이 그 일에 마음을 쓰도록 해주겠다.'

암바가 말했다.

'브르구의 기쁨이시여, 비슈마는 제 마음이 샬와 왕에게 가 있음을 알자마자 저를 보내주었습니다. 사우바의 왕에게 간 저는 어렵사리 말을 꺼냈으나 그는 저를 받아들이지 않았답니다. 제 거동을 의심쩍어한 것이지요. 브르구의 기쁨이시여, 당신의 지혜로 생각해보시고 모든 것을 결정한 뒤 묘책이 있으시거든 말씀해 주소서. 제 생각에는 큰 서약을 한 비슈마가 이 재앙의 뿌리인 것 같습니다. 그는 강제로 저를 들어 올려 데려갔지요. 팔심 좋은 이여, 비슈마로 인해 이런 고통을 당하고 있으니 그를 죽여주소서. 범 같은 브르구의 후손이시여, 그 때문에 저는 더없는 불행을 당해 이리 헤매고 있답니다. 무구한 브르구의 후손이시여, 그는 욕심 많고 오만한데다 늘 승리를 염원하고 있는 이입니다. 그러니 저 대신 당신이 그에게 보복해 주소서. 주인이시여, 나는 그 바라따의 후손에게 끌려가며 큰 서약을 한 그자를 죽이자고 마음속으로 맹세했었습니다. 그러니 팔심 좋고 무구한 라마시여, 제 소망을 이루어주소서. 적의 도시를 부순 인드라가 우르뜨라를 죽이듯 비슈마를 죽여주소서.'

177

이어지는 비슈마의 이야기는 이러하다.

'비슈마를 죽여주소서'라고 울며 거듭거듭 채근하는 처녀에게 빠라슈라마가 말했다.

'피부 고운 까쉬의 여인이여, 나는 브라흐만을 잘 아는 사람을 위해서가 아니라면 무기를 손에 들고 싶지 않구나. 내가 달리 할 수 있는 일이 무엇이겠느냐? 흠결 없는 자태를 지닌 왕의 딸이여, 비슈마와 샬와는 모두 내 말을 잘 들을 것이다. 서러워 말라. 빛나는 여인이여, 나는 브라만들의 청이 아니라면 어떤 경우에도 무기를 들지 않을 것이다. 그것이 내 조건이니라.'

암바가 말했다.

'제 고통을 당신이 없애주겠노라고 말씀하셨습니다. 비슈마로 인해 생긴 일입니다. 주인이시여, 어서 그를 죽여주소서.'

빠라슈라마가 말했다.

'까쉬의 처녀여, 다시 말해 보거라. 비슈마가 아무리 우러름 받는 자라고 해도 내 말에 따라 그대의 두 발에 그의 머리를 조아릴 것이니!'

암바가 말했다.

'라마시여, 제게 기쁨을 주고자 하신다면 전장에서 비슈마를 죽여주소서. 당신이 하신 약속이 진실이라면 그것을 이행하소서.'

이어지는 비슈마의 이야기는 이러하다.

암바와 라마가 이렇게 이야기하고 있을 때 아끄르따우라나가 자마다그니의 아들 라마에게 말했다.

'팔심 좋은 이여, 당신께 구원을 청한 처녀를 저버리는 것은 옳지 않습니다. 라마여, 전장에서 아수라처럼 비슈마를 죽이십시오. 대수행자 라마여, 당신이 비슈마를 전장으로 청한다면 그는 "제가 졌습니다"라고 하거나 혹은 "당신 말을 따르겠습니다"라고 할 것입니다. 위용 넘치는 이여, 브르구의 기쁨이여, 그러면 처녀의 일은 끝날 것입니다. 영웅이여, 그리고 당신의 말도 진실이 되겠지요. 대수행자 라마여, 모든 크샤뜨리야들을 제압한 뒤 당신은 브라만들에게 맹세했지요. 브르구의 후손이여, 당신은 "브라만이건 크샤뜨리야건 와이샤건 슈드라건 브라만을 미워하는 자가 있다면 죽이리라"라고 맹세했지요. 또한 "살기를 바라는 자가 두려움에 떨며 귀의해 온다면 내가 살아 있는 동안에는 버릴 수 없다"고도 했습니다. 라마여, 꾸루 가문을 번성케 한 승리자 비슈마는 만약 어떤 자가 전장에서 몰려드는 크샤뜨리야를 모두 제압하겠노라고 오만 떤다면 그자를 죽이겠다고 호언장담하고 있습니다. 브르구의 후손이여, 그와 싸우십시오.'

빠라슈라마가 말했다.

'훌륭한 선인이여, 예전에 했던 맹세를 기억하오. 온화한 방법으로 할 수 있으면 그리 하겠소. 브라만이여, 이것은 까쉬 처녀의 마음 가는 대로 하기에는 너무 거대한 일이라오. 비슈마가 어디에 있건 이 처녀를 내가 몸소 그곳으로 데리고 가겠소. 만약 싸움에 자신만만한 비슈마가 내 말대로 하지 않는다면 오만한 그를 내가 죽이리다. 이것이 내가 내린 결정이오. 당신이 예전에 크샤뜨리야 전쟁에서 봤던 것처럼 내가 쏜 화살은 인간의 몸에 닿지 않고도 인간을 죽일 수 있을 것이오.'

비슈마가 말했다.

'라마는 이렇게 말한 뒤 떠나기로 마음 먹고 브라흐마를 아는 고결한 사람들과 함께 자리에서 일어섰다오. 고행자들은 밤을 그곳에서 보내고 아그니에게 제물을 바친 뒤 진언을 외우고는 나를 죽일 생각으로 길을 떠났다고 하오. 바라따의 후손 두료다나 왕이여, 라마는 브라만 선인들과 함께 꾸룩쉐뜨라에 그 처녀를 데려왔소. 저 훌륭한 브르구의 후손을 위시한 고결한 고행자들은 사라스와띠 강변에 이르러 그곳에 진을 쳤다오.'

178

비슈마가 말했다.

'평지에 머물던 셋째 날이 되자 서약 큰 그는 나에게 "내가 왔노라!"는 전갈을 보내왔소. 기력 넘치는 그가 국경에 와 있다는 소식을 들은 나는 빛의 뭉치 같은 저 위용넘치는 이를 맞기 위해 기쁜 마음으로 총총히 다가갔다오. 인드라 같은 두료다나 왕이여, 나는 소를 앞세우고† 브라만들과 신 같은 사제들, 왕사들에게 에워싸여 그에게 갔다오. 내가 오는 것을 보고, 내 예를 받아들인 위용 넘치는 자마다그니의 아들은 이렇게 말했소.

"비슈마여, 그대는 무슨 생각으로 원치도 않는 까쉬 왕의 딸을 끌고 갔다가 다시 보냈던가? 그대는 그대 자신의 다르마를 이루기 위해 그녀를 낮은 곳으로 떨어뜨려서 망가뜨렸다. 그대가 건드린 이 여인에게 누가 가까이 가려 하겠는가? 바라따의 후손이여, 그대에게 끌려갔기에 이 여인은 샬와에게도 거절당했다. 바라따의 후손이여, 내 청하노니 이 여인을 거두어달라. 무구한 이여, 범 같은 사내여, 이 왕의 딸이 자신의 다르마를 되찾게 하라. 왕이여, 그녀를 이렇게 업신여기는 것은 옳지 않느니!"

그의 주장이 지나치지는 않음을 보고 나는 "브라만이시여, 나는 결코 이 여인을 내 아우에게 다시 줄 수가 없습니다. 브르구의 후손이시여, 이 여인은, 자신이 샬와의 것이라고 전에 내게 말했습니다. 그래서 나는 그녀를 놓아주었고, 그녀는 사우바의 도시로 갔던 것입니다. 나는 두려움이나 자비심, 혹은 탐욕이나 이기심 때문에 크샤뜨리야의 다르마를 버리지 않습니다. 그것이 내가 살아가는 방식입니다"라고 말했소. 그러자 라마는 성이 나서 눈을 부라리며 내게 "황소 같은 꾸루여, 그대가 만일 내 말대로 하지 않는다면 나는 그대와 그대의 대신들을 모조리 죽이리라!"라고 거듭 말했다오.

흥분한 라마는 이 말을 하고 또 하며 성난 눈을 부라렸고, 나는 적

~앞세우고_ 브라만인 빠라슈라마에게 바치기 위해.

을 다스리는 범 같은 브르구에게 애원하는 말로 거듭해서 간청했으나 그는 수그러들지 않았소. 나는 그 빼어난 브라만에게 다시 한 번 머리 숙여 절하며 "무슨 연유로 그리 나와 싸우기를 바라는 것입니까? 내가 어렸을 적에 당신이 내게 활을 사용하는 네 가지 방법을 가르쳐주셨습니다. 팔심 좋은 브르구의 후손이시여, 나는 당신의 제자입니다"라고 말했소.

그러자 라마는 분노로 시뻘개진 눈으로 내게 말했지요.

"비슈마여, 그대가 내 제자임을 알기는 아는구나. 땅을 다스리는 꾸루의 후손이여, 그럼에도 나를 위해 저 까쉬의 딸을 받아들이지 않겠다는 것인가? 팔심 좋은 꾸루의 기쁨이여, 내 말대로 하지 않겠다면 나는 그대와 편히 지낼 수가 없겠구나! 이 여인을 받아들이고 그대 자신의 가문을 지켜라. 그대로 인해 비천해져버린 이 여인은 지아비를 찾을 수가 없구나."

그래서 나는 적의 도시를 제압한 빠라슈라마에게 말했소.

"브라만 선인이시여, 그런 일은 결코 없을 것입니다. 어찌 헛수고를 하시는 건가요? 자마다그니의 아들이시여, 당신이 예전의 스승임을 알기에 호의를 베푸는 것입니다. 나는 이미 그녀를 보냈습니다. 타인에게 한 번 마음을 내준 여인, 그렇기에 암뱀과 같아서 집에 큰 재앙을 불러올 여인, 대체 어떤 사내가 알면서도 그런 여인을 자기 집에 들이려 하겠습니까? 빛이 넘치는 분이시여, 인드라가 겁박한다고 해도 나는 다르마를 버리지 않을 것입니다. 내게 후의를 보이십시오. 그러지 않으려거든 지체 없이 당신이 내게 하고 싶은 일을 하십시오. 흠결 없는 혼을 지닌 마음 큰 주인이시여, 여기 옛 시가 있습니다. 고결한 마룻따가 읊었던 노래지요.

지나치게 오만하여
할 일과 하지 말 일을 알지 못하고
바른 길에서 멀어진 길을 택해 간다면
스승이라도 가르침을 받아야 하느니!

당신은 스승이기에 나는 애정을 다해 당신을 우러러 왔습니다. 그
러나 지금 나는 스승이 하시는 일을 모르겠습니다. 그러니 당신과 싸
우렵니다. 나는 싸워서 스승을 죽일 수는 없습니다. 브라만이야 더욱
특별하지요. 더더구나 고행으로 나이 든 이를 어찌 죽일 수 있으리
까? 그러기에 당신을 봐준 것입니다. 크샤뜨리야 일족인 사람이 전장
에서 무기를 치켜들고 물러섬 없이 싸우는 브라만을 보고 성이 나서
죽인다면 그것은 브라만 죽인 죄에 해당하지 않는다는 판결이 다르
마에 있습니다. 고행을 자산으로 삼는 이여, 나는 크샤뜨리야 다르마
에 서 있는 크샤뜨리야입니다. 어떤 이의 행동에 따라 그 행동으로 대
응한다 해도 아다르마를 범하는 것이 아니지요. 오히려 영예를 얻습
니다. 다르마와 아르타에 관해, 혹은 때와 장소에 관해 잘 아는 어떤
이가 자기에게 이롭지 못한 것이 어떤 것인지에 대해 의혹이 있으면
그 의혹은 없애는 것이 가장 좋은 방법이지요. 라마여, 당신은 여기에
의혹이 있는 문제를 들고 와서 마치 정해진 것처럼 행하시니 나는 당
신과 대전투를 벌이렵니다. 내 팔의 위력과 초인적 용맹을 보십시오.
　브르구의 기쁨 라마시여, 일이 이러하니 나는 내가 할 수 있는 일

을 하렵니다. 브라만이시여, 꾸룩쉐뜨라에서 당신과 일대일 격투를 벌이겠습니다. 대수행자시여, 당신도 이를 준비하십시오. 라마시여, 당신은 내가 쏜 수백 개의 화살에 맞고 이 대전투에서 내 무기로 인해 맑혀진 몸으로 당신이 얻어놓은 세상을 얻을 것입니다. 전쟁을 사랑하는 고행자시여, 그러니 지금 가셨다가 꾸룩쉐뜨라로 돌아오십시오. 팔심 좋은 이여, 거기서 당신을 맞아 싸우겠습니다. 브르구의 후손 라마시여, 당신이 예전에 당신의 아버지를 정화하셨던 그곳에서 나도 당신을 죽여 당신을 맑혀드리겠습니다. 그러니 라마시여, 가십시오. 전쟁에 미친 이여, 서두르십시오. 브라만이라 불리는 이여, 당신의 그 오랜 오만을 내가 없애드리겠습니다. 라마여, 당신은 여럿이 모인 곳에서 '내가 이 세상에서 크샤뜨리야를 없앴노라'라고 수도 없이 스스로를 추어올리셨습니다. 그러니 이제 들어보십시오. 그때는 아직 비슈마가 태어나지 않았거나 혹은 전쟁에 대한 당신의 오만과 욕망을 없애줄 나 같은 크샤뜨리야가 없었던 것이라는 것을요. 팔심 좋은 라마시여, 이제 적의 도시를 제압하는 그 비슈마가 태어났으니 전쟁에 대한 당신의 오만을 내가 반드시 없애드리겠습니다.'"

179

비슈마가 말했다.

'바라따의 후손 두료다나여, 그러자 라마는 웃으며 내게 말했소.

"비슈마여, 전장에서 그대와 싸울 수 있어서 다행이구나. 꾸루의 후손이여, 나는 그대와 함께 꾸룩쉑뜨라로 가리라, 적을 괴롭히는 이여, 거기 가서 그대의 말을 따르리라. 그대 또한 그곳에 가야하리. 그 곳에서 나는, 비슈마여, 내가 쏜 수백의 화살에 맞고 쓰러진 그대가 독수리, 까마귀, 매의 밥이 된 꼴을 그대의 어머니 강가가 보게 하리라. 왕이여, 오늘 여신은 내가 쏜 화살에 맞아 초라하게 죽은 그대를 보고 싶다와 짜라나들의 부축을 받으며 울게 되리라. 다복했던 이여, 바기라타의 딸 강가 강이 아둔하고 전쟁 좋아하는 병자 같은 그대를 낳은 것은 큰 흠이로구나. 비슈마여, 오너라. 나와 함께 가서 지금 당장 싸움을 벌여보자. 황소 같은 바라따 꾸루의 후손이여, 전차 등속을 모두 챙겨라."

두료다나 왕이여, 적의 도시를 제압한 라마가 이렇게 말하자 나는 그에게 머리 숙여 절한 뒤 "그리 하시지요"라고 말했었다오. 이렇게 말한 뒤 라마는 나와 싸우기 위해 꾸룩쉑뜨라로 갔소. 도성으로 들어간 나는 사띠야와띠 어머니께 그 사실을 알렸소. 빛이 넘치는 이여, 무사를 기원하는 희생제를 지내고 어머니의 축원을 받은 뒤 안위를 비는 브라만들의 축복을 받은 나는 흰말이 매인 은빛 전차에 올랐소. 잘 정비되고 잘 만들어진 전차에는 호랑이 가죽이 씌워졌고, 온갖 종류의 대단한 무기들과 기구들이 마련되었소. 왕이여, 그리고 내 행적을 수없이 많이 봐온 마부, 마부의 가문에서 태어나 말에 관한 모든 것을 아는 영웅 같은 마부가 전차를 몰았다오. 훌륭한 바라따여, 나는 눈에 띄는 새하얗고 근사한 갑옷을 입고 새하얀 활을 쥐고 행군했소. 백성을 지키는 이여, 흰 차양이 내 머리 위로 드리워졌고, 시종들은 새하얀 야크 털 부채로 나를 시원하게 해주었소. 흰옷, 흰 머리 덮개 등 온통 새하얗게 꾸민 뒤 나는 코끼리의 도시를 떠났소. 승리를 위한 드높은 찬가가 내 뒤를 따랐지요. 황소 같은 바라따여, 그리고 나는 전투의 들녘이 될 꾸루의 들녘을 향해갔소. 왕이여, 마부는 말들을 재촉해서 마음과 바람의 속도로 나를 대격전장으로 데려갔다오. 왕이여, 나는 꾸룩쉘뜨라로 갔고, 위용넘치는 라마와 나는 다가올 전투를 위해 서로에게 용맹을 보여주며 매섭게 굴었소. 나는 저 대단한 고행자 라마가 다 볼 수 있는 곳에 서서 내 빼어난 소라고둥을 집어 들고 불기 시작했소.

왕이여, 그곳에는 브라만들, 고행자들, 숲속 생활자들, 신들과 선인들 무리가 그 신성한 전투를 지켜보고 있었다오. 천상의 화환들이 한없이 나타났고, 천상의 악기들이 울렸으며, 거대한 구름 떼가 웅성거렸소. 브르구의 후예를 따르는 모든 고행자들이 전장을 에워싸고 구경하고 있었지요. 왕이여, 그러자 내 어머니, 만생명이 잘 되기를 바라는 여신이 몸소 나타나 내게 말했소.

"무엇을 하려 하느냐? 꾸루를 번성시킨 이여, 나는 자마다그니의 아들에게 가서 빌었다. 비슈마와 싸우지 말라고, 당신의 제자가 아니냐고 거듭 말했느니라. 아들아, 이리 하지 말거라. 왕이여, 브라만과 관계를 끊지 말거라. 전장에서 자마다그니의 아들과 싸우지 말거라. 너는 크샤뜨리야를 죽인 라마, 하리와 같은 용맹을 지닌 그를 알지 못하는 것이냐? 아들아, 그런 라마와 싸우려는 것이냐?"라며 나를 꾸짖었소.

훌륭한 바라따여, 그래서 나는 두 손 모으고 여신께, 낭군 고르기 마당에서 있었던 일을 있는 그대로 모두 말씀드렸다오. 인드라 같은 왕이여, 그리고 내가 전에 얼마나 라마를 기쁘게 하려고 애썼는지, 까쉬 공주의 오래된 열정은 어떠했는지에 대해서도 말씀드렸지요. 내 어머니 큰 강께서는 그리하여 몸소 라마를 찾아가셨소. 여신께서는 나를 위해 그 브르구의 선인에게 용서하라고, 비슈마와 싸우지 말라고, 당신의 제자가 아니냐고 말했다오. 그는 간청하는 그녀에게 "당신이 멈추게 해야 하는 사람은 비슈마입니다. 그가 내 뜻을 따르지 않습니다. 그래서 그를 공격하는 것입니다"라고 말했소.'

이어지는 산자야의 이야기는 이러하다.

그리하여 강가는 아들을 아끼는 마음으로 다시 비슈마에게 갔으나 그는 분노로 눈을 부릅뜨며 그녀의 말을 따르지 않았다. 최상의 브르구, 저 고결한 대고행자, 빼어난 브라만이 다시 그에게 와서 전투를 청했다.

180

비슈마가 말했다.
'나는 싸울 태세를 갖추고 있던 그에게 웃으며 말했소. "당신이 땅에 서 계시는데 나는 전차에서 싸울 수 없습니다. 팔심 좋은 영웅

라마시여, 나랑 싸우고 싶다면 전차에 오르고 갑옷을 입으십시오."

그러자 라마는 전장에 선 채 웃으며 내게 말했다오. "비슈마여, 내 전차는 대지이며 내 준마는 베다이지. 내 마부는 바람이요, 베다를 어머니로 둔 것들†이 내 갑옷이려니! 꾸루의 후손이여, 나는 이 모든 것들로 단단히 무장하고 전투에 나서리라!"

그리하여 간다리의 아들 두료다나여, 진실을 용맹으로 삼은 빠라슈라마는 내게 이렇게 말하고는 사방에 거대한 화살의 그물을 쳐서 나를 에워싸버렸소. 그때 나는 자마다그니의 아들이 천상의 전차에 서 있는 것을 보았다오. 온갖 무기로 단장한 그는 놀라운 형상으로 빛나고 있었지. 마음으로 빚은 천상의 전차는 성스러웠고 하나의 도성처럼 드넓었소. 천상의 말이 매여져 있었고, 언제든 나설 태세가 갖추어져 있었으며, 황금으로 장식되었었소. 팔심 좋은 두료다나여, 그리고 그 전차에는 달의 형상이 그려진 깃발이 달려 있었다오. 아끄르따우라나, 베다를 알고 빠라슈라마의 지극한 벗인 그가 마부로 서 있었소. 활을 들고 화살집을 메고, 팔과 손가락에는 가죽 보호대를 씌우고 말이오. 나를 전투에 청하며 그는 내 마음을 뛰게 했다오. 브르구의 후손은 계속해서 "공격하라!"라고 외쳐댔지요. 크샤뜨리야들을 죽음에 몰아넣었던 괴력이요 무적인 이는 떠오르는 아침 해와 같았소. 나는 그런 라마와 일대일로 맞붙었다오. 화살 세 발의 거리에서 나는 내 말들의 고삐를 잡아 멈추게 한 뒤 뛰어내려 활을 내려놓고, 걸어서 그 훌륭한 선인 라마에게 다가갔소. 훌륭한 그 브라만에게 예를 다하고자 함이었소. 의례에 따라 그에게 절을 올린 뒤 나는

~어머니로 둔 것들_ 베당가 등 베다를 모체로 한 학문.

좋은 말들을 했지요.

"라마시여, 나보다 뛰어나고 훌륭하시며 덕과 도를 갖춘 스승이신 당신과 전장에서 싸우겠습니다. 주인이시여, 제게 승리를 기원해 주소서!"

그랬더니 라마가 말했다오.

"빼어난 꾸루의 후손이여, 번성을 바라는 자는 그리해야지. 팔심좋은 이여, 이것이 자기보다 뛰어난 사람과 싸우는 법도이니. 백성들의 주인 까우라와여, 만일 그대가 이런 식으로 다가오지 않았더라면 나는 그대에게 저주를 내렸을 것이다. 그대의 당당함을 모두 불러모아 혼신을 다해 전장에서 싸우자. 그러나 나는 그대에게 승리를 빌어 주진 않으리. 나는 여기 그대를 이기러 오지 않았던가? 가라. 다르마에 따라 싸우라. 나는 그대의 거동에 기쁘기 그지없구나."

비슈마가 말을 이었다.

'그리하여 나는 그에게 절을 한 뒤 지체 없이 전차에 올랐고, 전투를 위해 금으로 장식된 내 고둥을 다시 한 번 불었소. 바라따의 왕이여, 이리하여 그와 나의 전투가 시작되었고, 서로를 이기려는 싸움은 여러 날 동안 지속되었소. 그가 내게 먼저 구백육십 개의 두루미 깃이 꽂힌 불같은 화살을 쏘아 공격했지요. 백성들의 주인 두료다나여, 나의 말 네 마리와 마부가 움직임을 멈추었으나 나는 갑옷을 입은 채 똑바로 서 있었소. 바라따의 후손이여, 나는 신들과 브라만들에게 절을 올린 뒤 전장에 서 있는 그를 향해 웃으며 말했다오.

"비록 경계를 넘긴 했지만 나는 당신을 내 스승으로 우러렀습니다. 브라만이시여, 그러니 다르마의 풍요로움으로 이끄는 길이 무엇

702

인지 다시 한 번 들어보십시오. 나는 당신의 육신에 있는 베다, 신성한 브라만으로서의 당신의 그 위대함, 그리고 혹독하게 이룬 당신의 수행력을 공격하진 않겠습니다. 라마시여, 당신 안에 깃들어 있는 크샤뜨리야 다르마를 공격하겠습니다. 무기를 든 브라만은 크샤뜨리야를 받아들이기 때문입니다. 내 활의 위력을 보십시오. 내 팔의 힘을 보십시오. 영웅이시여, 나는 당신의 활을, 당신의 화살을 두 동강 낼 것입니다."

황소 같은 바라따여, 그리고 나는 그를 향해 날카로운 곰 화살을 쏘았다오. 그의 활 한쪽 끝이 부러져 땅에 떨어졌지. 나는 이음새가 곧고 점이 박힌 두루미 깃털 화살 구백 개를 자마다그니의 아들을 향해 쏘았소. 그의 몸을 향해 쏜 화살들 위로 바람이 불었고, 화살들은 흔들거리며 뱀처럼 날아가 피를 흩뿌렸다오. 왕이여, 라마의 온몸은 상처투성이가 되었고, 상처난 곳에서는 피가 쏟아져 나왔소. 그런 라마는 마치 광물을 쏟아내는 메루 산처럼 보였다오. 왕이여, 겨울의 끝자락에 붉은 꽃이 가득 핀 아쇼까나무 같기도 했고, 어찌 보면 낑슈까나무 같아 보이기도 했소.

잔뜩 화가 난 라마는 다른 활을 집어들고 황금 촉 달린 날카로운 화살들을 비처럼 쏟아냈다오. 맹렬한 속도로 날아온 그 무서운 화살들은 내 치명적인 곳들을 무수히 꿰뚫고 마치 뱀의 맹독처럼 나를 뒤흔들었소. 성난 나는 다시 싸우기 위해 스스로를 추슬러 세웠고, 수백의 화살들로 라마를 꿰뚫었소. 황소 같은 바라따의 후손 두료다나여, 불같고 태양 같고 독뱀 같은 그 날카로운 화살들에 맞은 라마는 정신을 잃은 듯했소. 동정심에 사로잡힌 나는 내 자신을 책망하기 시작했다오. "몹쓸 전투로다!", "몹쓸 크샤뜨리야로다!"

왕이여, 서글픔의 거센 물살에 이리저리 흔들리던 나는 수도 없이 되뇌었소. "크샤뜨리야의 일이라는 명분으로 나는 참으로 몹쓰고 악한 짓을 저질렀도다! 저토록 고결한 브라만 스승을 이처럼 화살로 상하게 했구나!"라며 울부짖었소. 바라따의 후손이여, 그리고 나는 자마다그니의 아들을 더 이상 공격하지 않았다오. 대지를 덮혔던 태양은 날이 끝날 무렵 천 개의 햇살을 거두어들였고, 우리의 전투도 끝이 났다오.'

181

비슈마가 말했다.

'백성들의 주인이여, 그러자 솜씨 좋기로 이름난 마부는 자신과 말과 내게서 화살들을 뽑아냈소. 상처가 많지 않은 말들을 씻기고 물을 뿌려 생기가 돌게 한 다음 해가 뜨고 날이 밝아오자 우리는 다시 싸움을 시작했다오. 갑옷을 차려입고 재빨리 다가오는 나를 본 위용 넘치는 라마 또한 전차를 제대로 준비시켰지. 바라따의 후손이여, 전투를 바라며 다가오는 라마를 보고 나는 빼어난 내 활을 내려놓고 전차에서 뛰어내려 전처럼 자마다르니의 아들에게 절을 한 뒤, 두려움을 버리고 싸울 준비를 갖추었소.

그는 내게 엄청난 화살 비를 쏟아부었고, 나는 그에게 또 엄청난 화살 비를 쏟아 부었소. 왕이여, 분노 충천한 자마다그니의 아들은 다시 한 번 불을 내뿜는 듯한 깃털 화살을 내게 보냈다오. 왕이여, 나는 날카로운 곰 화살들로 그것들을 허공에서 수백수천 갈래로 꺾고 또 꺾어버렸소. 그러자 위용 넘치는 자마다그니의 아들은 천상의 날탄을 나를 향해 날렸고, 나는 그것들을 몰아냈다오. 팔심 좋은 이여, 내 날탄들로 내가 우위를 점하려고 하자 천지사방에서 거대한 소리가 퍼졌소. 바라따의 후손이여, 나는 와야위야† 날탄을 자마다그니의 아들을 향해 장전했고, 그는 구햐까† 날탄으로 맞불을 놓았소. 나는 또 진언과 함께 아그네야 날탄을 장전했고, 힘좋은 라마는 와루나 날탄을 써서 그것들을 막았다오. 이렇게 나는 라마의 천상의 날탄을 막아냈고, 천상의 날탄을 알아 적을 다스리는 라마는 또 나의 매서운 날탄을 막아냈소.

이제, 빼어난 브라만 라마는 나를 왼쪽에 두고 공격을 가했고, 성난 저 괴력의 자마다그니의 아들은 내 가슴을 맞혔소. 훌륭한 바라따의 후손이여, 그래서 나는 내 빼어난 전차에 주저앉았고, 내가 급격히 약해진 것을 본 마부는 라마의 활에 맞고 괴로워하며 소 울음소리를 내는 나를 서둘러 데리고 갔다오. 바라따의 후손이여, 심한 부상을 당한 내가 정신을 잃고 끌려가는 것을 본 아끄르따우라나를 위시한 라마의 모든 추종자들과 까쉬의 처녀는 기뻐 환호했소. 나는 의식을 되찾고 상황을 알아차린 뒤 마부에게 "마부여, 라마가 있는 곳으로 가자. 아픔은 가셨고 나는 준비되었느니!"라고 말했소.

와야위야_ 바람의 날탄. 혹은 바람 신 와유가 쓰던 날탄.
구햐까_ 반신반인인 구햐까들이 쓰던 날탄 혹은 숨어서 오는 날탄.

꾸루의 후손이여, 마부는 더없이 아름답고 춤추는 듯한, 바람처럼 내달리는 말의 도움으로 나를 데리고 돌아갔소. 꾸루의 후손이여, 그리하여 라마에게 다다른 나는 분격해서, 분격해 있는 그를 제압하려는 심사로 화살의 그물을 쳐 그를 뒤덮어버리려고 했다오. 그러나 라마는 똑바로 날아가는 내 화살들을 향해 세 개씩의 화살을 쏘더니 하나하나 잽싸게 갈라버렸다오. 그리하여 그 대전투에서 수백을 헤아리는 내 날카로운 화살들은 모두 라마가 쏜 화살들에 의해 부러지고, 두 갈래로 갈라지고 말았다오. 그래서 나는 다시 타는 듯 빛나는 화살, 시간 그 자체인 듯한 화살을 다시 날렸소. 자마다그니의 아들 라마를 죽이려는 심사로 말이오. 화살은 그를 깊이 관통했고, 라마는 매서운 고통으로 신음하며 정신을 잃고 땅에 쓰러졌다오.

바라따의 후손이여, 라마가 땅바닥에 드러눕자 모두들 "아아! 이럴 수가!"를 외치며 태양이 땅에 떨어진 듯 마음 상해 울부짖었소. 너무나 마음이 상한 그들 모든 고행자들과 까쉬의 여인은 황망히 브르구의 후손에게 달려갔지. 꾸루의 후손이여, 그들은 그를 껴안고 승리를 위한 기원과 함께 차가운 물을 묻힌 손으로 가만히 다독였다오. 그러자 라마는 비틀거리며 일어나 내게 "서라, 비슈마여, 그대는 죽은 목숨이니!"라고 말하며 활에 화살을 먹였소.

대격전 중에 그가 쏜 화살은 내 왼쪽 옆구리를 맞혔고, 그에 심하게 부상당한 나는 나무처럼 흔들거렸다오. 왕이여, 대전투에서 그의 재빠른 화살에 말들이 죽었고, 털로 만들어진 화살들로 그는 자신만만하게 나를 쏘아댔소. 팔심 좋은 이여, 그러자 나도 막아낼 수 없는 재빠른 화살을 날렸고, 라마와 나의 화살들은 하늘을 뒤덮으며 허공에 머물러 있었다오. 화살의 그물에 뒤덮인 태양은 따갑게 비추지 못했고, 바람은 구름에 막힌 듯 그 사이로 한숨을 내쉬었지요. 그러자 바람의 동료†와 태양의 빛으로 인해 하늘에서는 저절로 불이 일었소. 왕이여, 저절로 인 따가운 불길로 인해 화살들은 모두 재로 변해 땅바닥에 덜어져 흩어져버렸소. 꾸루의 후손이여, 성난 라마는 수백, 수천, 수만, 수백만, 수천만의 화살을 나를 향해 날쌔게 날렸으나 나는 그것들을 독뱀 같은 화살들로 모두 전장의 뱀들처럼 쳐내어 땅바닥에 떨어뜨렸소. 훌륭한 바라따여, 이렇게 싸움은 계속 되었고, 황혼이 오자 내 스승은 전장에서 철수했다오.'

182

비슈마가 말했다.

'훌륭한 바라따 두료다나여, 다음 날 나는 다시 라마와 너무나 끔찍하고 혼란스러운 전투를 했었소. 이때 천상의 날탄을 아는 용사요 천상의 날탄을 무수히 장전하는 고결한 주인 빠라슈라마는 날마다 그것들을 쏘아댔지. 바라따의 후손이여, 나는 날탄은 날탄으로 맞으며 그 혼잡한 싸움에서 정말로 버리기 어려운 목숨을 내놓고 싸웠소. 날탄이 날탄으로 파괴되자 빛이 넘치는 브르구의 후손은 격분하며 그 전투에서 목숨을 내놓고 싸웠다오.

바람의 동료_ 불의 신 아그니.

내 날탄에 막힌 자마다그니의 아들,
무서운 형상의 창을 휘둘렀지.
시간이 풀어놓은 훨훨 타는 운석처럼
창끝에 이는 빛으로 세상을 휘감았네.

세상을 끝내는 운명의 태양처럼
내게 다가오는 그것을 나는 빛나는 화살로
세 가닥으로 갈라 바닥에 떨어뜨렸네.
그러자 성스런 향기 담은 바람이 불었지.

그것들이 부서지자 분노로 훨훨 탄 라마,
열두 개의 무시무시한 창을 휘둘렀지.
오 바라따여, 그 형상은 표현할 수 없으리.
빛 때문에, 속도 때문에 말할 수가 없으리.

그러나 혼란스런 와중에도 나는 어찌 그것들을 보았네.
사방을 태우며 불처럼 다가오는 운석 같은 그것들을,
온갖 형상으로 매섭게 타오르는 빛을 지닌 그것들을,
세상 파멸 때의 열두 아디띠야 같은 그것들을!

왕이여, 나는 그 화살의 망이 뒤덮은 것을 보자마자
그것들을 내 화살의 망으로 쳐내버렸지.

그 전장에서 나도 열두 개의 활을 휘둘렀고,
그리하여 그 무서운 형상의 창들을 몰아냈지.

그러자 고결한 자마다그니의 아들,
황금 막대 달린 또 다른 무서운 세 개의 창을,
형형색색 빛나며 황금 천이 달린
타오르는 거대한 운석 같은 그 창을 던졌지.

인드라 같은 왕이여, 나는 그것들도 칼과 방패로 막았고
그래서 그것들은 땅바닥에 떨어지고 말았네.
천상의 화살들로 나는 전장에서
라마의 천상의 말들과 마부를 쏘았네.

허물을 벗고 나온 뱀 형상의 창이,
황금으로 빛나는 그 창이 꺾인 것을 본 고결한 이,
하이하야를 물리쳤던 저 빠라슈라마는
격분하며 천상의 날탄을 장전했지.

그리고 무서운 메뚜기 떼가 튀는 듯한,
깃털 없는 화살 무더기의 빛이 떨어진 듯한
화살들이 그렇게 켜켜이 수없이
내 몸에, 말에, 마부에, 전차에 떨어져 쌓였네.

내 전차는 온통 화살로 뒤덮였고,
왕이여, 말들도 마부도 마찬가지였지.
전차의 가로대도 기둥도 그리고 바퀴도,
바퀴의 살도 모두 화살에 부서져 나갔지.

마침내 화살 비가 그치자
나는 스승에게 화살의 홍수를 퍼부었지.
보석 같은 브라만은 내가 쏜 화살에 상처입고
몸에서 엄청난 붉은 피를 쏟아냈네.

라마는 내 화살의 그물에 상처를 입고
나 또한 여러 군데 깊은 상처가 났네.
전투는 태양이 산을 찾아 넘어갈 무렵인
늦은 오후에나 끝이 났다네.'

183

비슈마가 말했다.

'인드라 같은 왕이여, 아침이 되어 티 하나 없는 태양이 솟아오르
자 나와 브르구 후손의 싸움이 다시 시작되었소. 투사 중의 투사인 라
마는 돌진하는 전차에 서서 인드라가 산에게 퍼붓듯 내게 화살 비를

퍼붓기 시작했소. 내 마부이자 벗이 그 화살 비에 꿰어 전차의 패인 곳에 떨어졌고 내 마음은 무거웠소. 마부는 혼수 상태에 빠져들었고 화살에 맞은 것 때문에 결국은 정신을 놓고 땅으로 떨어지고 말았다오. 라마의 화살에 심하게 당한 마부는 결국 목숨을 잃었소. 인드라 같은 왕이여, 그리고 잠깐 동안 내게는 두려움이 엄습해왔다오.

왕이여, 마부가 죽고 내가 주춤거리며 화살들을 쏘자 라마는 취한 듯 죽음처럼 화살을 퍼부어댔소. 내가 마부의 죽음의 충격에 빠져 있는 동안 브르구의 후손은 강한 활을 꺼내더니 화살로 내게 깊은 상처를 냈다오. 인드라 같은 왕이여, 피를 먹는 화살이 내 쇄골을 강타했고, 내가 떨어지자 화살은 내 뒤를 따라 땅바닥에 떨어졌다오. 황소 같은 바라따여, 라마는 내가 죽었다고 생각하고 비를 담은 구름 같은 소리를 거듭거듭 질러대며 환호했소. 왕이여, 내가 쓰러져 있는 동안 라마는 기쁨에 젖어 추종자들과 함께 거센 함성을 질러댔다오. 내 곁에 있던 까우라와들, 그리고 우리의 전투를 보려고 거기 왔던 사람들은 내가 쓰러지자 큰 충격에 휩싸였소.

사자 같은 왕이여, 나는 쓰러져 있으면서
불에 제물 올리는 태양 같은 여덟 브라만†을 보았소.
그들은 내 주위를 사방으로 돌며
전장의 한가운데서 자기들 팔로 나를 들어 올렸지.

여덟 브라만_ 와수들로 보이며, 비슈마는 전생에 와수들 중의 한 명이었다가 저주로 인해 이 세상으로 내려온 인물이다. 2권 참조.

그 브라만들이 보살피는 동안 나는 땅을 딛지 않았다오. 나는 공중에 있었고 브라만들은 내가 자기들 친척인 양 대했소. 나는 허공에서 잠을 자는 듯 했고, 그들은 내게 물방울을 뿌렸다오. 왕이여, 그리고 나를 붙잡고 있던 브라만들이 말했소. "두려워 마시오. 모든 것이 괜찮을 것이오." 그들은 그렇게 말하고 또 말했다오. 그들의 말에 충족되었던지 나는 불현듯 일어났고 내 어머니, 저 빼어난 강이 전차에 서 있는 것을 보았소.

인드라 같은 왕이여, 큰 강이 몸소
내 말을 잡아 몰고 있었지.
나는 아리슈티쉐나에게처럼 어머니의 발에
엎드려 예를 드리고 전차에 올랐지.

그녀는 내 전차를 보호하고 말과 도구들을 지켰소. 나는 그녀에게 합장한 뒤 그녀를 떠나보냈다오. 바라따의 후손이여, 그런 뒤 나는 직접 바람처럼 빠른 말을 몰고 갔소. 그리고 날이 저물 때까지 자마다 그니의 아들과 전투를 벌였다오. 빼어난 바라따여, 나는 라마를 향해 전장에서 빠르고 힘이 넘치는 화살, 심장을 가르는 화살을 날렸소. 그러자 화살의 속도를 견디지 못한 라마는 망연자실해 활을 놓치고 무릎이 풀리더니 그만 정신을 잃고 말았소. 수천 번의 보시를 한 라마가 땅에 쓰러지자 구름이 온 하늘을 덮고 많은 피의 비가 내렸으며, 수백의 운석이 떨어지고, 폭풍이 일더니 땅이 흔들렸소. 느닷없이 스와르바누 라후는 타는 해를 가려버렸소. 드센 바람이 불었고 지진이 일었

소. 독수리, 두루미, 까마귀가 휘익 창공을 갈랐고, 방향이 불타는 듯
했으며, 자칼이 하염없이 거칠게 울부짖었소. 빼어난 바라따여, 치지
도 않은 북이 큰 소리를 내며 울려퍼졌소. 고결한 라마가 정신을 잃
고 땅에 쓰러지자 이 같은 무서운 징조들이 나타난 것이오. 태양은 주
위에 칙칙한 햇살을 퍼뜨리며 먼지더미에 쌓인 듯 저 너머로 가고 있
었소. 서늘한 바람이 편안한 밤을 몰고와 우리는 싸움을 거둬들였소.

왕이여, 밤을 위한 휴전이 있었고
날이 밝자 우리는 다시 무서운 격전을 벌였지.
날이 새고 날이 샐 때 마다 시작하여 그렇게 스무날을,
거기에 사흘을 더 우리는 싸웠지.'

184

비슈마가 말했다.

'백성을 지키는 인드라 같은 왕이여, 나는 그날 밤 브라만들에게,
조상들에게, 모든 신에게, 밤에 다니는 이들에게, 그리고 밤에게 머
리 숙여 절하며 침상에 들어 마음으로 가만히 생각했소. "자마다그니
의 아들과의 이 전투는 너무나 끔찍합니다. 지극히 위험한 많은 날들
이 지났습니다. 전쟁의 정점에서 나는 저 위력 넘치는 자마다그니의
아들을 제압할 수 없습니다. 라마는 힘이 넘치는 브라만입니다. 내가

저 위용 넘치는 자마다그니의 아들을 제압할 수 있다면 신들은 은총을 베푸시어 내게 방법을 보여 주소서."

그리고 인드라 같은 왕이여, 나는 밤에 화살의 상처를 안고 오른쪽으로 향해 잠이 들었소. 아침이 된 듯했지요. 그리고 내가 전차에서 떨어졌을 때 나를 일으켜 세워 붙잡으며 "두려워 마시오"라고 위로했던 그 훌륭한 브라만들이 다시 꿈에 모습을 보였다오. 꾸루를 번성시키는 대왕이여, 그들은 나를 에워싸고 말했소. 그들의 말을 들어보시오.

"강가의 아들이여, 일어나시오. 두려워 마시오. 범 같은 사내여, 우리가 당신을 지켜주리다. 당신은 우리 자신의 몸이기 때문이오. 당신은 두려울 일이 없소. 황소 같은 바라따여, 라마는 전장에서 당신을 이길 수 없다오. 당신은 당신이 매우 아꼈던 이 날탄을 알지요. 당신이 전생의 몸을 지고 있을 때 알았던 것이라오. 바라따의 후손이여, 이것은 위쉬와까르만이 만들고 쁘라자빠띠가 썼던 '잠재우기'라는 날탄입니다. 지상에서는 어떤 사람도, 물론 라마도 이것을 알지 못한다오.

팔심 좋은 인간들의 군주여 그것을 떠올리시오. 그리고 힘껏 장전하시오. 라마는 이 날탄으로 인해 죽지는 않을 것이고, 당신도 죄를 짓지 않을 것이오. 자긍심 주는 이여, 자마다그니의 아들이 당신의 화살의 위력에 맞으면 잠이 들 것이오. 비슈마여, 그렇게 라마를 제압한 뒤 당신이 아껴 마지않는 '깨우기 날탄'으로 그를 다시 일어나게 하시오. 꾸루의 후손이여 아침이 오면 전차에 서서 우리가 이른 대로 하시오. 우리는 자는 것이나 죽는 것이나 같다고 생각하오. 왕이여, 라마는 어떤 경우에도 죽여서는 안 된다오. 그러니 기억이 돌아오거든 이 잠재우기 날탄을 사용하시오."

두료다나 왕이여, 이렇게 말한 뒤 그 빼어난 브라만들은 모두 사라져버렸소. 태양의 화신인 듯한 그들은 여덟이 모두 같은 모습을 하고 있었다오.'

185

비슈마가 말했다.

'바라따의 후손이여, 밤이 지나고 나는 잠이 깨었소. 꿈을 생각하곤 나는 더없이 기뻤다오. 바라따의 후손이여, 나와 그의 싸움이 다시 시작되었소. 털을 곤두서게 하는 회오리 같은 싸움이었고 만생명을 경악하게 하는 싸움이었다오. 바라따의 후손이여, 브르구의 후손은 내게 화살 비를 퍼부었고 나는 내 화살의 그물로 그것들을 막아냈소. 대고행자는 다시 격분했고, 어제와 같은 분노로 내게 창을 던졌다오. 인드라의 벼락같은 감촉이었고, 야마의 지팡이 같은 빛을 지녔으며, 불처럼 빛나는 그것은 전장의 구석구석을 핥으며 지나갔소. 범 같은 바라따여, 그리고 허공에 차려둔 제단인 듯한 그것이 나를 느닷없이 내리쳤고 내 어깨가 부러졌소. 팔심 좋은 이여, 라마에게 맞은 상처에서는 산에서 흘러내려오는 광물처럼 무서운 피가 쏟아졌소. 나는 주체할 수 없이 화가 나서 자마다그니의 아들을 향해 독뱀 같고 죽음 같은 화살을 쏘았소. 대왕이여, 이마에 화살을 맞은 저 빼어난 브라만 영웅은 봉우리 가진 산처럼 빛났다오. 그는 격분하며 내게 돌아서더니 세상을 끝내는 시간과 같은 적을 파괴하는 무서운 활을 꺼내 나를 향해 겨누었소. 왕이여, 뱀처럼 쉭쉭거리는 화살이 내 가슴에 떨어져 꽂혔고 나는 피에 젖어 땅바닥으로 떨어지고 말았소.

다시 의식을 찾은 나는 사려 깊은 자마다그니의 아들을 향해 번개처럼 번쩍이는 흠결없는 창을 던졌소. 왕이여, 그것은 저 빼어난 브라만의 두 팔 사이로 꽂혔고 그는 혼절하여 몸을 떨기 시작했다오. 브라만 고행자이자 벗인 아끄르따우라나가 그를 껴안고 상서로운 말로 위로하고 또 위로했소. 서약 큰 라마는 정신이 들었고 분노와 근심으로 최고의 날탄 브라흐마를 펼쳐보였소. 그것에 맞서기 위해 나 또한 위없는 브라흐마 날탄을 쏘았고 그것은 세상을 끝내는 불길처럼 훨훨 타올랐소. 훌륭한 바라따의 후손이여, 두 브라흐마 날탄은 허공에서 부딪혀 나에게도 또 라마에게도 이르지 못했다오. 백성의 주인이여, 그러자 창공에서는 하나의 거대한 불길이 일었고 땅의 모든 생명은 넋을 잃었다오. 바라따의 후손이여, 르쉬들, 간다르와들, 신들이 그 날탄들의 힘에 휘둘려 더없이 고통스러워 했다오. 땅이 흔들렸고, 산과 숲과 나무들이 몸을 떨었소. 생명들은 말할 수 없이 참담한 지경에 이르러 고통 받고 있었소. 왕이여, 하늘에선 불이 났고 시방이 모두 연기에 휩싸였다오. 창공에 살던 이들은 그곳에 남아있을 수가 없었소. 바라따의 후손이여, 신과 아수라와 락샤사들을 담고 있는 세상이 신음하고 있을 때 나는 그 틈을 이용해 싸우고 싶어졌소. 브라만들의 말에 따라 나는 소중한 잠재우기 날탄을 염했고, 그것이 내 마

음 속으로 들어왔소.'

186

비슈마가 말했다.

'왕이여, 그러자 하늘에서 웅성거림이 점점 커지더니 "꾸루의 기쁨 비슈마여, 잠재우기 날탄을 날리지 마시오"라고 외쳤소. 나는 브르구의 후손을 향해 날탄을 겨누었고, 잠재우기 날탄을 겨누고 있는 내게 나라다가 말했소.

"꾸루의 후손이여, 신들의 무리가 하늘에 서서 그대를 막을 것이오. 잠재우기 날탄을 사용하지 마시오. 라마는 성스런 고행자요 브라만이며 그대의 스승이요. 꾸루의 후손이여, 어떤 경우에도 그를 모욕하지 마시오."

그리고 나는 브라흐마를 말하는 여덟 브라만이 하늘에 서 있는 것을 보았소. 인드라 같은 왕이여, 그들은 나를 향해 웃으며 부드럽게 말했다오.

"빼어난 바라따여, 나라다가 말한 대로 하시오. 황소 같은 바라따여, 그것이 세상을 위해 가장 좋은 일이오." 그리하여 나는 전장에서 잠재우기 날탄을 거두어들였고, 의례에 따라 브라흐마 날탄을 전장에 피웠소.

왕의 아들이여, 분노충천한 라마는
그 날탄이 거둬들여지는 것을 보고
"내가 비슈마에게 졌구나. 생각이 어둡고 어둡구나!"
느닷없이 이런 말을 내뱉었지.

그리고 자마다그니의 아들은 조상들을 보았소.
아버지의 아버지, 그리고 그 아버지를!
그들은 그를 둥글게 에워싸고
달래듯 그에게 이렇게 말했소.

"아가, 다시는 그런 거친 짓을 하지 말아라. 특히 비슈마 같은 크
샤트리야와 전투를 벌이는 짓은 말아라. 브르구의 기쁨이여, 이렇게
싸우는 것은 크샤뜨리야의 다르마이다. 브라만들에게 최고의 재산은
베다를 공부하고 서약을 지키는 것이다. 우리는 어떤 이유로 네게 무
기를 들라 설득했었고, 너는 그 일을 무섭도록 잘 해내었다. 아가, 비
슈마와 싸운 것만으로 만족해야 한다. 팔심 좋은 이여, 비슈마에게 이
미 졌으니 이제 전장을 떠나거라. 범접키 어려운 브르구의 후손이여,
네가 활을 든 것은 이것으로 충분하구나. 이제 그것을 버리고 고행하
거라. 산따누의 아들 비슈마는 모든 신들이 막아섰단다. 신들은 그에
게 '전장에서 물러나라'라고, '라마와, 스승인 그와 싸워서는 안 된다'
라고 거듭해서 그를 채근했느니라. 가문을 번성시킨 이여, 그대가 전
장에서 라마를 제압하는 것은 적절치 않다. 강가의 아들이여, 전장에
서 브라만을 존중하라. 그가 너의 스승이기에 우리는 이것을 막아서

는 것이다'라고 신들이 그에게 말했단다. 아들아 비슈마는 와수들 중의 하나이거늘 다행히 너는 아직 살아있구나. 샨따누와 강가의 아들 비슈마는 명성 높은 와수란다. 라마여, 네가 어찌 전투에서 그를 제압할 수 있겠느냐. 물러나거라. 빼어난 빤두의 아들 아르주나는 도시를 뒤흔든 신 인드라의 괴력을 지닌 아들이며, 영웅적인 쁘라자빠띠인 나라, 오래 된 옛 신이지. 세상에 왼손잡이 영웅으로 널리 알려진 그가 때가 되면 비슈마의 죽음이 될 것이라고 스스로 태어나신 분 브라흐마가 정해두었단다."

조상들이 이렇게 말하자 라마가 조상들에게 말했소.

"전쟁에서 물러나지 않는다는 것이 지금껏 내가 지켜온 서약입니다. 할아버지들이시여, 강의 아들이 이 싸움에서 물러나게 하십시오. 무슨 일이 있어도 나는 이 싸움에서 물러나지 않겠습니다."

왕이여, 그래서 르찌까를 위시한 수행자들은 나라다를 대동하고 나에게 와서 말했소.

"친애하는 이여, 전장에서 물러나시게. 위없는 브라만을 존중하시게."

"그럴 수 없습니다."

나는 크샤뜨리야 다르마를 존중하는 마음으로 그들에게 답했소. "나는 어떤 경우에도 전투에서 물러서지 않겠다고 세상 앞에서 맹세했습니다. 화살이 등에 꽂혀도 전장에서 얼굴을 돌려 물러나지 않겠습니다. 탐욕 때문이나 자비심 때문이 아닌 두려움 때문이나 이득을 취하기 위해 내 영원한 다르마를 버릴 수는 없습니다. 내 마음은 정해졌습니다."

왕이여, 그러자 나라다를 위시한 모든 수행자와 내 어머니 강가가 전장의 한가운데로 들어왔다오. 그러나 나는 전처럼 활에 화살을 먹인 채 땅 위에 단단히 서서 전투를 굳게 결심했소. 그러자 그들은 함께 모여 다시 한 번 브르구의 기쁨 라마에게 싸움에 대해 말했소.

"브르구의 후손이여, 브라만의 가슴은 기이와 같다오. 침착하시오. 라마여, 라마여, 뛰어난 브라만이여, 이 싸움에서 물러나시오. 브르구의 후손이여, 그대는 비슈마를 죽일 수 없고 비슈마도 그대를 죽일 수 없소."

이렇게 말하며 그들은 모두 전장에 훼방을 놓았고, 그의 조상들은 브르구의 후손에게 무기를 버리라고 압박했소. 그리고 나는 다시 그 브라흐마를 말하는 여덟 브라만을 보았소. 그들은 하늘을 오르는 여덟 개의 별자리와도 같았다오. 그들은 내가 서 있는 전장에서 내게 다정하게 말했소.

"팔심 좋은 이여, 그대의 스승인 라마에게 가시오. 가서 세상을 위해 좋은 일을 하시오."

벗들의 말에 따라 라마가 물러서는 것을 보자 나 또한 세상을 위해 무엇을 할 수 있을지 벗들과 상의했소. 몹시 상처입은 나는 라마에게 다가가 절을 했다오. 대고행자 라마는 정이 담긴 웃음을 띠며 내게 말했소.

"비슈마여, 이 세상을 움직여다니는 사람 중에 그대 같은 크샤뜨리야는 없구나. 나는 이 전투에서 그대에게 몹시 흡족하도다!"

브르구의 후손은 내가 보는 앞에서 처녀를 부르더니 고행자들 가운데서 힘없이 말했소.'

187

빠라슈라마의 말은 이러했소.

"빛나는 여인이여, 나는 전장에서 이 모든 사람이 지켜보는 가운데 사내로서의 용맹을 힘껏 펼치고, 위없는 나의 무기들을 펼쳐 보였음에도 무기 든 이들 중에서 가장 뛰어난 비슈마를 능가할 수 없었구나. 이것이 내가 보여줄 수 있는 최고의 기력이며 이것이 내가 보여줄 수 있는 최상의 힘이니라. 고운 여인이여, 그러니 가고 싶은 곳으로 가라. 내가 그대에게 혹시 해줄 일이라도 있던가? 비슈마에게 자비를 구하라. 달리 갈 수 있는 길이 없구나. 나는 대단한 날탄을 날리는 비슈마에게 패했느니!"

비슈마가 이어 말했다.

'이렇게 말한 뒤 고결한 라마는 한숨을 쉬고는 침묵에 잠겨버렸소. 그러자 처녀가 브르구의 후손에게 말했다오.

"성스런 성자시여, 당신이 말씀하신 대로 전장에서 신들도 저 자비로운 비슈마를 꺾지 못합니다. 당신께선 힘닿는 만큼 열정을 다해 저를 위해 해줄 수 있는 일을 모두 하셨습니다. 당신의 힘과 수많은 무기를 아끼지 않으셨습니다. 전투의 끝에 당신은 그를 능가할 수가 없었지요. 그러나 무슨 일이 있어도 제가 비슈마에게 다시 가는 일은

없을 것입니다. 고행을 재산으로 삼는 브르구의 후손이시여, 대신 전
장에서 제가 직접 비슈마를 쓰러뜨릴 수 있는 곳으로 가겠습니다."

이렇게 말한 뒤 처녀는 눈이 벌개져서 내 죽음을 염하며 고행에 단
단히 마음을 굳혔다고 하오. 바라따의 후손이여, 그 뒤 빼어난 브르구
는 내게 작별을 고하고 수행자들과 함께 자기들이 왔던 마헨드라 산
으로 돌아갔다오. 나는 전차에 올라 브라만들의 찬가를 들으며 도성
으로 돌아와 어머니 사띠야와띠께 일어났던 일을 그대로 고했다오.
대왕이여, 그녀도 몹시 기뻐했지요.

나는 지혜로운 사람들에게 그녀가 하는 일에 대해 알아보라고 시
켰고, 그들은 내가 잘되기를 바라며 날이면 날마다 그녀가 간 곳과 한
말과 생각들을 알려왔소.

처녀는 숲으로 떠난 바로 그날부터 고행을 시작했다고 하오. 나는
괴로웠고 불행했으며, 일이 이 지경이 된 것에 몹시 마음이 상했소.
왕이여, 어떤 크샤뜨리야도 전장에서 위력으로는 나를 이길 수 없을
것이오. 브라흐마를 알고, 혹독한 서약을 세우고, 고행하는 이들을 빼
고는 말이오. 왕이여, 나는 두려워서 나라다에게 고했고, 위야사에게
도 말했소. 두분 모두 내게 이렇게 말했소.

"비슈마여, 까쉬의 딸 때문에 마음 상하지 말라. 누가 운명을 인간
의 노력으로 바꿀 수 있겠는가?"라고 하셨지.

대왕이여, 그 처녀는 아쉬람 구역으로 들어가 야무나 강변에서 초
인적인 언행에 몰입했다오. 먹지 않고 여위어 거칠어졌으며, 머리를
동여매고 더러움에 찌들어갔소. 여섯 달을 그녀는 기둥처럼 서서 공
기만 마시며 고행했다고 하오. 빛나는 그 여인은 야무나 강변으로 가

서 한 해를 먹지 않고 물속에 서서 보냈으며, 또 다른 한 해는 마른 잎 하나만 먹으며 보냈다오. 매서운 분노로 인해 그녀는 엄지발가락만으로 서서 한 해를 보내기도 했소.

이렇게 그녀는 하늘과 땅을 열기에 휩싸이게 하며 열두 해를 보냈고, 친척들이 아무리 애써도 그녀를 그만두게 할 수가 없었다 하오. 그녀는 마침내 싣다와 짜라나들이 운집하는 와뜨사부미, 공덕 많은 고결한 고행자들이 사는 아쉬람으로 갔다오. 그곳 성스러운 장소들에서 밤낮으로 몸을 씻으며 까쉬의 딸은 마음이 움직이는 대로 떠돌아다녔소. 대왕이여, 난다 아쉬람에서, 아름다운 울루까 아쉬람에서, 짜와나 아쉬람에서, 브라흐마의 장소에서, 쁘라야가에서, 신들의 희생제단에서, 보가와띠에서, 까우쉬까 아쉬람에서, 만다위야 아쉬람에서, 라마의 못에서, 빠일라기르기야의 아쉬람에서, 백성들의 주인이여, 까쉬의 처녀는 이런 성지들에서 몸을 씻고 혹독한 고행을 했다오.

꾸루의 후손이여, 내 어머니 강가가 물속에서 나와 그녀에게 말했소.

"고운 여인이여, 어찌 이리 스스로를 괴롭히는고? 내게 사실대로 말해 보거라."

왕이여, 흠결 없는 그녀는 두 손을 모으고 답했다오.

"아름다운 눈을 가진 분이시여, 라마는 전투에서 비슈마를 이기지 못했습니다. 이 세상 다른 누가 어찌 감히 그를 물리치려 하겠습니까? 그래서 제가 직접 비슈마를 파멸시키기 위해 혹독한 고행을 하고 있답니다. 여신이시여, 저는 그 왕을 죽이기 위해 세상을 떠돌았습니다. 제가 다른 몸을 취할 때 이 고행이 비슈마 죽이는 결실을 맺게 하소서."

그래서 바다로 가는 강이 그녀에게 말했다고 하오.

"빛나는 여인이여, 굽은 길을 가고 있구나. 흠결 없는 자태를 지닌 여인이여, 이 소망은 그대의 힘으로 이룰 수가 없는 것이다. 아름다운 까쉬의 처녀여, 비슈마를 파멸시키기 위해 그런 서약을 행하고, 그것을 이루기 위해 몸을 버린다면 그대는 우기에만 흐르는 휘어진 강이 될 것이다. 아무도 알아주지 않는 못난 강, 우기만 기다리며 여덟 달을 말라 있는 강, 무서운 악어가 득시글거리는 강, 만물에게는 두렵고 공포를 주는 그런 강이 될 것이다."

왕이여, 웃으며 이렇게 말한 다복한 내 어머니, 빛나는 강가 여신은 까쉬의 처녀를 돌아가게 하려고 했소. 그러나 피부 고왔던 여인은 어쩔 때는 먹지도 마시지도 않고 여덟 달을 버텼으며, 어쩔 때는 열 달을 보내기도 했다오. 꾸루의 후손이여, 까쉬 왕의 딸은 성지들을 방문하려는 욕심으로 여기저기 다니다가 다시 와뜨사부미에 들었소. 바라따의 후손이여, 그리고 그녀는 그곳 와뜨사부미에서 '암바' 강이라고 불리는 강이 되었소. 우기의 물만 담고 있는, 악어가 우글거리고 못난 강변을 가진 휘어진 강이었다오. 왕이여, 고행 덕분에 그녀는 와뜨사에서 몸의 절반은 강이 되었고, 절반은 처녀로 남아 있었다오.'

188

비슈마가 말했다.

'고행자들이 그처럼 굳은 결심으로 고행하는 그녀를 보고 말리려는 심사로 말했소.

"여인이여, 무엇을 이루려고 이리 하시오?"

그래서 처녀는 고행으로 나이 든 선인들에게 답했소.

"저는 비슈마로 인해 지아비 얻을 다르마를 망쳤습니다. 고행자들이시여, 그의 파멸을 위해 저 스스로를 맑게 하는 것이지 더 나은 세상을 위해 저를 맑히지 않습니다. 오직 비슈마를 죽이는 것으로 나는 평화를 얻을 것입니다. 그것이 제가 내린 결정입니다. 고행자들이시여, 이 끝없는 고통 속에 저를 밀어 넣고, 지아비의 세계를 빼앗겨 사내도 여인도 아니게 살아가게 한 사람, 저 강가의 아들을 죽이지 않고는 저는 물러서지 않겠습니다. 이것이 제 마음에 품은 뜻이며, 그 뜻을 위해 이런 고행을 하는 것입니다. 저는 여인인 것이 너무 역겨워 사내가 되기로 결심했습니다. 저는 비슈마에게 앙갚음할 것이며 물러나지 않겠습니다." 이렇게 그녀는 되풀이해서 말했다고 하오.

그때 삼지창 휘두르는 신, 우마의 배우자이신 쉬와가 그들 대선인들 가운데 자신의 모습 그대로 처녀에게 나타났다오. 그는 그녀가 소원하는 것을 물었고, 그녀는 나 비슈마의 패배를 선택했다고 하오. 신은 마음 꼿꼿한 그녀에게 답했소.

"그를 죽일 것이다."

처녀는 다시 쉬와에게 여쭈었소.

"신이시여, 제 마음 깊은 곳이 평화로운 여인이거늘 여인인 제가 어찌 전투에서 승리할 수 있으리까? 귀신들의 주인 쉬와 신이시여, 신께서는 비슈마의 패배를 약속하십니다. 황소 깃발 달고 계신 신이시여, 그러니 그 말씀이 사실이 되게 하소서. 전쟁에서 샨따누의 아들 비슈마를 만나 그를 죽이게 해주소서."

황소 깃발을 단 대신 쉬와는 처녀에게 이렇게 말했다고 하오.

"고운 여인이여, 내 말은 거짓됨이 없느니라. 그러니 사실이 될 것이다. 그대는 사내가 되어 전장에서 비슈마를 죽일 것이다. 또한 참한 여인이여, 새로운 몸을 얻어도 모든 것을 기억하리라. 그대는 드루빠다의 가문에서 태어나 대전사가 될 것이다. 무기를 날렵하게 다루는 빛나는 용사가 되어 우러름을 받으리. 아름다운 여인이여, 적절한 때가 오면 모든 것이 그대로 이루어지리라. 얼마간의 시간이 흐른 뒤 그대는 사내가 될 것이다."

황소 깃발을 달고 해골을 든 빛이 넘치는 신은 이렇게 말하고는 브라만들 눈앞에서 사라져버렸다고 하오. 그리고 피부 고왔던 무구한 여인은 대선인들이 지켜보는 가운데 숲으로 가서 장작더미를 들고 오더니 그것을 높이 쌓고는 불을 지폈다오. 대왕이여, 불이 치솟자 그녀는 분노에 이글거리는 마음으로 "비슈마의 파멸을 위해"라고 말하고는 불속으로 뛰어들었다고 하오. 왕이여, 까쉬의 맏딸이 야무나 강변에서 그렇게 몸을 버린 것이오.'

189

두료다나가 말했다.

'강가의 아들이시여, 참한 여인이었던 쉬칸딘은 어찌 사내가 되었습니까? 최고의 용사 할아버지시여, 그 이야기를 해주십시오.'

비슈마가 말했다.

'이 땅의 주인이요 백성들의 주인인 대왕이여, 드루빠다의 아내, 그가 아끼는 정비에게는 아들이 없었소. 대왕이여, 그 무렵 드루빠다 왕은 자손을 얻기 위해 쉬와 신의 마음을 사려고 고행했다오. 그는 우리를 파멸시키기로 작정하고 혹독하게 고행했지요. 그는 아들 얻기를 바랐으나 대신에게서 딸을 얻었소.

그는 "성스런 신이시여, 저는 비슈마에게 앙갚음할 수 있는 아들을 바라나이다"라고 말했고 신들의 신은 그에게 "여인인 아이가 사내가 될 것이다. 왕이여, 돌아가라. 달리 어떤 일도 일어나지 않으리니!"라고 말했지. 그는 도성으로 돌아가 아내에게 말했소.

"왕비여, 아들을 얻으려고 대단한 고행을 하며 갖은 애를 썼으나 쉬와께서는 여인이 되었다가 다시 사내가 되리라고만 말씀하셨소. 나는 청하고 또 간청했으나 쉬와께서는 운명이니 달리는 일어나는 일이 없으리라고, 그것은 바뀔 수 없는 일이라고 하셨소."

그리하여 마음 성성한 드루빠다의 왕비는 잉태기가 되어 몸을 깨끗이 하고 드루빠다를 받아들였다오. 그녀는 때가 되어 운명 지어진 드루빠다의 씨를 얻었다고 나라다가 내게 말했었소. 꾸루의 기쁨이여, 연꽃 눈의 왕비는 태아를 잉태했고, 팔심 좋은 드루빠다 왕은 태안에 있는 아이에게 아들의 정을 느끼며 사랑하는 아내를 행복하게 돌보았소. 인간들의 군주여, 그리고 명예로운 왕비는 아들 없던 드루빠다 왕에게 참으로 어여쁜 딸을 낳아 주었다오. 인드라 같은 왕이여, 그리고 왕비는 아들 없는 드루빠다 왕에게 "아들을 낳았다"고 말했지요. 드루빠다 왕은 그녀를 숨기고 아들을 얻은 듯 아들에게 하는 모든 의례를 치르게 했소. 드루빠다의 왕비는 온힘을 다해 비밀을 꼭꼭 지켰고 "아들"이라고 말하고 다녔다오. 그리하여 드루빠다 말고는 도성에 사는 누구도 그러한 사실을 알지 못했지요. 놀랍도록 빛나는 신의 말을 믿고 왕은 여자아이를 숨기며 "아들"이라고 말한 것이오. 왕은 사내아이에게 치러주는 태어남의 의례를 모두 치러주었고, 사람들은 그녀를 쉬칸딘이라고 알았다오. 오직 나만이 첩자를 통해, 그리고 나라다의 말을 통해 신의 말과 암바의 고행을 통해 그 사실을 알고 있었소.'

190

비슈마가 말했다.

'드루빠다는 자기 사람들에게 온갖 공을 다 들였소. 대왕이여, 쉬칸딘은 그리기에서도, 공예에서도 매우 뛰어났으며, 활쏘기에서는 드로나의 제자가 되었소. 대왕이여, 그녀의 피부 고운 어머니는 그녀가 마치 아들인 듯 아내를 얻으라고 채근했소. 드루빠다는 딸이 나이

728

가 찼음을 보고 그가 여인임을 생각하고는 아내와 함께 걱정하기 시작했다오.

드루빠다가 말했소.

"걱정을 키우며 내 딸이 이제 나이가 찼구려. 삼지창 든 쉬와 신의 말씀에 따라 나는 이 아이의 본색을 숨겨왔소. 대왕비여, 그것이 결코 거짓이 되지는 않을 것이오. 삼계를 만드신 분께서 어찌 거짓을 말하겠소?"

아내가 말했소.

"왕이시여, 괜찮으시다면 제가 하는 말을 들어보세요. 쁘르샤따의 아들이시여, 그 말을 듣고 타당하다고 여기시면 그대로 하세요. 왕이시여, 우리 아이가 의례에 따라 아내를 갖게 하세요. 신의 말씀이 사실이 될 거라고 저는 확신한답니다."

비슈마가 이어 말했다.

'이 문제에 관해 결정을 내린 그들은 다샤르나 왕의 딸을 신부로 골랐소.

그리하여 사자 같은 왕 드루빠다는
모든 왕의 혈통에 대해 묻고는
다샤르나 왕의 딸을
쉬칸딘의 신부로 골랐다네.

다샤르나까 왕은 히란야와르만이라고 불렸고, 땅을 수호하는 그 왕은 딸을 쉬칸딘에게 주었다오. 히란야와르만은 다샤르나들 가운데 서도 매우 막강한 왕이었고, 감히 범접키 어려운 대군을 거느리고 있었으며 마음이 고결했소. 훌륭한 왕이여, 혼례를 치른 뒤 처녀인 쉬칸디니*가 그랬던 것처럼 신부도 적령기가 되었다오. 아내를 맞은 쉬칸딘은 깜삘리야로 돌아왔고, 신부는 얼마동안 쉬칸딘이 여인인줄 몰랐다고 하오.

히란야와르만의 딸은 그가 쉬칸디니인 것을 알고는 수치심 가득한 얼굴로 유모와 벗들에게 빤짤라 왕의 딸 쉬칸디니가 여인이었음을 알렸다오. 범 같은 왕이여, 다샤르나에서 온 그녀의 유모들은 너무나 기가막혀 그 괴로운 소식을 전했소. 다샤르나 왕의 사절들은 자기들이 속았음을, 일어난 일 그대로를 모두 고했고, 왕은 격노했소. 대왕이여, 한편 쉬칸딘은 사내 같은 매무새로 왕실을 즐거이 돌아다녔고, 여인임을 스스로도 그리 탐탁지 않게 여겼소. 황소 같은 바라따여, 며칠이 지나고 히란야와르만이 그 일을 알게 된 것이오. 인드라 같은 왕이여, 그리고 그는 격분하며 펄펄 뛰었다고 하오. 다샤르나 왕은 매서운 분노에 사로잡혀 드루빠다의 대궐에 사절을 보냈다오. 히란야와르만의 사절이 드루빠다에게 와서 그를 한편으로 데리고 가서 차분히 말했소.

"무구한 왕이시여, 당신에게 속아 잘못된 관계를 맺고 격분한 다샤르나 왕이 이 말을 전했습니다. '왕이여, 당신은 나를 업신여겼소. 당신의 논의가 분명 잘못된 것이오. 당신은 어리석게도 당신 말을 위

쉬칸디니_ 이름 뒤에 장음 '아', 혹은 '이'가 붙으면 여성의 이름이 된다. 따라서 쉬칸딘은 남성이, 쉬칸디니는 여성이 된다.

730

해 내 딸을 달라고 했소. 생각 없는 짓이오. 마음 어둔 자여, 이제 그 속임수의 결실을 얻게 될 것이오. 당신과 당신의 사람들을 내가 끝장 내리니, 마음 단단히 먹으시오!"'

191

비슈마가 말했다.

'왕이여, 사절에게 이런 말을 들은 드루빠다는 마치 현장에서 붙 잡힌 도둑처럼 말을 한 마디도 하지 못했다오. 그는 달래기를 잘하는 친지들을 통해서, 달콤하게 말하는 사절들을 통해 그런 뜻이 아니었 음을 전달하려고 온 힘을 다해 애썼소. 왕은 다시 한 번 확인하러 와 서 그가 여인임을, 빤짤라의 공주임을 알고는 황망히 돌아 가버렸다 오. 그는 가늠하기 어려운 빛을 지닌 동지들에게 사절을 보내 유모들 의 보고로 알게 된, 자기 딸에게 행해진 속임수를 밝혔소. 바라따의 후손이여, 빼어난 그 왕은 군대를 소집해 드루빠다를 치기로 마음먹 었다오. 인드라 같은 왕이여, 히란야와르만 왕은 동지들과 함께 빤짤 라의 왕에 대해 상의했소. 고결한 왕들은 결정을 내렸소.

"만일 쉬칸디니가 딸인 것이 사실이라면 빤짤라의 왕을 잡아 집으 로 끌고 옵시다. 빤짤라에는 다른 왕자를 왕으로 세우고 드루빠다의 왕은 쉬칸딘과 함께 죽입시다."

왕은 다시 집사에게 사절로 가기를 명하며 "드루빠다여, 내가 당신을 죽이리니, 마음 단단히 하시오"라고 전하게 했소. 천생이 비루한데다 죄까지 지은 드루빠다 왕은 몹시 두려워 떨었다오. 근심에 휩싸인 드루빠다는 다샤르나에서 보내온 사절을 부른 뒤 아내에게 조용히 말했소. 엄청난 공포가 엄습한 빤짤라의 왕은 가슴에 근심이 쌓여 사랑하는 아내, 쉬칸딘의 어머니에게 말했던 것이오.

"우리와 친척을 맺은 저 괴력의 히란야와르만 왕이 성나서 나를 공격하려고 거대한 병력을 끌고 이리 오고 있소. 어리석은 나는 이제 무엇을 해야겠소? 이 일을 어찌해야겠소? 저들은 당신의 아들 쉬칸딘이 사실은 딸이라는 것을 의심하고 있다고 하오. 그리고 이것이 사실이라고 결론짓고는 속았다며 동지, 친지들과 함께 나를 죽이려는 마음을 품었다고 하오. 엉덩이 풍만한 아름다운 여인이여, 무엇이 진실이고 무엇이 거짓이오? 말해 보시오. 빛나는 여인이여, 나는 당신이 하는 말을 듣고 그대로 하겠소. 피부 고운 왕비여, 나는 지금 의혹을 받고 있고, 이 아이 쉬칸디니도 그러하며 당신 또한 큰 위험에 처해 있소. 내가 묻노니, 사실을 말해 우리 모두를 구해 주시오. 엉덩이 풍만한 여인이여, 곱게 웃는 여인이여, 그래야 내가 해야 할 일을 할 수 있겠소. 쉬칸디니에 관해서는 걱정하지 마시오. 사실 여부에 따라 내가 의례대로 하겠소. 아름다운 여인이여, 나도 속아서 아들에게 행하는 다르마에 따라 의례를 행했소. 다샤르나까 왕도 내게 속은 것이오. 다복한 여인이여, 사실을 말해 주시오. 우리가 잘되는 길을 택해 그대로 행하리다."

인드라 같은 왕은 모든 사실을 이미 알고 있었음에도 타인에게 알리기 위해 공공연히 왕비를 채근했다오. 그런 왕에게 왕비는 이렇게

답했소.'

192

비슈마가 말했다.

'팔심 좋은 인간들의 주인이여, 쉬칸딘의 어머니는 그리하여 남편에게 쉬칸딘이 딸 쉬칸디니임을 사실대로 고했다오. 그녀는 "왕이시여, 제게 아들이 없어 당신의 다른 아내들에게 시샘이 났지요. 그래서 저는 딸인 쉬칸디니를 낳았음에도 사내아이라고 고했습니다. 최상의 왕이시여, 황소 같은 왕이시여, 당신은 저를 깊이 사랑하시어 딸을 위해 아들에게 하는 의례들을 치르셨습니다. 왕이시여, 그리고 당신은 다샤르나 왕의 딸을 아내로 골라주셨지요. 당신은 전에 여자아이가 되었다가 사내가 되리라고 했던 신의 말씀의 의도에 대해 이야기하신 적이 있었지요. 그랬기에 당신은 이를 그냥 지나쳤던 것입니다."

그 말을 들은 드루빠다 야즈냐세나는 모든 사실을 책사들에게 알렸소. 왕이여, 그리고 왕은 백성들을 지킬 수 있는 적절한 방법을 그들과 논의했소. 인드라 같은 왕이여, 그는 다샤르나 왕과 여전히 혼인으로 맺은 친척임을 확신하고, 스스로 속임수를 썼음에도 좀 더 의논해보자고 결정하기에 이르렀다오. 바라따의 후손이여, 한편, 도성은 비상시를 대비해 자연스럽게 방어되고 있었음에도 그는 좀 더 방어를 강화했고 사방을 잘 지켰소. 황소 같은 바라따여, 왕과 왕비는 다샤르나 왕과의 갈등을 몹시 속상해 했다오.

"친척을 맺은 이와 생긴 이 큰 갈등을 어찌한단 말인가?"라고 걱정스레 생각하고 마음속으로 신들을 염했다고 하오. 두료다나 왕이여, 왕비는 그가 신과 제물에 대한 생각에 빠져 있는 것을 보고 남편에게 말했소.

"신들의 결정은 늘 옳고 선자들의 우러름을 받습니다. 우리는 지금 고통의 바다에서 몹시 허덕이고 있으니 신들을 우러러야 합니다. 많은 닥쉬나로 모든 신들께 공양을 올리고 아그니에게도 다샤르나를 막기 위한 제물을 바쳐야 합니다. 주인이시여, 어떻게 하면 싸우지 않고 그를 돌아가게 할 수 있을지 마음으로 생각해 보십시오. 신들의 은총으로 모든 것이 그리 될 것입니다. 눈 큰 왕이시여, 도성이 파멸되지 않도록 책사들과 상의했던 일을 하십시오. 왕이시여, 운명과 인간의 노력이 함께해야 큰일을 해낼 수 있습니다. 그 둘이 척을 지면 어떤 일도 이룰 수가 없답니다. 백성들의 주인이시여, 그러니 대신들과 함께 도시를 위해 적절한 조치를 취하십시오. 그리고 원하시는 만큼 신들도 숭배하십시오."

근심에 휩싸인 왕과 왕비가 이런 이야기를 나누는 것을 보고 마음 꼿꼿한 처녀 쉬칸디니는 수치스러워졌소.

"나 때문에 두 분이 괴로워하시는구나"라고 생각한 그녀는 스스로 목숨을 끊기로 작정했소. 이렇게 결심하고 너무나 서러워진 그녀는 대궐을 버리고 인적 없는 깊은 숲으로 갔다오. 왕이여, 그곳은 스투나까르나라는 부유한 약샤가 지키는 땅이어서 사람들은 두려워 감히 들어가지 못했다오. 흙과 흰 가루가 뒤섞어 지어진 그곳 스투나의 저택은 튀밥을 튀기는 연기가 치솟고 있었고 벽과 문이 드높았소. 왕이여, 드루빠다의 딸 쉬칸디니는 숲으로 들어가 여러 날을 먹지 않고 몸이 말라비틀어지게 했소. 꿀 같은 눈을 가진 약샤 스투나가 그녀 앞에 나타나 "무엇을 하려 하는가? 말하라. 내가 지체없이 해주리라"라고 말했소. 그녀는 약샤에게 "할 수 없는 일"이라고 거듭 말했소. 그러자 약샤는 "왕의 딸이여, 내가 해주리라. 나는 소원을 들어주는 풍요의 신의 시종이다. 나는 줄 수 없는 것도 줄 수 있느니라. 그러니 말하고자 하는 것을 말하라"라고 했다오. 바라따의 후손이여, 그래서 쉬칸딘은 약샤들의 수장 스투나까르나에게 모든 것을 빠짐없이 말했소.

"약샤여, 제 아비가 재앙을 만나 머지않아 망할 것입니다. 성난 다샤르나 왕이 행군해올 것이기 때문이지요. 히란야와르만은 힘이 넘치고 열의가 넘치는 왕이랍니다. 그러니 약샤여, 제 아비와 어미를 지켜주소서. 제 고통을 없애주겠노라고 당신은 약속하셨습니다. 그러니 당신의 은총으로, 제가 비난 받지 않을 사내가 되게 하소서. 크고 크신 약샤여, 그 왕이 내 도성을 공격하기 전에 은총을 베푸소서."

193

비슈마가 말했다.

'황소 같은 바라따여, 쉬칸딘의 말과 운명의 재촉으로 약샤는 생각에 잠기더니 말했다오. 꾸루의 후손이여, 이렇게 해서 내 고통이 운명 지어진 것이오. 약샤는 "고운 여인이여, 그대의 소망을 들어주지. 그러나 거기에 한 가지 조건이 있으니 들으시오. 나는 얼마간의 정해진 시간동안 내 남성을 그대에게 주겠소. 그러나 때가 되면 그대는 반드시 돌아와야 하오. 나는 진실을 말하는 자요. 나는 사람들의 의지가 실현되게 해주는 주인이며, 마음대로 모습을 바꿔 허공을 가는 자요. 그대에게 은총을 베풀 터이니 그대의 도성과 모든 친지를 구하시오. 왕의 딸이여, 내가 그대의 여성을 입으리. 내게 진실로 약속하시오. 그리하면 그대에게 좋은 일을 해주겠소."

쉬칸딘이 약샤에게 말했소.

"성스런 분이시여, 당신의 남성을 돌려드릴 것입니다. 밤에 움직이는 분이시여, 얼마 동안만 제 여성을 입고 계십시오. 다샤르나의 히란야와르만 왕이 돌아가면 저는 다시 여인이 되고 당신은 사내가 될 것입니다."

비슈마가 이어 말했다.

'왕이여, 이렇게 말한 뒤 둘은 조건을 만들어 서로에 대한 적대감 없이 성을 바꾸었소. 약샤 스투나는 여성이 되었고, 쉬칸딘은 약샤의 번쩍이는 모습을 갖게 되었다오. 왕이여, 이제 사내가 된 왕자 쉬칸딘은 기쁜 마음으로 도성에 들어가 아버지에게로 갔소. 그리고 일어난 일을 드루빠다에게 사실 그대로 모두 고했다오. 드루빠다는 그의 말을 듣고 기뻐 어쩔 줄 몰라 했소. 그리고 아내와 함께 대신 쉬와의 말을 기억했다오. 왕이여, 그래서 그는 다샤르나 왕에게 사절을 보내 "아들은 사내이니, 내 말을 믿어야 하오"라고 전했소.

한편 다샤르나 왕은 분노가 치솟고 괴로워서 빤짤라 왕 드루빠다를 향해 매섭게 짓쳐 들어갔소. 깜삘리야에 이른 다샤르나 왕은 브라흐마를 아는 이들 중에 가장 뛰어난 이를 골라 우러른 뒤 사절로 보내며 "사절이여, 저 천박한 빤짤라 왕에게 내 말을 이렇게 전하시오. '사악한 자여, 내 딸을 그대의 딸이 신부로 고른 것에 대한 대가를 치르리라. 분명코 오늘, 그 결실을 보게 되리!'라고 말이오."

훌륭한 왕이여, 브라만 사절은 이런 명을 받고 다샤르나 왕의 채근으로 도성을 향해 출발했소. 인드라 같은 왕이여, 사제는 드루빠다의 도성에 이르렀고, 빤짤라의 왕은 그에게 소와 아르갸를 바치며 잘 대접하게 하고 쉬칸딘과 함께 그를 맞았다오. 마뜩찮게 대접을 받아들인 사제가 말하기를 "영웅 히란야와르만 왕이 이렇게 전했습니다. '사악한 자여, 오늘 그대가 저지른 악의 대가를 치르게 되리라. 인간들의 왕이여, 싸우라. 전장의 정점에서 오늘 내가 그대를 처단하리라. 대신들과 아들들과 친지들 모두를!'"

훌륭한 바라따여, 대신들 한가운데서 다샤르나 왕의 왕사 사절에게 이런 말을 들은 드루빠다 왕은 공손히 절하며 "브라만이여, 내 사돈이 전한 말에 대한 답변은 내 사절이 갖고 갈 것이오"라고 말했소.

고결한 왕이여, 그리하여 드루빠다 또한 히란야와르만에게 베다에 능한 브라만 사절을 보냈다오. 그리고 사절은 다샤르나 왕을 만났고, 드루빠다가 한 말을 이렇게 전했소. "내 아들은 분명코 사내이니 법전에 따라 합시다. 누군가 당신께 거짓을 고했으니 그것을 믿어서는 안 될 것이오."

드루빠다의 말을 듣고 왕은 생각에 잠겨
참으로 빼어난 젊은 여인을 보냈지.
쉬칸딘이 사내인지 알아보기 위해
용모가 매우 아름다운 여인을 보냈지.

그가 보낸 여인은 진실을 알아냈고
기뻐하며 왕에게 모든 것을 고했지.
인드라 같은 까우라와여, 쉬칸딘이 사내임을,
힘이 넘친 사내임을 다샤르나 왕에게 고했지.

그것을 알게 된 왕은 몹시 기뻐하며 사돈에게 가서 흔쾌히 그와 함께 머물렀소. 인간들의 군주는 잘 대접받은 뒤 기쁜 마음으로 쉬칸딘에게 말과 코끼리와 소를 주고, 무수한 하녀를 준 뒤 딸을 놓고 돌아왔다고 하오. 왕이여, 다샤르나의 히란야와르만 왕이 병력을 거두어들이고 기쁜 마음으로 돌아가자 쉬칸디니는 더없이 행복해 보였다고 하오.

이로부터 얼마간의 시간이 흐른 뒤, 사람을 수레로 삼고 다니는 꾸베라가 세상을 두루 돌아다니다 스투나의 처소에 이르렀다오.

부를 지키는 이, 그의 거처 위를
맴돌다 가까이서 보았네.
약샤 스투나의 집은
다채로운 화환으로 잘 단장되었더라네.

튀밥과 향기와 달집으로 단장된 집은
향을 피워 연기가 오르고 빛나보였다네.
기치와 깃발로 단장되고
먹을 것과 마실 것과 고기들을 바치고 있었다네.

사방이 잘 꾸며진 그의 거처를 보고 약샤들의 왕은 자기 뒤에 늘어선 약샤들에게 말했소.

"스투나의 이 집은 잘 꾸며져 있구나. 가늠할 수 없이 용맹스런 이들이여, 그런데 생각 더딘 그자는 어찌 내 앞에 모습을 보이지 않는 것이냐? 내가 여기 있음을 알면서도 모습을 안보이는 저 어리석고 아둔한 자에게는 큰 벌을 내려야겠다는 생각이 드는구나."

약샤들이 말했소.

"왕이시여, 드루빠다에게 쉬칸디니라는 딸이 있었는데, 어떠어떠한 연유로 스투나는 그녀에게 자기의 남성의 상징을 줬답니다. 대신 그는 그녀의 여성으로서의 상징을 취했고, 그래서 지금은 여인이 되어 집안에 있는 것입니다. 여인의 모습을 갖게 된 그는 부끄러워서 모습을 보이지 않는 것입니다. 왕이시여, 이것이 스투나가 당신을 보러 나타나지 않는 까닭입니다. 이 말을 들으셨으니 적절하다고 생각하시는 일을 하소서. 하늘 마차는 여기에 두소서."

비슈마가 이어 말했다.

'약샤들의 왕은 스투나를 데려오라고 명했소. 그리고는 그를 벌하리라고 여러 번 말했다오. 이 땅의 군주요 대왕인 두료다나여, 부름을 받은 스투나는 여인의 모습을 한 채 부끄러워하며 약샤들의 왕 앞에 나타났다오. 꾸루의 기쁨이여, 성난 꾸베라는 "오 약샤여, 이런 못난 짓을 저질렀으니 그냥 여인으로 살아라!" 약샤들의 왕은 "마음 못난 자여, 너는 약샤들을 이리도 능멸하며 네 남성을 쉬칸딘에게 주고 그의 여성의 흔적을 받는 죄를 지었구나. 참으로 생각 없는 자여, 네가 저지른 짓은 이전에는 누구도 저지른 적이 없었다. 그러니 너는 지금부터 여인이 되고, 그는 사내가 되리라"라며 그를 저주했소.

그러자 약샤들은 스투나를 위해 와이쉬라와나 꾸베라에게 저주를 거두어 주십사고 거듭 간청했소. 인드라 같은 고결한 약샤들의 왕은 자기를 따르는 시종들인 약샤들 무리에게 저주의 한계를 지으려 애쓰며 말했소.

"쉬칸딘이 전장에서 죽으면 고결한 약샤 스투나는 본모습을 되찾으리라. 지금은 너무 마음 상해하지 말라."

이렇게 말한 뒤 약샤와 락샤사들의 숭앙을 받는 성스러운 신은 모든 수행원과 함께 순식간에 사라져버렸다오. 그러나 저주를 받은 스투나는 그 자리에 남았고, 약속한 때가 되어 쉬칸딘은 밤의 방랑자에게 돌아왔소. 그는 약샤에게 다가가 "성스런 분이시여, 제가 왔습니다"라고 말했소. 스투나는 그에게 거듭거듭 "만족스럽구나!"라고만 말했다오. 그러다 올곧게 자기에게 온 왕의 아들 쉬칸딘을 본 약샤는 쉬칸딘에게 그간 있던 일을 그대로 모두 말해 주었다오. 약샤는 "왕의 아들이여, 그대 때문에 나는 와이쉬라와나 꾸베라에게 저주를 받았소. 이제 가고 싶은 곳으로 가시오. 즐겁게 세상을 돌아다니시오.

나는 이를 전생의 업으로 여긴다오. 내가 바꿀 수 없는 일이지. 그대
가 이곳에 걸음한 것도, 뿔라스띠야의 아들 꾸베라의 방문도 모두!"
라고 말했소.'

비슈마가 말했다.

'바라따의 후손이여, 스투나에게서 이 말을 들은 쉬칸딘은 주체
못할 만큼 기뻐하며 도성으로 돌아갔다오. 그는 브라만과 신과 성소
와 사거리에 온갖 종류의 향과 화환과 막대한 재물로 공양을 올렸소.
빤짤라의 왕 드루빠다는 친지들과 함께 아들 쉬칸딘이 이룬 일에 대
해 더할 수 없이 기뻐했다오. 황소 같은 꾸루여, 그는 쉬칸딘을 드로
나에게 제자로 주었소. 대왕이여, 이전에 여인이었던 아들을 말이오.
그렇게 쁘르샤따 왕의 아들들, 쉬칸딘과 드르슈타듐나는 그대들과 함
께 네 가지 무예학을 익혔던 것이오. 내가 드루빠다에게 심어두었던
첩자들, 아둔한 자로 혹은 장님으로, 혹은 귀머거리로 가장한 이들이
거기서 벌어지고 있는 일들에 관해 내게 보고했었지요.

훌륭한 까우라와 대왕이여, 그리하여 여인이며 사내인 드루빠다
의 자식 쉬칸딘은 빼어난 전사가 된 것이오. 황소 같은 바라따여, 까
쉬 왕의 맏딸인 암바라는 이름으로 명성 자자했던 여인이 드루빠다
가문에 쉬칸딘으로 태어난 것이오. 나는 손에 활을 들고 나와 싸우려
고 달려드는 그를 잠시도 보지 않을 것이며, 그에게 타격을 가하지도
않을 것이오. 꾸루의 기쁨이여, 이런 나의 서약은 세상에 이름이 높
소. "여인에게도, 여인이었던 자에게도, 여인의 이름을 지닌 자에게
도 나는 화살을 쏘지 않겠노라"는 서약 말이오. 그러니 나는 쉬칸딘

을 어떤 경우에도 죽이지 않을 것이오. 왕이여, 그의 태생이 쉬칸디
니임을 안 나로서는 그가 전장에서 나를 향해 아무리 공격을 퍼부어
도 그를 죽일 수 없소. 비슈마가 여인을 죽인다면 스스로를 죽이는 것
이오. 그러니 전장에 그가 있음을 보아도 나는 그를 죽이지 않겠소.'

산자야가 말했다.

"드르따라슈트라 왕이시여, 그 말을 듣고 꾸루들의 왕 두료다나
는 잠시 생각에 잠긴 뒤 그것이 비슈마에게 맞는 일임을 알았답니다."

194

산자야가 말했다.
'밤이 다시 새벽이 되자 당신의 아들은 전군이 모인 가운데 할아
버지께 이렇게 다시 여쭈었습니다.
"강가의 아들이시여, 더할 나위 없는 저 빤다와의 병력을, 병사들
과 코끼리들과 말들, 대전사들이 무수히 많고, 비마와 아르주나를 위
시한 힘이 넘치는 대궁수들이 세상의 수호신들처럼 지키며, 드르슈타
듐나 등이 이끄는 거대한 병력을, 소용돌이치는 바다처럼 범접할 수
없고 막을 수 없으며, 신들의 대병력으로도 뒤흔들 수 없는 바다 같
은 저들을, 빛이 넘치는 강가의 아들이시여, 어느 정도의 시간이면 궤

멸시킬 수 있습니까? 혹은 대궁수 드로나 스승이나 힘이 차고 넘치는 끄르빠는 어떻습니까? 전쟁에 명성 높은 까르나 혹은 훌륭한 브라만 드로나의 아들 아쉬와타만, 아군에 있는 당신들 모두 천상의 날탄에 능한 이들입니다. 그에 대해 듣고 싶습니다. 늘 마음속에 큰 궁금증으로 남아있었습니다. 팔심 좋은 분이시여, 제게 말씀해 주십시오.'"

이어지는 산자야의 이야기는 이러하다.

비슈마가 말했다.

'훌륭한 꾸루, 땅의 주인이여, 적의 강점과 약점, 그리고 아군의 강점과 약점을 묻는 것이라면 참으로 적절하오. 팔심 좋은 왕이여, 전장에서 내 힘이 어디까지 미치는지, 또 전장에서 날탄을 쓰는 내 팔의 위력은 어느 정도인지 들으시오. 보통 사람은 싸움을 할 때 올곧게 해야 하고 마법을 쓰는 자들은 마법으로 싸우는 것이 다르마가 정한 이치라오. 팔심 좋은 이여, 내가 만약 오전의 몫을 날마다 채운다면 한 번의 몫으로 빤다와 병력 만 명의 용사와 천 명의 전차병을 죽일 수 있을 것이오. 빛이 넘치는 이여, 이것이 내가 생각하는 몫이오.

바라따의 후손이여, 이런 식으로 내가 뜻을 세우고 늘 준비하고 있다면 어느 정도의 시간이 지나 대병력을 궤멸시킬 수 있을 것이오. 바라따의 후손이여, 만약 내가 전장에 서서 거대한 날탄을 날린다면 수백수천을 죽일 것이오. 그리하면 한달이 지나지 않아 모두를 죽일 수 있으리.'

이어지는 산자야의 이야기는 이러하다.

비슈마의 말을 듣고 두료다나 왕은 앙기라사들 중에서도 가장 빼
어난 드로나에게 다시 물었다.

'스승이시여, 스승님께서는 얼마만의 시간에 빤두 아들의 병력을
처단할 수 있으신가요?'

드로나가 웃으며 답했다.

'빼어난 꾸루여, 나는 늙은이요. 호흡과 기력이 쇠했다오. 나는 날
탄의 불길을 이용해서 샨따누의 아들 비슈마와 마찬가지로 한 달 안
에 빤다와의 군을 태울 수 있을 것이오. 나는 그렇게 생각하오. 그것
이 내 힘과 기력의 한계라오.'

'두 달이 걸릴 것이오.' 샤라드와따의 아들 끄르빠는 그렇게 말했
고, 드로나의 아들 아쉬와타만은 열흘 안에 빤다와 군의 파멸을 약
속했다. 거대한 날탄을 능히 사용하는 까르나는 닷새 안에라고 약속
했다. 마부 아들의 그 말을 들은 강의 아들 비슈마는 큰소리로 웃으
며 말했다.

'라다의 아들이여, 그대가 와아수데와의 도움을 받아 전차 위에 우
뚝 선 활잡이 아르주나의 화살과 만나지 않는 한은 그렇게 생각할 수
있으리라. 그대가 하고 싶은 대로 뭐든 지껄이려무나.'

195

와이샴빠야나가 말했다.

"훌륭하신 바라따의 후손 자나메자야 왕이시여, 이 말을 전해들은 꾼띠의 아들 유디슈티라는 아우들을 모두 불러 말했습니다.

'다르따라슈트라 진영에 내가 보낸 세작들이 오늘 아침 이런 소식을 가져왔구나. 두료다나는 저 대단한 서약을 하신 강의 아들 비슈마께 얼마의 시간이 주어지면 빤두들의 병력을 죽일 수 있느냐고 물었고, 그분께서는 한 달이라고, 저 사악한 드르따라슈트라의 아들에게 말씀하셨다는구나. 드로나 또한 그만큼의 시간이라고 답하셨다고 한다. 고따마의 아들 끄르빠는 그보다 두 배의 시간을 말했다고 들었다. 그러나 드로나의 아들, 대단히 날탄에 능한 아쉬와타만은 열흘 밤을 약속했고, 천상의 날탄을 쏘는 까르나는 두료다나의 물음에 닷새면 군대를 모두 죽일 수 있노라고 꾸루들의 모임에서 약속했다는구나.

아르주나여, 그리하여 지금 나 또한 너의 대답을 듣고자 한다. 얼마의 시간이 지나면 전장에서 적군을 궤멸시킬 수 있겠느냐?'

왕의 이런 하문에 아르주나는 와아수데와를 흘끗 보고는 답했습니다.

'대왕이시여, 저들은 모두 고결하며 날탄을 쓰는데 날쌔기 그지없는 용사들입니다. 저들은 틀림없이 당신의 병사들을 죽일 것입니다. 그래도 제가 진실을 말씀드릴 터이니 마음속의 고통을 버리십시오. 저는 와아수데와의 도움으로 움직이고 아니 움직이는 것들을 포함한 삼계를 모두, 신들마저도 전차 하나로 모두 없애버릴 수 있습니다. 과

거 현재 미래도 눈 깜짝할 사이에 없어질 것입니다. 사냥꾼 차림의 신과 일대일 대결 때 짐승들의 주인 쉬와신이 주셨던 무서운 날탄을 저는 갖고 있습니다. 짐승들의 주인이 세상 만물을 끝낼 때 썼던 그 날탄이 제게 있습니다. 왕이시여, 강가의 아들도, 드로나도, 끄르빠도, 드로나의 아들도, 그 날탄을 알지 못합니다. 어찌 마부의 아들이 알 수 있으리까. 그러니 그 천상의 날탄을 전장에서 보통 사람을 죽이는 데 쓰는 것은 옳지 않습니다. 우리는 올곧은 방법으로 적과 싸울 것입니다. 왕이시여, 이들 범 같은 사내들이 모두 당신의 동지들입니다. 모두 천상의 날탄을 쓰는데 능하고, 전쟁을 기쁘게 받아들입니다. 모두 무적이며 베단따까지 마치고 목욕재계한 이들입니다. 빤다와 왕이시여, 이들은 신들의 군대도 전장에서 죽일 수 있습니다. 쉬칸딘, 유유다나, 드르슈타듐나 빠르샤따, 비마세나, 쌍둥이, 유다만유, 웃따마오자스, 전쟁에서 비슈마와 드로나에 버금가는 두 분 위라타, 드루빠다, 당신 자신도 삼계를 궤멸시킬 수 있는 힘이 있습니다. 인드라 같은 빛을 지닌 꾸루의 후손이시여, 당신이 성난 눈으로 바라본 사람은 이내 이 세상에서 자취를 감출 것입니다. 저는 그것을 잘 알고 있습니다.'

196

와이샴빠야나가 말했다.
"청명하게 맑은 다음 날 아침, 드르따라슈트라의 아들 두료다나의 명에 따라 왕들은 빤다와들을 향해 행군해 갔습니다. 모두 목욕재계해 자신을 청정히 하고 화환을 두르고 흰 옷을 입은 그들은 무기와 깃발을 치켜들고 기도의 말과 함께 아그니에게 제물을 바쳤답니다. 모두들 베다를 아는 용사들이었고, 모두들 매서운 서약을 했으며, 모두들 의례를 수행하고 모두들 전사로서의 표식을 갖고 있는 이들이었습니다. 전장에서 더 좋은 세상을 얻기를 바라는 힘이 넘치는 이들이었고, 모두 한마음으로 타인을 믿는 이들이었지요. 아완띠의 윈다와 아누윈다, 께까야와 바흘리까, 드로나가 이끄는 모두가 행군해갔습니다. 아쉬와타만, 샨따누의 아들, 신두의 왕 자야드라타, 남쪽, 서쪽, 산악 지대에서 온 전사들, 간다라의 왕 샤꾸니, 동쪽과 북쪽에서 온 모든 이들, 샤까, 끼라따, 야와나, 쉬비, 와산띠에서 온 이들이 모두 각자의 병력으로 대전사들을 빙 둘러쌌답니다. 이런 대전사들이 모두 두 번째 병력이 되어 행군했지요.

끄르따와르만과 그의 병력, 힘이 넘치는 뜨리가르따들 그리고 형제들에게 에워싸인 두료다나 왕, 샬라, 부리쉬라아스, 샬리야, 꼬살라의 브르하드발라는 다르따라슈트라가 이끄는 후방에서 행군했답니다. 곧 전쟁을 치를 그들 대전사들은 갑옷을 모두 챙겨 입고 평지를 택해 행군하다 꾸룩쉐뜨라의 서쪽 지역에 자리를 잡았답니다.

자나메자야 바라따여, 두료다나는 그곳에 진을 치게 하고 또 하나의 하스띠나뿌라처럼 꾸몄습니다. 인드라 같은 왕이시여, 도성에서 살던 사람들이 도성과 군의 진영을 구분할 수 없을 지경이었답니다. 꾸루의 왕은 다른 왕들을 위해서 그와 같은 성을 수백수천 개 더 짓게 했습니다. 왕이시여, 군 막사가 백여 개씩 무리지어 다섯 요자나에 이르는 둥근 진영을 이루었답니다. 땅을 지키는 왕들은 각자의 열의에 따라 또한 각자의 힘에 따라 수천 개에 이르는 화려한 막사 안으로 서둘러 들어갔지요. 두료다나 왕은 고결한 왕들과 병사들 그리고 병사가 아닌 이들에게 훌륭한 음식을 고루 나눠주었습니다. 코끼리들, 말들, 사람들, 장인들, 여타의 병참들, 가객들, 유랑가객들과 궁정 시민들, 상인들, 기녀들, 기생들 그리고 구경꾼들, 그들 모두를 꾸루의 왕은 예를 갖춰 잘 돌보았답니다.”

197

와이샴빠야나가 말했다.

“바라따의 후손이시여, 이와 마찬가지로 다르마의 아들 유디슈티라, 까운떼야 왕도 드르슈타듐나가 이끄는 영웅들을 채근했답니다. 그는 굳건한 용맹을 지닌 대장들, 쩨디들, 까쉬들, 까루샤들, 적을 처단하는 드르슈타께뚜, 위라따, 드루빠다, 유유다나, 쉬칸딘, 빤짤라의 두 궁수 유다만유와 웃따마오자스에게 명을 내렸지요.

그들 대궁수 용사들은 다채로운 갑옷을 입고, 타는 듯한 귀걸이를 걸고 빛나는 별처럼 빛나보였습니다. 황소 같은 사내, 땅의 주인인 그는 각각의 군대에 적절한 예를 바친 뒤 행군하라는 명을 내렸습니다.

빤두의 아들은 아비만유, 브르한따, 드라우빠디의 모든 아들들을 드르슈타듐나가 이끌게 한 뒤 첫 번째로 보냈습니다. 유디슈티라는 비마, 유유다나, 다난자야 빤다와를 두 번째 대형으로 보냈지요. 모든 채비를 갖추고 이리저리 돌아다니고 뛰어다니는 흥분한 용사들의 함성은 하늘을 찌를 듯했답니다.

왕 자신은 위라타, 드루빠다, 그리고 여타의 왕들과 함께 후진으로 출발했습니다. 드르슈타듐나가 이끄는 무서운 궁수 부대는 물이 넘쳐 흐르는 강가 강처럼 당당하고 자긍심이 넘쳤답니다.

영리한 왕은 드르따라슈트라 아들들의 마음을 혼란스럽게 하기 위해 자신의 군진을 다시 편성했습니다. 빤두의 아들은 대궁수들인 드라우빠디의 아들들, 아비만유, 나꿀라, 사하데와, 모든 쁘라바드라 까들, 만 마리의 말, 이천 마리의 코끼리, 만 명의 보병, 오천 대의 전차 그리고 무적의 비마세나는 선봉에 세웠답니다.

중앙에는 위라타, 마가다의 자야뜨세나, 두 명의 빤짤라 대전사, 철퇴와 활을 휘두르는 고결한 영웅들인 유다만유와 웃따마오자스를 세우고 와아수데와와 다난자야 또한 중앙에서 따르도록 했습니다.

흥분되어 있는 사람들, 무기를 휘두르는 사람들, 용사들의 명에 따르는 이천 개의 기가 있었습니다. 오천 마리의 코끼리들, 꼬리에 꼬리를 문 전차들, 보병들, 용사들, 전방에서 활과 칼과 철퇴를 나르는 수천에 이르는 사람들, 후방에서 따라오는 수천에 이르는 사람들이 있었고, 여타의 수많은 왕은 대부분 유디슈티라가 있는 병사들의 바다에 서 있었습니다. 거기에는 수천의 코끼리, 수천수만의 말, 수천의 전차와 보병들이, 드르따라슈트라의 아들 수요다나를 치러 행군하는 그를 의지해 있었지요.

그들 뒤로 수백수천수만 명의 병사가 수천 개의 대형을 이루어 행

군하며 함성을 울렸답니다. 수천수만 명을 헤아리는 흥분한 전사들
이 수천을 헤아리는 북을 울렸고, 수만을 헤아리는 소라고둥을 불었
습니다."